Diogenes Taschenbuch 21036

de
te
be

Henry Slesar

Schlimme Geschichten für schlaue Leser

Aus dem Amerikanischen von Thomas Schlück

Diogenes

Alle Geschichten erschienen bisher nur in amerikanischen Zeitschriften,
die meisten Artikel in ›Alfred Hitchcock's Mystery Magazine‹.
Die Erstausgabe dieser Auswahl erschien 1980
im Diogenes Verlag.

Umschlagzeichnung von
Tomi Ungerer

Veröffentlicht als Diogenes Taschenbuch, 1982

60/92/29/9
ISBN 3 257 21036 1

Inhalt

Unter Zeugen 9
Choice of Witnesses

Tschüs, Charlie! 20
Goodbye, Charlie!

Mein kleiner Betrüger 30
My Baby, the Embezzler

Ich spiel Sie an die Wand! 37
I'm Better Than You!

Wer war's? 50
Whodunit?

Lauter schlechte Nachrichten 68
Nothing But Bad News

Schmerzlose Behandlung 72
The Painless Method

Der Siebenjahresplan 81
And Seven Makes Death

Man muß dran glauben 90
Faith Healing

Schikane 106
The Dirty Detail

Liebe Mrs. Fenwick 116
Dear Mrs. Fenwick

Wieder mal so ein Tag 129
One of Those Days

Hinter verschlossener Tür 137
Behind the Locked Door

Fehlschuß 156
Stray Bullett

Das Haus des Colonels 160
The Colonel's House

Traumstadt 167
Dream Town

Das Geheimnis des Mr. Budo 184
Mr. Budo's Secret Life

Die Entdecker 193
The Discoverers

Die Ratten des Dr. Picard 206
The Rats of Dr. Picard

Sündenbock 211
The Game as it is Played

Bücherliebe 219
The Best of Victims

Mordgedanken 231
Thoughts Before Murder

Der Antrag 235
Proposal of Marriage

Geheimnis aus der Truhe 250
Key to a Skeleton Closet

Schabernack mit einer alten Dame 263
Joke On a Nice Old Lady

Übertriebene Neugier 270
Curiosity Killed a...

Tal der guten Nachrichten 281
The Valley of Good News

Verwirrung 295
Real, Real Crazy

Auffallende Ähnlichkeit 310
Just Like Her

Besser als Mord 315
Better Than Murder

Bundesverbrechen 328
Federal Offense

Mehr als ein Alptraum 331
More Than a Nightmare

Der Unbedarfte 344
The Dope

Die Rückkehr der Moresbys 353
The Return of the Moresbys

Endzeit 365
The Living End

Unter Zeugen

Gordon kannte den tonlosen Pfiff im Flur, kannte das leise Klopfen, das gleich ertönen würde. Er sah das verunstaltete lange Gesicht unter der runden Mütze vor sich, das gelbe Lächeln und die hellen alten Augen hinter der Hornbrille. *Kellerman, was bist du häßlich!* dachte Gordon. *Häßlich und bösartig, und ich hasse dich.* Aber es war leichter, in die Tasche zu greifen und die vierzig Dollar abzuzählen, die Kellerman verlangte (ja, mehr verlangte er wirklich nicht, dieser rücksichtsvolle kleine Erpresser) und die Summe in die faltige bleiche Hand zu schieben und die Sorge einen weiteren Monat los zu sein.

Die Erpressungszahlung war längst zu einer festen monatlichen Ausgabe geworden, ähnlich wie die Miete, die Elektrizitätsrechnung und Pamelas Buchklubbeiträge. Und er verheimlichte Kellerman vor seiner Frau nicht. Für Pamela war Kellerman einer von mehreren Ratenkassierern; sie wußte nicht, von welcher Firma er kam, da sie sich ohnehin nicht um die langweilige Welt der Finanzen kümmerte. In ihrer Welt arrangierte man Kunstausstellungen, trat Buchklubs bei, führte die zwei Kinder im Park spazieren und besuchte Abendkurse in politischer Geschichte. Gordon liebte sie sehr. Der Gedanke, daß Kellerman ihr jemals die schmutzige Geschichte auftischen und ihr die Aufnahmen von ihm und dem Mädchen zeigen könnte, verursachte Gordon eine Gänsehaut und ein Zukken im rechten Augenwinkel.

Aber natürlich würde Kellerman nichts verraten. Er hatte kein Interesse daran, idyllische Ehen zu zerstören. Als erfahrener Erpresserprofi hatte Kellerman seine Prinzipien. Solange man zahlte, war Kellermans Schweigen garantiert. Gordon hätte seine vierzig Dollar wohl bis in alle Ewigkeit geblecht, wenn da nicht die Inflation gewesen wäre.

»Es ist die Inflation«, sagte Kellerman eines Tages, nachdem er Gordon ohne das gewohnte Lächeln begrüßt hatte. Die runde Mütze mit dem fettigen Schirm drehte er in seinen weichen Händen. »Nur zehn Dollar mehr, Mr. Brinton. Es wird ja alles teurer.« So bescheiden trat er auf, er hätte ein Angestellter sein können, der seinen Chef um eine Gehaltserhöhung bat.

»Na schön«, sagte Gordon aufgebracht und blätterte einen weiteren Zehner hin. »Was kann ich sonst noch für Sie tun?«

»Ich bitte Sie«, sagte Kellerman, »nun seien Sie doch nicht so zornig!« Seine gute Laune war wiederhergestellt. Als sich die Tür hinter ihm geschlossen hatte, hörte Gordon sein trockenes Pfeifen die Treppe hinab verschwinden.

Einige Wochen später machte Gordon mit dem Terrier der Familie einen Abendspaziergang im Park. Pam hatte sich in der Washington-Irving-Universität mal wieder zu einem Kursus eingetragen. Plötzlich merkte er, daß ein Mann ihn beobachtete; er wußte sofort, daß dieses Interesse nicht zufällig war.

Tatsächlich kam der Mann auf ihn zu und begann überstürzt zu sprechen.

»Moment, Moment!« sagte Gordon. »Ich verstehe ja kein Wort!«

Der Mann errötete und sagte langsam: »Ich möchte mit Ihnen über Ed Kellerman sprechen.«

Den Namen von den Lippen eines anderen zu hören war für Gordon wie ein Eiswürfel, der ihm den Rücken hinablief. Er starrte in das bleiche, junge Gesicht, registrierte die verquollenen Augen, die zusammengepreßten bleichen Lippen. Ein Gesicht, auf dem Angst vorherrschte.

»Ich kenne keinen Kellerman«, antwortete Gordon.

»Vielleicht sollten wir uns einen Augenblick hinsetzen. Sie haben da einen hübschen Hund.«

Sie fanden eine leere Bank, und der Mann stellte sich als Dave Bliss vor. Er sagte, er kenne auch Gordons Namen und Anschrift und wisse, daß er eine Frau und zwei Kinder habe. Und Kellerman.

»Mich interessiert nicht im mindesten, was er gegen Sie in der Hand hat«, fuhr Dave Bliss fort, schob sich eine Zigarette in den Mund und nahm sie gleich wieder heraus. »Und Sie wollen mich bitte auch nicht danach fragen. Eins sagen Sie mir aber bitte: wieviel zahlen Sie ihm? Bei mir holt er fünfzig im Monat.«

»Bei mir auch«, sagte Gordon heiser. »Bis vor kurzem waren es vierzig.«

»Ja«, sagte Bliss. »Und das war der Augenblick, als ich mich entschloß, Kellerman zu folgen und etwas mehr über ihn herauszufinden. Ich kenne Ihren Beruf nicht, ich arbeite jedenfalls bei der Post. Die fünfzig Mäuse tun mir weh.«

»Ich bin Vertreter«, gab Gordon Auskunft. »Ohne Fixum, ich lebe nur von Provisionen. Es gibt Monate, da haben wir nicht genug zu essen.«

»Wer weiß, vielleicht kommt Kellerman eines Tages auf den Geschmack und verlangt noch mehr.«

»Sie sind ihm gefolgt? Was haben Sie erfahren?«

Der Hund begann zu bellen, und Gordon gab ihm einen Schlag auf die Nase.

»Ich weiß, daß er einen großen Kundenkreis hat.« Bliss lächelte. »Ich bin ihm zu etwa fünfzehn Anschriften gefolgt, überall in der Stadt. Er hat nichts aufgeschrieben, er trägt alles in seinem miesen kleinen Kopf mit sich herum, all die Namen und Anschriften.«

»Wir sind also nicht allein«, murmelte Gordon.

»Nein«, antwortete Bliss. »Das ist der entscheidende Punkt. Wir sind nicht allein. Deshalb ist mein Einfall ja auch so gut. Ein Dreckskerl wie Kellerman, der verdient es nicht zu leben. Vergessen Sie das Geld, denken Sie nur mal daran, was er den Menschen antut. Ich versauere schon von innen heraus.«

»Und?«

Der Mann nahm wieder einmal die Zigarette aus dem Mund. Der Hund beschnüffelte die glühende Spitze. Bliss zog die Hand fort und tätschelte den grauen Kopf des Tiers.

»Wir bringen ihn um«, sagte er. »Darum dreht sich mein Einfall.«

»Sind Sie verrückt? Mord ist schlimmer als Erpressung.«

»Mord ist nicht das richtige Wort. Wir merzen einen Fehler der Natur aus, das ist alles.«

»Geben Sie's auf«, sagte Gordon. »Schlagen Sie sich die Idee aus dem Kopf, dann vergesse ich, daß Sie je davon gesprochen haben.«

Bliss zündete sich eine zweite Zigarette an und wirkte plötzlich viel ruhiger. »Zuerst reagierten alle so feinfühlig. Aber sobald ich dann meinen Plan erklärte, waren sie Feuer und Flamme.«

»Was soll das heißen – ›alle‹?«

»Die Leute auf Kellermans Liste. Ich habe mit rund einem Dutzend gesprochen; Sie sind einer der letzten. Ich habe den Leuten erklärt, wie leicht und narrensicher die Sache ist, und da haben alle zugestimmt. Wissen Sie, das Gewissen rührt sich nicht so stark, wenn man bedenkt, was Kellerman ist. Das einzig Wichtige ist, sich nicht erwischen zu lassen. Dafür sorgt mein Plan.«

»Das glauben alle Verbrecher«, sagte Gordon.

»Wir reden hier nicht über ein Verbrechen«, fuhr Bliss fort. »Und niemand wird erwischt, weil es sich nicht mal um einen Mord handelt, sondern um einen Unfall. Wenn überhaupt jemand in Schwierigkeiten kommt, dann ich. Ich allein. Ich werde Kellerman mit meinem Wagen umbringen, wenn er wieder seine Runde macht. Ich habe mir den richtigen Zeitpunkt und Ort schon überlegt – kurz vor Mitternacht an der Carol Street.«

»Aha – ein Unfall«, machte Gordon.

»Genau«, sagte Bliss. »Jetzt begreifen Sie wohl, welchen Gefallen ich Ihnen da tue.«

»Halten Sie die Polizei für dämlich? Offenbar haben Sie die falschen Romane gelesen. Mörder werden erwischt, wußten Sie das nicht? Auch wenn sie ihre Tat einen Unfall nennen.«

»Bei mir ist das anders«, sagte Bliss. »Und zwar wegen der Zeugen.«

»Was?«

»Ich werde nämlich Zeugen haben«, sagte Bliss. »Und zwar viele Zeugen, die alle nichts mit mir zu tun haben. Es gibt nichts, was die Leute miteinander in Verbindung bringt, keine Freundschaften, keine Animositäten. Und sie werden über den Unfall alle dasselbe aussagen – sie seien sicher, daß allein Kellerman an dem Unfall schuld hatte.«

Gordon stand auf. »Jetzt reicht es mir«, sagte er. »Sie haben mir schon zuviel erzählt.«

»Nein«, wandte Bliss ein. »Sie müssen das schon verstehen. Sie gehören genauso dazu wie alle anderen. Begreifen Sie nicht, wie schön der Plan ist? Die große Zahl der Zeugen ist meine Garantie. Verläßliche Bürger, die alle dasselbe angeben. Ich meine *verläßlich*. Sie müßten die Liste von Kellermans Opfern mal sehen. Ein College-Professor, zwei Ärzte, vier Hausfrauen, ein Barmixer, mehrere Geschäftsleute, etliche Angestellte wie ich. Sie alle machen mit, Brinton, jeder einzelne.«

»So viele Zeugen für einen Unfall?«

»Wir brauchen natürlich nicht jeden. Einige werden von den Bullen bestimmt nicht verhört, aber sie werden zur Stelle sein, für den Notfall. Wir möchten, daß Sie auch kommen, Brinton.«

»Sie sind ja verrückt!« wiederholte Gordon. »Sie und die anderen. Ich will nichts damit zu tun haben. Ich kann Kellerman nicht ausstehen, das bedeutet aber nicht, daß ich ihn umbringen möchte.«

»Ich habe Ihnen doch gesagt...«

»Mord ist Mord«, sagte Gordon barsch. »Aber vielleicht hat es etwas für sich, gemeinsam vorzugehen. Vielleicht fände die Polizei eine Möglichkeit, ihn auszuschalten.«

»Und soll Kellerman alles ausquatschen – alles, was er weiß? Vielen Dank, Kumpel. Meine Methode ist besser.«

»Ihre Methode stinkt mir«, stellte Gordon fest. »Ich sage Ihnen, lassen Sie es sein!« Gordon packte das Halsband des Hundes. »Komm, du Dummkopf. Wir müssen weiter.« Er setzte sich in Bewegung.

»Brinton«, sagte Bliss von der Bank. »Was ist, wenn wir es doch tun?«

Aber Gordon blieb nicht stehen. Nur der Hund blickte zurück.

Donnerstag klingelte das Telefon. Pamela meldete sich und hatte Mühe, den Namen des Anrufers zu verstehen. Schließlich zuckte sie die Achseln und sagte zu Gordon: »Will dich sprechen. Ich habe Debliss verstanden.«

»Ich spreche vom Schlafzimmer aus«, sagte Gordon.

Dave Bliss sagte: »Hallo Brinton. Erinnern Sie sich noch an mich?«

»Ja.«

»Haben Sie morgen abend etwas vor?«

»Was soll das?«

»Ein paar von uns treffen sich morgen abend. An der Ecke Carol Street und Neunte Avenue. Gegen halb zwölf. Wie wär's, wenn Sie auch kommen? Gibt vielleicht was Interessantes zu sehen.«

»Sie können das nicht tun«, sagte Gordon tonlos.

»Wir stecken alle mit drin«, meinte Bliss. »Vielleicht brauchen Sie ja gar nichts zu tun. Aber je mehr desto besser, kapiert?«

»Niemand kommt mit so etwas durch! Darauf können Sie wetten.«

»Es passiert uns nichts, wenn wir zusammenhalten«, sagte Bliss. »Wir alle.«

»Ich nicht«, sagte Gordon zornig. »Niemals!« Zur Bekräftigung seiner Worte knallte er den Hörer auf die Gabel.

Zahltag war Sonnabend, doch heute blieb Kellermans tonloses Pfeifen aus. Gordon begann im Wohnzimmer hin und her zu gehen. Warum kam Kellerman nicht? Gordon fragte sich, ob er die Antwort etwa schon wisse. Seine Hand umschloß die fünfzig Dollar in der Tasche, die Scheine wurden bereits feucht und weich.

Als der Abend kam, hörte er Schritte – Pamela, die von der Eröffnung einer Kunstgalerie zurückkehrte. Er hoffte – oder nicht? –, daß sie daran gedacht hatte, an der U-Bahnstation eine Zeitung zu kaufen. Manchmal brachte sie eine mit, manchmal vergaß sie es.

»Hallo, Liebling«, sagte sie. »Sind dir die Kinder auf die Nerven gegangen?«

»Es hat den üblichen Krieg gegeben«, antwortete Gordon. »Hast du an die Zeitung gedacht?« Sie hatte.

»Mammi!« rief da eine jammervolle Stimme aus dem Schlafzimmer. »Susie hat meine Puppe getreten, und jetzt ist sie verletzt!«

Auf der Innenseite fand Gordon den Artikel:

MANN ANGEFAHREN: TOT

Edward Kellerman, 61, wohnhaft 18–11 Sudworth Street, Queens, wurde an der Ecke Carol Street und Neunte Avenue um Mitternacht von einem Automobil angefahren. Der Fahrer, David Bliss aus Manhattan, wurde nach der Vernehmung wieder freigelassen. Vier Zeugen sagten übereinstimmend aus, Kellerman sei vor das Auto gelaufen, als es um die Ecke kam.

Gordon hatte ein seltsam taubes Gefühl – es war keine Freude. Warum er sich nicht über den Tod eines Mannes freuen konnte, den er verabscheute, entzog sich seiner Logik. Er schnitt den Artikel aus und legte ihn in eine Schublade. Eine volle Woche lang sah er sich den Text nicht an, doch seine Gedanken waren nie fern davon. Schließlich wußte er, daß er noch einmal mit Dave Bliss sprechen mußte.

Er fand den Namen im Telefonbuch. Bliss war zuerst sehr unwillig, sagte dann aber zu, sich in einigen Tagen mit ihm zu treffen. Als Treffpunkt nannte er die Bar *Yank's* an der Zwölften Straße.

Yank's erwies sich als eine Art Familienlokal in der Nähe der Waterfront. Über den Dächern ragten die rotblauen Schornsteine eines Passagierdampfers auf.

Bliss wartete vor der Bar auf ihn; er spielte am Reißverschluß seines Anoraks. Er sah erheblich besser aus als am Abend der ersten Zusammenkunft. Viel ruhiger.

Es war noch nicht ganz neunzehn Uhr. Im Lokal hielten sich nur drei oder vier Gäste auf. Gordon und Bliss setzten sich ans Ende des Tresens, und der Barmann servierte zwei Bier. Als er wieder ging, sagte Bliss: »Sie haben offenbar die Zeitung gelesen.«

»Ja«, sagte Gordon.

»Eine richtige Erleichterung, nicht wahr? Keine Zahltage mehr. Komme mir vor, als hätte ich Gehaltserhöhung gekriegt.« Bliss lächelte. »Ich hatte den Kerl schon so lange am Hals, daß mir die fünfzig wie ein Bonus vorkommen.«

»Die vier Zeugen«, sagte Gordon. »Waren sie alle...«

»Aber ja«, unterbrach ihn Bliss. »Habe ich Ihnen nicht gesagt, daß der Plan bombensicher war? Die Bullen haben nur vier Leute verhört, aber es standen noch etliche andere zur Verfügung.«

»Schlau«, sagte Gordon. »Das ist alles sehr schlau eingefädelt.«

»Aber ja. Bei so vielen Zeugen kann niemand was machen. Ich hab Ihnen doch gesagt, wie leicht es sein würde.«

»Und wenn nun jemand den Mund aufmacht?«

»Das tut niemand. Dazu gäbe es keinen Grund.«

»Die Leute haben doch ein Gewissen, oder?«

»Hatte denn Kellerman ein Gewissen?«

»Kellerman war kein Mörder.«

»Er war etwas Schlimmeres! O ja!«

»Ihre Devise ist: je mehr, desto sicherer«, sagte Gordon. »Darin kann aber auch eine Gefahr liegen. Je mehr Leute davon wissen...«

»Wir haben der Welt einen Gefallen getan!« sagte Bliss betont. »Begreifen Sie das nicht?«

»Nein! Sie haben einen Menschen umgebracht! Das begreife ich. Ich könnte keine Nacht mehr schlafen, wenn ich *das* auf dem Gewissen hätte.«

»Hören Sie, Kumpel. Wenn Sie etwa Flausen im Kopf haben...«

»O ja, die habe ich allerdings. Ich konnte die ganze Woche an nichts anderes denken.«

»Sie reden ja wirres Zeug! Wir haben Ihnen einen Gefallen getan! Wir ersparen Ihnen die monatlichen Zahlungen, wir sorgen für Ihre Gesundheit. Trotzdem wollen Sie uns verpfeifen?«

»Ich wollte Ihre Hilfe nicht!« rief Gordon, und seine Hände zitterten so sehr, daß er sie im Schoß verschränken mußte. »Ich habe Sie nicht gebeten, für mich zu morden! Und ich kann darüber nicht einfach zur Tagesordnung übergehen!«

»Sie Idiot!« stöhnte Bliss. »Sie verdammter Idiot«, fügte er traurig hinzu. »He, Yank!« rief er dem Barmann zu. »Wir trinken noch ein Bier.«

Der Mann kam ans Ende des Tresens. Über seinem haarigen Arm lag ein Handtuch. Er sah Bliss an und fragte: »Kummer?«

»Ja«, sagte Bliss. »Mehr als uns lieb ist.«

Gordon sah die Mündung der 45er wie von Zauberhand unter dem Handtuch hervorkommen. Hastig blickte er in das Gesicht des Barmixers und sah die schreckliche Entschlossenheit in seinen Augen. Schon ruhte die Mündung an seiner Brust. Gordon hob beide Hände, um die Waffe zur Seite zu schieben. Aus den Augenwinkeln sah er Bliss von seinem Barhocker springen, dann ging die Waffe los, so laut, daß sie noch seinen letzten ersterbenden Gedanken übertönte.

Der Polizeibeamte fragte: »Wie ist das nur geschehen, Yank? Wie hat er sich das eingefangen?«

»Mann, fragen Sie die doch«, sagte der Barmann. »Frank, hast du etwas dagegen, wenn ich mir einen genehmige? Ich bin noch ganz durcheinander.«

»Aber klar«, sagte der Beamte. »Und wie heißen Sie, Mister?«

»Walton. Ich arbeite bei der Telefongesellschaft.«

»Und Sie sind Mrs. ...?«

»Chester«, antwortete die Hausfrau.

»Und ich bin Dr. Adams«, gab der alte Mann Auskunft. »Dr. Herbert Adams. Von der Polyklinik.«

»Er saß direkt neben mir«, sagte Dave Bliss. »Als er plötzlich die Waffe zog, bin ich glatt drei Meter weit gesprungen.«

»Ein Überfall«, sagte der Barmixer. »Es war ein Überfall. Ich wußte gar nicht, was ich tat, ich packte die Waffe und wollte sie ihm entreißen. Dann ging sie los.«

»So ist es geschehen«, fügte Walton hinzu.

»Genau«, sagte Dr. Adams, und die anderen nickten.

Knapp eine Stunde später ließ die Polizei den Toten fortschaffen; anschließend dauerte es nicht mehr lange, bis auch die Zeugen den Ort der Tragödie verlassen und ihres Weges gehen durften.

Tschüs, Charlie!

Eigentlich glaubte Charlie ja ein Recht zu haben auf das Geld, das er klaute. Als Vertreter für die Firma Broadman & Söhne, Miederwaren, hatte er sich ganz gut gemacht, als Turtin mit seinem Vorschlag von »einem eigenen kleinen Laden« kam. Im Verkaufen war Turtin Spitze, und so lauschte Charlie verzückt den Prophezeiungen des anderen. Ein großer Verkaufsraum an der Hauptstraße. Dicke Bestellungen aus Dallas, Chicago, St. Louis. Haufenweise Geld auf der Bank. Willige Mannequins, die dem Boss gefallen wollten. »Du bist unser Außenmann«, hatte Turtin mit leiser, einschmeichelnder Stimme gesagt, »während ich hinter den Kulissen arbeite. Was kann da schiefgehen?«

Genau genommen ging auch nichts schief. Im ersten Jahr machte die Firma zumindest keinen Verlust, womit Turtin ganz zufrieden war. Im zweiten Jahr blieben sie auf einer Ladung Samt sitzen und hatten einen Umsatzgewinn von nur drei Prozent. Im dritten Jahr begann Charlie Geld auf die Seite zu schaffen.

Er glaubte durchaus Anspruch darauf zu haben. Immerhin handelte es sich um einen Vorgriff auf Turtins Versprechungen. Turtin, diesem melancholischen kleinen Bluthund, ging es doch nur um die Qualität der Ware und die Begründung seines guten Rufes in der Branche. Charlie dagegen hatte gewisse Ausgaben, die ihm unter den Nägeln brannten. Zum Beispiel Danielle Sweetfoot. Ein Mädchen wie Danielle, ein echtes Showgirl aus Las Vegas, ließ sich mit Provisionen allein nicht halten. Dann der ausländische Sportwagen. So eine Karre läuft schließlich nicht mit Feuerzeugbenzin, oder? Die Wohnung südlich von

Central Park war auch keine Kleinigkeit. Allein die Trinkgelder für das Hauspersonal kosteten Charlie fünfhundert im Jahr. Ein Vertreter mußte eben ein gewisses Format an den Tag legen.

Turtin war ein solcher Idiot, daß er fast sechs Monate lang nichts von den Fehlbeträgen merkte. Bis dahin hatte Charlie das Geld längst zurückzahlen wollen, aber leider investierte er in die Aktien einer Elektronikfirma, die der Freund eines Freundes von Nick Davas – ach, wozu in die Einzelheiten gehen? Der Kurs fiel von neunundvierzig auf siebeneinhalb – so war die Börse nun mal.

Turtin war zwar ein sanfter, zurückhaltender Typ, als er aber auf die Wahrheit stieß, fiel seine Reaktion überraschend heftig aus. Er stürmte in Charlies Wohnung – wobei er wie eine lustige Figur aus dem Second Avenue Theater aussah – und brüllte so laut los, daß Danielle geradewegs von Charlies Schoß rutschte. Im nächsten Augenblick ging er Charlie an die Gurgel. Es war ein unmenschlicher Auftritt. Danielle kreischte aus vollem Halse und alarmierte damit das Hausmädchen, den Fahrstuhlführer und den Streifenpolizisten von der Straße. Sie alle mußten sich energisch bemühen, Turtins Finger von Charlies Hals zu trennen.

»Wollen Sie Anzeige erstatten?« fragte der Polizist.

»Nein«, antwortete Charlie, rieb sich die Halsschlagader und betrachtete seinen Partner. »War nur eine kleine Auseinandersetzung, nicht wahr, Max?«

»Ja«, sagte Turtin verbittert. »Wir reden morgen im Büro darüber.«

»Aber klar - sehr vernünftig von dir«, stellte Charlie fest.

Am nächsten Tag hatte sich Turtin wieder beruhigt. »Ich lasse nächste Woche eine Buchprüfung durchführen«, verkündete er leise. »Anschließend kann sich der Staatsanwalt mit dir beschäftigen.«

»Das kannst du mir doch nicht antun!« sagte Charlie.

»Sieht so aus, als fehlten gute fünfundsiebzigtausend. Ist davon noch etwas übrig?«

»Nein«, log Charlie. In Wahrheit hatte er in seiner Wohnung noch fünfunddreißigtausend Dollar in kleinen Noten versteckt.

»Hast du sonst etwas zu sagen, Charlie?«

Charlie überlegte angestrengt. »Nun ja, meine Mutter ist vierundachtzig. An dem Schock würde sie wohl sterben.«

»Tschüs, Charlie«, sagte Turtin. »Wir sehen uns vor Gericht wieder.«

An diesem Abend ging ein besorgter Charlie nach Hause. Er erklärte Danielle die Lage und fragte, was sie an seiner Stelle tun würde. Danielle kaute einen Augenblick lang auf ihren rotbemalten Lippen herum.

»Ich glaube, ich würde mich umbringen«, sagte sie schließlich.

»Danke für den tollen Rat«, meinte Charlie.

Zwanzig Minuten später stürmte er aus dem Badezimmer. »Du hast ja recht!« rief er begeistert. »Du hast ja recht! Das ist die Lösung, Schätzchen!«

»Lösung?«

»Ich bringe mich um!«

Danielle schnappte sich ihren Nerz und warf ihn über die Schultern. »Leb wohl«, sagte sie. »Ich kann kein Blut sehen.«

»Warte noch! Ich will doch nicht wirklich sterben! Ich täusche den Selbstmord nur vor, damit Turtin niemanden mehr belangen kann. Ich habe ein paar Scheine auf die hohe Kante gelegt. Ich könnte Ferien machen, in Mexiko oder Tanganjika oder so.«

»Schön für dich. Aber was wird aus mir?«

»Mach dir keine Sorgen. Wenn sich die Sache abgekühlt hat, komme ich zurück und mache einen drauf ... so richtig einen drauf.«

»Eher *kriegst* du einen drauf – auf die Finger und ab in den Knast. Die Polizei wird wegen Unterschlagung nach dir fahnden.«

»Das habe ich alles bedacht. Komm, du mußt mir helfen.«

»Kommt nicht in Frage! Wenn du dir einbildest, ich halte das Rasiermesser, während du dir die Gurgel durchschneidest...«

»Das doch nicht! Ich arbeite mit Psychologie, Baby! Ich bin Verkäufer, vergiß das nicht. Ich werde diesen Selbstmord verkaufen.«

»Was soll ich dabei tun?«

»Pack mir ein Paket.«

»Ein was?«

»Ein Paket! Etwa so groß. Tu ein paar schwere Sachen rein – Bügeleisen, Schuhe, was hier so in der Wohnung rumliegt.«

»Na schön«, seufzte Danielle. »Ich pack dir ein Paket. Soll ich auch einen Empfänger draufschreiben?«

»Spar dir die Mühe«, antwortete Charlie grinsend. »Das Ding wandert geradewegs ins Büro für unzustellbare Sendungen.«

Während Danielle loslegte, zog sich Charlie ins Schlafzimmer zurück, schloß die Tür und wählte Max Turtins Nummer. Danielle sollte das Gespräch nicht mithören, damit sie nicht etwa von einem Teil seines Planes erfuhr, den er noch gar nicht erwähnt hatte. Charlie ging es nämlich um mehr als nur Selbstmord. Er wälzte Mordgedanken.

Der Einfall hatte ihn geradewegs aus dem Badezimmerspiegel angesprungen. Er putzte sich gerade die Zähne, wobei er die Bürste wie ein Stilett hielt und Turtin in Gedanken umbrachte. Im nächsten Augenblick begegnete er dem Blick der eigenen Augen und erkannte, daß sein Problem auf lange Sicht nur durch einen Mord gelöst werden konnte.

Aber wie? Nach der Auseinandersetzung in seiner Wohnung war es kein Geheimnis, daß Charlie Max nicht ausstehen konnte. Wenn Turtin eines geheimnisvollen Todes starb, stünde er sofort ganz oben auf der Liste der Verdächtigen. Charlie ächzte hinter seinem Zahnpastaschaum. Dieser Weg war ihm verbaut. Er konnte genausogut tot sein.

Aber natürlich!

Es gab eine garantiert sichere Methode, Turtin aus dem Weg zu räumen und zugleich dem Netz der Polizei zu entwischen. *Er brauchte nur nicht mehr dazusein.* Nicht in Mexiko. Nicht in Tanganjika. Wirklich nicht mehr da. Futsch. Morte, Kaputt. Leb wohl, Charlie. Tot.

Das war der Clou: er mußte den Toten spielen. Später konnte er wieder aufwachen, Turtin ein für allemal erledigen und die Polizei nach *lebendigen* Verdächtigen fahnden lassen.

Er lauschte auf das Rufzeichen am anderen Ende. Dann hörte er die verhaßte sanfte Stimme.

»Hallo, Max«, sagte er. »Hier Charlie.«

»Laß mich in Ruhe, Charlie«, seufzte Turtin.

»Ich will nichts von dir. Ich wollte nur Lebwohl sagen.«

»Wohin willst du denn verschwinden?«

Charlie lachte bitter. »Mach dir keine Sorgen. Ich laufe dir nicht davon, Max, das brächte ja doch nichts. Ich gehe an einen Ort, wo mir niemand etwas tun kann. Wo das Leben nichts weiter ist als ein leerer Traum.«

»Bist du betrunken?«

»Mach's gut, Max«, sagte Charlie traurig. »Ich bedaure meine Tat und hoffe nur, du kannst mir verzeihen – danach.«

»Wieso – danach?«

»Hör zu, Max. Wenn man meine Leiche findet, tu mir bitte einen Gefallen. Sag niemandem, daß ich ein Dieb war. Es wäre Mamas Tod. Versprichst du mir das, Max?«

»Charlie!« brüllte der andere.

Aber Charlie hatte bereits aufgelegt.

Als er das Wohnzimmer verließ, schnürte Danielle gerade das Paket zu. Sie schmollte. Er wog das Gebilde in der Hand, das ihm schwer genug zu sein schien.

»Jetzt verschwinde lieber«, sagte er. »Du hörst von mir.«

»Wer garantiert mir das?«

»Verdufte endlich!«

Als er allein war, nahm Charlie einen leeren Koffer aus dem Schrank und tat Dinge hinein. Dinge wie Geld. Er legte ein Extrapaar Schuhe dazu und einen zweiten Mantel.

Es war fast zweiundzwanzig Uhr, als der Pförtner seinen Wagen vorfahren ließ. Die Fahrt zur Great-Point-Brücke dauerte eine halbe Stunde, und Charlie sang die ganze Zeit – so freudig sah er den kommenden Ereignissen entgegen.

Er stellte den Wagen auf einem leeren Parkplatz unter der Brücke ab. Dann stopfte er die Schuhe in die Taschen des zweiten Mantels und nahm das schwere Paket unter den Arm. Zuletzt betrat er den Fußweg und marschierte los.

Es waren nur wenige Fußgänger in Sicht, meistens Stadtstreicher auf der Suche nach einem Plätzchen zum Übernachten, und niemand kümmerte sich um Charlie und seine Last. Damit war er durchaus einverstanden. Noch durfte man ihm keine Beachtung schenken.

Auf der Mitte der Brücke wartete er, bis ein Liebespärchen vorbeigeschlendert war; dann baute er die Bühne auf. Er zog den Mantel aus und drapierte ihn über dem Geländer. Die Extraschuhe stellte er auf dem Beton ab. Dann balancierte er das schwere Paket auf dem Geländer und wartete geduldig, bis er in der Dunkelheit einige Gestalten näherkommen sah.

Im nächsten Augenblick stürzte das Bündel in die Tiefe.

»Hilfe! Hilfe!« brüllte er. »Er ist gesprungen! Er ist gesprungen!«

Daraufhin erhielt er von beiden Seiten der Brücke Zulauf. Das junge Paar rannte zurück, um sich den Spaß anzusehen, und drei weitere Zeugen trabten herbei, um nur ja nichts zu verpassen. Viel sehen konnten sie nicht, doch hörten sie wenigstens das Aufklatschen. Sie beugten sich über das Geländer, starrten rufend in die Tiefe und begannen Halluzinationen zu haben, ganz wie Charlie es vorausgesehen hatte.

»Ich sehe ihn! Ich sehe ihn!« rief jemand.

»Er versucht zu schwimmen!« schrillte eine Frau. Ein whiskystinkender alter Stadtstreicher linste ihr über die Schulter und schnalzte mitleidsvoll mit der Zunge. »Er schafft es nicht, der arme Bursche. Er säuft ab!«

»Da ist er! Er geht unter!«

»Er verschwindet jetzt schon zum drittenmal...«

»Holt doch Hilfe!« brüllte Charlie. »Jemand muß die Polizei holen!« Der junge Liebhaber starrte ihn eine Sekunde lang mit aufgerissenen Augen an und setzte sich in Trab. Charlie marschierte in die andere Richtung, während die übrigen auseinanderliefen, als stünde ein Luftangriff bevor – sie wollten wohl alle Hilfe holen. Niemand dachte daran, die Brückentelefone zu benutzen, was Charlie aber gleichgültig war. In wenigen Minuten würden die Behörden dennoch Bescheid wissen, und die Bullen würden am Ort des Geschehens erscheinen, um Mantel, Schuhe und Informationen einzusammeln.

Er kehrte zum Wagen zurück, nahm den Koffer an sich und hielt ein Taxi an. In einem schäbigen Hotel im Zentrum mietete er sich ein und rauchte drei Zigarren, ehe er endlich einschlief.

Der Selbstmörder wurde in der Morgenzeitung noch nicht erwähnt, dafür erschien in der Nachmittagsausgabe ein anrührender Bericht. Man nannte ihn einen bekannten Geschäftsmann. Es hieß, er habe »geschäftliche Sorgen«

gehabt. Der Artikel enthielt sogar ein Foto Danielles, die als seine »erschütterte Verlobte« bezeichnet wurde. Und das Beste: kein Wort von der Unterschlagung. Der arme Max Turtin! Offenbar hatte er die Geschichte von der vierundachtzigjährigen Mutter geschluckt. Dabei hatte Charlie seine Mutter seit fünfzehn Jahren nicht mehr gesehen. Sie war achtundfünfzig und Kellnerin in Houston.

Wie üblich spielte man mit dem Gedanken, den Fluß abzusuchen, wogegen aber die starke Strömung am Great Point sprach. Nach Ansicht der Polizei würde die Leiche ohnehin wieder an Land geschwemmt. Und ob! Charlie lachte leise vor sich hin – diese Leiche würde sich an Land noch bemerkbar machen, aber ziemlich handgreiflich!

Drei Tage später waren seine Bartstoppeln lang genug, um ihn auf den ersten Blick unkenntlich zu machen. Er wollte endlich zur Tat schreiten. Gegen dreiundzwanzig Uhr suchte er die Telefonzelle in einem Drugstore auf und rief bei Turtin an. Turtin wohnte allein in einem kleinen Mietshaus in der Neunundzwanzigsten Straße.

»Hallo?« fragte er mit piepsiger Stimme. »Ist Herbie zu Hause?«

»Sie haben sich verwählt«, sagte Turtin und legte auf.

Charlie brauchte eine Viertelstunde mit der U-Bahn. Er betrat das Gebäude, fuhr mit dem Fahrstuhl in die fünfte Etage und klopfte an Turtins Tür. Als Turtin aufmachte, konnte Charlie jeden Zahn in seinem Mund sehen.

»Charlie!« Mehr brachte er nicht heraus.

Er schob sich an dem anderen vorbei in die Wohnung und machte die Tür hinter sich zu.

»Du bist nicht tot!« stotterte Turtin. »Danielle hatte also recht...«

Jetzt war Charlie mit dem Staunen an der Reihe.

»Danielle? Soll das heißen, sie hat dir alles erzählt?«

»T-t-t«, machte Turtin. »Du armer Dummkopf! So etwas

Verrücktes hättest du gar nicht anzustellen brauchen. Ich hatte ohnehin nie die Absicht, dich anzuzeigen. Wie hätte ich einem alten Freund so etwas antun können?«

»Du nimmst mich nicht auf den Arm?« fragte Charlie. »Du wolltest mich nicht anzeigen?«

»Natürlich nicht!« Turtin umfaßte seinen Arm und führte ihn mit gewohnter Sanftheit in das Wohnzimmer. »Komm rein, Charlie, komm rein. Trink einen mit mir. Du siehst aus, als könntest du einen Schluck vertragen.«

Charlie war wie vor den Kopf geschlagen. Er nahm Platz und ließ sich von Turtin einen Drink mixen. Als ihm wieder einfiel, was er eigentlich im Schilde führte, wurde ihm heiß vor Schuldbewußtsein. Turtin umbringen! Diesen großartigen Freund!

»Ich komme mir wie ein Schweinehund vor«, sagte Charlie und mußte schlucken vor Rührung. »Ich hätte es besser wissen müssen, Max.« Er kostete seinen Drink. »Ich hätte wissen müssen, daß du mir so etwas nicht antust.«

»Natürlich nicht – auf keinen Fall. Soll ich denn meinen eigenen Partner ins Gefängnis bringen? Und die hübsche Firma ganz allein besitzen?«

Charlie lachte schwach, leerte sein Glas und entschlummerte.

Als er wieder zu sich kam, starrte er in Danielles Gesicht. Sie blickte ihn direkt an, redete aber über ihn, als wäre er gar nicht im Zimmer.

»Er ist wach, Max, er ist wach«, sagte sie. »Die Wirkung läßt nach.«

»Wir haben noch viel Zeit«, hörte er Max sagen.

Charlie versuchte die Hände zu bewegen, die aber an den Stuhl gefesselt waren. Er versuchte zu sprechen, spürte aber einen weißen Klumpen im Mund.

»Was jetzt?« fragte Danielle. »Rufen wir die Polizei?«

»Hmm«, erwiderte Turtin. »Die würde ihn eine Zeitlang einsperren. Aber vielleicht gibt's da noch eine bessere Möglichkeit.«

»Was könnte besser sein?«

»Soll das heißen, du bist noch gar nicht darauf gekommen?«

»Worauf denn?«

»Er hat doch bereits Selbstmord begangen«, sagte Turtin.

Zehn Tage später wurde Charlies Leiche angespült, womit die Polizei wieder einmal bestätigt war. Zum Ende des Jahres machte die Kleiderfabrik einen Gewinn von vier Prozent des Umsatzes. Das war nicht sensationell viel, aber es brauchte ja nicht mehr geteilt zu werden.

Mein kleiner Betrüger

Mr. Sanborn war bisher einem Gespräch mit Fred Moffits Frau entgangen – aber nur, weil er der vielbeschäftigte Firmenchef war. Freitagmittag jedoch, drei Tage, nachdem ihr Mann gegen Kaution freigelassen worden war, ließ sich Mrs. Moffit einen hinterlistigen Trick einfallen: sie wartete vor der Tür der Sanborn Company, bis Delores, Mr. Sanborns Sekretärin, zum Essen ging. Dann trottete sie den Flur entlang zu seinem Eckbüro, starrte durch den Türspalt und sah ihn in ein riesiges Sandwich beißen, während er die Augen in einem Taschenbuchkrimi hatte. Da konnte er sich nicht mehr damit herausreden, »zuviel zu tun« zu haben; er war ertappt, mit Eispuren im Gesicht.

»Mr. Sanborn?« fragte sie ehrfürchtig. »Ich bin Stella Moffit, Freds Frau. Ich muß Sie sprechen, Mr. Sanborn...«

Er nahm die Füße vom Tisch und versuchte eine Entschuldigung herauszubringen. Es wurde aber nur ein Stammeln daraus. Inzwischen hatte die Frau mit vier gewaltigen Schritten die sechs Meter Teppich zwischen Tür und Schreibtisch überwunden und zog sich einen Stuhl heran. Mr. Sanborn sah Fred Moffits Frau zum erstenmal, ein Anblick, der ihm einen gelinden Schock versetzte. Nicht daß er besondere Erwartungen gehegt hätte – Moffit war ein kleiner, dürrer Mann mit doppelt soviel Stirn als Kinn –, diese Frau aber war ein Vogelwesen. Ihr schwarzes Haar bildete ein wirres Nest für allerlei Nadeln. Sie hatte die Augen, die Nase und nach Mr. Sanborns Einschätzung wohl auch das Wesen eines Adlers.

Jetzt legte sie die Krallen auf den Tisch und schrillte: »So etwas können Sie mit meinem Fred nicht machen, Mr. Sanborn! Auf keinen Fall!«

Er schob den Drehstuhl zurück so weit es ging, ohne aus dem Fenster zu fallen. »Ich verstehe nicht, was Sie wollen, Mrs. Moffit«, sagte er. »*Ich* tue doch gar nichts; Fred hat das alles selbst angestellt.«

»Glauben Sie etwa, das wüßte ich nicht?« fragte sie jammervoll, schloß die Augen und bewegte ihren großen, formlosen Körper vor und zurück. »Glauben Sie etwa, ich hätte ihm das nicht hundertmal gesagt? Fred, habe ich gesagt, Fred, warum hast du das getan? Warst du nicht mit dem zufrieden, was dir die Sanborn Company jede Woche zahlte? Warst du nicht zufrieden damit, daß die Leute dich gehirnlosen Idioten von der Straße geholt und sogar zum ersten Buchhalter befördert haben? Zeigst du so deine Dankbarkeit? Indem du Unterschlagungen begehst?«

»Äh ... ja«, sagte Mr. Sanborn unbehaglich. »Sie waren bestimmt ebenso überrascht wie wir, als wir den Fehlbetrag feststellten. Aber da Sie das offenbar begreifen, wüßte ich nicht, warum Sie meinen, ich hätte ...«

Sie schlug so heftig auf den Tisch, daß der letzte Rest des belegten Brotes in die Höhe hüpfte. »Weil *Sie* derjenige sind, der die Anzeige gemacht hat, Mr. Sanborn. Trifft das nicht zu? Haben Sie Fred bei der Polizei angezeigt?«

»Nun ja. Das ist richtig. Sie müssen verstehen. Als Präsident dieser Firma ...«

»Na schön. Wenn Sie also die Sache in Gang gebracht haben, können Sie sie auch wieder abblasen, habe ich nicht recht? Ich meine, Sie haben das Geld ja schließlich zurückbekommen, nicht wahr, die ganzen dreitausend Dollar?«

»Nun, es bleibt ein Rest von etwa vierhundertundzwanzig ...«

»Das können Sie ihm doch vom Gehalt abziehen, oder?« Ihre blitzenden Augen fixierten ihn. »Wäre das nicht der einfachste Weg?«

»Mrs. Moffit, wenn Sie meinen, wir würden Ihren Mann weiter bei uns beschäftigen...«

»Warum nicht?« fragte sie lautstark. »Nur weil er mal einen Fehler gemacht hat? Wie viele Fehler haben Sie schon in Ihrem Leben gemacht?«

»Sicher viele – aber doch nicht die Art Fehler, die sich Ihr Mann geleistet hat. Unterschlagung ist ein Verbrechen, Mrs. Moffit. Es handelt sich dabei um eine Art Diebstahl.«

»Ha! Fred Moffit hat nicht den Mumm, auch nur fünfundzwanzig Cents zu klauen! Was er getan hat, war kein Diebstahl, nicht für ihn. Er hat sich ohne Erlaubnis etwas ausgeliehen, das ist alles. Hören Sie, über Fred können Sie mir nichts Neues erzählen. Ich studiere diesen Mann nun schon seit fünfundzwanzig Jahren wie ein Insekt. Gut, er hat also Geld unterschlagen. Aber ist er deshalb gleich ein Verbrecher?« Sie lachte.

Mr. Sanborn rang sich ein Lächeln ab. »Oh, ich weiß, daß Fred im Grunde seines Herzens kein Dieb ist. Er kam eben in Versuchung und konnte nicht widerstehen. Niemand war überraschter als ich. Aber noch mehr hat mich eigentlich überrascht, *wie* er die Tat beging.«

»Was soll denn das heißen?«

»Nun«, sagte der Geschäftsmann zögernd. »Ich schätze, wir alle haben in uns einen Zug, der uns einen raffinierten Verbrecher bewundern läßt. Fred aber hat sich ganz und gar nicht raffiniert angestellt. Offen gestanden dürfte sein primitives Vorgehen eher ein Hinweis darauf sein, daß er gar kein besonders guter Buchhalter war.«

»Ha!« sagte die Frau nickend. »Über die Intelligenz meines Mannes brauchen wir kein Wort zu verlieren. Schlau ist er nicht gerade.«

Ihr Gesicht zeigte eine besorgniserregende Veränderung. Der Mund klaffte weit und offenbarte ein umfangreiches Goldlager in den Backenzähnen. Mr. Sanborn befürchtete schon, nun werde ein lauter Gefühlssturm losbrechen. Statt dessen war ein Tuten wie von einem Nebelhorn zu hören, und ihre dunklen, tiefliegenden Augen füllten sich mit den dicksten, nassesten Tränen, die er je gesehen hatte.

»*Ooo-ou-aah!*« dröhnte sie wie eine kaputte Posaune. »Mein armer Fred! Mein armer Kleiner kommt ins Gefängnis!«

»Mrs. Moffit, bitte...«

»Man wird ihn ins Gefängnis stecken! Ich werde ihn nie wiedersehen! Mein Kleiner kommt in den großen Bau...«

»Mrs. Moffit, bitte beherrschen Sie sich doch! Dies ist schließlich ein Büro...«

»Sie können so etwas nicht tun! Sie können ihn nicht einsperren! Er hat das alles nicht so gemeint, Mr. Sanborn, das schwöre ich bei Gott!« Sie sprang auf und krallte nach ihm, wobei ihre rotbemalten Fingernägel seine Jackettaufschläge um Haaresbreite verfehlten. »Ich zahle Ihnen jeden Cent zurück! Ich gehe als Putzfrau! Ich verkaufe die Möbel! Ich – ich tue alles!«

»Ich bitte Sie!« sagte Mr. Sanborn, der in Schweiß ausbrach und zu zittern begann.

»Er bedeutet mir doch alles! Er ist mein ganzes Leben. Verstehen Sie das nicht? Und dann die Kinder...«

»Kinder? Ich dachte, Sie haben keine Kinder?«

»Er hat einen Neffen«, schluchzte die Frau. »Der Junge hält so große Stücke auf Fred. Was soll ich ihm nur erzählen, wenn Sie Fred ins Gefängnis stecken lassen, ha? Was sage ich dem Jungen?«

Sie setzte sich wieder und stützte den Kopf in die Hände. Ihre kräftigen Schultern wurden von lautem Schluchzen geschüttelt. Mr. Sanborn wartete darauf, daß sie sich beruhigte, doch das Weinen hörte nicht auf. Es nahm vielmehr wieder an Intensität zu, bis sie den Tisch mit den Fäusten zu bearbeiten begann und dabei ächzte und jaulte wie eine defekte Sirene.

»Mrs. Moffit, Mrs. Moffit«, flehte er hilflos, doch sie weinte nur noch um so mehr. »Mrs. Moffit, hören Sie zu! Ich will Fred nicht ungerecht behandeln; das Gericht wird bestimmt Gnade walten lassen...«

Sie hörte auf zu schluchzen und ließ ein gerötetes Auge sehen. »Wieso – Gnade?«

»Na, vielleicht ein Jahr, höchstens zwei...«

»*Ooo-ouaah!*« jaulte die Frau auf, trat mit den Füßen gegen den Schreibtisch und ließ die Fäuste auf die Schreibunterlage dröhnen. »Mein armer Fred! Mein hilfloser Kleiner!«

»Na schön, na schön!« brüllte Mr. Sanborn. »Dann nicht mal das, Mrs. Moffit, nicht mal das. Ich lasse den Richter nicht an ihn heran. Ich ziehe die Anzeige zurück...«

Sie blickte auf, und wieder hatte sich ihr Gesicht völlig verändert. »Wirklich? Versprechen Sie mir das?«

»Ja«, sagte Mr. Sanborn seufzend. »Der Schaden war ja wohl wirklich nicht groß. Der größte Teil des Geldes ist wieder da, und die Differenz zahle ich aus eigener Tasche.«

»Oh, Mr. Sanborn! Sie sind ein großartiger Mann!«

Er wich zurück, ehe sie ihm ihre Dankbarkeit beweisen konnte. »Natürlich geht es nicht, daß er seine Arbeit bei uns wieder aufnimmt, Mrs. Moffit. Und es dürfte ihm nicht leicht fallen, eine ähnliche Stellung zu finden. Seine Tat ist schließlich nicht geheimgehalten worden...«

»Ach, das geht schon in Ordnung«, gab die Frau zurück. »Er hätte nie Buchhalter werden dürfen; seit Jahren rede ich auf ihn ein, er soll bei meinem Bruder in die Bäckerei eintreten.«

»Äh... ja«, sagte Mr. Sanborn. »Sie können ja jetzt nach Hause gehen und Fred die gute Nachricht überbringen, Mrs. Moffit. Ich rufe im Büro des Staatsanwalts an und gebe dort meine Entscheidung bekannt.«

»Wie könnte ich Ihnen je danken?« rief Mrs. Moffit.

Um halb sechs war Mr. Sanborn immer sehr erschöpft. Das hatte nichts mit der Energie zu tun, die er den Tag über aufgewendet hatte; es war vielmehr seine Angewohnheit, um 17.30 Uhr müde zu sein. Da es ein Freitag war, hatten sich die anderen Angestellten schon vor einer halben Stunde verabschiedet. Er war allein. Die Stille war beruhigend; sie sollte aber nicht lange anhalten.

»Mr. Sanborn?«

Er hob den Kopf und sah Fred Moffit an der Tür stehen. Im ersten Augenblick war ihm, als habe sich in der letzten Woche nichts geändert: da stand der treue, arbeitsame Fred, der jeden Tag dafür sorgte, daß die Bücher stimmten. Aber dann wurde Mr. Sanborn bewußt, daß er sich in der Gegenwart des Betrügers Moffit befand, eines Mannes, von dessen Existenz er keine Ahnung gehabt hatte.

»Nun, Fred«, sagte er hilflos. »Was für ein überraschender Besuch!«

»Kann man wohl sagen«, erwiderte Moffit und betrat das Büro.

»Sie haben – Sie haben wohl heute nachmittag schon mit Ihrer Frau gesprochen.«

»Ich komme eben von ihr. Sie sagt, Sie ziehen die Anzeige zurück.«

»Richtig«, entgegnete Sanborn lächelnd. »Sie brauchen dazu nichts zu sagen, Fred. Ich weiß genau, was Sie jetzt fühlen. Ich hoffe, Sie können die Vergangenheit vergessen und versuchen ein besseres Leben zu führen.«

»Ein besseres Leben?« Moffit lachte schrill, und Mr. Sanborn hob hastig den Kopf. »Meinen Sie das wirklich? Nachdem Sie mir die klügste Tour vermasselt haben, auf die ich je gekommen bin?«

»Ich bitte Sie!« sagte der Firmenchef eisig. »Wenn Sie eine Unterschlagung klug nennen wollen...«

»Warum mußten Sie mir alles verderben?« rief Moffit.

»Warum mußten Sie die Anzeige zurückziehen? Warum haben Sie nicht alles so laufen lassen?«

»Alles so laufen lassen?« fragte Mr. Sanborn entsetzt. »Um Himmels willen. *Wollten* Sie denn etwa ins Gefängnis?«

Fred Moffit zog einen kleinen Revolver aus der Tasche. »Das ist der einzige Ort, wo *sie* nicht an mich rankommt«, sagte er matt. »Jetzt muß ich mir etwas anderes einfallen lassen.«

»Fred! Sie wollen mich doch nicht etwa umbringen?«

»Keine Sorge«, sagte der Mann traurig. »Dafür wird man hingerichtet. Ich werde Sie nur anschießen, Mr. Sanborn. In welches Bein hätten Sie's denn gern?«

Ich spiel Sie an die Wand!

Als der Anruf kam, war Nicki nicht zu Hause, und die Zimmergenossin, die die Nachricht übermittelte, war zu aufgeregt, um sich klar zu äußern. Sie wußte nicht genau, *wo* Mr. Wolfe Nicki gesehen hatte: bei ihrem Agenten, bei dem Zweiminutenauftritt in *Gypsy* oder im Fernsehspot für den Polsterreiniger – aber was machte das schon? Nicki sollte sich um *genau* vier Uhr im Broadhurst-Theater melden, wenn sie vorsprechen wollte. Nicki war so durcheinander, daß sie die Pension verließ, ohne sich noch einmal mit dem Kamm durch das wirre blonde Haar zu fahren. Sie verzichtete auf den Luxus eines Taxis und ging die dreizehn Häuserblocks zu Fuß. Ein neuer Job mochte ihr winken, aber die Besetzung war schon seit gut einem Monat im Gang, da waren sicher nur noch kleinste Rollen zu vergeben.

Auf der Bühne befanden sich nur fünf Personen, und vier beachteten sie kaum, als Nicki zögernd die Bretter betrat. Der fünfte, ein jüngerer Mann mit hoher Stirn, kam lächelnd auf sie zu. Sie erkannte Regisseur Wolfe, der an einem Downtown-Theater bekannt geworden war und sich mit einer neuen Komödie erstmals am Broadway versuchte.

»Ich kenne Sie«, sagte er. »Sie sind Nicki Porter. Vielen Dank, daß Sie gekommen sind.«

»Ich danke *Ihnen*, Mr. Wolfe«, antwortete sie scheu und ließ dabei ihre kehlige Stimme wirken. Nicki war nicht übermäßig hübsch oder auffallend unansehnlich; ihr größtes Plus war die Stimme.

»Ich will Ihnen sagen, worum es geht«, sagte Wolfe. »In unserem Stück kommt eine Witwe vor, sehr jung, nicht eben ein trauriger Typ. Die Rolle ist ziemlich klein, aber eine, die sicher beachtet wird. He, Jerry!« rief er dem untersetzten Mann zu, der sich ernsthaft mit einer gutaussehenden Frau in blauen Hosen unterhielt. »Wirf mir mal ein Textbuch rüber.«

Eifrig blätterte Nicki die Seiten durch. »Probieren Sie mal die Rede auf Seite zwölf, Mary Lous Text. Sie stammt aus dem Süden, aber die Sprache soll nicht zu ländlich werden.« Er machte Anstalten, die Bühne zu verlassen, hielt aber noch einmal inne. »Ach, Nicki, eins möchte ich noch sagen. Offen gestanden hatten wir die Besetzung schon letzten Freitag komplett. Die einzige Rolle, bei der ich mir nicht sicher war, ist die Mary Lou, doch wir hatten uns schon auf jemanden geeinigt. Da fiel mir ein, daß ich Sie mal in Watkins Glen gesehen hatte...«

»In *Stimme der Turteltaube.*«

»Richtig. Jedenfalls sahen Sie irgendwie so aus, wie ich mir Mary Lou vorstellte, deshalb habe ich Sie durch die Künstleragentur aufspüren lassen. Aber machen Sie sich bitte keine zu großen Hoffnungen – wer weiß?« Er zuckte die Achseln und schloß sie damit in sein Wissen um die Unwägbarkeiten des Theaterlebens ein.

Der Text auf Seite zwölf hatte es in sich. Sie wußte, daß sie gut damit fertig wurde, und am Ende spendete die Frau in der blauen Hose leisen Applaus.

»Schön«, sagte Wolfe seufzend. »Das reicht, Nicki. Wir lassen Sie nicht lange auf die Entscheidung warten; die Proben müssen nächste Woche anfangen.« Er setzte sein blitzendes Lächeln auf. »Ach, wo bleiben meine Manieren? Ich möchte Sie den anderen vorstellen.« Er drehte Nicki zu der Gruppe herum und ratterte die prominenten Theaternamen herunter, als handele es sich um Zufallsgäste in seinem Wohnzimmer. Nicki schüttelte Hände und bekämpfte die Röte, die bis zu den Ohrenspitzen zu steigen drohte.

So reagierte sie stets – scheu und wortkarg gegenüber den selbstsicheren Menschen, die den Lohn des Bühnenerfolges genießen durften. Sie waren die fest verankerten, sie schienen eine sichere Plattform zu haben in einem ansonsten unberechenbaren und gefährlichen Ozean. Als sie das Theater verließ, kam sie sich wie ein kleines Boot vor, das auf das Meer hinaustrieb.

Der Gedanke an tiefes Wasser verflüchtigte sich allerdings in dem Augenblick, da die Bühnentür hinter ihr zufiel. Die solide Realität des Bürgersteigs unter ihren Füßen brachte die Erkenntnis, daß man sie ehrlich gemocht hatte und daß sie die Rolle bekommen würde. Sie drehte sich um und betrachtete noch einmal die Theaterplakate. In diesem Augenblick kam ein junges dunkelhaariges Mädchen durch das Foyer und blieb kurz stehen, um sie anzusehen. Nicki verspürte den Wunsch, zu der Fremden zu eilen und ihr die plötzlichen Hoffnungen zu offenbaren. Statt dessen machte sie kehrt und betrat die Cafeteria an der Ecke.

Sie hatte ihren ersten Kaffee bereits ausgetrunken, als sie das dunkelhaarige Mädchen entdeckte, das drei Tische entfernt Platz genommen hatte und so aussah, als erwarte sie angesprochen zu werden. Nicki lächelte – ein kleines Lächeln, das man für privates Amüsement oder einen Gruß halten mochte. Das Mädchen schien es als Aufforderung zu nehmen; sie ergriff ihre Tasche und trat an Nickis Tisch.

»Darf ich mich setzen?« fragte sie. Ihre Stimme hatte etwas Atemloses, und ihre weißen Zähne bearbeiteten die Unterlippe. Sie war hübsch, überlegte Nicki, und hatte ein verkniffenes Julie-Harris-Gesicht, doch die hervortretenden Augen waren geschwollen. »Ich hätte Sie gern mal gesprochen«, sagte sie.

»Gern«, antwortete Nicki und zog ihre Besitztümer näher an sich heran. »Ich glaube, ich habe Sie vorhin vor dem Theater gesehen…«

»Ja«, sagte die andere und setzte sich. »Ich war dort, aber sagen Sie bitte nichts davon, nicht zu Mr. Wolfe, meine ich. Wissen Sie, ich bin Jill Yarborough, vielleicht hat Mr. Wolfe meinen Namen erwähnt.«

»Nein.«

»Ach, nicht einmal das?« Sie zwang sich zu einem Lachen, das Nicki ziemlich theatralisch fand.

»Sind Sie Schauspielerin?«

»Das erzähle ich den Leuten immer. Ich saß während Ihrer Probe hinten im Theater und fand Sie ganz gut. Besonders deutlich waren Sie nicht zu verstehen, Sie sprachen ja nicht fürs ganze Theater, aber ich fand Sie gut.«

»Danke«, sagte Nicki und bewegte sich unruhig auf dem Sitz. Der intensive Blick der anderen begann sie nervös zu machen.

»Ich bin überrascht, daß Mr. Wolfe nichts von mir gesagt hat, denn er hatte mir Freitag die Rolle so gut wie versprochen. Die Mary Lou. Sie interessieren sich bestimmt nicht dafür, aber ich komme aus dem Süden, aus dem tiefen Süden, doch ich bin schon so lange hier im Norden, daß mein Akzent kaum noch zu spüren ist. Oder?«

»Nein.«

»Jedenfalls hab ich ganz schön geschuftet, den Singsang loszuwerden, und dann kommt *so etwas.*« Sie hob eine behandschuhte Hand an die Lippen, als wollte sie ein Kichern unterdrücken, doch es war nichts zu hören. »*Richtige* Arbeit, auf der Bühne, meine ich, habe ich seit fast einem Jahr nicht mehr gehabt. Als Wolfe mir sagte, ich sei genau das, wonach er suche, hätte ich am liebsten losgejubelt. Aber dann rief er mich Samstagmorgen an und sagte, er wisse es doch noch nicht genau. Ein mieser Samstagmorgen, das kann ich Ihnen sagen!«

»Es tut mir leid, Miss ...«

»Yarborough. Nennen Sie mich doch Jill. Sie heißen Nicki?«

»Ja.«

»Na, ich hab nicht den Gasherd angemacht«, fuhr Jill Yarborough fort, während sich ihr Blick durch Nickis Stirn bohrte. »Aber gejubelt habe ich auch nicht mehr. Dann kam ich auf den Gedanken, mich heute ein wenig im Theater herumzutreiben, nur um zu sehen, was passieren würde. Und da hab ich Sie dann gesehen.«

Nicki hätte am liebsten die Hand des Mädchens berührt oder irgend etwas getan, um den Schmerz in ihrer Stimme zu mildern. Doch sie konnte nichts anderes tun, als mitleidsvoll zu antworten.

»Es tut mir leid«, sagte sie. »Ich weiß, wie das ist. Ich sitze selbst schon seit acht Monaten in den Besetzungsbüros herum. Aber ich glaube nicht, daß die Rolle schon endgültig vergeben ist...«

Jill Yarborough lachte. »Ich bitte Sie! Das müßten Sie doch gemerkt haben! Er *mag* Sie, Nicki. Das steht mal fest.« Das Lächeln verschwand. »Nur bin ich eben besser als Sie. Besser geeignet für die Rolle, meine ich, besser in jeder Beziehung.«

Verlegen starrte Nicki in ihre leere Tasse. Das andere Mädchen schwieg, doch ihre verweinten Augen waren noch auf Nickis Gesicht gerichtet, und über dem Lärm im Restaurant hörte sie sie deutlich atmen. Als Jill Yarborough weitersprach, klang ihre Stimme so leise, daß Nicki die Worte kaum verstand.

»Schlagen Sie die Rolle aus, Nicki. Sagen Sie ihm, Sie können sie nicht annehmen.«

»Was?«

»Übernehmen Sie die Rolle nicht. Rufen Sie Mr. Wolfe an und sagen Sie ihm, Sie wollen das Engagement nicht. Es gebe etwas anderes, Sie hätten Terminprobleme.«

Die dreisten Worte, der schamlose Vorschlag waren wie ein Schock.

»Sie sprechen doch nicht im Ernst!«

»O doch! Ich bin besser als Sie, ich spiel Sie an die Wand, Nicki. Ich habe härter an mir gearbeitet. Sie haben diese Rolle nicht so verdient wie ich.«

»Aber *ich* brauche den Job auch. Sie können doch nicht einfach...«

»Nicht so dringend wie ich. Unmöglich!« Das Mädchen schloß die Augen, und die Bewegung hatte etwas Erlösendes, als sei ein Vorhang vor ein hell leuchtendes Fenster gezogen worden. Im nächsten Augenblick öffneten sich die Augen wieder, und sie sagte: »Wenn Sie die Rolle annehmen, bringe ich Sie um. So wahr ich hier sitze, Nicki, ich tu's!«

Nicki stockte der Atem. Sie schob ihren Stuhl zurück.

»Ich bringe Sie um und anschließend mich selbst. Ich spiele seit einiger Zeit sowieso mit dem Gedanken. Ich hatte mir diese letzte Chance gegeben. Ich wollte die Rolle unbedingt haben.«

Sie fummelte in ihrer Tasche herum. Halb verborgen zwischen zitternden Fingern lag eine kleine dunkelbraune Flasche, auf deren Etikett deutlich ein Schädel mit gekreuzten Knochen zu sehen war.

»Ich lasse mir nicht drohen«, sagte Nicki flüsternd. »Ich lasse es nicht zu, daß Sie mich auf diese Weise verdrängen...«

»Ich will Ihnen keine Angst machen. Ich erzähle Ihnen bloß eine Tatsache. Wenn Sie Wolfe zusagen, sterben wir beide. Wenn Sie der Polizei von unserem Gespräch erzählen wollen, bitte sehr. Sie werden ja sehen, wohin das führt. Ich lache mir einen Ast und behaupte, Sie seien verrückt – Sie werden sehen, was Ihnen das nützt.«

Mit schneller Bewegung stand sie auf, wandte den Kopf

ab, als wolle sie ihre Tränen verbergen, und nahm ihre Handtasche und den Handschuh auf, den sie in ihrer Nervosität ruckhaft ausgezogen hatte. Dann ließ sie einen halben Dollar auf den Tisch fallen und eilte zur Drehtür.

Nicki brauchte gar nicht lange zu überlegen. Die Entscheidung fiel in irgendeinem geschäftigen Kämmerlein ihres Geistes, während sie zur Pension zurückmarschierte und während des aufgeregten Gesprächs mit Theresa, der Freundin, die Wohnung und Ehrgeiz mit ihr teilte. Dabei erwähnte sie Jill Yarborough nicht einmal; sie gedachte sich nicht durch einen Bluff um ihre erste richtige Chance seit fast einem Jahr bringen zu lassen.

Um halb neun am nächsten Morgen klingelte das Telefon. Nicki stieß ihr Kissen vom Bett und tastete verschlafen nach dem Hörer.

»Nicki? Hier Carl Wolfe.«

Sie schloß die Augen und begann zu beten.

»Wenn Sie mit uns einverstanden sind, möchten wir Ihnen die Rolle gern geben«, sagte der Regisseur. »Das Ensemble hat Dienstag früh um zehn Uhr die erste Zusammenkunft. Können Sie kommen?«

»Klar«, sagte Nicki beiläufig. Dann legte sie auf, ging nonchalant um das Bett herum, ergriff das Kissen und schlug ihrer schlafenden Zimmergefährtin damit auf den Rücken. »Wach auf, du Dummkopf!« rief sie ekstatisch. »Ich habe den Job!«

Jill Yarborough vergaß sie über ihrer drei Seiten umfassenden Rolle völlig. Carl Wolfe, der sich bei der ersten Probe abwechselnd zuvorkommend, fordernd und schneidend gab, bildete eine weitere Ablenkung. Eine erste zögernde Stellprobe, gefolgt von einem einwandfreien kompletten Auftritt, den Wolfe »so gut wie perfekt« nannte, ließ die vorstehenden brennenden Augen, die kleine braune Flasche, die Qual und Drohung Jill Yarboroughs erst recht versinken.

Mittwoch abend ging Nicki um halb acht Uhr vom Theater nach Hause, müde, aber noch immer in Hochstimmung. Theresa wollte heute ausgehen; sie hatte einen Freund namens Freddy, und Freddy hatte einen Freund, der *zu gern* einmal eine richtige Schauspielerin kennengelernt hätte, aber Nicki hatte abgelehnt. Als sie den Schlüssel ins Schloß steckte, lag eine dunkle, leere Wohnung vor ihr. Sie zog sich aus, wusch sich das Haar, legte einen Morgenmantel an und ließ sich mit einem Buch auf das Sofa fallen. Als es klingelte, stand sie ohne zu zögern auf, hatte sie doch Jill Yarborough völlig vergessen.

Sie trug einen langen schwarzen Mantel mit falschem Pelzkragen, der von einer nervösen Hand zusammengehalten wurde. Sie sagte Nickis Namen, und Nicki hätte ihr am liebsten die Tür vor der Nase zugeschlagen, aber sie ließ es dann doch sein. Das Mädchen trat ein.

»War gar nicht leicht, Sie zu finden«, sagte sie. »Ich mußte den Theaterpförtner fragen.«

»Machen Sie bitte keinen Ärger«, sagte Nicki resigniert. »Die Sache ist längst geregelt. Es besteht wirklich kein Anlaß, eine Szene zu machen, Miss Yarborough...«

»Nennen Sie mich Jill«, sagte das Mädchen, sah sich kurz in der Wohnung um und zog den Mantel aus. Im ersten Augenblick dachte Nicki, es würde alles glimpflich ablaufen. Die andere gab sich entspannt und gelassen. Sie ließ den Mantel auf einen Stuhl fallen. »Ein hübsches Zimmer«, sagte sie. »Wohnen Sie allein?«

»Ich teile mir die Wohnung mit einem anderen Mädchen. Sie muß jeden Augenblick zurückkommen...«

Jill Yarborough lächelte. »Ich wette, daß sie das nicht tut. Ich wette, sie hat eine Verabredung, während Sie zu Hause geblieben sind. Ich weiß ja, wie das ist, wenn man Arbeit hat. Dann ist einem jeder Mann egal. Habe ich nicht recht?«

»Ich – war heute abend zu müde zum Ausgehen.«

»Natürlich.« Das Mädchen setzte sich und verschränkte züchtig die Hände im Schoß; bis zu diesem Augenblick hatte es Nicki nicht gewagt, sie offen anzublicken. Jetzt tat sie es und stellte fest, daß die Augen der anderen so stark leuchteten wie bei ihrer ersten Begegnung. »Wie ist die erste Probe gelaufen?« fragte sie leichthin.

»Ganz gut, glaube ich.«

»Ein komischer Kauz, nicht? Carl Wolfe, meine ich. Eben noch ist er zuvorkommend, im nächsten Augenblick schimpft er wie ein Unteroffizier. Ich habe mir von ihm erzählen lassen.«

»Er ist eigentlich sehr nett.«

Wieder lächelte das Mädchen schläfrig. »Ich wette, Sie dachten, ich hätte mir einen Spaß erlaubt, wie?«

»Sie waren ziemlich aufgeregt ...«

Jill Yarborough zog sich ihren Mantel auf den Schoß. Ihre Hand verschwand in einer Tasche. Nicki, die auf dem Sofa saß, fuhr zusammen. Die Hand zog die braune Flasche heraus.

»Oh, es war kein Spaß«, sagte das Mädchen verträumt. »Jedes Wort war ernst gemeint. Ich wollte Sie umbringen und anschließend mich selbst.«

»Bitte!« sagte Nicki besorgt. »Tun Sie nichts Törichtes ...«

»Sie dachten, ich bluffe nur – aber das stimmt nicht. Ich war für die Rolle genau die Richtige. Als Schauspielerin bin ich besser als Sie, viel besser. Wissen Sie, was mit Ihnen nicht stimmt?« fragte sie nüchtern. »Sie sind ganz Stimme und kein Körper. Sie schauspielern nur mit dem Kehlkopf.« Sie drehte die Flasche in der Hand. »Ich werde Sie zwingen, dies zu trinken.«

Nicki rutschte an den Rand des Sofas und stand auf. »Ich schreie«, flüsterte sie. »Wenn Sie irgend etwas versuchen, schreie ich das ganze Haus zusammen. Die Nachbarn sind zu Hause...«

»Sie haben nicht das notwendige Flair«, sagte Jill Yarborough bitter. »Sie sind nicht bereit, um eine Rolle zu kämpfen, nicht so wie ich. Wenn man beim Theater etwas erreichen will, muß man ein bißchen verrückt sein, man muß sich jeden Schritt erkämpfen. Deshalb bin ich besser als Sie, Nicki.«

Sie zog den Korken aus der Flasche.

»Raus hier!« schrie Nicki.

Jill Yarborough grinste und stand auf. Dann trat sie vor. Sie hatte die Schultern hochgezogen, ihre Augen und Zähne blitzten übertrieben weiß in dem dunklen, gequälten Gesicht. Langsam, alptraumhaft, kam sie näher.

»Dies ist für dich, Nicki«, sagte sie und hob die Flasche. »Für dich...«

Nicki schrie auf.

Das Mädchen blieb stehen, und ihr Gesichtsausdruck veränderte sich. Sie hob die zitternde Hand an die Stirn; die Glut in ihren Augen verlöschte. Dann stockte ihr der Atem und sie legte die Öffnung der kleinen Flasche an die Lippen. Sie warf den Kopf zurück, und der Inhalt verschwand in ihrer Kehle. Sie schluckte krampfhaft und ließ die Flasche fallen und auf dem Teppich herumhüpfen. Wieder schrie Nicki auf und verdeckte die Augen. Als sie die Lider hob, hatte sich Jill Yarborough nicht von der Stelle gerührt, gelähmt von ihrer Tat. Schluchzend ging Nicki zu ihr.

»Fassen Sie mich nicht an!« sagte das Mädchen heiser. »Sie haben gekriegt, was Sie wollten, lassen Sie mich in Ruhe!« Sie machte einen Schritt vorwärts, und die Knie knickten ihr ein. »O Gott, tut das weh!« sagte sie und hielt sich den Magen.

»Ich hole einen Arzt...«

»Bleiben Sie, wo Sie sind!«

»Sie müssen sich helfen lassen!«

Jill Yarborough ging zum Sofa und stützte sich auf die Lehne. Sie begann zu würgen und sank in die Knie. Nicki griff zum Telefon.

Die Ärzte, die Jill Yarborough in Nickis Schlafzimmer brachten, waren jung, sachlich und schweigsam. Fast eine halbe Stunde lang tönten Würgelaute aus dem Schlafzimmer; in dieser Zeit saß Nicki zitternd auf dem Wohnzimmersofa und wartete auf Neuigkeiten.

Schließlich kam einer der Ärzte zu ihr, ein sauber gekleideter junger Mann mit blondem Haar. Nachdem das Problem aus der Welt war, gab er sich etwas zugänglicher. Nickis hastige Fragen quittierte er mit einem Lächeln.

»Alles in Ordnung«, sagte er. »In ein paar Tagen ist sie völlig wiederhergestellt. Wir haben ihr den Magen ausgepumpt und ihr ein Schlafmittel gegeben.« Er nahm Platz und zündete sich eine Zigarette an. »Jetzt muß ich Sie aber etwas fragen. Etwas ziemlich Wichtiges.«

»Ja?«

»Das Mädchen behauptet, sie habe geglaubt, Hustensaft zu trinken – habe sich aber geirrt. Waren Sie dabei?«

»Ja.«

Er betrachtete sie nachdenklich. »Hören Sie, wenn sie das Zeug absichtlich getrunken hat, müßten wir der Polizei Meldung machen. Selbstmord ist in diesem Staat ein Verbrechen.«

»Sie meinen, sie käme ins Gefängnis?«

»Na, so schlimm ist es wohl nicht. Man würde sie zur Beobachtung in ein Krankenhaus einweisen und psychiatrisch überprüfen. Selbstmordgefährdete lassen es meistens nicht beim ersten Versuch bewenden.« Er musterte sie abschätzend. »Wären Sie in der Lage, die Aussage zu bestätigen, Miss?«

»Ja«, sagte Nicki und wandte den Kopf ab. »Es war ein Versehen. Sie hatte keinen Grund zum Selbstmord, nicht den geringsten Grund.«

Als der Krankenwagen abgefahren war, versuchte Nicki das Broadhurst-Theater anzurufen, doch es meldete sich niemand. Sie fand Carl Wolfes Nummer im Telefonbuch und traf ihn zum Glück an. Schweigend hörte er sich an, was sie zu sagen hatte.

»Ich kann es nicht ändern«, sagte sie. »Ich muß für die nächsten Wochen die Stadt verlassen, das heißt, daß ich für die Proben nicht zur Verfügung stehe. Das beste wäre wohl, die Sache rückgängig zu machen.«

»Ich verstehe Sie durchaus«, sagte Wolfe schließlich. »Es tut mir sehr leid, Nicki, denn ich finde, Sie waren die Richtige für die Rolle. Vielleicht ein andermal...«

»Sie haben doch hoffentlich einen Ersatz? Ich möchte Sie natürlich auf keinen Fall in Schwierigkeiten bringen.«

»O doch, wir haben eine andere Kandidatin«, sagte Wolfe. »Das Mädchen, dem ich die Rolle geben wollte, ehe ich Sie anrief.«

Gott sei Dank, dachte Nicki, verabschiedete sich hastig und legte auf.

Auf Zehenspitzen ging sie ins Schlafzimmer. Jill Yarborough war noch nicht wieder aufgewacht, doch als sich Nicki dem Bett näherte, wälzte sie sich herum und öffnete die Augen.

»Ich habe eben mit Carl Wolfe gesprochen«, sagte Nicki kühl. »Hören Sie, Jill? Ich habe Carl Wolfe angerufen und ihm gesagt, ich wollte die Rolle nicht. Jetzt sind Sie am Zug«, setzte sie verbittert hinzu. »So scharf wie Sie bin ich nun wirklich nicht darauf.«

Jill Yarborough lächelte. »Ich spiel Sie an die Wand«, sagte sie leise. »Ich habe mir diese Rolle verdient. Hab ich Ihnen das nicht bewiesen? Na?«

»Was soll das heißen?«

»Ich wäre fast gestorben«, sagte Jill Yarborough und lachte hart. »Hätten Sie Wasser schlucken und daran beinahe sterben können? Das war in der Flasche – pures Wasser! Hätten Sie das geschafft? Na?« Sie stemmte sich hoch, und Nicki wich zurück. »Na?« schrie Jill Yarborough zornig, selbstgerecht und triumphierend.

Wer war's?

Lieutenant Mike Vegas verspürte den unwiderstehlichen Drang, sich mit den Fingern durch das Haar zu fahren und seine Krawatte geradezurücken, ehe er an die Tür mit dem Schild PRIVAT klopfte. Er war Polizeibeamter, und Polizisten wurden nicht fürs Gutaussehen bezahlt – trotzdem kam er sich mit seinem zerknitterten Anzug und dem kratzigen Kinn im Büro des Fernsehstars einigermaßen fehl am Platze vor.

Wally Adams begrüßte ihn persönlich an der Tür. Mike kniff beim Anblick des bekannten Gesichts die Augen zusammen und stammelte seinen Namen. Adams sah genauso aus wie der Adams, den er vom Fernsehschirm kannte – eine Tatsache, die ihm bemerkenswert vorkam.

»Vielen Dank, daß Sie gekommen sind, Lieutenant«, sagte der andere. »Ich belästige die Polizei nur ungern, aber die Sache ist vielleicht wichtig. Ich weiß es nur noch nicht. Treten Sie ein.«

»Vielen Dank«, sagte Mike leise und setzte sich auf einen mit Leder gepolsterten Stuhl neben dem Tisch. »Sie sagten etwas von einem Brief… äh… Mr. Adams. Worum geht es? Werden Sie bedroht?«

»Nein, nichts dergleichen. Genau genommen kann ich Ihnen nicht einmal garantieren, daß der Brief nicht das Werk eines Verrückten ist. Nur habe ich so ein Gefühl, als ob mehr dahintersteckt.«

»Könnte ich den Brief mal sehen?«

Adams griff in die Brusttasche seiner Tweedjacke und zog einen zusammengefalteten Bogen heraus. »Sie kennen unsere Donnerstag-Show, Lieutenant? Falls nicht, ergibt der Text für Sie vielleicht keinen Sinn.«

»Ich habe die Sendung gesehen«, stellte Mike fest. *»Wer war's?«*

»Dann wissen Sie ja, worum es geht. Wir laden Leute zu uns ein, die in letzter Zeit Schlagzeilen gemacht haben – allerdings maskiert. Unser Rateteam muß herausfinden, wer der Mann oder die Frau ist und was der oder die Betreffende getan hat, um bekannt zu werden. Dazu werden einige Hinweise gegeben.

Manchmal suchen wir die Kandidaten aus, doch es gibt Fälle, da man uns anschreibt. Das hat auch dieser Mann getan. Aber lesen Sie den Brief doch selbst.«

Mike überflog den Text. Die Handschrift war klein und präzise, voller verkrampfter Schleifchen und kompliziert geschwungener Anfangsbuchstaben.

Lieber Mr. Adams,
Ihre Fernsehsendung sehe ich seit einiger Zeit regelmäßig. Dabei ist mir der Gedanke gekommen, daß ich vielleicht als Kandidat für Sie geeignet bin. Aus Gründen, die auf der Hand liegen, möchte ich mich selbst nicht zu ausführlich beschreiben, doch bin ich vierzig Jahre alt und arbeite als technischer Zeichner für einen Konzern in Long Island City. Ich wohne in Manhattan, bin verheiratet und kinderlos. Meine Frau ist seit Jahren ein begeisterter Fan von Ihnen.

Ich glaube, ich habe etwas Berichtenswertes getan, etwas, das sich für Ihr Rateteam als interessante Nuß erweisen könnte.

Ich bin ein Mörder.

Ein Mann in Ihrer Position erhält sicher viele tausend Briefe von Leuten, die man Verrückte nennen muß. Ich würde jedenfalls verstehen, wenn Sie mich in dieselbe Kategorie einordneten – und kann Ihnen nur in allem Ernst versichern, daß ich geistig auf der Höhe bin und meine Behauptung der Wahrheit entspricht. Ich bin verantwortlich für einen Mord aus Vorbedacht und erkläre mich bereit, diese Tatsache in Ihrer Sendung zu enthüllen. Natürlich werde ich Sie vor dem Auftritt über mein Verbrechen mit Details und Beweisen unterrichten und bin auch bereit, mich den Behörden auszuliefern.

Mir ist klar, daß mein Angebot ins Sensationelle zielt und aus diesem Grund Ihren Finanziers oder Produzenten nicht zusagen mag. Doch spielt hier zugleich ein Aspekt der Bürgerpflicht mit hinein, denn ich habe die Absicht, mein Verbrechen der Polizei nur in der eben beschriebenen Weise zur Kenntnis zu geben. Sie haben nun Gelegenheit, der Gerechtigkeit zum Sieg zu verhelfen; ich möchte doch annehmen, daß dieser Gesichtspunkt Sie reizt.

Wenn Sie interessiert sind, können Sie mich über das Postamt des dritten Bezirks erreichen, unter dem Pseudonym John Rice. Versuche, mir durch die Post eine Falle zu stellen, sind völlig zwecklos; ich würde die hier geäußerten Tatsachen einfach abstreiten.

Mit den besten Wünschen für Ihren weiteren Erfolg, und in der Hoffnung, bald von Ihnen zu hören, verbleibe ich,

»John Rice«

Lieutenant Vegas spürte Wally Adams kritischen Blick. Er setzte einen geziemend neutralen Ausdruck auf.

»Ein hübsches Angebot«, stellte er fest. »Was meinen Ihre Produzenten dazu, Mr. Adams?«

Der Moderator lächelte traurig. »Ich möchte Ihnen nichts vormachen, Lieutenant. Mr. Rice nennt seine Idee ›sensationell‹, und das ist durchaus zutreffend. Natürlich gehen wir mit einer gewissen Vorsicht an die Sache heran, aber Sie müssen zugeben – die Publicity ist uns sicher.«

Mike knurrte etwas vor sich hin. »Kein Zweifel.«

»Es gibt bestimmt keine Zeitung im Lande, die sich die Story entgehen ließe. *Wer war's?* würde überall Schlagzeilen machen. Zugleich befürchten wir, daß die Sache nach hinten losgehen könnte; deshalb haben wir beschlossen, die Polizei um Rat zu fragen.«

»Und das war genau das Richtige.« Mike stand auf und ging auf dem weichen Teppich hin und her. Nachdem das Problem nun aus dem Sack war, entkrampfte er sich etwas. »Wir können uns keinen Fehler leisten. Dieser Rice spricht womöglich in vollem Ernst. Vielleicht hat er wirklich jemanden umgebracht, vielleicht ist dies wirklich der einzige Weg, an ihn heranzukommen.«

»Sie meinen, ich soll ihn in die Sendung lassen?«

»Ich würde sagen, es ist die einzige Möglichkeit, aber ich habe in dieser Angelegenheit nicht das Sagen, Mr. Adams. Ich muß mich mit der Staatsanwaltschaft in Verbindung setzen und das weitere Vorgehen abstimmen.«

Adams zuckte die Achseln. »Jedenfalls seid ihr vom Gesetz am Zug, Lieutenant. Sie können davon ausgehen, daß wir euch auf jede mögliche Weise unterstützen werden.«

»Das wissen wir zu schätzen, Mr. Adams. Ich möchte den Brief gern mitnehmen. Wir lassen ihn im Labor untersuchen; vielleicht führt uns die Analyse ja weiter. Dann spreche ich mit der Staatsanwaltschaft. Mal sehen, wie man dort vorgehen will.«

»Einverstanden«, sagte Wally Adams. Er stand auf und streckte dem Besucher die Hand hin.

Es dauerte fast eine Woche, bis Mike Vegas seinen Besuch wiederholen konnte. Diesmal war Adams nicht allein; kaum war er eingetreten, wurde er einem ganzen Zimmer voll berühmter Gesichter vorgestellt. Er wußte gar nicht, was er sagen sollte.

»Diesen Burschen haben Sie ja wohl schon mal gesehen«, meinte Adams und legte die Hand auf die Schulter Jake Jenkins', eines berühmten Komikers. Jenkins zog ein mürrisches Gesicht, klappte den Jackenkragen hoch und mimte gekonnt den gejagten Verbrecher. »Und das hier ist

Bennett Ives, unser Schlauberger. Sally Burack und Lila Conway – die vier bilden unser Rateteam.«

Mike nickte den Anwesenden zu und versuchte sich gelassen zu geben, während er gleichzeitig den Impuls unterdrückte, um Autogramme zu bitten. Man begrüßte ihn fröhlich und ließ ihn nach kurzer Zeit mit Adams allein, nicht ohne diesen mit allerlei witzigen Bemerkungen zu bedenken. Als sie fort waren, lachte der Fernsehstar und warf sich auf eine Ledercouch.

»Wir bereiten schon die morgige Sendung vor«, sagte er. »Ich habe den Leuten von unserem Briefschreiber natürlich noch nichts gesagt, für den Fall, daß er wirklich auftritt. Wie steht die Sache, Lieutenant? Was hat die Staatsanwaltschaft gesagt?«

Mike räusperte sich. »Nun, die Behörde ist bis zu einem gewissen Grade bereit mitzumachen, und zwar mit folgender Maßgabe. Man möchte, daß Sie Rice antworten und Ihr Interesse bekunden. Sie sollen ihn zu einem Gespräch in Ihr Büro einladen. Natürlich unter Wahrung seines Geheimnisses. Allerdings wird das nicht ganz stimmen – aber schließlich geht es hier um etwas Wichtigeres als die Wahrheit.«

»Verstanden«, sagte Adams. »Leider wird er die Falle wittern. Ich habe den Eindruck, daß sich der Mann nicht so leicht täuschen läßt.«

»Das habe ich auch gesagt.« Über Mikes gutmütiges Gesicht huschte ein düsterer Ausdruck, doch zuletzt gewann seine Loyalität die Oberhand. »Aber das ist nun mal die Entscheidung, Mr. Adams, die Leute haben in den meisten Fällen recht. Wenn er so sehr daran interessiert ist, in Ihrer Sendung aufzutreten, erklärt er sich vielleicht auch mit dem Einführungsgespräch einverstanden. Diese Chance werden wir dazu benutzen, den Mann komplett zu durchleuchten.«

Adams' Gesicht ließ erkennen, daß ihn die Antwort enttäuschte.

»Na schön, Lieutenant. Wenn Sie meinen, daß wir so vorgehen sollen, werden wir das tun. Heute sitzen Sie mal am Drücker der Show.«

»Vielen Dank, Mr. Adams. Der Brief hat übrigens nicht viel ergeben. Außer Ihren und meinen keine Fingerabdrücke; unser Freund ist sehr vorsichtig. Der einzige, der uns etwas sagen konnte, war der Polizeipsychiater. Er hält Rice für einen psychotischen Mann mit starkem Geständnisdrang. Hängt mit Schuldgefühlen zusammen. Er meint, Rice wollte Ihre Sendung für das größte öffentliche Geständnis aller Zeiten benutzen. Sie haben doch ein ziemlich großes Publikum, nicht wahr?«

»Angeblich fast vierzig Millionen.«

Mike pfiff leise durch die Zähne. »Der muß wirklich verrückt sein. Das Problem ist nur – unser Psychiater meint auch, daß der Mann ernst zu nehmen ist. Er kann durchaus ein Mörder sein.«

»Was für ein Gag!« sagte Wally Adams leise, und seine Augen funkelten.

Vier Tage später erhielt Adams Antwort, und Mike Vegas stellte befriedigt fest, daß seine Ansicht richtig gewesen war. John Rice war tatsächlich zu schlau, um der Polizei ins Netz zu gehen.

Lieber Mr. Adams,
ich muß gestehen, daß mich Ihre Antwort enttäuscht. Ich gedenke mich weder Ihnen noch sonst jemandem zu erkennen zu geben, solange die in meinem ersten Brief genannten Bedingungen nicht erfüllt sind. Obwohl der Polizei das bloße Wissen um meine Identität nichts nützt, habe ich keine Lust, zum Ziel einer Ermittlung zu werden. Aus diesem Grund muß ich in allem Respekt meinen

Standpunkt wiederholen. Ich stelle Ihnen alle nötigen Tatsachen und Beweise hinsichtlich meiner Tat zur Verfügung und lege ein umfassendes Geständnis ab – doch nur, wenn ich in Ihrer Fernsehsendung auftreten darf. Für Gespräche vor der Ausstrahlung stehe ich nicht zur Verfügung. Außerdem werde ich erst kurz vor dem Sendetermin im Studio eintreffen. Wenn diese Bedingungen akzeptiert werden, können Sie mit meiner vollen Unterstützung rechnen. Andernfalls werde ich mein Geheimnis hüten, solange es die Umstände erlauben. Wenn Ihnen die Bedingungen zusagen, nennen Sie mir bitte Ort und Zeit meines Auftritts.

Ihr »John Rice«

Mike Vegas seufzte und klopfte sich mit dem zusammengefalteten Briefbogen gegen das Kinn.

»Was meinen Ihre Produzenten? Wären Sie bereit, auf das Spiel einzugehen?«

»Wenn die Polizei einverstanden ist, haben wir nichts dagegen«, sagte Adams. »Wir helfen Ihnen gern.«

»Die Sache muß so gemacht werden«, stellte Mike grimmig fest. »Ich rufe heute nachmittag den Staatsanwalt an, doch es sieht so aus, als ließe uns John Rice keine Wahl.« Er hob fragend den Kopf. »Was meinen Sie, Mr. Adams? Ein Mörder in Ihrer Sendung, unmittelbar neben Ihnen – vielleicht ein gefährlicher Irrer? So mancher würde sich davon nervös machen lassen.«

»Wer ist hier nervös?« Adams grinste und drückte seine Zigarette auf der Schreibunterlage aus.

Im Regieraum beobachtete Lieutenant Mike Vegas ein halbes Dutzend Wally Adams auf einem halben Dutzend Fernsehmonitoren; der Moderator war damit beschäftigt, sich auf die Sendung einzustimmen. Das Publikum ging schon ganz gut mit und lachte dankbar über Adams' Witzchen, doch Mike hatte keine Mühe, die sechs todernsten

Gesichter in der Menge auszumachen. Es handelte sich um Zivilbeamte, die an strategisch wichtigen Punkten in der Nähe der Ausgänge saßen, für den Fall, daß der angekündigte Gast des Abends Schwierigkeiten machte. Hinter den Kulissen waren noch zwei Beamte postiert und warteten gespannt auf die Ankunft von John Rice.

Die Gefahren des Abends schienen Adams nichts auszumachen. Sein Lächeln war so breit wie immer, als er hinter dem *Wer war's?*-Tisch Platz nahm, der dem Rateteam gegenüberstand.

Dann wurden die Angehörigen der Ratemannschaft vorgestellt und nahmen unter Applaus ihre Plätze ein. Bennett Ives, hinter seiner Hornbrille freundlich blinzelnd, rückte Sally Burack den Stuhl zurecht, während Jake Jenkins den ernsten Komiker spielte und Lila Conways Platz abstäubte. Der Inspizient, der mit Mikrofondraht behängt war, winkte die Beteiligten auf ihre Plätze, sah sich ein letztesmal auf der Szene um – und dann begann die Sendung.

Ein großer Mann mit einer schwarzen Maske vor dem Gesicht trat auf eine Kreidemarke am Bühnenvorhang. Er blickte den Regisseur an und erstarrte, als aus dem Nichts die Stimme des Ansagers ertönte.

»In der letzten Woche beging dieser Mann in Chicago eine Heldentat, die im ganzen Land Schlagzeilen machte. Kennen Sie ihn? *Wer war's?*«

Die Einleitungsmusik erklang, und der Ansager sprach weiter, während die Titel über den Schirm glitten. Er pries das Produkt der Firma, die die Sendung finanzierte, eine Toilettenseife, und verprach den Zuschauern schließlich »Amerikas spannendste Rateshow... unter Leitung von Wally Adams!«

Von begeistertem Applaus begrüßt, trat Adams von der Seite auf und setzte sich hinter das Doppelmikrofon an seinen Platz. »Vielen Dank und guten Abend, meine Damen und Herren. Ich begrüße Sie zu einer neuen Ausgabe von *Wer war's?*, dem Spiel, das Ihnen Persönlichkeiten aus den Nachrichten vorstellt.« Er machte nacheinander die Mitglieder des Rateteams bekannt und ließ dann den ersten maskierten Gast auftreten.

Es handelte sich um eine nicht mehr ganz junge Frau mit weißem Haar und Großmutterstimme. Als Wally Adams den Zuschauern im Studio die Schlagzeilen zeigte, die sich auf die Kandidatin bezogen, setzte lautes Gelächter ein. Sie hatte letzte Woche in Louisiana einen Schweinegrunz-Wettbewerb gewonnen. Jake Jenkins war als erster an der Reihe, doch ehe Mike die erste Frage mitbekam, trat ein Kriminalbeamter in den Regieraum.

»Was gibt's?« fragte Mike. »Ist unser Freund gekommen?«

»Ja. Hat eine eigene Maske mitgebracht. Er will mit niemandem reden. Im Augenblick ist der Regisseur bei ihm und gibt ihm die nötigen Anweisungen. Er soll als Vorletzter auftreten.«

»Und er hat kein Wort gesagt?«

»Wollte nur wissen, ob die Polizei hier sei, was der Regisseur bejaht hat. Aber das ist schon alles.«

»Wir wollen ihn lieber nicht nervös machen«, entschied Mike. »Am besten halten wir uns an die Regeln, die er aufgestellt hat. Ich komme erst hinter die Bühne, wenn er dran ist.«

»In Ordnung«, sagte der Beamte.

Mike wandte sich wieder dem Geschehen zu und hörte Sally Burack fragen: »Mal sehen. Es geht also um etwas, das Sie kürzlich gemacht haben. Und andere Leute waren darin verwickelt. War einer von denen mit Ihnen verwandt?«

»Nein«, antwortete die maskierte Frau, und ihre Stimme ließ erkennen, daß sie lächelte.

»Waren diese Leute Männer?«

»Ja, die meisten waren Männer.«

Ein Summer ertönte und beendete Sally Buracks Fragezeit. Bennett Ives runzelte die Stirn und fragte: »Geht es um etwas, auf das *Sie* stolz sind, Madam?«

»O ja!«

»Handelt es sich um eine Art Leistung oder einen Preis oder etwas Ähnliches?«

»Ja!«

»Haben Sie einen Preis gewonnen, zum Beispiel bei einem Kochwettbewerb?«

»Einen Kochwettbewerb würde ich es nicht nennen«, erwiderte die alte Frau vorsichtig. Das Publikum kicherte, der Summer ertönte, und Lila Conway setzte die Befragung fort. Beim nächsten Durchgang fand das Rateteam die Antwort, was Wally Adams die Möglichkeit gab, eine Werbepause einzulegen. Die nächsten Kandidaten waren drei Rennfahrer, die einzigen Überlebenden eines Rennens, das mit sieben Wagen begonnen hatte. Diesem Geheimnis kam Lila Conway bereits in der ersten Runde auf die Spur. Anschließend wurde eine maskierte Hollywood-Berühmtheit auf die Bühne gebracht, die sich bei einer schwierigen Filmszene das Bein gebrochen hatte. Es dauerte nicht lange, auch diesen Kandidaten zu demaskieren.

Mike erstarrte, als Wally Adams an das Mikrofon zurückkehrte, um den nächsten Gast anzukündigen.

»Bevor wir die Sendung fortsetzen«, sagte er, »möchte ich das Rateteam und unser Fernsehpublikum fairerweise warnen. Viele Gäste in *Wer war's?* haben interessante Dinge getan, von denen einige, so hoffen wir, auch amüsant sind. Unser nächster Besucher aber fällt aus dem Rahmen, sein Geheimnis kann unter keinen Umständen als amüsant bezeichnet werden, wie immer man es auch auslegen will. Ich selbst kenne den Namen des Mannes nicht, ebensowenig die Produzenten oder Förderer dieses Programms. Aber wir wissen, daß es sich um den seltsamsten und dramatischsten Kandidaten handelt, den wir Ihnen jemals vorstellen konnten.«

Er blickte zur Seite und nickte. »Gut. Kommen Sie heraus, Mr. X.«

Mike hielt den Atem an. Der Mann, der auf die Bühne trat, war untersetzt und hatte rostfarbenes Haar, das über die schwarze Gesichtsmaske ragte. Er trug einen gepflegten farblosen Anzug, dazu ein gestärktes Hemd mit einer stramm geknoteten Krawatte. Er schien sich hervorragend in der Gewalt zu haben.

»Rateteam«, sagte Wally Adams. »Bei diesem Kandidaten müssen wir auf die üblichen *Wer war's?*-Hinweise verzichten und werden unserem Studio- und Fernsehpublikum auch nicht das Ereignis offenbaren, um das es geht. Die Befragung beginnt bei Jake Jenkins.«

Jenkins starrte den Mann mit zusammengekniffenen Augen an. »Das alles hört sich ziemlich sensationell an. Sind Sie bestimmt auch nicht der Finanzier dieser Sendung?«

Das Publikum begann zu kichern; Wally Adams' düstere Einleitung hatte verhindert, daß ein offenes Lachen daraus wurde.

»Nein«, sagte Mr. X mit ruhiger Stimme. »Ich bin nicht der Finanzier.«

»Haben Sie Verbindung in die Politik oder Kunst?«

»Nein.«

»Haben Sie etwas Einmaliges vollbracht?«

»Auf diese Weise schon.« Die Lippen des Mannes, die unter der Maske nicht ganz sichtbar waren, krümmten sich nach oben. »Allerdings haben andere schon Ähnliches getan.«

»Haben Sie vielleicht einen Rekord aufgestellt?«

»Nein.«

Der Summer ertönte, und Adams sagte: »Tut mir leid, Jake. Sally Burack macht weiter.«

»Hat Ihr Beruf damit zu tun?« fragte sie. »Hilft es uns weiter, wenn wir herausfinden, was Sie beruflich tun?«

»Ich glaube nicht.«

»Hat jemand *anders* damit zu tun?«

Mr. X zögerte und neigte sich dann zur Seite, um Wally Adams etwas ins Ohr zu flüstern.

»Äh, in das fragliche Ereignis ist tatsächlich jemand anders verwickelt«, sagte Adams. »Mr. X ist aber nicht der Meinung, daß es Ihnen nützt, die Identität dieser Person zu kennen.«

»Dann geht es also um etwas, das Sie mit jemandem getan oder jemandem angetan haben?«

Im Regieraum hielt Lieutenant Mike Vegas den Atem an.

»Äh... ja«, sagte Mr. X leichthin. »Das könnte man sagen.«

»Und es hilft uns nicht weiter, wenn wir wüßten, wer das ist?«

Der Summer ertönte. »Bennett Ives«, sagte Adams.

»Mr. X«, sagte Bennett Ives und rückte seine Brille zurecht. »Ist die fragliche Person durch Ihre Tat *glücklicher* geworden?«

»Glücklicher? Es gibt bestimmt Leute, die das behaupten würden.«

»Ich glaube, das verneinen wir lieber«, schaltete sich Wally Adams ein, der in diesem Augenblick auch nicht gerade glücklich aussah. »Ich möchte doch bezweifeln, daß die Person sich darüber gefreut hat.«

»Dann haben Sie wohl nicht gerade etwas Nettes getan?«

Mr. X lachte trocken.

»Haben Sie die Person bei der fraglichen Tat irgendwie *berührt?*«

»Nein.«

»Dann haben Sie also nichts Handgreifliches getan.«

»Oh, handgreiflich war es schon.«

»Wenn Ihre Tat handgreiflich war und Sie die Person nicht richtig *berührten*, wurde die Sache dann irgendwie – aus der Ferne gesteuert?«

Der Summer meldete sich. Lila Conway übernahm die letzte Frage, und Mr. X antwortete.

»Ja, ich glaube, das kann man bejahen.«

»Hat Ihre Tat körperliche Schmerzen ausgelöst?«

»Das bezweifle ich sehr.«

Adams schaltete sich ein. »Einen Augenblick, das – könnte irreführend sein. Wir können nicht mit absoluter Sicherheit behaupten, die Tat sei schmerzlos gewesen. Ich würde sogar meinen, daß der Schmerz ein ziemlich wichtiger Aspekt ist.«

Lila Conway schien nicht mehr weiter zu wissen. Sie schob sich einen Bleistift ins Haar und sagte: »Handelt es sich womöglich um einen grausamen Scherz, den Sie sich geleistet haben, Mr. X?«

»Gewissermaßen...«

»Nein«, sagte Adams hastig. »Es war keinesfalls ein Scherz.« Sogar auf dem Monitor vermochte Mike Vegas zu erkennen, daß der Moderator heftig schwitzte. Er stand sichtlich unter Streß, wovon die gelassene, selbstgefällige Art des Kandidaten neben ihm besonders abstach.

»Würde es uns weiterhelfen zu wissen, *wann* Sie die Tat begingen, Mr. X?«

»Vielleicht. Sie fand heute abend statt.«

Bei diesen Worten fuhr Mike zusammen.

»Soll das heißen, Sie haben es vor der Sendung getan?«

Der Summer ertönte, und Jake Jenkins fragte: »*Haben* Sie's vor der Sendung getan, Mr. X?«

»Nein, während der Sendung. Erst vor wenigen Minuten.«

Mike schlug einem der Studiotechniker auf den Rücken. »Ich gehe runter ins Studio«, sagte er. Unterwegs hörte er die Befragung weitergehen.

»Soll das heißen, wir alle waren *Zeugen*, wie Sie Ihre Tat begingen?«

»Eigentlich nicht.«

»Hat irgend jemand Sie dabei beobachtet?«

»Niemand.«

»Außer natürlich der betroffenen Person.«

»Nein. Nicht einmal sie.«

»Sie?« fragte Sally Burack. »Dann handelt es sich um eine Frau...?«

»Sie sind nicht dran, Sally«, sagte Adams in nervöser Hast.

»*War* es eine Frau?« hakte Jake Jenkins nach.

»Ja, es war eine Frau. Es ist nicht wichtig für die Hauptsache – aber es war eine Frau.«

»Ist diese Frau mit Ihnen verwandt? Etwa Ihre Frau?«

»Ja. Sie war meine Frau.«

Wally Adams schien kurz davor, die Beherrschung zu verlieren. Er blickte auf die Studiouhr. »Ich fürchte, die Zeitgrenze ist erreicht. Wenn Mr. X also seine Maske abnehmen und uns sein Geheimnis verraten würde...«

»Gern«, sagte der Mann und nahm die Maske ab. Sein Gesicht hatte nichts Ungewöhnliches. Es war ein sanftes, durchschnittliches Gesicht mit funkelnden Augen, deren Intensität aber durch die breiten Lider gemildert wurde. »Ich heiße Harold Flaxer«, sagte er stolz, »und habe vor etwa zehn Minuten meine Frau Beebe Flaxer ermordet.«

Das schockierte Aufseufzen des Publikums hätte aus

einem einzigen Hals stammen können. Das Rateteam riß Mund und Augen auf, und Wally Adams beugte sich hastig zum Mikrofon.

»Mr. Flaxer war von Anfang an einverstanden, sich der Polizei zu stellen und ein umfassendes Geständnis abzulegen. Die Anregung dazu kam allein von ihm, und wir haben in dieser Angelegenheit sofort mit der Polizei zusammengearbeitet. Es sind Vertreter der Polizei im Publikum, Beamte halten sich bereit, Mr. Flaxer zu verhaften...«

»Einen Moment«, sagte Flaxer und lächelte milde. »Ich bin noch nicht fertig. Sicher wollen Sie alle wissen, warum ich Beebe umgebracht habe und – was noch wichtiger ist –, wie. Der Grund ist einfach erklärt. Meine Frau ist intellektuell nie besonders anregend gewesen. In den ersten Jahren unserer Ehe war das nicht weiter wichtig; sie machte den Mangel durch einen gewissen jugendlichen Charme wett. Doch in dem Maße, wie die Zeit ihr die Reize raubte, nahm sie ihr auch den Verstand. Und dann kam das Fernsehen, das liebe Fernsehen – und damit fand meine Beebe ihren Lebenszweck; sie saß vor dem winzigen Bildschirm, die Augen so groß und leer wie Untertassen, und verlagerte ihr Leben in die Schattenwelt der Kathodenröhre...«

Wally Adams blickte in die Kulissen und schob einen Finger in den Hemdkragen.

»Natürlich wußte ich, daß sie sich diese Sendung ansehen würde. Sie sieht sich jedes Ihrer Programme an, Mr. Adams, von Anfang an. Sie ist – man muß wohl sagen: war – ein begeisterter Fan von Ihnen. Sie pflegte loszulaufen und an Ihren Sendungen persönlich teilzunehmen, bis ich ihr das verbot; dann war sie damit zufrieden, Sie auf dem Bildschirm zu sehen. Es tut mir doch irgendwie leid, Sie eines so loyalen Fans beraubt zu haben.«

Der Lärm im Publikum übertönte fast seine nächsten Worte.

»Ich wußte also, daß sie heute abend zusehen würde. Da habe ich einfach unter ihrem Lieblingssessel eine starke Bombe angebracht und den Zünder so eingestellt, daß er vor etwa zehn Minuten hochgehen mußte. Ich bin sicher, daß die Bombe funktioniert hat; ich war im Krieg Fachmann für Sprengstoff. Einen Trost aber hat das Ganze.« Er blinzelte ins Publikum. »Beebe ist glücklich gestorben, Mr. Adams, während einer Sendung ihres Lieblingsshowmasters.«

Er schob den Stuhl zurück und stand auf.

»Jetzt bin ich bereit«, sagte er.

Mike Vegas nahm den Straftäter hinter der Bühne mit offenen Armen und zornigen Worten in Empfang.

»Als Sie den Brief schrieben, waren Sie noch gar kein Mörder! Sie haben bis heute abend gewartet...«

»Wie dem auch sei«, sagte Flaxer herablassend. »Jetzt bin ich jedenfalls ein Mörder. Und darauf kommt es an.«

Ein Beamter schaltete sich ein. »Sollen die anderen nach hinten kommen, Mike?«

»Nein, ich begleite unseren Juxfreund persönlich.« Er durchsuchte Flaxer nach Waffen und fand nichts. »Na schön, jetzt sagen Sie uns mal Ihre Anschrift, Kumpel. Wo wohnen Sie?«

»In der Vierunddreißigsten Straße«, erwiderte der Mann und nannte die Hausnummer.

»Das ist der dritte Bezirk. Behalten Sie ihn im Auge«, sagte Mike zu dem Polizisten. »Ich lasse seine Geschichte überprüfen.«

Er eilte zum Telefon und wählte eine Nummer.

»Hallo, diensthabender Sergeant? Hier spricht Lieutenant Vegas von der Mordkommission. Ich möchte feststellen, ob es in Ihrer Gegend eine Explosion gegeben hat, etwa in der Vierunddreißigsten...«

»Und ob, Lieutenant. Ein beachtlicher Knall in der Vierunddreißigsten, am östlichen Ende. Wir sind zwar noch nicht bis in die Wohnung vorgedrungen – doch draußen hat's keine Opfer gegeben.«

»Suchen Sie die Wohnung ab«, sagte Mike gepreßt. »Es muß eine Frau darin sein.« Er knallte den Hörer auf die Gabel und rief seinem Kollegen zu: »He, Phil! Ich hab's mir anders überlegt. Bringen Sie ihn aufs Revier. Ich möchte mich in der Wohnung umsehen.«

»In Ordnung, Lieutenant.«

Musik hallte auf, gefolgt von Applaus. Die Sendung im Studio war zu Ende. Wally Adams erschien hinter den Kulissen. Seine Krawatte war gelockert.

»Lieutenant Vegas? Warten Sie noch einen Augenblick...«

»Ich muß los, Mr. Adams. Ich will mich bei ihm zu Hause umsehen. Es hat tatsächlich eine Explosion stattgefunden.«

»Darf ich Sie begleiten?«

Mike zögerte. »Warum nicht? Immerhin stecken Sie mit in der Sache drin.«

»Hier entlang«, sagte Adams, ergriff Mikes Ellenbogen und führte ihn zu einem Ausgang.

Sie traten in eine schmale Gasse hinaus, die allerdings nicht leer war. Fünf Frauen warteten hier, von sechzehn bis Anfang sechzig, und das laute Jubelgeschrei, das sie bei Wallys Erscheinen anstimmten, ließ erkennen, was sie im Schilde führten. Adams versuchte sich an ihnen vorbeizuschieben, doch eine Frau war besonders aufdringlich – eine kleine, dunkeläugige Frau, die ihm das Autogrammbuch direkt unter die Nase hielt. Adams zuckte die Achseln und ergriff ihren Stift. Die Frau beugte sich vor.

»Ich bin ja so ein Fan von Ihnen, Mr. Adams! Können Sie mir nicht was Persönliches ins Buch schreiben? Etwa: ›Für Beebe, mit lieben Grüßen‹?«

»Wie bitte?« fragte Mike Vegas. »Miss *wer?*«

Die Frau starrte ihn erschrocken an. »Beebe. Beebe Flaxer. Nicht Miss – Mrs.«

Adams und der Lieutenant sahen sich an.

»Wie lange sind Sie schon hier?« fragte Mike.

»Seit Beginn der Sendung. Ich habe keine Karte mehr bekommen. Mein Mann ist heute ausgegangen, da wollte ich es mal versuchen, aber ohne Karte hat man mich nicht hineingelassen.«

Adams begann zu lachen. Eigentlich machte er den Eindruck, als wollte er gar nicht lachen – aber er lachte trotzdem immer weiter.

»Ich begreife nicht, was daran so komisch ist«, sagte Beebe. »Mir gefällt Ihre Sendung wirklich, Mr. Adams, Ihr *Wer war's?*, meine ich.«

»Liebe Frau«, sagte Adams und legte ihr einen Arm um die Schulter. »Sie irren sich. Heute war's nicht *Wer war's?*, sondern *Das ist Ihr Leben.*«

Lauter schlechte Nachrichten

Matt Dillon wirbelte herum und schoß zum fünftenmal auf den Bösewicht. Pauline knirschte mit den Zähnen und sagte: *Schieß vorbei, du Schweinehund!*, aber der Marshall, geübt aus zahlreichen Fernsehfolgen, traf haarscharf ins Ziel. Arnold Summerly ächzte zum fünftenmal erleichtert, und Pauline sagte: »Um Himmelswillen, Arnold, du *wußtest* doch, daß es so enden würde!« Aber Arnold hatte sich bereits durch die Werbeeinblendung nach dem hektischen Duell fesseln lassen. Pauline streckte den Arm aus, um die Sieben-Uhr-Nachrichten einzustellen, aber Arnold kam ihr an den Knöpfen zuvor und stellte den Apparat auf den Ortskanal; dies war *ihr* allabendliches Duell.

»Bitte, Arnold!« sagte Pauline. »Wir wollen uns die Nachrichten ansehen, nur ein einziges Mal. Es kann sonstwas passieren. Vielleicht erklärt uns Grönland den Krieg, vielleicht steht das Ende der Welt bevor.«

»Wenn sowas passiert, erfahren wir es schon«, meinte Arnold.

»Wie denn? Du schaust dir nie die Nachrichten an. Du liest keine Zeitung. Dir ist die Welt so gleichgültig, daß es dir kaum etwas ausmachen würde, wenn sie wirklich eines Tages unterginge.«

»Das Bier ist warm«, sagte Arnold. »Du hast die Dosen wieder in die Eisschranktür gestellt. Wie oft muß ich dir noch sagen, du sollst das Bier nach hinten tun!« Auf dem Bildschirm erschien ein herzförmiger Umriß, und Arnold vergaß seine Gereiztheit. Die Aussicht, an Lucys Schicksal teilzuhaben, die nun schon im zwanzigsten Jahr schwanger war, ließ den Zorn verfliegen.

»Du bist ein Nichts«, sagte Pauline. »Hörst du, Arnold?

Am Tag bist du eine Büromaschine und abends ein Stück Gemüse! Ein Kohlkopf mit Kragen.«

Immerhin – darüber regte er sich auf.

»Na schön! Na schön! Du willst wissen, warum ich mir die Nachrichten nicht ansehe? Warum ich die Zeitung nicht lese? Weil die Meldungen darin schlecht sind – ausschließlich schlecht! Deshalb sind doch so viele Menschen gemein und schlecht, sie hören von morgens bis abends nur schlechte Nachrichten. Nie hört man von netten, schönen Dingen, von etwas, bei dem man sich richtig wohlfühlt! Das ist der Grund!«

»Das stimmt nicht«, meinte Pauline. »Vielleicht sieht es so aus, aber es ist nicht so.«

»Ja? Ja? Wollen wir wetten? Wagst du einen Einsatz darauf, sagen wir, den neuen Pelzmantel, den du dir so sehr wünschst! Würdest du den setzen?«

»Wie meinst du das?«

»Du hast mich schon verstanden! Du solltest für deine Behauptungen auch eintreten! Wenn du die Nachrichten anstellen willst, bitte sehr! Hörst du dabei eine einzige wirklich gute Nachricht, brauchst du nicht länger auf deinen Pelzmantel zu sparen, dann kauf ich ihn dir. Gleich morgen. Dann brauchst du kein Jahr mehr zu warten.«

Der Mantel war ein schwarzer Nerz: Paulines ganzes Verlangen galt einem solchen Mantel.

»Und wenn *keine* gute Nachricht durchkommt?«

Arnold grinste.

»Dann gibst du mir das Geld, das du gespart hast, und wir machen die Angelreise.«

Da Pauline Angeltouren haßte, zögerte sie.

Arnold lachte, über sie und Lucy. Lucy bildete sich ein, die Wehen hätten begonnen. Desi war völlig außer sich. Pauline wurde übel bei dem Gedanken an tote Fische, zugleich schlug ihr Herz schneller, wenn sie an den Mantel dachte.

»Na schön«, sagte sie. »Na schön, Arnold. Stell die Nachrichten an.«

Arnold lächelte Lucy mitleidig an und drehte den Knopf.

Der Nachrichtensprecher blickte so ernst drein, daß Pauline das Herz schwer wurde.

»Die Aussichten für einen umfassenden Konflikt im Mittleren Osten haben sich heute abend verstärkt. Ein israelisches Kommandounternehmen im Libanon löste eine Reihe von Bombenanschlägen in Tel Aviv aus, die zehn Menschenleben kosteten...«

Arnold trank laut aus seiner Bierflasche.

»Eine neue Gefahr für den Waffenstillstand in Vietnam schälte sich heute abend heraus, als Berichte über eine Eskalation...«

Arnold rülpste und kicherte vor sich hin.

»Nun ein Filmbericht über den Brand, der das Linienschiff *Marianna* vernichtete. Dreißig Passagiere und Besatzungsmitglieder fanden den Tod...«

Arnold freute sich über diese Katastrophenmeldung beinahe so sehr wie über *Liebe Lucy*.

»Der Streik der Hafenarbeiter, der bereits in die dritte Woche gegangen ist, könnte die Wirtschaft der ganzen Ostküste lahmlegen. Dies ergibt sich aus einer neuen Studie des...«

Arnold aalte sich im blauen Schimmer des Bildschirms.

»Der Regierung wurde heute abend erneut Korruption vorgeworfen. Ein hoher Beamter im Justizministerium...

Nach einwöchiger Suche wurde die verstümmelte Leiche der siebenjährigen Sharon Snyder in einem verlassenen Mietshaus gefunden und...

Eine Steuererhöhung von den Fachleuten vorhergesagt im Fahrstuhl des Hochhauses brutal erschlagen höchste Steigerung des Preisindexes für Nahrungsmittel seit zehn Jahren die Gesamtzahl der Toten liegt bei fünfhundert aber man erwartet noch mehr Opfer zu finden da die Flut steigt Schneestürme sich austoben Hurrikanwinde bis Stärke dreizehn Kinder tot und zwanzig verletzt bei Zusammenstoß zwischen Schulbus und Zug und die Demonstranten auf der Treppe verhaftet und das Überfallopfer stirbt und ein neuer Grippevirus breitet sich aus viele tausend Obdachlose der Mörder ist für das freie Wochenende mit Regen zu rechnen...«

Arnold vergnügte sich ungemein.

»Na, wie findest du das?« fragte er. »Wie findest du die Nachrichten, Mrs. Neugierig, hast du Spaß daran? Und was ist mit dem Angelausflug, wirst du dich wieder übergeben, wenn ich den Fang nach Hause bringe?«

»Die Sendung läuft noch«, sagte Pauline gepreßt. »Arnold, laß den Mann ausreden!«

»Aber klar«, sagte Arnold lächelnd.

»Und jetzt«, sagte der Sprecher, ohne zu lächeln, »wiederholen wir noch einmal unsere erste Durchsage. Die staatlichen Gesundheitsbehörden haben eine dringende Warnung vor dem Verzehr von Dosengemüse der Marke Happy Lad ausgesprochen. Die mit der Kennzeichnung 5L3 versehenen Packungen sind mit tödlichen Bakterien verseucht. Wer solche Gemüsedosen im Hause hat, sollte sie sofort vernichten oder sie am Ort des Erwerbs umtauschen...«

Der Absagetext lief, und Pauline konnte Arnolds Kichern nicht länger ertragen. Mit tränenfeuchten Augen zog sie sich in die Küche zurück. In der Mitte des gekachelten Raumes blieb sie stehen, bezwang einen Anflug von Übelkeit (Geruch von Fisch, Nichtgeruch von Nerz) und ging dann zum Schrank und suchte in den Konservenvorräten nach Happy-Lad-Etiketten der Serie 5L3. Plötzlich ging ihr auf, daß nicht alle Nachrichten im Fernsehen schlecht gewesen waren. Sie hatte doch gewonnen.

Schmerzlose Behandlung

Montag früh traf Marvin Geller in seiner Praxis ein, überwältigt von dem Gefühl, daß er ein langweiliges, durchschnittliches Leben führe. Am Abend zuvor hatte er auf einer Party einen Forscher, einen Schauspieler und einen Sergeant der Marine kennengelernt, deren Abenteuergeschichten ihm noch in den Ohren nachklangen. Als er vor der Mahagonitür innehielt, vermißte er den üblichen Anflug von Stolz über die Goldbuchstaben, die seine Funktion in der Welt kundtaten.

Seufzend steckte er den Schlüssel ins Schloß und trat ein.

Nicht einmal das schimmernde Instrumentarium konnte seine Stimmung bessern, der neue Amalgamator, der in knapp acht Sekunden eine einwandfreie Mischung aus Füllmetall und Quecksilber lieferte, die sauber geführten Unterlagen, die allesdurchdringende Atmosphäre der Ordnung und Zweckmäßigkeit. Trotzdem rang er sich ein Lächeln ab, als Miss Forbes eintraf.

»Heute früh kommt Mrs. Holland«, sagte die Sprechstundenhilfe aufgekratzt. »Sie müssen ihre vorderen Schneidezähne röntgen. Außerdem soll ich Sie an Mr. Feuers entzündeten Backenzahn erinnern.«

»Ja, vielen Dank«, sagte er vage.

»Ein schöner Tag, nicht wahr? Ich bin heute früh sogar zu Fuß gegangen. War die Party nett gestern abend?«

»Ja. Hat Mr. Smith noch einmal angerufen, nachdem ich gestern gegangen war?«

»O ja.« Miss Forbes begann im Terminkalender zu blättern. »Ich sagte ihm, Sie hätten heute nichts mehr frei, aber er blieb stur und sagte, er würde trotzdem vorbeikommen.«

»Komischer Mann«, sagte Marvin und griff nach seinem strahlend weißen Kittel. »Na ja, fangen wir an.«

Marvins Stimmung besserte sich im Laufe des Tages, besserte sich angesichts des Problems von Mrs. Hollands Schneidezahn, Mr. Feuers Backenzahn, Miss Beechs Zahnfleischentzündung, Mr. Conroys verwachsenem Weisheitszahn. Am Nachmittag war er vom Wert seines Berufes fast wieder so überzeugt wie vor der Party. Eins war allerdings klar: abenteuerlich war sein Leben nicht.

Um ein Uhr meldete sich Miss Forbes. »Dieser Mann ist wieder da«, sagte sie. »Mr. Smith. Das Komische ist, vor wenigen Minuten hat Mrs. Fletcher ihren Termin abgesagt. Wenn Sie wollen, hätten Sie wirklich Zeit für ihn.«

»Schicken Sie ihn rein«, sagte Marvin.

Mr. Smith war ein untersetzter Mann mit hochgezogenen knochigen Schultern und schlechtem Teint. Sein Händedruck war kräftig, sein verkrampftes Lächeln enthüllte schlecht gepflegte Zähne. Unsicher betrachtete er den Behandlungsstuhl, doch als er seine kleinen schwarzen Augen wieder auf den Arzt richtete, schien ein allwissender, furchtloser Ausdruck in ihnen zu stehen.

»Machen Sie es sich bequem«, sagte Marvin. »Haben Sie eine spezielle Beschwerde, oder soll ich nur mal nachsehen?«

»Nun, das will ich Ihnen sagen, Doc.« Smiths Stimme klang heiser. »Ich habe so eine Art dumpfen Schmerz – da hinten.« Er schob einen dicken Finger in den Mund.

Marvin begann seine Untersuchung. Fast sofort entdeckte er das große Loch im zweiten Backenzahn. Außerdem gab es noch etliche andere Probleme, die Marvin interessiert registrierte.

»Nun, Doc? Wie lautet das Urteil?«

»Sie haben mehrere Löcher. Das schlimmste befindet sich im zweiten Backenzahn – daher rührt auch der Schmerz.«

»Müssen Sie bohren?«

»Ein bißchen. Aber es tut bestimmt nicht weh.«

»Machen Sie mir nichts vor! Das ›Schmerzlos‹-Gerede kenne ich!« Er preßte den Mund zu, dann krümmten sich seine Lippen zu einem Lächeln. »Außerdem bin ich nicht zum Bohren gekommen. Ich dachte mir nur, daß man am besten als Patient an Sie rankäme. Tut mir leid, daß ich Ihnen den Spaß verderbe.«

Marvin starrte den Mann an und wußte, daß er die Wahrheit sagte. Der Mann sah nicht aus wie ein Patient. Wie er da im Stuhl saß, eine Hand am Hebel des Bohrers, den er hin und her pendeln ließ, wirkte er einfach zu keck.

»Ich verstehe nicht, was Sie meinen, was wollen Sie, Mr. Smith?«

»Ich möchte ein kleines Geschäft mit Ihnen besprechen, Doc.«

Er deutete auf die Krankenakten.

»Ein Freund von mir denkt daran, eine kleine Zahnarztpraxis aufzumachen. Ich möchte Ihnen die Akten abkaufen.«

Marvin starrte ihn verblüfft an. »Aber das sind meine persönlichen Krankenunterlagen. Sie stehen nicht zum Verkauf.«

»Normalerweise wohl nicht.« Mr. Smith grinste und zeigte seine schlechten Zähne. »In diesem Fall machen Sie aber vielleicht eine Ausnahme. Sagen wir – für tausend Scheinchen?«

»Sind Sie verrückt?«

Mr. Smith griff in die Jackentasche und zog einen dicken Umschlag heraus. Lächelnd ließ er ihn auf die Armlehne klatschen.

Marvin schüttelte energisch den Kopf. »Ihr Freund fängt das völlig falsch an. Die Akten helfen niemandem – es handelt sich um Aufzeichnungen über die Gebisse meiner jetzigen und früheren Patienten. Und die stehen auf keinen Fall zum Verkauf.«

Smiths Grinsen wurde noch breiter.

»Kapiert, Doc. Na schön, ich bin nicht unvernünftig. Sagen wir zweitausend, dann nehme ich die Dinger gleich mit.«

»Miss Forbes!« rief Marvin.

Smiths Grinsen verschwand.

»Schon gut, regen Sie sich nicht gleich auf! Wenn Sie Zeit zum Überlegen brauchen, bitte schön! Ich komme morgen wieder. Ich an Ihrer Stelle würde das Angebot aber ernst nehmen, Doc. Mein Freund kann ziemlich unangenehm werden.«

Miss Forbes betrat den Raum. »Ja, Dr. Geller?«

»Alles in Ordnung«, sagte der Mann. »Ich wollte gerade gehen. Vielen Dank für die Untersuchung. Vielleicht lasse ich das nächstemal den Zahn von Ihnen füllen. Das Steakessen macht mir schon gar keinen Spaß mehr.«

Als er gegangen war, blickte Miss Forbes auf die zitternden Hände des Arztes.

»Stimmt etwas nicht, Dr. Geller?«

»Nein, es ist nichts. Nur ein Verrückter.« Er glättete seinen weißen Kittel. »Führen Sie Mr. Feuer herein und bereiten Sie eine Röntgenaufnahme vor.«

Am nächsten Morgen um zehn Uhr kam Miss Forbes in das Behandlungszimmer, während er gerade eine vorläufige Füllung einlegte.

»Ich habe ihm gesagt, Sie hätten zu tun, Doktor...«

»Wem?«

»Mr. Smith. Er ist am Telefon.«

Marvin seufzte und entschuldigte sich bei seinem Patienten. Im Vorzimmer ergriff er den Hörer, der auf der Schreibunterlage lag.

»Hallo, Doc«, sagte Smiths heisere Stimme. »Haben Sie sich mein Angebot überlegt?«

»Ich habe keinen Gedanken daran verschwendet. Die Unterlagen sind unverkäuflich.«

»Dann hören Sie mir gut zu. Dies ist mein letztes Angebot. Dreitausend Dollar. Ich komme um halb sechs mit dem Bargeld vorbei.«

»Nein!« sagte Marvin zornig. »Es ist sinnlos, daß Sie überhaupt kommen, Mr. Smith, es sei denn, Sie lassen mich Ihren kranken Zahn behandeln. Abgesehen davon verschwenden Sie Ihre Zeit.«

»Na schön, Doc, Sie können mir den Zahn zumachen. Tut heute wieder verdammt weh. Bis halb sechs also.«

Marvin verbrachte den Rest des Tages in Erwartung des Abends. Er dachte daran, während er drei Zähne plombierte und einen zog und während einer langwierigen Wurzelbehandlung. Um Viertel nach fünf verabschiedete er sich schließlich von Miss Forbes.

Der untersetzte Mann erschien pünktlich und schob sich athletisch auf den Stuhl.

»Haben Sie sich's überlegt, Doc?«

»Ja. Wir sollten aber erst den Zahn versorgen, ehe Sie noch wirklich Probleme damit bekommen.«

»Klar, Doc. Wie Sie wollen.«

Marvin stellte den Spiegel ein und sagte: »Dauert nicht lange. Ich muß ein paar Minuten bohren, dann gebe ich Ihnen eine vorläufige Füllung. Sie kommen übermorgen wieder, dann mache ich den Zahn zu.«

»Okay.«

Marvin machte sich an die Arbeit. Er steckte den Bohrer auf und konzentrierte sich. Jeder Gedanke an die Motive des Mannes im Stuhl war vergessen. Für Marvin waren alle Patienten gleich – offene Münder mit Problemen. Er arbeitete schnell und überlegt und bereitete den Zahn behutsam auf die vorläufige Füllung vor.

»Na bitte«, sagte er schließlich. »Hatte ich mit den Schmerzen nicht recht, Mr. Smith?«

»Nicht übel, Doc. Gar nicht übel.« Der kleine Mann rieb sich das Kinn. »Und um Ihnen meine Dankbarkeit zu beweisen, werde ich den nächsten Teil auch schmerzlos gestalten.«

Er griff in die Tasche und zog einen noch dickeren Umschlag heraus.

»Da sind dreitausend Dollar drin, Doc. Sie gehören Ihnen.«

Marvin schüttelte den Kopf. »Es tut mir leid, daß Sie mich mißverstehen. Der Verkauf ist keine Geldfrage.«

Mr. Smith hörte zu lächeln auf.

»Mit so einer Antwort hatte ich fast gerechnet, Doc. Ich hatte gehofft, daß wir die Sache schmerzlos abwickeln können, aber anscheinend ist das nicht möglich.«

Seine Hand verschwand wieder in der Tasche und zog etwas heraus, das weitaus beunruhigender war als ein Umschlag – eine kleine, gefährlich aussehende Pistole, die sich in seine Hand schmiegte.

»Also«, sagte er. »Begreifen Sie, was Sie sich mit Ihrer Sturheit eingehandelt haben? Wären Sie auf mein Angebot eingegangen, hätten Sie dreitausend im Beutel. Jetzt bekommen Sie gar nichts.« Er bewegte die Finger seiner freien Hand. »Geben Sie mir die Unterlagen, Doc. Alle!«

»Das können Sie doch nicht tun!« protestierte Marvin und starrte in die runde Mündung. »Das ist ja ein Raubüberfall!«

»Na und? Geben Sie mir die Akten, Doc, von A bis Z – und keine Tricks!«

Marvin drehte sich mit klopfendem Herzen um. Er zog die beiden langen Schubladen heraus, an denen AKTEN stand, und brachte sie zum Behandlungstisch. Smith klemmte sich die Karteien unter den Arm und grinste.

»Vielen Dank, Doc. Mein Freund wird sehr zufrieden sein.«

Er hielt Marvin mit der Pistole in Schach und ging zur Tür.

»Vielen Dank für die gute Arbeit«, sagte er. »Ich freue mich heute abend richtig auf mein Steak.«

Als er fort war, starrte Marvin ausdruckslos auf die geschlossene Tür, dann eilte er zum Telefon im Vorzimmer.

»Hallo, Vermittlung. Verbinden Sie mich mit der Polizei!«

Als sich die nüchterne Stimme des Sergeants nach seinem Anliegen erkundigte, sagte Marvin: »Ich möchte mit einem Angehörigen der Mordkommission sprechen.«

Ein Klicken ertönte, dann meldete sich eine zweite Stimme. »Hier Lieutenant Gregg. Was kann ich für Sie tun?«

»Hören Sie, ich heiße Marvin Geller und bin Zahnarzt im Brooks-Gebäude an der Fünften Avenue, achter Stock. Eben hat mich ein Patient überfallen und meine sämtlichen Patientenunterlagen gestohlen ...«

»Dann sind Sie in der falschen Abteilung, Mister.«

»Nein, warten Sie! Hat es kürzlich einen Mord gegeben? Eine Leiche, die Sie nicht identifizieren konnten?«

»Was wollen Sie?«

»Sie verstehen nicht, was ich meine. Der Mann versuchte meine Aufzeichnungen zu kaufen, und als ich sie ihm nicht geben wollte, hat er sie mir mit Gewalt abgenommen. Wenn Sie in letzter Zeit eine Leiche gefunden haben, läßt das vielleicht darauf schließen, daß er eine Identifizierung verhindern will ...«

»Bleiben Sie, wo Sie sind«, sagte Gregg energisch. »Wir kommen sofort!«

Der Lieutenant war ein stämmiger Mann mit breitem Gesicht. Er machte einen energischen Eindruck, schien sich aber beim Anblick von Marvins Instrumenten etwas unwohl zu fühlen. Vorsichtig setzte er sich in den Behandlungsstuhl.

»Also, weshalb sind Sie so fest davon überzeugt, daß die Sache mit einem Mord zu tun hat?« fragte er.

»Nun, das passiert doch laufend, oder? Leichen werden zerschmettert oder sind bis zur Unkenntlichkeit verbrannt – doch oft kann man sie anhand der Zähne identifizieren. Jeder Zahnarzt führt Aufzeichnungen – und Zähne sind individueller als Fingerabdrücke. Habe ich nicht recht?«

»Durchaus. Aber nur weil so ein Kerl Ihre Akten klaut ...«

»Aus welchem anderem Grunde sollte er mir soviel Geld bieten? Einer meiner Patienten muß ihm zum Opfer gefallen sein; vielleicht fand er bei der Leiche meine Visitenkarte. Solange der Tote nicht zu identifizieren ist, gibt es vielleicht gar keinen Mordfall für Sie. Begreifen Sie, was ich sagen will?« Marvin fuhr sich nervös mit der Zunge über die Lippen. »*Haben* Sie denn kürzlich einen nicht identifizierten Toten gefunden?«

»Ja«, sagte Gregg und rieb sich das Kinn. »Das haben wir allerdings – vor drei Tagen. Draußen an der Landstraße 21, im Unterholz. Einen Mann, zu Asche verbrannt, vielleicht mit Benzin.«

»Dann muß es sich um einen meiner Patienten handeln. Jetzt brauchen Sie nur noch meine sämtlichen Patienten zu überprüfen und festzustellen, wer nicht da ist. Dann haben Sie das Opfer – und müssen nur noch den Mörder verhaften.«

»Mr. Smith?«

»Natürlich!«

Der Polizeibeamte schüttelte den Kopf. »Das wird nicht so leicht sein. Nachdem er nun die Akten hat, taucht er wahrscheinlich unter. Können Sie den Burschen beschreiben?«

»Und ob – bis zu den Zähnen!« Marvin lächelte triumphierend. »Aber vielleicht kann ich noch mehr für Sie tun. Vielleicht kann ich Ihnen sagen, wo er zu finden ist.«

»Wo denn?«

Das Gesicht des Zahnarztes glühte. »Ich glaube nicht, daß Sie große Mühe mit ihm haben werden. Sie brauchen nur dafür zu sorgen, daß jeder Zahnarzt in der Gegend seine Beschreibung erhält. Dann läuft er Ihnen direkt in die Arme. Und zwar aus folgendem Grund.« Marvin holte Atem. »Als mir erst einmal klar war, daß er nichts Gutes im Schilde führte, bohrte ich seinen kranken Zahn bis auf die Wurzel an. Dann gab ich ihm eine Füllung, von der ich weiß, daß sie nicht länger als zehn oder fünfzehn Minuten halten kann.«

»Autsch«, sagte der Lieutenant zusammenzuckend.

»Ganz recht – autsch«, meinte Marvin lächelnd. »Der Kerl braucht ziemlich schnell Hilfe. Der Zahn wird ihm die schlimmsten Schmerzen bescheren, die er je im Leben gehabt hat. Sie brauchen nur alles vorzubereiten. Okay?«

»Okay«, sagte der Kriminalbeamte grinsend. Als er Marvin die Hand gab, bemerkte dieser die von Karies befallene Stelle an einem Schneidezahn. »Bis bald, Doc«, sagte Gregg.

»Das würde mich nicht wundern«, antwortete Marvin aufgekratzt.

Der Siebenjahresplan

Auf der Kaffeeplantage von Algordo im brasilianischen Tia Losa gab es zwei Klassen von Amerikanern, die man leicht auseinanderhalten konnte. Mike Mulgrave war zum Beispiel ein Rasierter. Seine glatten Wangen ließen erkennen, daß er den Job als »vorübergehend« ansah und im »richtigen« Augenblick die anstrengende Arbeit auf der Plantage gegen ein gemütliches Büroplätzchen in den Staaten eintauschen wollte. Joe Bascom, sein Zimmergenosse, gehörte zu den Unrasierten; sein stacheliger Bart war das Symbol dafür, daß er sich mit einem lebenslangen Aufenthalt fern der Heimat abgefunden hatte. Das war die Regel, man war entweder ein Rasierter oder ein Unrasierter – doch auch hier gab es Ausnahmen. Rasierte wie Mulgrave blieben oft bis zu ihrem Tode in Algordo oder anderen Plantagen, während Unrasierte wie Bascom ab und zu in die heiße Morgensonne hinauswanderten und nicht zurückkehrten.

Mike Mulgrave war allerdings entschlossen, die Regel zu bestätigen, das wußten alle. Und zwar wegen des Kalenders. Während der zwölf Monate, die Mike nun schon in Algordo war, hatte er die Zahlen abgehakt wie ein Mann, der dem Ablauf einer Gefängnisstrafe entgegensieht. Aber erst gegen Ende des Jahres erfuhr Joe Bascom die wahre Bedeutung der abgezählten Tage.

»Noch zwei«, knurrte Mike eines Abends beim Essen. Seine Augen, die zusammengekniffen waren von zuviel Sonne, richteten sich auf den Kalender an der Wand. Er war ein stämmiger Mann, der in knappen Sätzen sprach, doch Joe Bascom wußte auch so, was er meinte.

»Noch zwei was?« fragte er beiläufig. »Monate? Wochen?«

»Tage«, antwortete Mike. »Nur noch zwei Tage, Joe.«

»Bis...?«

Mike legte die Gabel aus der Hand und richtete den Blick in die Ferne. Joe Bascom war ein kleiner, schmächtiger Mann, dessen winziges Gesicht von einem struppigen schwarzen Bart umrahmt war, doch er hatte die hellen, fragenden Augen eines Dschungelvogels. Jetzt blitzten diese Augen, warteten auf das Geheimnis, das Mike Mulgrave sich offenbar von der Seele reden wollte.

»Ich habe noch keinem davon erzählt, Joe«, begann Mike. »Ich dachte nicht, daß ich je einem Kumpel trauen könnte. Aber du bist okay.«

Joe lächelte sich eins in seinen Bart. »Vielen Dank, Mike. Du weißt, du kannst mir wirklich alles sagen. Hast du Probleme? Etwa mit der Polizei?«

»Darum geht es nicht. Es handelt sich um eine Belohnung, eine Belohnung, auf die ich seit sieben Jahren warte. In zwei Tagen sind die sieben Jahre vorbei.«

»Was für eine Belohnung ist denn das, Mike?«

»Das einzig Wahre, Joe: Geld. Fünfundsiebzigtausend Eintrittskarten in die Vereinigten Staaten. Aber ich muß dir das erklären.

Die Sache begann 1949, da verkaufte ich noch Gebrauchtwagen in Cleveland, Ohio. Ich lernte ein Mädchen kennen, eine Frau, die schönste Frau, die mich je an sich ranließ. Wir heirateten, und ich gab meine Stelle auf, um mich selbständig zu machen. Aber keins von beiden klappte – die Firma machte Pleite, ebenso die Ehe: vielleicht ließ sich das eine nicht vom anderen trennen, ich weiß nicht. Jedenfalls hatte Helen gern dick Butter auf dem Brot und nen hübschen Pelz um die Schultern, und dafür war ich nicht der Richtige. Wir begannen uns zu streiten.

Ach was, wir zerfleischten uns! Als ein Kumpel mir von einem Autogeschäft in Reno erzählte, wollte ich es wagen und sie mitnehmen, aber sie schickte mich zum Teufel. Daraufhin ging ich nicht nach Reno, sondern nach Südamerika.«

Er schwieg und schenkte sich Kaffee nach. Er trank einen großen Schluck, ehe er die Geschichte fortsetzte.

»Bevor ich Helen verließ, hatte ich noch eine gute Idee. Ich kam darauf, während ich die Vorbereitungen traf, sie zu verlassen. Wir redeten über Scheidung und Abfindung – solche Sachen. Ich hatte kein Vermögen, von dem sie leben konnte, sondern nur einen Haufen Versicherungen. Und darauf kam ich dann – die Versicherungen.

›Helen, hör mal‹, sagte ich. ›Wenn ich dich nun nicht einfach sitzenlasse? Wenn wir uns nun nicht scheiden ließen oder offiziell trennten? Was wäre, wenn ich dir statt dessen einen Selbstmordbrief hinterließe?‹«

Joe Bascoms Augen strahlten noch heller. Er war verwirrt. »Einen Selbstmordbrief?«

»Nun komm nicht auf falsche Gedanken: so schlimm stand es um mich denn doch nicht. Nein, der Brief sollte natürlich eine Finte sein. Gewiß, ich wollte ins Wasser springen, aber nur mit Schiffsplanken unter den Füßen. Helen müßte dann sieben Jahre warten, bis ich auf legalem Wege für tot erklärt werden konnte. Dann konnte sie hundertundfünfzigtausend Dollar Versicherungssumme kassieren. Die Hälfte für sie, die Hälfte für mich.« Er grinste. »Na, und in zwei Tagen sterbe ich, Joe. Ich habe lange, sehr lange auf meinen Tod gewartet.«

Joe riß vor Bewunderung Mund und Augen auf. Mit der Zunge fuhr er sich um die bartüberwucherten Lippen.

»Ein phantastischer Plan! Wirklich phantastisch! Aber klappt das auch? Ich meine, wenn sie dich nun einfach vergißt? Was dann?«

»Dann würde ich auftauchen und ihr alles abnehmen. Nein, dazu ist Helen zu schlau. Sie liefert meinen Anteil ab.«

»Hast du sie inzwischen gesehen oder ihr geschrieben?«

»Kein einzigesmal. Helen weiß gar nicht, wo ich bin. Sie hat keine Ahnung von dem Namen, den ich hier führe.«

»Aber du bist hier. Sie ist dort. Wie wollt ihr Verbindung aufnehmen?«

Mike gähnte, stand auf und reckte die Arme. Das Leben war herrlich!

»Das haben wir alles vorher geregelt. Sobald die sieben Jahre um sind, melde ich mich in den Kleinanzeigen der Zeitung von Cleveland. Sie kennt den Text: *Graubart sehnt sich nach den guten Zeiten. Antwort an Postfach Soundso.* Eine Siebenjahressehnsucht nach fünfundsiebzigtausend Dollar.« Mike begann brüllend zu lachen und klatschte Joe die Hand auf die Schulter. »Eins ist sicher, Joe. Danach sehe ich mir keine Kaffeebohne mehr aus der Nähe an, nicht mal in der Kanne!«

Auf Joes schmalem, haarigem Gesicht vergrößerte sich das Lächeln. »Das freut mich für dich, Mike. Noch zwei Tage! Mir ist direkt nach Feiern zumute.«

»Keine Sorge, wir feiern. Und zwar nicht mit den üblichen Magenputzern. Mit bestem Whiskey!«

Mike tätschelte den Kalender an der Wand, schnallte seinen Gürtel enger und verließ den Raum, eilfertig gefolgt von Joe.

Zwei Tage später fuhr Mike in die Stadt und gab über das American-Express-Büro die Anzeige auf. Er und Joe blieben in der Stadt. Ihre Feier dauerte den ganzen Sonnabend und einen Teil des Sonntags. Von Bourbon wechselten sie zu billigem, klebrigem Rum, wie er in der Gegend ausgeschenkt wurde, und beanspruchten eine Zeitlang die beiden hübschesten Mädchen im einzigen Hotel der Stadt.

Dann begann für Mike eine unangenehme Warteperiode. Bisher hatte er auf einen bestimmten Tag warten können, auf eine bestimmte Tat. Jetzt aber wußte er den genauen Tag, da das Geld eintreffen würde, nicht. Das war das Schlimme an der Sache. Jeden Tag wartete er darauf, daß der Jeep ins Lager rollte, sah er zu, wie Parker langsam die Post durchblätterte.

Nach zwei Wochen war er spürbar weniger zugänglich; er begann gereizt zu reagieren.

»Es ist ja nicht so, daß sie das Geld einfach vom Konto abheben kann«, erklärte Joe. »Sie muß ihren Anspruch anmelden. Sie muß bei der Versicherung vorsprechen. Ermittlungen werden angestellt, Gott weiß was noch alles. Und dann muß sie das Geld hierherschicken – das kostet alles seine Zeit.«

»Ist wohl richtig«, sagte Mike. »Aber du wärst auch nicht ruhig, wenn du auf einen solchen Betrag warten müßtest. Ich gebe ihr Zeit, aber ewig warte ich nicht.«

In den nächsten Tagen sprach Mike dem Alkohol zu. Er vergaß sich sogar zu rasieren, und sein sonst so schimmerndes Gesicht verschwand unter einem Bart, der an den Schläfen und am Kinn rötlich leuchtete. Joes Gelassenheit ärgerte ihn. Die beiden stritten sich und sprachen einige Tage nicht mehr miteinander.

Einen Monat nach der ersten Anzeige machte Joe den Vorschlag, er solle den Text noch einmal in die Zeitung einrücken lassen. Das tat er. Nach zwei weiteren qualvollen Wochen gab es Joe auf, Mike zur Vernunft bringen zu wollen. Statt dessen begann er sich ebenfalls Sorgen zu machen, begann an Helens Ehrlichkeit zu zweifeln und stellte die Integrität der Frauen überhaupt in Frage.

»Die kleine Närrin«, sagte Mike. »Sie glaubt womöglich, es gefällt mir hier, es gefällt mir hier so sehr, daß ich es nicht über mich brächte, die Plantage zu verlassen. Ich glaube, ich könnte sie umbringen, Joe, ehrlich, das brächte ich fertig!«

»Ich würd's dir nicht verdenken. Nach sieben Jahren hat sie sich an den Gedanken gewöhnt, daß du tot bist. Aber tu nichts Unüberlegtes. Ich hätte einen Vorschlag.«

»Ja? Was denn?«

»Laß ihr eine Warnung zukommen. Wenn sie auch nur ein bißchen Grips hat, dauert es dann nicht mehr lange, bis du dein Geld hast.«

»Du hast recht. Wir wollen das mal formulieren.«

Mit einem Bleistiftstummel schrieb er: *»Graubart unruhig. Wenn ohne Antwort, baldige Heimkehr.«*

Mike begann sich wieder zu rasieren. Grimmig entschlossen nahm er sich zusammen. Er wollte ein bißchen Geld auf die hohe Kante legen und sich auf eine Reise in die Staaten vorbereiten. Sieben anstrengende, verschwendete Jahre! Helen sollte dafür zahlen, und wie!

»Der Plan war großartig«, sagte Joe, der auf seinem Bett saß und sich vorsichtig den Schlamm von den Füßen wischte. »Das Mädchen aber war nicht großartig. Wenn du zu ihr fährst, laß mich wissen, was passiert.«

»Ich hab's dir doch schon gesagt«, antwortete Mike. »Sie verliert jeden Cent. Und vielleicht noch mehr.«

Er stand am gelbverkrusteten Fenster und starrte auf den ausgefahrenen Weg hinaus. Der Blick auf die Kaffeefelder wurde durch identische Einzimmer-Hütten versperrt; in der Ferne erhob sich ein riesiger Berg, der von tiefhängenden weißen Wolken enthauptet wurde. Er sah, wie Parker über die Holzbohlen vor dem Haus ging, sah ihn stehenbleiben und auf die Tür zukommen.

»Paket für dich, Mike«, sagte der kleine Mann, und seine

Augen blinzelten hinter der dicken Brille. »Drüben an der Station. Du kannst rübergehen und es dir holen – gleich oder später.«

»Gleich, Mann, *gleich*!« sagte Mike und grinste Joe fröhlich an.

Als Mike in die Hütte zurückkehrte, hielt er ein in braunes Papier eingeschlagenes Paket in der Hand. Joe Bascom saß rauchend auf seinem Bett, zog ein nachdenkliches Gesicht und hielt eine Schrotflinte im Schoß. Es war die Waffe, mit der sie umherirrende Tiere zu vertreiben pflegten.

Als Mike eintrat, hob Joe die Waffe und richtete den langen Lauf auf seinen Schlafgenossen.

»He!« sagte Mike mit unsicherem Lächeln. »Sei vorsichtig damit.«

»Tut mir leid«, sagte Joe entschuldigend. »Ich tue das wirklich ungern, Mike. Aber ich möchte das Paket haben. Gib's mir, dann haben wir's hinter uns.«

»Wovon redest du?«

Joe verzog schmerzlich berührt das Gesicht. »Mach es mir nicht schwer«, sagte er flehend. »Wir sind seit einem Jahr gut befreundet, Mike, da fällt mir so etwas nicht leicht. Vielleicht wär's nicht dazu gekommen, wenn ich nicht so lange darüber hätte nachsinnen können. Aber jetzt kann ich an nichts anderes mehr denken. Gib mir das Paket, Mike!«

»Das kannst du mir doch nicht antun«, sagte Mike kopfschüttelnd. »So etwas kannst du mir nicht antun, Joe! Wir sind Kumpel!«

Der kleine Mann klickte mit dem Sicherungshebel.

»Beeil dich, Mike«, sagte er flüsternd. »Wirf es her. Mach schon! Gib mir das Paket!«

Im Gesicht des großen Mannes zuckte ein Muskel. Dann schleuderte er das braune Paket mit heftiger Bewegung in Joes Richtung. Joe fing das Wurfgeschoß mit der freien

Hand ab und ließ es auf das Bett fallen. Dann stand er auf und trat vor. Mike rührte sich nicht von der Stelle; er wußte nicht, was jetzt geschehen würde. Als er Joe Bascom die Flinte herumdrehen und heben sah, konnte er nicht mehr aufschreien. Der Kolben traf ihn mit genau berechneter Kraft hinter dem linken Ohr. Er ging zu Boden, ohne völlig bewußtlos zu sein; er spürte die rauhen Holzdielen des Bodens, die trockenen Pflanzen, die in den Ritzen wuchsen, die Schritte Joe Bascoms, die sich zur Tür hin entfernten. Dann wurde es schwarz um ihn.

Als er wieder zu sich kam, schmerzten ihm Kopf, Hals und Schultern. Taumelnd verließ er die Hütte und marschierte durch das Lager. Niemand war zu sehen; wer ein bißchen Verstand hatte, versteckte sich vor der riesigen Sonne am Himmel. Schließlich fand er Parker, der die Post besorgte, wehrte dessen Fragen ab und stellte die eine Frage, die ihm in diesem Augenblick am wichtigsten war: Wo steckte Joe Bascom?

»Bascom? Der ist mit dem Jeep in die Stadt – etwa vor einer halben Stunde.«

»Fährst du jetzt auch rein?«

»Nein. Aber wenn du den Pritschenwagen nehmen willst...«

»Vielen Dank«, sagte Mike grimmig und schob sich hinter das Steuer.

Tia Losa war nicht gerade eine Stadt, in der man sich verstecken konnte: es gab zwei parallel laufende Straßen und etwa ein halbes Dutzend Lokale und Geschäfte. Mike fuhr zum American-Express-Büro, da er vermutete, daß sich Joe als erstes um seine Abreise kümmern würde. Die Menschenmenge, die sich vor der Palacio-Bar versammelt hatte, veranlaßte ihn aber, auf die Bremse zu treten. Auf portugiesisch rief er einen der Einheimischen zu sich, der den Amerikaner von den samstäglichen Pokerrunden kannte. Der Mann eilte zum Wagen und begann Worte herauszusprudeln. Mike forderte ihn auf, englisch zu sprechen. »Ihr Compadre, Mister Mulgrave«, sagte der Mann. »Ihr Kumpel Joe. Er kommen mit einem kleinen Paket in die Bar und ziehen sich mit einer Flasche ins Hinterzimmer zurück. Eine Minute später – *peng!*«

»Peng? Was heißt das?«

Der Mann breitete die Arme aus. »Große Explosion«, sagte er. »Ihr Freund Joe, er lauter kleine Stücke, Mr. Mulgrave. Señor Palacio ist sauer, seine Bar in Trümmer.« Und er grinste breit.

Die Männer, die aus dem zerstörten Inneren kamen, bedachten ihn mit seltsamen Blicken, doch Mike achtete nicht darauf. Er sprang aus dem Wagen, ging zur Tür des Lokals und sah sich in dem pulvrigen Nebel um, der durch die Luft wallte. Dann machte er auf dem Absatz kehrt und ging zum Jeep.

Wenige Minuten später stand er im Büro des American Express, und der Angestellte fragte ihn, was er wolle.

»Eine Fahrkarte in die Staaten«, sagte er grimmig. »Für ein Gespenst.«

»Wie bitte?« fragte der Mann von American Express.

Man muß dran glauben

Im Frühling, einen Monat vor der alljährlichen Fahrt zum Cape, saß Mrs. Mallory gern auf einer bestimmten Bank im Central Park. Ihr Mann hatte etwas gegen diese plebejische Form des Zeitvertreibs; ihre Wohnung an der Park Avenue verfügte über eine winzige Sonnenterrasse. Doch Mrs. Mallory zog den Park vor, ging es ihr doch um den Kontakt zu den vorbeiflanierenden Menschen, um den Geruch von Erde, Gras und Bäumen. Ruhig, doch stets aufmerksam, das Gesicht ernst und unbewegt, die gelähmten Arme starr im Schoß, ähnelte sie einer orientalischen Gottesstatue.

Sechs Jahre war es jetzt her, seit aus ihren Gliedern das Leben gewichen war, seit die Hände, die ihr ganz selbstverständliche Helfer gewesen waren, nur noch steif und nutzlos wie Bretter am Körper herabhingen. Es war in dem Jahr geschehen, als die einzige Tochter der Mallorys einen Offizier im Auslandsdienst heiratete und Land und Eltern verließ. Es war ein Jahr voll aufreibender Arztbesuche gewesen, ein Jahr der Angst und Nervosität, ein Jahr bitterer Wortwechsel mit ihrem Mann. Im Laufe der Zeit hatte sie sich mit dem Schicksal abgefunden; inzwischen sprach sie nicht mehr davon, ebensowenig wie Mr. Mallory. Allerdings sagte Mr. Mallory überhaupt selten etwas.

An einem Freitagnachmittag saß sie wie gewohnt auf ihrer Bank und hoffte auf einen angenehmen Tag. In letzter Zeit hatte sich »ihre« Parkecke verändert; die Kinder waren älter, viele schon Teenager, und ihr Auftreten und ihre Spiele hatten etwas Unheimliches. Sie marschierten herum wie Filmbösewichter; sie sprachen zu laut und benutzten manchmal schockierende Kraftausdrücke. Kurz nach drei Uhr schien der Park zu bersten vor solchen Kindern. Von der Last der Schule befreit, brüllten sie fröhlich durcheinander, schubsten sich und trampelten achtlos auf den Rasenflächen herum. Mrs. Mallory bedachte diese Streiche mit einer angewiderten Mundbewegung, erschauerte in ihrer Nerzstola und spielte mit dem Gedanken, nach Hause zu gehen.

Drei Jünglinge in Lederjacken gingen an der Bank vorbei und blieben in der Nähe stehen. Sie konnten kaum älter als fünfzehn sein, doch Mrs. Mallory sah, was in ihrem Kreis geschah: die drei zündeten sich Zigaretten an. Sie schnalzte hörbar mit der Zunge, woraufhin sich einer der Jungen umdrehte. Er hatte gelacktes Haar und alte, abgeklärte Augen.

Sie wandte den Kopf, aber zu spät. Er grinste boshaft und kam zu Mrs. Mallorys Verdruß auf sie zu.

»Was ist los, Lady!« Er schob die Daumen in den engen Hosengurt. Die Zigarette ragte ihm herausfordernd aus dem Mund. »Wollen Sie eine Kippe, Lady?« fragte er. Seine Kumpane hinter ihm kicherten.

»Bitte verschwinde!« sagte Mrs. Mallory.

»Ach, Lady, ich bin aber schrecklich müde«, antwortete der Jüngling spöttisch. »Sie belegen da eine ganze Bank, ist Ihnen das klar? Glauben Sie etwa, sie gehört Ihnen? Machen Sie mal ein bißchen Platz!«

»Verschwinde!«

Er setzte sich neben sie und blies ihr Rauch ins Gesicht. Dann senkte er den Blick und lachte auf.

»Was ist denn mit Ihren Armen?«

Er hob die Hand, als wolle er sie berühren, und Mrs. Mallory glaubte schon schreien zu müssen. Diese Erniedrigung blieb ihr jedoch erspart; der Junge wurde plötzlich abgelenkt. Jemand zerrte ihn hoch.

»Das reicht jetzt, Kleiner, verschwinde!« sagte der Mann. »Laß die Dame in Ruhe!«

»He, was bilden Sie sich ein...?«

»Ich habe gesagt, verschwinde!«

Es handelte sich um einen großen jungen Mann mit einem sympathischen glatten Gesicht; als sie dankbar zu ihm emporblickte, wußte Mrs. Mallory sofort, daß sie ihn schon einmal gesehen hatte. Während der Jüngling mürrisch zu seinen spöttelnden Freunden ging, sah sie die junge Frau im Rollstuhl näherkommen. Sie war ein bleiches blondes Mädchen mit einem Gesicht, das Schmerz kannte, die Beine unter einer fröhlich gemusterten Schottendecke verborgen.

»Ted!« sagte das Mädchen. »Ted, was war denn los?«

»Nichts«, antwortete der junge Mann. »Nur ein junger Lümmel, der die Dame hier belästigt hat. Tut mir leid, daß ich einfach so fortgerannt bin...«

»Alles in Ordnung mit Ihnen?« Ihre Frage galt Mrs. Mallory.

Sie nickte. »Ja, alles in Ordnung, vielen Dank. Schrecklich, wie sich die jungen Leute heute benehmen, nicht wahr?« Sie lächelte schwach. »Wollen Sie sich nicht setzen?«

»Vielen Dank«, sagte der junge Mann, wischte sich den Schweiß von der Stirn und lächelte freundlich. »Ganz schön warm für Mai, meinen Sie nicht auch?«

»Natürlich ist dir warm«, sagte das Mädchen lachend. »Hübsche Damen aus der Not zu erretten ist anstrengend! Ich wußte gar nicht, daß du einen Hang zum St.-Georgs-Ritter hast, Ted.«

»Und ob – aber nur wenn es sich um junge Drachen handelt.« Er zog eine Tüte mit Erdnüssen aus der Tasche und hielt sie Mrs. Mallory hin. »Möchten Sie ein paar? Wir wollen sie schon den ganzen Tag an die Eichhörnchen verfüttern, aber ohne Erfolg.«

»Nein danke«, erwiderte Mrs. Mallory. Dann bemerkte sie, daß der junge Mann ihre reglosen Hände ansah und verlegen errötete. »Ich mag Erdnüsse nicht«, fügte sie hinzu. »Ich begreife nicht, was Eichhörnchen daran finden.«

Das Mädchen stimmte ein helles Lachen an. »Ich heiße Melinda«, sagte sie. »Das ist mein Bruder Ted.«

»Ich bin Mrs. Mallory. Habe ich Sie nicht schon im Park gesehen?«

»Kann schon sein. Wir wohnen ganz in der Nähe. Stammen Sie aus New York, Mrs. Mallory?«

»Ja. Ich lebe ebenfalls hier in der Nähe, ein paar Straßenkreuzungen entfernt.«

»Wir kommen aus Ohio«, sagte der junge Mann. »Wir sind erst seit etwa einem Monat in der Stadt, doch ich nehme an, daß wir bald zurückfahren.«

Das Gesicht des Mädchens verdüsterte sich plötzlich. »Das darfst du nicht sagen, Ted, nicht einmal denken...« Sie wandte den Kopf zur Seite; der plötzliche Stimmungsumschwung war bestürzend. Mrs. Mallory blickte zwischen den beiden hin und her und räusperte sich fragend. Als das Mädchen schließlich den Kopf hob, wirkten ihre Augen matter als vorher.

»Wir wollten jemanden konsultieren«, sagte sie. »Einen Arzt, jemanden, der sich auf Fälle wie mich spezialisiert hat. Wissen Sie, ich wurde vor zwei Jahren in einen Autounfall verwickelt und habe seither keinen Schritt mehr getan.«

Mrs. Mallory nickte mitfühlend. »Das tut mir sehr leid«, sagte sie leise. »Ich weiß, wie Ihnen zumute ist. Ihnen ist sicher aufgefallen...«

»Ach, Sie Ärmste«, sagte Melinda und ließ ihren Stuhl näher heranrollen. »Ich weiß nicht, wer von uns schlimmer dran ist. Wie ist das nur geschehen?«

»Ich weiß es nicht genau. Nach Auffassung der Ärzte

eine Art Degeneration der Nerven. Aber ich muß schon einige Zeit länger damit leben als Sie, meine Liebe. Sechs Jahre.«

Ted bewegte unruhig die Füße und steckte die Erdnußtüte fort. »Hören Sie, wir wollen Sie nicht mit unseren Sorgen belästigen…«

»Dieser Arzt«, sagte Mrs. Mallory. »Hat er gesagt, ob Ihnen geholfen werden kann?«

Melinda schüttelte den Kopf. »Deshalb meint Ted ja, wir sollten nach Hause fahren. Aber ich möchte nicht zurück. Nicht so…«

»Und Ihre Eltern?«

»Sind beide tot«, antwortete Melinda. Als ihr Bruder aufstand, hob sie den Kopf. »Möchtest du ins Hotel zurück?«

»Wir sollten gehen«, meinte Ted. »Es hat mich gefreut, Sie kennenzulernen, Mrs. Mallory.«

»Sind Sie oft hier?« fragte Melinda. »Wir haben es uns ein bißchen angewöhnt, nachmittags einen Spaziergang durch den Park zu machen. Vielleicht sehen wir uns mal wieder.«

»Ich bin jeden Tag hier«, sagte Mrs. Mallory.

So auch am nächsten Nachmittag – trotz einer überraschenden Einladung ihres Mannes Charles, mit ihr ins Kino zu gehen. Mr. Mallory, der normalerweise sogar sonnabends mit seinem Beruf als Firmenanwalt verheiratet war, schien Gewissensbisse verspürt zu haben. Dabei wünschte sich Mrs. Mallory an diesem Tag nichts so sehr, als auf ihre Bank zurückzukehren, in der Hoffnung, das junge Paar von gestern wiederzusehen. Mit Vernunftgründen ließ sich ihr Interesse nicht erklären; vielleicht lag es daran, daß sie selbst keine Kinder hatte. Sie war siebenundvierzig Jahre alt, nicht zu alt, um die Wärme mütterlicher Gefühle zu empfinden.

Schließlich schaute Mrs. Mallory auf die Uhr und stellte enttäuscht fest, daß es schon halb drei Uhr war. Doch als sie einige Minuten später den Kopf hob, sah sie Ted und seine Schwester näherkommen. Beide lächelten breit, und Melinda winkte ihr aus dem fahrenden Rollstuhl zu, und Mrs. Mallory reagierte mit einem plötzlichen unerklärlichen Glücksgefühl und lächelte ebenfalls.

Über eine Stunde lang saßen sie zusammen und unterhielten sich über alles mögliche, und als sie sich schließlich trennten, gab es einen beiläufigen Abschied wie unter Freunden, die genau wußten, daß sie sich wiedersehen würden.

Am Sonntag kamen sie wieder zusammen, und Mrs. Mallory erfuhr, daß Ted und Melinda mit Nachnamen Wainer hießen. Auch am Montag saßen sie im Park und lockten zwei hungrige Eichhörnchen zu Mrs. Mallorys Bank. Und Dienstag wiederholte sich das Schauspiel.

Am Mittwoch jedoch tauchten die Wainers nicht auf. Wäre in Mrs. Mallorys gelähmten Fingern Leben gewesen, hätte sie sie nervös bewegt. Sie blickte links und rechts den Weg entlang und dann zum bleigrauen Himmel empor und suchte die Schuld beim Wetter. Sie begann sich zu fragen, ob die beiden nicht etwa doch nach Ohio zurückgekehrt waren, und der Gedanke ließ sie frösteln. An diesem Tag blieb sie länger als üblich auf ihrem Posten und kehrte bei Einbruch der Dämmerung zu einem besorgt hin und her marschierenden Ehemann zurück.

Der Donnerstag zog hell und strahlend herauf, die Sonne beherrschte von Anfang an den Himmel. Mrs. Mallory suchte den Park auf und saß am gewohnten Ort, nicht länger das reglose orientalische Gottesbild, sondern besorgt und aufgeregt und hoffnungsvoll auf das Erscheinen der jungen Gesichter wartend.

Endlich kamen sie. Ihr Herz machte einen fröhlichen

Sprung, obwohl zwischen Melinda und ihrem Bruder offensichtlich etwas nicht stimmte. Er schob den Rollstuhl mit schweren Schritten, und seine Miene war umwölkt. Melindas Blick war auf den Weg gerichtet, ihre Mundwinkel waren mürrisch herabgezogen, und ihr Kinn wirkte störrisch gereckt, wie Mrs. Mallory es bisher noch nicht erlebt hatte.

»Na!« sagte Mrs. Mallory fröhlich. »Ich dachte schon, ihr beiden wärt mir davongeflogen. Was ist denn passiert? Haben Sie sich von ein paar Wolken vertreiben lassen?«

Ted bremste den Rollstuhl ab und setzte sich mit verschränkten Armen auf die Bank.

»Fragen Sie sie«, sagte er verbittert. »Fragen Sie meine süße, vernünftige Schwester, Mrs. Mallory. Los, sag ihr, wo wir waren, Melinda.«

»Ich möchte nicht darüber sprechen«, antwortete Melinda. »Um Himmels willen, wir haben schon genug darüber diskutiert!«

Mrs. Mallorys gute Laune verflog. »Wenn Sie nicht darüber sprechen wollen…«, sagte sie.

Melinda schien die Kränkung zu erkennen. Sie drehte ihren Stuhl zu Mrs. Mallory herum und berührte zärtlich die starren Hände. Mrs. Mallory haßte es, wenn ihre Hände berührt wurden; gegen diese Geste aber hatte sie nichts. »Es tut mir leid«, sagte das Mädchen. »Ich möchte doch darüber sprechen, Mrs. Mallory. Vielleicht können Sie meinen Bruder überzeugen. Ich *weiß*, es ist dumm, aber ich möchte es eben tun…«

»Klar«, sagte Ted mürrisch. »Erzähl Mrs. Mallory ruhig davon. Sie ist bestimmt meiner Meinung. Der Mann ist ein Quacksalber, ein Scharlatan!«

»Welcher Mann?« fragte Mrs. Mallory.

Melinda pflückte ein Blatt von einem Busch und faltete es langsam zusammen.

»Er heißt Dr. Griffin«, sagte sie. »Ted hält ihn nicht einmal für einen richtigen Arzt. Vielleicht ist er das auch gar nicht, vielleicht ist er nur Dr. phil. oder so. Aber außer ihm hat bisher niemand Hoffnung geäußert, und Dr. Griffin...«

»Hoffnung?« fragte Ted spöttisch. »Ja, eine hübsche Hoffnung, das kann man wohl sagen! Hoffnung auf deine fünfhundert Dollar, das stellt er sich vor!«

»Erzählen Sie weiter«, sagte Mrs. Mallory. »Was hat dieser Dr. Griffin gesagt?«

»Er meint, ich könnte geheilt werden«, sagte Melinda herausfordernd und blickte ihren Bruder an. »Er meint, eine Heilung wäre möglich durch Glaubenswasser. So nennt er es. Er verlangt fünfhundert Dollar für das Wasser, ein besonderes Destillat, das teuer und in diesem Land schwer erhältlich ist.«

»Ach, meine Liebe!« flüsterte Mrs. Mallory traurig.

»Siehst du!« sagte Ted. »Was habe ich dir gesagt! Wenn du dich auf mich schon nicht verlassen willst, vielleicht hörst du dann wenigstens auf Mrs. Mallory.« Er wandte sich an die ältere Frau und breitete flehend die Hände aus. »Predigen Sie ihr mal ein bißchen Vernunft, Mrs. Mallory! Sie will diesem Gauner tatsächlich fünfhundert Dollar in den Rachen stopfen!«

»Aber er hat mir Heilung garantiert!« sagte Melinda zornig. »Du hast ihn doch gehört. Er garantiert die Wirkung. Wenn ich nicht geheilt werde, gibt er mir das Geld zurück...!«

»Aber er will es vorher haben, nicht wahr? Bei Übergabe des Mittels. Und er sagt dir nicht, wann die Heilung eintreten soll.« Er schlug sich mit der flachen Hand vor die Stirn. »Himmel, der Trick ist so primitiv! Ich hätte nicht übel Lust, die Polizei anzurufen ...«

»Das läßt du hübsch bleiben!« Melinda starrte ihren Bruder wütend an, und ihre Hände verkrampften sich um die Armlehnen des Rollstuhls. Dann verschwamm ihr harter Blick unter Tränen. Sie hob die Hände vor das Gesicht und begann zu schluchzen.

»Melinda«, sagte Mrs. Mallory. »Melinda, weinen Sie doch nicht ...«

Ted sprang auf, um sie zu trösten; er beugte sich über sie und murmelte eine Entschuldigung, aber das Mädchen hörte nicht auf ihn. Als sich Mrs. Mallory erhob, zerrte Melinda energisch am Rad, als wolle sie von beiden nichts mehr wissen. Ted packte den Stuhl und hielt ihn energisch fest.

»Bitte, Melinda, hör mich an«, sagte er betont. »Ich meine ...«

»Vielleicht hat sie recht«, sagte Mrs. Mallory. »Vielleicht sollte sie das Angebot annehmen, Ted, wenn sie es wirklich möchte. Um das Geld brauchen Sie sich keine Sorgen zu machen; ich würde gern aushelfen.«

Ted blickte sie dankbar an. »Das ist sehr nett von Ihnen, Mrs. Mallory, aber Geld haben wir. Ich meine nur – ach, ich möchte sie eben nicht enttäuscht sehen!«

Melinda hatte sich beruhigt. Sie trocknete sich die Augen und begegnete dem zärtlichen Blick ihres Bruders.

»Ich werde nicht enttäuscht sein«, sagte sie entschlossen. »Ich schwör's dir! Aber wenn ich nicht mitmache, wüßte ich nie, ob er mir nicht doch hätte helfen können. Ich werde immer denken, daß ich vielleicht mehr hätte sein können als ein... Krüppel...« Wieder traten die Tränen in ihre Augen, aber diesmal galten sie Mrs. Mallory. »Ach, Mrs. Mallory, es tut mir so leid!«

»Schon gut«, sagte Mrs. Mallory, die selbst den Tränen nahe war. »Schon gut, Melinda. Tun Sie es ruhig, wenn Sie wollen. Wer weiß? Es hat schon Wunder gegeben ...«

Die beiden Wainers kamen am nächsten Nachmittag

nicht in den Park. Diesmal ahnte Mrs. Mallory den Grund. Sie blickte nicht hoffnungsvoll den Weg entlang; ihr Gesicht war starrer und ernster als sonst, während sie an den Kummer des Mädchens dachte. Natürlich hatte Ted recht; auf ihrer Suche nach Hilfe waren die beiden einem jener grausamen und herzlosen Männer in die Hände gefallen, die eine glatte Zunge und böse Absichten hatten, die bereit waren, um des schnöden Mammons willen falsche Hoffnungen zu wecken. Sie dachte an Melinda und vergaß einen Nachmittag lang ihre sonstigen tragischen Gedanken.

Viertel nach drei begann es zu regnen; sie verließ die Bank früh und ging nach Hause.

Es regnete auch den ganzen nächsten Vormittag und Nachmittag hindurch, und Mrs. Mallory blieb in der Wohnung und fühlte sich einsamer und niedergeschlagener als sonst; doch zugleich war sie weniger von Selbstmitleid erfüllt.

Der graue Sonntagvormittag ging in einen strahlenden Nachmittag über, und sie ging in den Park. Die Anlage war voller Kinder. Sie setzte sich auf die gewohnte Bank und schaute ihnen beim Spielen zu, hatte aber wenig Freude daran.

Kurz nach fünfzehn Uhr wurde es etwas einsamer in ihrer Ecke des Parks. Die plötzliche Ruhe und ein Gefühl der Erschöpfung ließen sie einnicken. Sie senkte das Kinn auf die Brust und döste. Es konnten nur wenige Minuten gewesen sein; ihr Schlaf war so leicht, daß das Geräusch näherkommender Schritte sie weckte.

Jemand berührte sie am Arm, und sie riß die Augen auf. Sie sah Melindas Gesicht neben sich, und Mrs. Mallory lächelte in aufflackernder Freude. »Melinda«, sagte sie fröhlich. »Es freut mich, Sie zu sehen...«

Wieder standen Tränen in den Augen des Mädchens, doch es waren andere Tränen als neulich. Im nächsten

Augenblick erkannte Mrs. Mallory den Grund. Melinda saß auf der Bank neben ihr, saß ohne künstliche Hilfe, befreit aus dem rollenden Gefängnis, befreit von der verhüllenden Decke um ihre Beine. Melinda konnte wieder gehen!

»Oh, Mrs. Mallory!« rief das Mädchen und umarmte die ältere Frau. Sie klammerte sich fest und schluchzte wie ein Kind; Mrs. Mallory sehnte sich danach, die Umarmung zu erwidern, doch ihre Hände rührten sich nicht.

Dann lachte Melinda über ihren Gefühlsausbruch und stand auf. Ihre Bewegungen waren zittrig und unsicher, doch sie erhob sich aus eigener Kraft und machte einige vorsichtige Schritte rückwärts.

»Ein Wunder!« flüsterte Mrs. Mallory. »Ein echtes Wunder, Melinda ...«

»Ich kann wieder gehen!« rief Melinda mit strahlenden Augen. »Ich kann wieder gehen! Ich kann es, Mrs. Mallory! Ich fasse es selbst kaum. Ich bin wieder ganz normal, so wie früher ...«

»Dieser Mann – dieser Arzt ...«

»Dr. Griffin, ja! Er hat das bewirkt, Mrs. Mallory. Ted war dermaßen überzeugt, der Mann sei ein – Dieb, daß ich es fast selbst glaubte. Aber er hat es geschafft. Mit seinem Glaubenswasser ...«

»Ich hätte es nicht für möglich gehalten! Es ist erst wenige Tage her, da ...«

Melinda saß neben ihr und streichelte ihre gelähmten Hände. »Es ist nicht auf einen Schlag passiert«, sagte sie. »Am ersten Tag spürte ich nichts, absolut nichts. Gestern morgen merkte ich plötzlich, daß ich die Zehen bewegen konnte. Die Zehen, Mrs. Mallory! Ich hätte mir nie träumen lassen, wie köstlich es ist, die Zehen zu bewegen! Am Nachmittag hatte ich das Gefühl, meine Beine wären mit Nadeln gespickt. Dann konnte ich wieder stehen – wieder gehen ...«

»Wo ist Ted?«

»Im Hotel. Ich wollte unbedingt allein hierher kommen, zu Ihnen. Wenn Sie nicht gewesen wären, hätte Ted mich wohl nie...«

Mrs. Mallory blickte die andere schweratmend an. »Dieser Mann«, sagte sie.

»Was, Mrs. Mallory?«

»Dieser Mann!« rief Mrs. Mallory gepreßt. »Dieser Dr. Griffin! Melinda, ich möchte ihn besuchen! Ich muß ihn besuchen!«

Das Mädchen starrte sie einen Augenblick lang verständnislos an. »Dr. Griffin? Sicher wäre das möglich, Mrs. Mallory. Warum auch nicht...« Ihr Blick fiel auf die Hände der Frau. »Aber natürlich!« rief sie. »Natürlich, Mrs. Mallory! Sie müssen zu ihm gehen!«

»Ob er mir auch helfen kann? Melinda, glauben Sie das wirklich?«

Das Mädchen umarmte sie.

Montag morgen um halb elf Uhr klingelte es an Mrs. Mallorys Wohnungstür. Betty, das Hausmädchen, führte zwei Männer ins Wohnzimmer. Der eine war Ted Wainer, der andere ein großer grauhaariger Mann, der irgendwie erschöpft-geistesabwesend aussah. Als die Besucher mit Mrs. Mallory allein waren, stellte Ted den anderen vor, doch Dr. Virgil Griffin wirkte nicht gerade verbindlich, als er Mrs. Mallorys Aufforderung zum Platznehmen nachkam.

»Es ist nett von Ihnen, daß Sie mich aufgesucht haben«, sagte Mrs. Mallory. »Von Ihnen natürlich auch, Ted.«

Der junge Mann lächelte schief. »Ich bin eigentlich nur ein fünftes Rad am Wagen. Vielleicht sollte ich gleich wieder verschwinden...«

»Nein, schon gut«, sagte Dr. Griffin seufzend. »Ich muß

leider annehmen, daß unser Gespräch nicht lange dauert, Mrs. Mallory.«

Sie spürte plötzlich ein enges Band um die Brust. »Stimmt etwas nicht? Wollen Sie meine Hände nicht untersuchen?«

»Eine Untersuchung ist nicht erforderlich. Mr. Wainer und seine Schwester haben mir Ihr Problem beschrieben, Mrs. Mallory, und ich erkenne die Symptome. Doch leider habe ich selbst Probleme und weiß nicht recht, wie ich Ihnen helfen soll.«

Nervös verschränkte Ted die Hände. »Sie müssen für Mrs. Mallory doch etwas tun können, Doktor. Ich meine, Sie haben uns so gut geholfen ...«

»Es war ein Wunder«, sagte Mrs. Mallory. »Ich freue mich so für Melinda. Natürlich weiß ich, daß jeder Fall anders liegt.«

»Das ist es nicht«, sagte Griffin leichthin. »Ich bin sicher, daß das Glaubenswasser auch bei Ihnen wirken würde, Mrs. Mallory. Es gibt eine Heilung, die über die Grenzen der ärztlichen Wissenschaft hinausgeht. Hinter mir liegt eine anstrengende Zeit, denn viele meiner Berufskollegen sind nicht dieser Ansicht. Ich habe mir meinen Weg mühsam erkämpfen müssen.«

»Das kann ich verstehen«, sagte Mrs. Mallory. »Ich aber *glaube* an Sie, Doktor; ich habe dazu jeden Grund.«

Griffin stand auf und trat an ihre Seite.

»Das bezweifle ich nicht«, sagte er leise. »Wenn ich mir dessen nicht sicher wäre, stünde ich jetzt nicht hier. Auf einen einfachen Nenner gebracht, liegt mein Problem in Angebot und Nachfrage. Wegen der einzigartigen Beschaffenheit meiner Methoden und wegen der unruhigen Lage im Ausland bin ich leider nicht in der Lage, einen weiteren Vorrat des Glaubenswassers zu beschaffen. Jedenfalls nicht zu vernünftigen Preisen.«

Ted schlug sich erregt auf das Knie. »Was für ein Pech!« rief er zornig. »Das ist mir sehr unangenehm, Mrs. Mallory!«

»Kein Wasser mehr?« fragte die Frau tonlos. »Sie können keins mehr bekommen?«

»Oh, beschaffen könnte ich es wohl, wenn ich wirklich alle Möglichkeiten ausschöpfe.« Der Arzt rieb sich den Nacken. »Ich könnte es auf – ungesetzlichen Wegen versuchen. Das bedeutet aber die Bestechung mehrerer Beamter im Ausland und beim hiesigen Zoll. Ich habe so etwas schon getan, wenn der Zweck den Einsatz rechtfertigte. Aber die Kosten!« Er seufzte. »Ich fürchte, die Kosten wären schlimm, Mrs. Mallory.«

»Was soll das heißen? Wie schlimm?«

»Genau weiß ich das nicht. Auf keinen Fall weniger als zehntausend Dollar, wenn wir Pech haben, sogar noch mehr. Zehntausend Dollar sind viel mehr als die fünfhundert, die mir Miss Wainer gezahlt hat, und ich denke gar nicht daran, Ihnen ernsthaft den Vorschlag zu machen.«

Ted stieß ein leises Knurren aus. »Das ist nicht fair! Wenn Sie nur...«

»Doktor«, sagte Mrs. Mallory schweratmend. »Doktor, es gibt Dinge, die man nicht mit Geld aufwiegen kann...«

»Das ist mir bekannt, Mrs. Mallory.«

»Ich habe das Geld!« sagte Mrs. Mallory verzweifelt. »Geld ist bei mir nicht das Problem. Wenn Sie mir das Wasser beschaffen können, ist alles andere gleichgültig. Zehntausend – fünfzehn...«

Dr. Griffin wandte sich an Ted, der die Augenbrauen hob.

»Ich bin sicher, daß es soviel nicht kosten würde«, sagte der Arzt langsam. »Trotzdem ist es eine große Zumutung, Mrs. Mallory.«

»O nein, nein!« sagte die Frau erregt. »Besorgen Sie es,

Doktor! Wenn ich meine Hände wieder bewegen könnte – nur die Finger bewegen, wieder selbst essen, mich anziehen, ein Kind, eine Blume berühren...« Sie begann zu weinen, und Dr. Griffins trauriges Gesicht zog sich noch mehr in die Länge.

»Schon gut, Mrs. Mallory, bitte regen Sie sich nicht auf. Wenn Sie bereit sind, meinen Glauben an das Wasser zu teilen, wenn Sie bereit sind, soviel Geld auszugeben... dann bleibt mir nichts anderes übrig, als mir größte Mühe zu geben.«

»Tausend Dank«, schluchzte Mrs. Mallory. »Oh, tausend Dank, Doktor!«

Griffin richtete sich auf.

»Wenn alles gut geht, hab ich das Wasser vielleicht schon in zwei Wochen. Dann werden wir sehen, Mrs. Mallory. Dann werden wir sehen, was wir dagegen unternehmen können.« Er berührte ihre Hände.

Der Sommer war gekommen, hatte den Frühling rücksichtslos vertrieben und das Sonnenlicht heiß und grell werden lassen.

Mrs. Mallory saß im Wohnzimmer der Park-Avenue-Wohnung; die Jalousien waren herabgelassen und hielten das blendende Licht ab. Sie saß reglos da, ihr Gesicht war maskenstarr. Als die Wohnungstür klappte, als sie die schweren Schritte ihres Mannes hörte, die vom Teppich kaum gedämpft wurden, hob sie nicht den Kopf.

Er kam auf sie zu. In seinen Händen lagen drei dicke Blätter – Hochglanzfotos.

»Ich komme eben aus dem Büro von Lieutenant Hastings«, sagte Mr. Mallory leise. »Über ihren Verbleib weiß die Polizei nichts Neues. Aber der Lieutenant konnte mir diese Fotos geben. Willst du sie sehen?«

Mrs. Mallory wandte den Kopf zur Seite. »Nein«, sagte sie.

Ihr Mann knurrte etwas vor sich hin und sah sich die Aufnahmen nacheinander an.

»Das hier ist das Mädchen, das sich Melinda Wainer nannte. In Wirklichkeit heißt sie Myrna Doolittle, aber man kennt sie auch als Sally Graham. Sie ist vierundzwanzig Jahre alt und in Michigan geboren. Sie ist bei bester Gesundheit und hat nie einen Autounfall gehabt.«

Er nahm sich das nächste Foto vor.

»Der Mann, der sich als Ted Wainer ausgab, ist Bob Doolittle. Er ist nicht etwa ihr Bruder, sondern ihr Mann. Die beiden haben 1958 in Detroit geheiratet und seither so manches krumme Ding gedreht. Der dritte Mann«, fuhr Mr. Mallory fort und blätterte weiter, »ist Carl Simpson, alias Dr. Hugo Martin, alias Dr. Saul Allen. Er versteht sich auf Arztrollen, das ist seine Spezialität. Aber das brauche ich dir nicht erst zu sagen.«

»Ich möchte nichts mehr davon hören, Charles.«

Mr. Mallory trat dicht vor sie und legte ihr die Aufnahmen vorsichtig in den Schoß.

»Ich möchte, daß du sie dir ansiehst«, sagte er leise. »Ich möchte, daß du die Wahrheit erkennst. Die drei waren Diebe, ein Betrügerteam. Sie gaben dir Leitungswasser zu trinken und nannten es ein Wunder. Sie nahmen dir zehntausend Dollar ab, meine Liebe, und ich möchte meinen, daß du da etwas unternehmen solltest.«

»Nein«, sagte Mrs. Mallory beharrlich. »Ich möchte keine Anzeige erstatten, was immer die Polizei sagt. Mir ist egal, was diese Leute mir anzutun glaubten, Charles. Ich habe meine Hände. Nur darauf kommt es mir an.«

Dann ergriff sie die Fotos und begann sie in kleine Stücke zu reißen.

Schikane

Pearson erblickte Guedos Schweinsäuglein im Spiegel hinter der Bar. Sie gingen ihm durch und durch, diese Augen, umgeben von den Spiegelbildern grauer Zivilisten, und im ersten Augenblick wollte Pearson die Erinnerung nicht wahrhaben. Er drängte sich mit den Ellenbogen durch den überhitzten Raum, bis er die stämmige Gestalt des Mannes deutlich vor sich sah.

Kein Zweifel – Guedo, Sergeant John Guedo, 25. Infanterie-Division. Vorgebeugt an der Bar sitzend und nachdenkend. Mürrisch über einem Glas Bier hockend.

Pearson war ein wenig schwindlig zumute. Er wollte vortreten, wollte den Arm berühren, an dem keine Winkelstreifen mehr zu sehen waren, und grinsend sagen: *Hallo, Sergeant*, einfach nur so. Dann wollte er ein paar Sekunden warten, eben lange genug, um Angst und Verwirrung in Guedos Schweinsäuglein zu zaubern, und dann …

Seine Hand ballte sich so heftig zur Faust, daß es weh tat. Er wollte doch lieber nicht gleich handeln – Zeit und Ort stimmten nicht. Nach so vielen Jahren hatte er Guedo endlich ausfindig gemacht – jetzt wollte er seine Rache genießen und sich Zeit lassen.

Der Barmann wischte mit einem Lappen um Guedos Ellenbogen herum. Pearson sah, wie sein Opfer sich aufrichtete und eine Münze auf die Bar klirren ließ. Dann schob Guedo das spitze Kinn in den hochgeschlagenen Mantelkragen und marschierte zur Tür.

Pearson folgte ihm. Er hielt einen Abstand von zwanzig Schritten und ging dem verhaßten Rücken nach. An der 26. Straße kaufte Guedo eine Zeitschrift und schloß sich einer traurigen Gruppe an, die auf einen Bus wartete. Pearson wußte nicht, was er tun sollte. Er lebte im Nordosten der Stadt; der Bus würde ihn eine halbe Stunde kosten, während Ruth heute mit seiner frühen Heimkehr rechnete.

Als der Bus schließlich kam, stieg er doch mit ein. Er suchte sich einen Sitz weit hinten, um Guedos Nacken anstarren zu können. Seine Gedanken gingen zurück zu den Jahren 1951 und 1952, zurück nach Fort Monmouth und Korea, zurück zu der hilflosen Wut, die Guedos Grausamkeit in Pearson ausgelöst hatte. Dieser Haß war jetzt wie ein Aufputschmittel; noch nie hatte sich Pearson so gut gefühlt.

Guedo stand vor der Haltestelle Neunte Avenue auf und ging zum Ausstieg. Pearson erreichte die Tür, ehe sie sich wieder schloß, und folgte Guedo nach Hause.

Dieser wohnte in einem Gebäude mit einem vornehm gestalteten Eingang und stinkenden Fluren. Pearson wartete, bis Guedo nicht mehr zu sehen war, dann trat er ein. Er starrte auf das Mieterverzeichnis und entzifferte die verblaßten Buchstaben neben der Wohnungsnummer: Guedo, 4-B.

Anschließend fuhr er mit dem Taxi nach Hause. Die Ausgabe war ein Luxus, aber danach war ihm heute zumute. Als er sein Appartement betrat, gab ihm Ruth einen Kuß und musterte ihren Mann erstaunt. Das bleiche Gesicht, das sie zu sehen erwartet hatte, wirkte schmaler als gewöhnlich, doch auch erstaunlich gerötet – und sie erkundigte sich sofort, was los war.

»Nichts Besonderes«, sagte Pearson. »Habe einen alten Freund aus der Armee wiedergetroffen, das ist alles.«

Nach dem Zubettgehen schlief er sofort ein und begann zu träumen. Er sah sich in Uniform, verfolgt von Guedo. Wieder war er zum Drecksdienst eingeteilt – sechzehn Stunden in der Lagerküche, später als Feuerwart, der dreißig Abfalleimer mit Wasser erhitzen mußte, für den Kaffee der Kompanie. Dann der anstrengende Dienst in den Schießständen, wo ihm die Kugeln um die Ohren zwitscherten, schließlich mußte er tausend Gewehre für die Übungen des nächsten Tages putzen... Ganz deutlich sah er den Sergeant mit gelben Zähnen grinsen, während Pearson durch den Dreck robbte, doch als er erwachte, kam ihm das alles nicht wie ein Alptraum vor. Nein, damit war Schluß, dachte Pearson. Endgültig Schluß.

Zum Frühstück hatte er einen gesunden Appetit. Er schlang eine dritte Toastscheibe herunter und sagte: »Sag mal, wolltest du nicht heute abend zu deiner Mutter fahren – oder war das Mittwoch?«

»Ich dachte, wir hätten beschlossen, daß ich nicht fahren soll«, meinte Ruth.

Er stürzte seinen Kaffee hinunter. »Fahr nur, wenn du willst. So oft besuchst du deine Mutter nun auch wieder nicht.«

Sie überlegte einen Augenblick lang und gab ihm dann einen Kuß auf die Wange. »Na schön«, sagte sie. »Wenn du nichts dagegen hast.«

Im Büro angekommen, starrte er eine Zeitlang auf das Telefon, ehe er sich ein Herz faßte und die Nummer wählte, die er im Telefonbuch gefunden hatte. Er überlegte, warum er nie an diese Möglichkeit gedacht hatte, den Verhaßten ausfindig zu machen. Woher hätte er aber wissen sollen, daß Guedo praktisch auf seiner Schwelle wohnte?

Er wählte die Nummer. Es klingelte sechsmal, ohne daß sich jemand meldete.

Guedo hatte also Arbeit. Pearson lächelte gepreßt und hoffte, daß es sich um eine schmutzige, unangenehme Arbeit handelte.

Er kam nach Hause und fand die Wohnung leer, wenn

auch tadellos gesäubert vor. Seine Hemden lagen frisch gebügelt im Schlafzimmer, der Eisschrank war gut bestückt, und auf dem Tisch wartete eine Nachricht seiner Frau mit genauen Angaben, was er essen und anziehen sollte, und mit der Mahnung, nicht zuviel Unordnung zu machen. Er zerknüllte den Zettel und ging zum Telefon im Schlafzimmer. Diesmal erreichte er den anderen.

»Ja, hier John Guedo. Wer spricht da?«

»Sie erinnern sich vielleicht nicht mehr an mich, Sergeant. Aus dem Jahr 1951. Monmouth. Gefreiter Pearson.«

»Wer?«

»Gefreiter Fred Pearson, 25. Infanterie-Division.« Er knirschte mit den Zähnen. »Sie haben mich immer Babygesicht genannt, wissen Sie noch?«

Schweigen in der Leitung, und Pearson erkannte, daß Guedo nichts mehr wußte, daß die Erinnerungen allein ihm gehörten, daß er in Guedos Bewußtsein nichts weiter war als ein anonymer Schatten. Diese Erkenntnis war schlimmer als alle Pein, die Guedo ihm je zugefügt hatte; der Sergeant erinnerte sich nicht einmal!

»Ach ja!« log Guedo leichtfertig. »Kann schon sein. Und?«

Pearson zwang sich zu einem Grinsen. »Vielleicht sollte ich Sie nicht daran erinnern. Damit könnte ich glatt hundert Piepen sparen.«

»Was für hundert Piepen?«

»Als wir nach Inchon in die Staaten zurückkehrten, liehen Sie mir hundert Dollar. Ich wollte Ihnen den Betrag zurückzahlen, aber ich wußte nicht, wo Sie steckten. Wissen Sie jetzt Bescheid, Sergeant?«

»Ja, ja«, sagte Guedo hastig. »Wie geht es Ihnen, Pearson?«

»Gut«, antwortete er zitternd. »Mir geht es gut, Sergeant. Nur gefällt es mir nicht, Schulden zu haben. Sie wissen ja, wie das so ist.«

»Aber ja, mein Freund! Hören Sie, warum schicken Sie mir den Betrag nicht mit der Post? Ich wohne an der Neunten Avenue, haben Sie etwas zu schreiben da?«

»Nein, ich will das richtig machen, Sergeant. Könnten Sie mich heute abend noch besuchen? Wir könnten über die alten Zeiten sprechen und dabei einen zwitschern – und dann gebe ich Ihnen das Geld.«

»Na ja, ich habe zu tun...«

»Ich würde Sie wirklich gern persönlich sprechen, Sergeant. Ich wohne gar nicht weit – eine halbe Stunde, mehr nicht.«

»Na schön«, sagte Guedo endlich. »Wenn es denn sein muß. Wie hießen Sie doch gleich?«

Pearson buchstabierte seinen Namen und nannte die Anschrift. Dann legte er auf.

Er hatte Hunger. Er aß das kalte Hühnchen mit Salat, das Ruth für ihn zubereitet hatte, und ließ das schmutzige Geschirr auf dem Tisch stehen. Dann begann er nach der M-1 zu suchen, die er sich in Einzelteilen aus der Kaserne geschmuggelt hatte. Seit den Wochen unmittelbar nach dem Kriegsdienst hatte er nicht mehr an die Waffe gedacht; vage Vorstellungen von Jagdausflügen hatten sich nie verwirklicht, und das Gewehr war unbenutzt geblieben. Jetzt hatte er endlich Verwendung dafür, und die Vorfreude ließ seine Suche ziemlich hektisch ausfallen.

Endlich fiel ihm ein, daß Ruth ja den Wandschrank im Flur gründlich aufgeräumt hatte. Das Kabinett war gedrängt voll mit Plastiktüten und roch nach Mottenkugeln. Er erzeugte ein Chaos, über das Ruth sich bestimmt fürchterlich aufregen würde – aber er fand die M-1. Liebevoll tätschelte er den Kolben, legte ihn an, linste durch den Lauf und mußte daran denken, wie blöd er sich doch auf dem Schießstand angestellt hatte. Aber das machte heute abend keinen Unterschied.

Pearson suchte in dem Durcheinander auf dem Boden herum und fand den Clip mit den Patronen. Acht Kugeln steckten darin, eine tödliche Ladung in goldschimmernden Mänteln. Er lud die M-1, legte sie zärtlich auf das Bett und kehrte ins Wohnzimmer zurück.

Eine Stunde später klingelte es an der Tür. Er ließ sich Zeit.

Guedo war ein schräger Schatten auf der Schwelle; er hatte den Kragen des zugeknöpften Mantels bis zu den Ohren hochgeschlagen, der fleckige Hut war tief in die Stirn gezogen. Er wirkte dünner und bleicher, als Pearson ihn in Erinnerung hatte. »Hallo«, sagte Guedo. Er versuchte freundlich zu tun. Für seine hundert Dollar riskierte er sogar ein Lächeln. »Hallo, Kumpel«, sagte er. »Freut mich, Sie zu sehen.«

Pearson ließ seinen Gast in die Wohnung. Er nahm dem anderen Mantel und Hut ab. Guedo blickte sich in dem warmen, ziemlich unaufgeräumten Zimmer um, und Pearson glaubte Neid in seinem Blick zu erkennen. Er ließ Guedo im Ledersessel Platz nehmen und bot ihm einen Drink an. Guedo nickte lächelnd.

»Erinnern Sie sich auch bestimmt an mich?« fragte Pearson, während er die Highballs mixte. »Es ist lange her, Sergeant.«

»Glauben Sie wirklich, ich vergesse einen Kerl, der mir hundert Piepen schuldet?« fragte Guedo lachend, und Pearson fiel in sein Lachen ein.

»Nein, kann ich mir nicht vorstellen.« Er reichte Guedo das Glas und setzte sich dem anderen gegenüber. »Auf die 25.«, sagte er und hob das Glas. »Auf all die Drecksarbeit, die Sie mir zugeteilt haben, Sergeant.«

Zum erstenmal blickte Guedo ihn richtig an. Dabei veränderte sich etwas in seinem Gesicht, die Linien zwischen Nase und Mund und dem spitzen Kinn verschoben sich. Pearson wußte, was los war. Der andere hatte ihn endlich erkannt.

»Ja«, sagte der Sergeant atemlos. »Ja...«

»Jetzt erinnern Sie sich? Ich war ehrlich gekränkt, als Sie nicht mehr wußten, wer ich war, Sergeant.«

Guedos blaue Wangen erschlafften. Seine Lippen bewegten sich, als murmelte er die Namen eines Appells vor sich hin. Dann verschwand das Erstaunen aus seinem Gesicht, und er begann zu grinsen.

»Pearson«, sagte er leise lachend. »Gefreiter Babygesicht Pearson. *Sie* sind das also! Ich hatte glatt vergessen, wie Sie heißen.«

»Nicht aber das Geld, Sergeant.«

»Ja, das Geld...«

»Die hundert Piepen. Das wußten Sie noch, nicht wahr? Und das ist nun ehrlich das Komischste an der Sache, Sergeant, denn die hundert Piepen hat es nie gegeben.«

»Was?«

»Sie haben mir nie Geld geliehen. Sie hätten mir nicht mal die richtige Uhrzeit gesagt. Ich schulde Ihnen keine hundert Dollar, sondern etwas anderes.«

Guedos Augen begannen zu funkeln. »Was ist hier eigentlich los?«

»Ich wollte mir Sie mal aus der Nähe anschauen, Sergeant, so richtig aus der Nähe. Sie sind keine besonders große Nummer mehr, wie? Wovon leben Sie? Ich hoffe, daß Sie eine richtige Drecksarbeit tun, von der Sorte, wie Sie sie mir oft genug verpaßt haben.«

»Sie haben mich ganz umsonst hergelockt?«

»Umsonst – das habe ich nicht gesagt, Sergeant!«

»Sie Idiot. Sie sind noch derselbe alte Idiot wie damals, was?« Er stand auf.

»Bleiben Sie ruhig, Sergeant. Wir wollen doch freundlich miteinander umgehen.«

»Ich habe Besseres zu tun, als meine Zeit mit Idioten zu verschwenden.«

Pearson zuckte die Achseln. »Wenn Sie meinen. Ich hole Ihren Mantel.« Er ging ins Schlafzimmer und balancierte bei der Rückkehr die M-1 in der Armbeuge.

»Was wollen Sie mit der Waffe?«

»Setzen Sie sich, Sergeant. Wir haben ja noch nicht mal angefangen.«

»He, sind Sie verrückt oder was? Ist das Ding geladen?«

»Und ob! Wissen Sie noch, wie Sie mich immer angebrüllt haben, ich sollte meine Waffe geladen aufbewahren? Sie waren wirklich ein guter Lehrer, Sergeant.« Pearson lächelte und schwenkte die Gewehrmündung hin und her. »Setzen, hab ich gesagt!«

Guedo sank langsam zurück und fuhr sich mit der Zunge über die Lippen. »Sie müssen ein richtiger Psycho sein.«

»Ich will nur mit Ihnen plaudern, Sergeant. Über die alten Zeiten, wissen Sie. Sie erinnern sich doch an die alten Zeiten. An all die hübschen Dreckjobs...«

»Hören Sie, Kumpel...«

»Sechzehn Stunden Küchendienst, das war doch Ihre Spezialität, ja? Oder Gewehrputzen. Oder der Mülldienst, den Sie mir immer wieder aufhalsten. Wissen Sie das alles noch, Sergeant?«

»Na und? Sie haben's überlebt, oder? Sie sind nicht dran gestorben, wie? Sie haben's überlebt!«

»Was Sie vielleicht nicht tun.« Pearson spannte den Hahn. »Fangen Sie an zu reden, Sergeant! Nennen Sie mir einen guten Grund, warum ich Ihnen *keine* Kugel in den Kopf jagen sollte. Nur *einen* guten Grund...«

»Sie sind ja bescheuert! Sie haben den Verstand verloren!«

Pearson trat einen Schritt vor. »Nun reden Sie schon, Sergeant. Oder beten Sie. Wie Sie wollen.«

»Hören Sie!« Guedo streckte flehend die Hände aus. »Sie sind krank, Junge. Der Krieg ist acht, neun Jahre her. Heute ist alles anders...«

»O nein«, sagte Pearson gepreßt. »Ich hasse Sie noch wie damals. Jetzt wollen wir mal anfangen zu betteln, Sergeant. Bitten Sie mich um Ihr Leben...«

Guedo hielt den Atem an und senkte die Hände. Seine Augen zuckten hin und her, und Pearson glaubte in der Ekstase des herrlichen Augenblicks, Guedo würde das Bewußtsein verlieren. Aber dann erstarrte das Gesicht des anderen, und seine Stimme wurde leiser.

»Sie Idiot!« flüsterte er. »Sie dämlicher Idiot!«

»Ich warne Sie, Guedo!«

»Ich bettele um nichts! Wenn Sie mich erschießen wollen, tun Sie's! Vielleicht raffen Sie endlich mal ein bißchen Mut zusammen. Mal sehen, ob Sie's schaffen.«

»Guedo!«

»Sie finden, ich hab Sie grob behandelt? Na schön! Ich hab nur meine Pflicht getan. Sie waren ein verdammt liederlicher Soldat, und ich wollte Ihnen ein bißchen Schliff beibringen...«

»Ihre Argumente sind nicht gerade überzeugend, Sergeant...«

»Liederlich!« brüllte Guedo. »Sie konnten den rechten Fuß nicht vom linken unterscheiden! Sie waren der dämlichste Soldat in meinem Zug. Sie konnten sich die Uniform nicht richtig anziehen, nicht richtig marschieren, nicht richtig schießen. Die Truppe war Ihnen egal...«

Pearson trat zurück; Guedos Zorn verwirrte ihn. Dann erkannte er, daß sein Plan nicht funktionierte, daß Guedo ihm seinen Triumph nicht gönnen würde. In den Augen des Sergeant stand keine Furcht, sondern nur Zorn und

Widerwillen. Pearson hatte vorgehabt, Guedo in ein wimmerndes, sich angstvoll windendes Geschöpf zu verwandeln – aber der Sergeant spielte nicht mit.

»Idiot!« sagte Guedo noch einmal. »Sie liederlicher, nichtsnutziger Idiot...«

Pearsons Augen füllten sich mit Tränen, und er senkte die M-1 auf Hüfthöhe. Dann drückte er ab.

Der Mann im Tweedmantel kniete nieder, um sich die Überreste auf dem Teppich anzusehen. Dann hob er den Kopf und begegnete dem matten Blick des dünnen Mannes mit den scharfen Gesichtszügen, der neben der Leiche stand.

»Was war's?« fragte er sachlich. »Karabiner?«

»M-1. Der Mann war in meinem Zug in Korea.«

Der Kriminalbeamte schüttelte den Kopf. »Ihr Soldaten lernt es wohl nie. Diese verdammten Souvenirs kosten zu viele Menschenleben. Der arme Idiot...«

Er starrte auf die zerstörte Waffe am Boden.

»Nein, der hatte wirklich keine Ahnung«, sagte Guedo. »Hat bis zuletzt nicht begriffen, daß man sein Gewehr putzen muß. Tausendmal hatte ich ihm gesagt, ein verdrecktes Gewehr kann wie eine Bombe explodieren. Manche lernen es eben nie«, setzte der Sergeant hinzu.

Liebe Mrs. Fenwick

Pepogene-Company
158 Crawford Drive Nord
Suletta, Michigan

Mrs. Gerald Fenwick
Mapleview Road 8
Holborn, Connecticut

Liebe Mrs. Fenwick,

zutiefst bedauern wir Ihre schlimmen Erfahrungen mit unserem Produkt PEPOGENE und hoffen auf eine gütliche Einigung mit Ihnen, die ein gerichtliches Vorgehen überflüssig machen würde. Prozesse sind bekanntlich teuer und langwierig, und wir halten eine beiderseitig zufriedenstellende Regelung für möglich. Ich habe Ihren Brief an unsere Anwälte weitergegeben, die die Bereitschaft angedeutet haben, Ihre Ersatzforderung ernsthaft in Betracht zu ziehen.

Was das Produkt selbst angeht, so fühle ich mich verpflichtet, Ihnen die Umstände zu schildern, die zur bedauerlichen Krankheit Ihres Mannes geführt haben. Unser Laboratorium, das PEPOGENE entwickelte, experimentiert ständig mit neuen Formeln in dem Bemühen, die Wirkung des Mittels weiter zu erhöhen. Aufgrund eines bedauerlichen Organisationsfehlers wurden etliche Experimentierflaschen falsch etikettiert und an Drogerien in Ihrem Bezirk ausgeliefert. Wir glauben die fehlerhaften Flaschen inzwischen ausnahmslos aufgespürt zu haben. Während die Mischung in der Tat giftig ist, führte die minimale Menge, die von Ihrem Mann eingenommen wurde, lediglich zu Magenbeschwerden. Wir sind Ihnen sehr dankbar, daß Sie uns darauf aufmerksam gemacht haben, ehe Ihr Mann oder Sie noch mehr davon zu sich nahmen.

Zunächst schicken wir Ihnen eine kostenlose Flasche PEPOGENE und hoffen, Sie bleiben unserem Tonikum trotz des Mißgeschicks weiter treu.

Sobald hinsichtlich der Kompensationssumme Einigung besteht, melde ich mich wieder. Nochmals vielen Dank für Ihre prompte Benachrichtigung und Ihr Entgegenkommen.

Hochachtungsvoll
Bernard Cookman
VERKAUFSLEITER

Liebe Mrs. Fenwick,

es freut mich zu hören, daß Ihnen der Betrag von dreitausend Dollar ($ 3000) als Entschädigung für die durch das fehlerhafte PEPOGENE verursachten Beschwerden ausreichend erscheint. Gleichermaßen freue ich mich über die Nachricht, daß sich Ihr Mann völlig von seinen Magenbeschwerden erholt hat und Sie beide wieder treue PEPOGENE-Fans sind. Ich versichere Ihnen, solche Probleme wird es nie wieder geben.

Was Ihre Frage angeht, so muß ich leider verneinen. Ich habe nie in Connecticut gewohnt. Der Cookman, der mit Ihnen auf der High School war, ist vielleicht ein entfernter Verwandter. Andererseits kommt Ihnen mein Name vielleicht aus einem anderen Grund bekannt vor. Wenn Sie sich je für Profi-Football interessiert haben, kennen Sie mich vielleicht aus der Zeitung. Zwei Jahre lang war ich Quarterback der Michigan Muskrats.

Noch einmal vielen Dank für Ihren netten Brief. Mit den besten Wünschen für Ihr weiteres Wohlergehen, verbleibe ich

hochachtungsvoll
Bernard Cookman
VERKAUFSLEITER

Liebe Mrs. Fenwick,

es schmeichelt mir, daß Sie sich die Mühe gemacht haben, Zeitungsmeldungen über meine sportliche Karriere herauszusuchen. Daß Sie sie in den Unterlagen nicht finden konnten, liegt wahrscheinlich an der inzwischen verstrichenen Zeit. Es ist einige Jahre her, seit ich in der »Orangebrigade« gedient habe, wie die Muskrats damals genannt wurden: um genau zu sein, 1940. Seither war ich in verschiedenen Firmen tätig, ehe ich vor zwei Jahren zur PEPOGENE-Company stieß. Dieser Job ist eine rundum befriedigende Sache, nicht nur vom Wirtschaftlichen her, sondern auch wegen der Chance, dem Wohlergehen unserer Mitbürger zu dienen.

Ich schicke Ihnen die Fotokopie eines Zeitungsartikels, der 1939 auf der Sportseite des *Michigan Herald* erschien. Der Bericht ist leider etwas peinlich; schließlich geht es darum, daß ich einen unserer eigenen Spieler angegriffen haben soll. Doch handelt es sich um den einzigen Zeitungsausschnitt mit Foto, den ich besitze.

Noch einmal beste Wünsche,

hochachtungsvoll
Bernard Cookman
VERKAUFSLEITER

Liebe Mrs. Fenwick,

vielen Dank für Ihren Brief und das beigefügte Foto.

Was für ein Zufall! Das Bild, auf dem Sie als Yum-Yum Ihrer Collegeaufführung des »Mikado« zu sehen sind, weckte angenehme Erinnerungen. Auch ich stand in meiner Zeit an der Michigan University auf der Bühne – als Oberhenker Ko-Ko aus dem gleichen Klassiker von Gilbert und Sullivan. Erinnern Sie sich auch noch so deutlich an die hübschen Verse? Diese glückliche Zeit meines Lebens werde ich wohl nie vergessen.

Es freut mich zu hören, daß Sie und Ihr Mann sich bester Gesundheit erfreuen, und hoffe, daß dafür zum Teil auch Ihre tägliche Dosis PEPOGENE verantwortlich ist.

Herzlich, Ihr
Bernard Cookman
VERKAUFSLEITER

Liebe Mrs. Fenwick,

ja, ich besitze in der Tat ein neueres Foto von mir, habe es aber bis jetzt nicht finden können. Ich verspreche es Ihnen zu schicken, sobald es auftaucht. Sie werden feststellen, daß ich seit meiner Zeit bei der Orangebrigade doch einige Pfunde zugelegt habe; trotzdem kann ich voller Freude berichten, daß ich körperlich noch auf der Höhe bin. Was die anderen Lebensdaten angeht: ich bin jetzt 43 Jahre alt, ledig, und meine Hobbies sind Tanzen, Bridge und Turnen. Hauptsächlich dem letzteren ist wohl meine gute Verfassung zuzuschreiben, obwohl auch das gute alte PEPOGENE einen Tusch verdient hat, ha-ha. Sie fragen mich, ob ich noch singe, was ich mit Ja beantworten kann – aber nur unter der Dusche! Wie steht es mit Ihnen?

Es würde mich freuen, wieder von Ihnen zu hören. Wenn Sie ebenfalls ein neues Foto besitzen, würde ich es gern sehen.

Herzlich, Ihr
Bernard Cookman
VERKAUFSLEITER

Liebe Mrs. Fenwick,

ich muß gestehen, ich bin überrascht. Als Ihre Aufnahme eintraf, war ich überzeugt, Sie hätten sich geirrt und ein falsches Bild geschickt. Seit der Aufführung des »Mikado« scheinen Sie nicht im geringsten gealtert zu sein; ich würde sogar sagen, Sie sind in der Zwischenzeit noch attraktiver geworden. Wie ich sehe, ist Ihre Frisur heute anders, wozu ich Ihnen nur gratulieren kann. Das Eckchen, das von Ihrem Haus zu erkennen ist, sieht wirklich reizend aus; um den Swimmingpool beneide ich Sie jedenfalls. Das Wasser lockt geradezu.

Wer ist der ältere Gentleman neben Ihnen auf dem Bild?

Die PEPOGENE-Company hat schrecklich viel zu tun; unser Produkt wird uns förmlich aus der Hand gerissen. Ich habe soviel Arbeit, daß die Geschäftsleitung sogar vorgeschlagen hat, einen Stellvertreter für mich einzustellen. Das dürfte eine gute Idee sein. Ich hoffe, Sie benutzen unsere Ware so getreu wie stets und finden sie zufriedenstellend,

herzlich, Ihr
Bernard Cookman
VERKAUFSLEITER

Liebe Mrs. Fenwick,

tut mir leid, wenn Sie meine Frage in Verlegenheit gebracht hat; die Aufnahme war aber auch etwas verwackelt, und ich bin gar nicht auf den Gedanken gekommen, daß der Herr neben Ihnen Ihr Mann sein könnte. Er wirkt ausgesprochen aufrecht und freundlich, und ich bin sicher, daß Sie beide sehr glücklich sind. Es gehört zu den großen Enttäuschungen meines Lebens, daß ich bis jetzt nicht die Frau gefunden habe, die mein Leben mit mir teilt; die Familienfreuden zählen zweifellos zu den schönsten auf der Welt. Ich habe jedoch ein ziemlich unstetes Leben geführt, das mir das Wurzelschlagen erschwert hat. Nachdem eine Beinverletzung meine Footballkarriere beendete, versuchte ich mich als Berufsringer und arbeitete dann bei einer Werkzeug- und Formenfabrik. Meinen Armeedienst brachte ich als Stabssergeant im Quartiermeisterkorps hinter mich. Seit dieser Zeit habe ich auf einem Jahrmarkt gearbeitet (nur im Büro) und war bei kleineren Firmen in und um Detroit im Verkauf tätig. Ich hoffe ehrlich, daß meine Karriere bei der PEPOGENE-Company von langer Dauer sein wird, obwohl es hier gewisse Probleme gibt. Seitdem die Firma gewachsen ist, hat sich ein neues Management etabliert, dessen Vorstellungen ein wenig radikal sind. Ich habe übrigens einen neuen Stellvertreter, einen freundlichen jungen Mann namens Butcher. Ein sehr energischer junger Mann, muß ich hinzufügen.

Das Leben Ihres Mannes ist sehr interessant. Offen gesagt, glaube ich nicht, daß mir diese Art des Ruhestands gefallen würde, selbst wenn ich mir so etwas leisten könnte. Meine Pläne sähen doch etwas anders aus: Auslandsreisen, gute Restaurants, Tanzveranstaltungen und so weiter. Aber manche Menschen lieben eben eine etwas ruhigere Gangart. Jedem, wie es ihm gefällt.

Endlich habe ich das Foto gefunden, von dem ich schon sprach, und füge es diesem Brief bei. Wenn Sie noch andere von sich haben, würde ich mich sehr darüber freuen.

Es wäre schön, wieder von Ihnen zu hören,

herzlich, Ihr
Bernard Cookman
VERKAUFSLEITER

Liebe Gloria,

das Foto erreichte mich in tadellosem Zustand – vielen Dank für die nette Widmung. Haben Sie je daran gedacht, an einem Schönheitswettbewerb teilzunehmen? Ich meine ehrlich, Sie hätten gute Chancen, einen der vorderen Preise zu gewinnen. Entschuldigen Sie, daß ich vergessen habe, mein Foto beizufügen; ich hatte es auf dem Tisch liegen, vergaß es aber in den Umschlag zu tun. Sie finden es anbei, diesmal passe ich auf. Das verspreche ich.

Inzwischen haben Sie sicher gemerkt, daß ich kein besonders gutes Gedächtnis habe. Um die Wahrheit zu sagen, liegt einer der Gründe, warum ich mir über die Probleme Ihres Mannes mit der falschen PEPOGENE-Flasche solche Sorgen machte, darin, daß es im wesentlichen meine Schuld war, wenn die falsche Sendung die Fabrik verlassen konnte. Zu meinen vielen Pflichten gehörte es, die Versuchssendungen an ein Forschungslaboratorium in Connecticut zu schicken, doch versehentlich leitete ich die problematischen Flaschen an einen Großhändler, von wo sie ihren Weg in die Läden fanden. Sie können sich vorstellen, daß mir dieser Vorfall in der PEPOGENE-Company nicht gerade geholfen hat. Doch scheint man mir inzwischen nichts mehr nachzutragen.

Mein neuer Stellvertreter arbeitet sich gut ein. Er ist sehr clever und scheint sich in kürzester Zeit das Vertrauen der Geschäftsleitung erworben zu haben.

Ich wünschte, Sie hätten mich gestern abend begleiten können. Ich war im hiesigen Nachtklub *Cottom Room* und hörte mir eine neue Mamboband an. Sie haben mir ja geschrieben, daß Sie gern tanzen, aber verstehen Sie etwas von Mambo? Wie schade, daß Ihr Mann sich dazu nicht mehr aufraffen kann. Leider gibt es ein paar Dinge, die selbst PEPOGENE nicht schafft.

Soviel für heute. Bitte schreiben Sie bald.

Bernard

Liebe Gloria,

tausend Dank für die Langspielplatte. Es macht großen Spaß, sich wieder einmal den »Mikado« anzuhören, und ich muß zugeben, daß ich jedesmal wenn ich die kleine Yum-Yum singen höre, an Sie denke. Denken Sie auch an mich, wenn der große böse Ko-Ko losschmettert! Ich hoffe doch.

Tut mir leid, daß mein Foto nicht in Farbe ist. Mein Haar ist bräunlich und meine Augen sind blau. Ja, das Haar ist noch ganz Natur. Ich habe mir Ihr Bild eingerahmt und in meiner Wohnung auf die Kommode gestellt. Es ist nett, morgens aufzuwachen und Ihr lächelndes Gesicht zu sehen. Manchmal wünschte ich... Jedenfalls ist es hübsch, Sie hier zu haben, wenn auch nur fotografisch.

In der Firma laufen die Dinge nicht so gut. Vor einiger Zeit hatte ich um eine Gehaltserhöhung gebeten, die meinen erweiterten Pflichten entsprechen würde, aber den neuen Besen, die hier in der PEPOGENE-Company kehren, scheinen meine persönlichen Probleme gleichgültig zu sein. Sie behaupten, mein Stellvertreter, Mr. Butcher, erleichtere mir die Arbeit. Das stimmt natürlich nicht; es kostet Zeit, ihn auszubilden. Wenn ich nur etwas in Aussicht hätte, würde ich mir ernsthaft überlegen, die Stellung zu wechseln. Selbst für einen Ledigen ist es heute nicht einfach, die steigenden Kosten einzuholen.

Aber warum soll ich Sie mit meinen Problemen belasten? Davon scheinen Sie auch selbst genug zu haben. Wie schade, daß Ihr Mann so wenig Verständnis hat für Ihre Bedürfnisse; das ist wohl der Nachteil eines großen Altersunterschieds. Sicher ist er in mancher Hinsicht der Richtige für Sie, doch eine Frau Ihres Geistes und Ihrer Lebensfreude will mehr, als gemütlich im Wohnzimmer sitzen, nicht wahr? Leider reicht das ganze PEPOGENE der Welt nicht aus, um Mr. Fenwick zu ändern – nicht nach der Beschreibung, die Sie mir von ihm gegeben haben. Wirklich schade.

Bis zum nächstenmal,

Ihr Bernard

Liebe Gloria,

wie sehr ich mir wünschte, Sir Galahad auf einem großen weißen Pferd zu sein oder (was noch besser wäre) ein Millionär mit einem großen weißen Cadillac! Ich würde geradewegs nach Holborn, Connecticut, sausen und Dich in meine Burg entführen, wo wir dann glücklich und zufrieden leben würden bis an unser Lebensende und Du Deinen Mann nicht weiter erdulden müßtest. Hat er wirklich solche schlimmen Dinge gesagt? Ich finde das schrecklich! Bedauerlich, wie streitsüchtig manche Leute im Alter werden. Aber wie Du schon sagst: Du mußt es eben hinnehmen, der Ehe wegen.

Ich bin heute selbst etwas aufgeregt. Mein neuer Stellvertreter hat ohne meine Genehmigung alle möglichen Aktennotizen an die Geschäftsleitung gegeben, trotz meiner präzisen Anweisung, die Korrespondenz ausschließlich über mich laufen zu lassen. Ich habe mich im Hauptbüro über sein Verhalten beschwert, doch ich ahne, daß man darüber hinweggehen will. Im Augenblick scheint Mr. Butcher so etwas wie ein Hätschelkind zu sein, ich wüßte nicht, wieso.

Wie sehr ich mir wünsche, daß die Dinge für uns beide anders stünden! Ich habe manchmal die unmöglichsten Phantasievorstellungen. Hätte ich nur nach dem College meine Zeit und mein Geld besser genützt und könnte Dir dasselbe Leben bieten wie Mr. Fenwick… Aber das ist natürlich Unsinn, und Du lachst wahrscheinlich darüber. Bitte sei mir nicht böse, Gloria, doch in den letzten Monaten bist Du mir enger ans Herz gewachsen, als jede andere

Frau zuvor. Ich muß unwillkürlich daran denken – fühlst Du auch etwas für mich?

In Erwartung Deiner Antwort, Gloria,

hoffnungsfroh,

Dein Bernard

Gloria, mein Liebling,

Du kannst Dir nicht vorstellen, welchen Aufschwung mir Dein letzter Brief gegeben hat. Ich fühle mich wie neugeboren. Endlich scheint Sonne in meinem Leben, und mir ist, als lohnte sich der ganze dumme Lebenskampf plötzlich wieder. Wenn ich mir vorstelle, daß Du in dieser Sekunde an mich denkst, Hunderte von Meilen entfernt, möchte ich vor Glück jubeln! Wenn wir nur zusammen sein könnten, nicht nur durch Briefe, sondern wirklich und wahrhaftig zusammen! Es wäre das Paradies auf Erden!

Ich weiß natürlich, daß das ganz unmöglich ist. Ich habe nichts, und Du hast alles, und Dein Mann steht wie eine Steinsäule zwischen uns. Doch ich träume immer wieder davon, Gloria, mein Liebling. Wenn es nur einen Weg gäbe, auf dem wir beide zum Glück gelangen könnten! Glaubst Du nicht, daß wir es verdient hätten?

In Liebe,

Bernard

Liebste Yum-Yum,

beim Aufwachen heute früh habe ich Dein Bild geküßt und dann unseren »Mikado« auf den Plattenteller gelegt. Hast Du heute schon an mich gedacht?

In der PEPOGENE-Company steht es nun ganz schlimm. Das Stinktier Butcher hat sich bei der Geschäftsleitung lieb Kind gemacht; vermutlich ist er mit einem Angehörigen des Aufsichtsrats verwandt. Seine Vorschläge für ein neues Marketingprogramm sind im Nu über die Bühne gegangen, und man konsultiert jetzt *ihn*, anstatt zu mir zu kommen. Die Situation ist wirklich unerträglich, und es muß etwas geschehen. Dabei ist mir das alles im Augenblick gar nicht so wichtig, Gloria. Seit wir beide uns entdeckt haben, scheint nichts anderes mehr wichtig zu sein.

Dein Mann scheint ja langsam zu verkalken. All die Spenden an ein Tierkrankenhaus! Wenn er so weitermacht, hat er bald sein ganzes Geld verplempert. Ich kann Dir nachfühlen, daß Du so aufgebracht bist.

In Liebe,
Bernard

Yum-Yum, mein Liebling,

Dein niedergeschlagener Ton hat mich sehr mitgenommen. Bitte schreib nicht wieder so traurig! Dein letzter Brief hat mir fast das Herz gebrochen! Du weißt ja, was ich für Dich empfinde, und ich hoffe, meine Liebe gibt Dir den Mut, mit dieser Farce von Ehe Schluß zu machen. Dein Mann ist offensichtlich ein egoistischer Unhold, dem nur das eigene senile Ich wichtig ist. Eine unerträgliche Situation.

Wenn ich Dich nur bitten könnte, ihn zu verlassen, ihn einfach sitzenzulassen und alles andere zu vergessen! Aber wir wissen beide, wie unmöglich das jetzt ist, zumal mein Job im Augenblick gefährdet scheint.

Aber verliere nicht die Hoffnung, mein Liebling. Du kennst ja das Sprichwort: Liebe findet immer einen Weg – und das werden wir auch tun, ich verspreche es.

In Liebe,
Ko-Ko

Liebste,

ich habe tagelang darüber nachgedacht und bin zu der Erkenntnis gekommen, daß es die einzige Möglichkeit ist. Dein Mann wird sich nie von Dir scheiden lassen, ohne Dich mittellos sitzenzulassen. Und so wie es mir im Augenblick geht, würden wir im Elend leben müssen. Folglich schicke ich Dir mit getrennter Post eine der besonderen PEPOGENE-Flaschen, die Versuchsformel, von der Du schon weißt. Geh vorsichtig damit um. Gib sie Deinem Mann in den Tomatensaft oder so, damit er den Unterschied nicht schmeckt. Zwei oder drei Teelöffel dürften genügen; der Bericht aus unserem Labor in Connecticut bestätigt, daß die Mischung lebensgefährlich ist. Der Plan ist todsicher, Liebling, das mußt Du mir glauben. Selbst wenn jemand die Ursache seines Todes ermittelt, kannst Du ja die Flasche PEPOGENE vorweisen und behaupten, Du hättest sie in einer Drogerie gekauft. Unsere Unterlagen enthalten keine genauen Angaben über die Sendungen; ich habe dafür gesorgt. Die Sache dürfte als Versehen der PEPOGENE-Company gelten, und das wär's dann. Es ist die ideale Lösung, Gloria, wie vom Himmel geschickt. Gib Deinem Mann sofort davon, Gloria, Liebling, dann sind all unsere Probleme gelöst. Wir beginnen gemeinsam ein neues Leben.

Dein Bernard

PS.: Bitte vernichte diesen Brief nach dem Lesen. Es wäre überhaupt ratsam, all meine Schreiben zu vernichten, wenn Du es nicht bereits getan hast.

Gloria,

nimm um Gottes willen nichts von dem PEPOGENE, das ich Dir letzte Woche geschickt habe! Ich habe vergessen, den dazugehörigen Brief abzuschicken; eben fand ich ihn in der Jackentasche meines anderen Anzugs. Trink um Gottes willen nicht von dem PEPOGENE; es handelt sich um ein *lebensgefährliches Gift!*

Bernard

Sehr geehrter Mr. Fenwick,

zutiefst bedauern wir die schlimmen Erfahrungen, die Ihre Frau mit unserem Produkt PEPOGENE machen mußte, und hoffen auf eine gütliche Einigung mit Ihnen, die ein gerichtliches Vorgehen überflüssig machen würde. Prozesse sind bekanntlich langwierig und teuer, und wir halten eine beiderseits zufriedenstellende Regelung für möglich. Ich habe Ihren Brief an unsere Anwälte weitergegeben, die die Bereitschaft angedeutet haben, Ihre Schadenersatzforderung ernsthaft in Betracht zu ziehen.

Was das Produkt selbst angeht, so fühle ich mich verpflichtet, Ihnen die Umstände darzulegen, die zum Mißgeschick Ihrer Frau geführt haben. Unser Laboratorium experimentiert ständig mit neuen Zusammensetzungen in dem Bemühen, PEPOGENE noch zu verbessern. Aufgrund eines bedauerlichen Organisationsfehlers geriet eine dieser Versuchsflaschen zu Ihnen.

Zunächst schicken wir Ihnen eine neue kostenlose Flasche PEPOGENE in der Hoffnung, daß Sie trotz des Todes Ihrer Frau unserem Produkt treu bleiben.

Hochachtungsvoll
Ihr Bernard Cookman
STELLVERTR. VERKAUFSLEITER

Wieder mal so ein Tag

All die drolligen kleinen Mißgeschicke aus den Comic-Strips – der verbrannte Toast, der eingedrückte Kotflügel, die Bananenschale in der Garagenausfahrt – waren Charlotte Beckwith schon zu ihrer Brautzeit widerfahren. Nach den ersten Ehejahren fand sich ihr Mann Kenny mit der Erkenntnis ab, daß Charlotte auch als erfahrene Hausfrau nicht weniger linkshändig, unfallträchtig und pechbeladen durchs Leben ging. Da er von aufgeschlossenem Wesen war, richtete er sich darauf ein, doch er begann auch viel zu seufzen, und es gab Augenblicke, da der psychologische Druck, unter dem er selbst stand, ihn in seiner Großzügigkeit nicht gerade unterstützte.

Es gab mal wieder wenig zu lachen. Kenny, Werbetexter in einer Produktionsfirma, hatte kürzlich frischen Wind zu spüren bekommen. Der Chef, Mr. George Lederer, hatte den Entschluß gefaßt, in der Gruppe seiner leitenden Angestellten entscheidende Veränderungen vorzunehmen. Bis jetzt war Kenny von diesen Veränderungen unbeeinflußt geblieben, vor allem sein Einkommen, das sich seit zwei Jahren stabilisiert hatte. Um es zu verbessern, hatte Kenny nebenberufliche Texteraufträge übernommen – eine Art Schwarzarbeit, die Mr. Lederer sehr mißbilligt hätte. Kenny aber brauchte das Geld. Es gab immer wieder Toaster zu reparieren, Kotflügel auszubeulen und Unfallversicherungsprämien zu bezahlen.

Was Charlotte später als ihren »wahrscheinlich schlimmsten Tag« darstellte (man fragt sich unwillkürlich, was sie mit »wahrscheinlich« meinte), war ein sonniger Tag Anfang Juli. Es begann um zwei Uhr nachmittags, als Kenny zu Hause anrief und sagte: »Charlotte? Hör mal, Lederer ist eben gekommen und hat gesagt, er schafft es heute abend doch noch, weil seine Frau verreist ist und der Kerl, mit dem er zu Abend essen wollte, nach Oshkosh oder sonstwohin fliegen mußte.«

Charlotte begriff nichts davon, und Kenny erklärte es ihr.

»Weißt du nicht mehr, was ich dir vor ein paar Wochen erklärt habe? Lederer sagte, er hätte nichts dagegen, mal zum Abendessen zu uns zu kommen, er wisse nur noch nicht, wann. Dir ist klar, was das hier in der Firma heißt, ja? Wenn der Chef zum Abendessen kommen will? Jedenfalls ißt er heute abend bei uns, und wir müssen das Beste daraus machen!«

»Heute geht es nicht!« jammerte Charlotte. »Kenny, du weißt doch, was wir beschlossen haben – heute abend wollten wir das Hühnchen vom Montag aufessen!«

»Du mußt was Besseres auf den Tisch bringen. Kauf einen Truthahn oder etwas Ähnliches und mach deine tollen Kartoffeln, die Sorte, die du aushöhlst und mit saurer Sahne füllst und so weiter.«

»Kenny, es ist fast drei Uhr!« sagte Charlotte schrill. »Dazu ist keine Zeit mehr!«

»Gib dir Mühe, Schatz. Und hör mal, Lederer sagte, er würde gegen sieben da sein. Ich komme vielleicht ein paar Minuten später. Ich muß noch zu Joe Frame wegen der Nylonbroschüre, und das kostet ein bißchen Zeit. Ich komme so schnell es geht, aber mach uns ein paar Kanapees, damit Lederer nicht nervös wird.«

»Soll das heißen, ich muß mich *allein* mit ihm unterhalten?« fragte Charlotte entsetzt. »Kenny, das kannst du mir nicht antun!«

»Ich bin wahrscheinlich rechtzeitig da, mach dir keine Sorgen. Aber sag um Himmels willen nicht, wo ich bin.

Du darfst Lederer nicht von Joe Frame erzählen. Wenn er wüßte, daß ich für seinen größten Konkurrenten eine Werbebroschüre entwerfe, könnten wir mein Gehalt in den Schornstein schreiben. Verstanden, Charlotte?«

»Aber Kenny!« schluchzte Charlotte. Kenny aber hatte nichts mehr zu sagen. Charlotte unterdrückte die Tränen, legte auf und inspizierte in aller Eile ihre Nahrungsmittelvorräte. Zum Glück hatte sie Steakfleisch in der Gefriertruhe, Gemüse und ausreichend Idahokartoffeln. Das Abendessen schien nun doch ein lösbares Problem zu sein, wohingegen der Gedanke an die Kanapees sie in Panik versetzte: so etwas hatte sie noch nie gemacht. Sie tat schließlich Stücke von Sardinenfleisch, Tomaten und hartgekochten Eiern auf kleine Knäckekekse und garnierte jeden Bissen mit einem Stück Käsepastete, die sie in der Speisekammer fand.

Die Kanapees nahmen eine kostbare Stunde in Anspruch, ihre »tollen« Kartoffeln eine weitere, Saubermachen, Umziehen und kosmetische Vorarbeiten ließen noch zwei Stunden ins Land gehen, womit bis zu Lederers Ankunft etwa dreißig Minuten blieben. Erst als sie nun in die Küche ging, um nach den Kartoffeln zu sehen, wurde ihr klar, daß sie vergessen hatte, Brot zu kaufen, daß sie keinen Nachtisch, keine Servietten, keinen Zucker für den Kaffee und – ach! gar keinen Kaffee hatte.

Der Supermarkt war fünf Minuten entfernt; Charlotte wußte, daß ihr nichts anderes übrigblieb, als hinüberzufahren. In Anbetracht ihres Zustands und ihrer bisherigen Fahrleistungen war es erstaunlich, daß sie den Ausflug ohne Zwischenfall bewältigte. Sie brachte den Einkauf in Rekordzeit hinter sich und war zehn Minuten vor sieben, erfüllt von einem vagen Triumphgefühl, auf dem Heimweg.

Vor dem Haus der Beckwiths erhob sich eine hübsche

Wildrosenhecke, die den Blick in die Garagenauffahrt zum Teil verdeckte. Charlotte bog schwungvoll ab und knallte in das Heck eines Lincoln Continental, der soeben dort abgebremst worden war. Der Kofferraum des Lincoln wurde V-förmig eingedellt, die Stoßstange halb abgerissen.

Charlotte war im ersten Augenblick bestürzt, dann erhob sich ihr Zorn auf den Fremden, der da ohne Erlaubnis in der Auffahrt parkte. Aber als der Mann erschüttert und bleich ausstieg, erkannte sie, daß das natürlich Mr. Lederer sein müsse. Sie lief zu ihm und babbelte Entschuldigungen.

»Schon gut«, sagte er großzügig, doch mit bebender Stimme. »Schon gut, Mrs. Beckwith, wirklich. Wir sind ja versichert und so, haha. Ist Kenny schon zu Hause?«

»Nein«, sagte Charlotte noch aufgeregter. »Aber er muß jeden Augenblick kommen. Bitte treten Sie ein. Sie können jetzt sicher einen Drink vertragen.«

»Und ob«, sagte er dermaßen höflich-gefaßt, daß Charlotte ihn vielleicht bewundert hätte, wäre sie insgesamt ruhiger gewesen. Im Haus führte sie ihn zum Sofa und machte sich daran, seiner Bitte um einen Martini nachzukommen. Charlotte hätte selbst unter Zwang keinen anständigen Martini zustandegebracht, doch Kenny bewahrte stets eine fertige Mischung im Schrank auf. Sie goß etwas davon in ein Glas und brachte ihm das warme Getränk. Mr. Lederer kostete davon, dann riß er die Augen auf und stieß ein gurgelndes Geräusch aus.

»Ach du meine Güte!« sagte Charlotte. »Ich hätte wohl ein Stück Eis hineintun müssen!«

»Nein«, sagte er heiser. »Der Drink ist prima.« Aber er stellte das Glas fort und griff nach einer Zigarette. Hastig schnappte sich Charlotte das Tischfeuerzeug, hielt es ihm entgegen und drehte zugleich das Rad. Eine Flamme schoß hervor und versengte Mr. Lederer die Nasenspitze. Er schrie auf und bedeckte die Wunde mit der linken Hand.

»Ach, es tut mir leid!« rief Charlotte. »Oh, ich habe Ihnen die Nase verbrannt!«

»Schon gut, schon gut«, sagte Lederer und zog ein Taschentuch.

»Aber Ihre Nase ist ganz schwarz! Ich hole Butter.«

»Nur Ruß, nichts weiter«, sagte Lederer.

»Aber es riecht doch verbrannt! Es riecht scheußlich!«

»Ich glaube nicht, daß das meine Nase ist, Mrs. Beckwith. Der Geruch scheint aus der Küche zu kommen.«

Diese Bemerkung steigerte Charlottes Konfusion noch mehr; sie eilte los, um nachzuschauen, was aus ihren Kartoffeln geworden war. Die Comicstrip-Pechsträhne setzte sich fort, sie waren ein einziger verkohlter Klumpen. Wenigstens brachte ihr der Ausflug in die verqualmte Küche die Kanapees in Erinnerung. Sie trug sie ins Wohnzimmer, wo Lederer auf der vorderen Kante des Sessels saß und so aussah, als wäre er am liebsten wieder gegangen.

»Es ist fast zwanzig Minuten nach sieben«, sagte er. »Können Sie Kenny nicht irgendwo anrufen, Mrs. Beckwith?«

»Ich kann ihn nicht anrufen«, sagte sie hilflos. »Nicht, wenn er arbeitet. Er muß jeden Augenblick kommen.«

»Er kann aber nicht mehr arbeiten, er ist aus dem Büro weggefahren.«

»Ich weiß, daß er nicht *dort* arbeitet. Ich meine, er mußte einen Mann besuchen wegen einer Werbebroschüre, die er schreibt. Mr. Frame.«

Das Taschentuch löste sich von Mr. Lederers geschwärzter Nase. »Joe Frame? Kenny ist bei Joe Frame?«

»Er macht eine Broschüre für ihn, er arbeitet *viel* für Mr. Frame. Kenny arbeitet so schwer, Sie haben ja keine Ahnung...« Plötzlich fiel ihr Kennys Warnung ein, und sie japste nach Luft. »Nein, das habe ich nicht so gemeint!«

sagte sie verzweifelt. »Das ist alles nicht so, wie es sich anhört, Mr. Lederer!«

»Er schreibt also für Joe Frame, so nebenbei! Nun, das höre ich gern, Mrs. Beckwith, das ist eine hübsche kleine Überraschung!«

»Bitte!« flehte sie. »Erzählen Sie Kenny nichts davon! Ich wollte es Ihnen ja gar nicht sagen. Es ist mein Fehler, er hat mich gewarnt!«

»*Das* kann ich mir vorstellen!«

»Bitte, Mr. Lederer, bitte nehmen Sie ein Kanapee«, sagte Charlotte, als könne etwas zu essen die Erinnerung an das Gesagte auslöschen.

»Das ist eine wirklich interessante Neuigkeit«, sagte Lederer. »Ich bin Ihnen ehrlich dankbar, Mrs. Beckwith.« Er schnappte sich ein Kanapee vom Tablett. »Ich will Ihnen nur noch sagen, was ich mit Ihrem Mann im Sinne hatte. *Hatte*.«

»*Bitte* seien Sie nicht böse auf Kenny!« flehte Charlotte. Sie war den Tränen nahe. »Er wollte doch nur etwas Geld verdienen.«

»Klar«, sagte Lederer und biß zu. »Das verstehe ich schon. Wir müssen sehen, woher der Wind weht, nicht wahr? Und *den* Kerl wollte ich zum Verkaufschef machen! *Das* darf man zum Dank erwarten!«

»Oh, bitte, bitte!« schluchzte Charlotte. »Ich wußte ja nicht, was ich sagte!«

Lederer wandte sich um, als wollte er ihr antworten, doch er schwieg. Statt dessen spuckte er einen Mundvoll Kanapee aus, seine Augen waren weit geöffnet, seine Wangen aufgebläht und feuerrot. Fürchterliche Laute kamen über seine Lippen. »*Argh! Ächz! Yekk!*« so klang es. Dann begann er zu husten, ein röhrendes, spuckendes Geräusch, das ihn an den Rand des Sofapolsters rutschen ließ; er verlor den Halt und stürzte schwer zu Boden.

»Was ist denn los?« schrie Charlotte. »Um Himmels willen, was ist mit Ihnen?«

Die Hände um den Hals gekrallt, deutete er auf das Tablett mit Kanapees und starrte sie anklagend an. In einem Augenblick der Klarheit erinnerte sich Charlotte, wie sie vor einiger Zeit ein lachsfarbenes Insektenmittel aus einem beschädigten Karton in einen kleinen Glasbehälter umgefüllt hatte; damals war ihr der Gedanke durch den Kopf gegangen, wie sehr das Mittel doch an Käsepaste erinnerte.

»Ein Arzt!« kreischte sie, als wäre sie die Betroffene. »Wir brauchen einen Arzt!«

Lederer hatte seinen Hals von dem giftigen Kanapee befreit und atmete nun wieder etwas freier. Vorsichtig stemmte er sich hoch, ging taumelnd zur Tür und murmelte, er würde Kenny ja am nächsten Morgen sehen.

»Nein, nein!« schluchzte Charlotte. »So können Sie nicht gehen, Mr. Lederer, nein!«

Sie zerrte an seinem Arm, und er wehrte sich schwach; Charlotte erkannte, daß sein Mißgeschick sie physisch überlegen machte. Sie mußte ihn aufhalten, egal wie. Sie zog einen Schuh aus und begann ihm damit auf den Kopf zu hauen. Sie wußte nicht genau, was sie damit bezweckte, doch sie sagte sich, daß ihr, wenn er erst einmal bewußtlos war, schon etwas einfallen würde. Der Schuh war aber zu leicht, und sie erreichte nur, daß Mr. Lederer vor ihr zurückwich und sie anzubrüllen begann.

»Aufhören, aufhören, Sie verrücktes Weib!« rief er. »Lassen Sie mich hier raus!«

Es führte kein Weg daran vorbei – die Sache war schiefgelaufen. Hilflos schluchzend griff Charlotte nach dem Messingkerzenständer, ein Hochzeitsgeschenk ihrer Mutter, und knallte ihn kraftvoll auf Lederers kahlwerdenden Schädel. Daraufhin stellte er die Gegenwehr ein und fiel zu

Boden. Sie schlug noch einmal zu, um sicherzugehen, daß er tot war und für ihr glückliches Heim keine Gefahr mehr darstellte. Dann zerrte sie ihn zur Kellertür und ließ ihn die Holztreppe hinabrollen.

Zehn Minuten später kam Kenny nach Hause.

»Was ist los?« fragte er ausdruckslos und blickte sich im leeren Wohnzimmer um. »Wo ist Mr. Lederer?«

Charlotte zog ihn zum Sofa. »Hör zu, Liebling«, sagte sie. »Ich muß dir etwas erzählen. Versprich mir, daß du dich nicht aufregst!«

Hinter verschlossener Tür

Das Haus hockte am Hang wie eine Sphinx. Es wirkte düster und mürrisch, wie das bei leeren Häusern oft zu beobachten ist, doch die Größe verlieh ihm zugleich einen tragischen Anstrich. Es hatte drei Obergeschosse, dessen oberstes über den Eingang ragte und von dünnen weißen Säulen getragen wurde. Das Haus war in einer Zeit großen Reichtums entstanden und von seinen Eigentümern zugunsten kleinerer, schickerer Häuser in beliebteren Wohngegenden verlassen worden.

Als die Scheinwerferstrahlen des Coupés Tor und Einfahrt beleuchteten, klatschte Bonnie Daniels aufgeregt in die Hände und sprang aus dem Wagen, ehe Davey auf die Bremse treten konnte. Er lachte und lief hinter ihr her, wobei er das Licht brennen und den Motor laufen ließ, und holte ihre schlanke, zerbrechliche Gestalt an der Tür ein. Im grellen Strahl der Scheinwerfer umarmten und küßten sie sich. Während Bonnie dann in ihrer Handtasche nach dem Schlüssel kramte, kehrte der junge Mann zum Wagen zurück und bediente die Schalter, die das Fahrzeug so dunkel und still machten wie das Haus. Als er zur Haustür zurückkehrte, hatte Bonnie das Schloß bereits geöffnet.

»He!« sagte er vorwurfsvoll. »Warte doch auf mich!«

Sie suchte nach Lichtschaltern – mit Erfolg. Das Vorderzimmer erstrahlte im Licht, das die Schwermut des alten Hauses aber nur teilweise vertreiben konnte. Zu viele Glühbirnen brannten nicht, zu viele Lampen erstrahlten ohne Schirm, zu viele Kandelaber hingen nicht angeschlossen an Wänden und Decken. Das junge, schmale Gesicht verlor beim ersten Rundblick etwas von seiner Begeisterung: die abblätternden Tapeten, die rissigen Decken, die weißverhüllten Möbel. Davey spürte die Kluft zwischen der geliebten Erinnerung und dieser Realität, stellte sich hinter das Mädchen und legte ihr sanft die Hand auf die Schulter.

»Sieht ganz anders aus, ja?« fragte er leise. »Wann warst du zum letztenmal hier?«

»Vor etwa acht Jahren. Ich war neun, als mein Vater starb, und damals sind wir weggezogen.« Sie ließ sich auf ein verhülltes Sofa fallen. »Wir haben das Haus jeden Sommer vermietet. Deshalb geht das Licht noch.« Sie hob den Kopf. »Davey, vielleicht hätten wir nicht herkommen sollen.«

Er lächelte. Es war ein einnehmendes Lächeln, das kleine Grübchen auf seine Wangen zauberte. Er war zweiundzwanzig und der bestaussehende Junge, den Bonnie Daniels je gekannt hatte – und inzwischen war er sogar mehr als das...

»Davey«, flüsterte sie.

Er ging zum Sofa und nahm sie in die Arme.

Nach kurzer Zeit war Bonnies gute Laune wiederhergestellt. Sie nahm ihn an der Hand und erkundete mit ihm das Haus. Die beiden eilten von Zimmer zu Zimmer und Stockwerk zu Stockwerk, sie rannten Korridore entlang, kicherten über Ahnenporträts, spielten im Labyrinth der oben gelegenen Schlafzimmer Verstecken: sie brachten das alte Haus mit dem Übermut ihrer Jugend zum Erbeben und ließen es von ihrem Lachen widerhallen. Erst im dritten und obersten Stockwerk kam Davey an eine Tür, die sich nicht öffnen ließ.

»He, Bonnie!« rief er. »Die Tür klemmt!«

Sie trat neben ihn und senkte die Stimme. »Nein, die klemmt nicht. Sie ist verschlossen. Das Zimmer war schon immer zu.«

Er drückte gegen den Türknopf. Die Eichentür war so solide, daß sie sich im Rahmen kaum bewegte. »Was liegt dahinter?« fragte er.

»Keine Ahnung. Diese Tür war schon immer verschlossen, soweit ich zurückdenken kann. Daddy hat mir einmal gesagt, ich dürfe niemals auch nur in die Nähe des Zimmers kommen. Und einmal sprach auch meine Mutter davon, irgendwie nervös.«

»Hört sich ja sehr geheimnisvoll an«, sagte er und lachte leise. »Was meinst du – wollen wir die Tür aufbrechen?«

»Nein, Davey! Das können wir doch nicht tun!«

»Na hör mal, bist du kein bißchen neugierig? Vielleicht hängen lauter Frauen darin, wie in Blaubarts Schloß. Oder wir finden den Schmuckschatz der Familie...«

Sie erschauderte. »Lassen wir das Zimmer in Ruhe, Davey. Ich hatte schon immer große Angst vor der Tür.« Als er probehalber die Schulter dagegen stemmte, rief sie: »Davey, nein!«

»Aber wieso ist das Zimmer zu? Da muß doch etwas ziemlich Wertvolles zu finden sein.« Er fuhr sich mit der Zunge über die Lippen, und in seinen Augen stand mehr als die Aufregung eines Spiels. »Hör mal. Vielleicht ist da sogar *Geld* zu holen. Immerhin hat dir dein Vater das Haus hinterlassen, oder? Wenn es da etwas Wertvolles gibt, gehört es *dir*.«

»Davey, du hast mir versprochen, nicht von dem Geld zu reden.«

»Ich spreche nicht vom Geld deiner *Mutter*...«

»Das Haus gehört mir doch eigentlich gar nicht. Noch nicht. Erst wenn ich einundzwanzig bin – und bis dahin sind es noch vier Jahre...«

»Sei nicht so pingelig.«

»Davey!«

Er setzte ein Grinsen auf, das aber im dunklen Korridor

nicht so recht zur Geltung kam. Dann begann er zu lachen und legte ihr einen Arm um die dünnen Schultern. »Schön, wenn du unbedingt willst. Wir haben ja viel Zeit.« Er versuchte sie zu küssen, doch sie löste sich von ihm.

»Gehen wir nach unten«, sagte sie. »Bitte, Davey!«

Sie kehrten ins Erdgeschoß zurück. Hier entfernte Davey mit dramatischen Gesten die riesigen Laken von den Möbeln des Vorderzimmers. Ohne ein erklärendes Wort verschwand er im Keller und kehrte mit einem Arm voller Feuerholz zurück. Als Stadtkind kannte er sich mit dem riesigen Kamin nicht so gut aus, trotzdem bekam er das Feuer schließlich in Gang. Die beiden drehten ein Sofa zu den Flammen herum und lehnten sich aneinander. Bei gelöschtem Licht beobachteten sie das traumhafte Tanzen der Flammen, bis Bonnie an Daveys Brust einnickte.

»Kleines Kätzchen«, flüsterte er. »Zeit zum Schlafengehen.«

Sie schlief. Er wollte sie wieder wachschütteln, als ihm das Knirschen von Reifen auf dem Kies der Auffahrt zuvorkam. Der Doppelstrahl von Wagenscheinwerfern zuckte durch die Fenster und warf tiefschwarze Schatten ins Zimmer.

»Verflixt!« knurrte Davey. »Wir bekommen Besuch.«

Das Auto hatte in der Auffahrt gehalten, und sie hörten die Tür zuknallen. Bonnie sprang hastig auf, glättete ihre zerknitterte Kleidung und lief zum Fenster.

»Mutter!« sagte sie atemlos.

Die Vordertür war unverschlossen und wurde nun von der behandschuhten Hand der Besucherin energisch aufgestoßen. Sie ragte wie ein mütterlicher Racheengel im Eingang auf, und ihre unruhigen Augen erfaßten und verstanden die Szene im Zimmer sofort. Lediglich der Zorn verlieh ihr Größe; ansonsten war sie eine kleine, matronenhafte Frau, die so aussah, als habe sie sich in aller Eile angezogen, ohne allerdings ein Minimum an Schmuck an den Handgelenken und am Hals zu vergessen, ebensowenig wie den Pelz, der um ihre Schultern lag. Mit drei Schritten stand sie neben ihrer Tochter und packte sie am Arm.

»Mutter, bitte!« stammelte Bonnie. »Es ist alles in Ordnung...«

»Alles in Ordnung, ach?« Die Frau war wie ein Unwetter, das nun mit voller Kraft über Davey hereinbrach. »Sie sind vermutlich David Snowden. Ich habe von Ihnen gehört, Mr. Snowden. Gott sei Dank fiel mir dieses Haus ein, als Bonnie nicht zurückkam, und...«

»Du täuschst dich! Davey, sag's ihr!«

Er machte eine hilflose Handbewegung. »Mrs. Daniels, ich...«

»Sparen Sie sich Ihre Worte«, sagte die Frau. »Mir ist alles klar. Ich hatte gleich so eine Befürchtung, als Bonnie Sie in ihren Briefen aus der Schule zu erwähnen begann.« Sie schob das Mädchen vor sich her. »Hol deine Sachen, Bonnie. Wir fahren nach Hause.«

»Mrs. Daniels!«

Sie starrte ihn aufgebracht an.

»Wir sind verheiratet, Mrs. Daniels!«

Ihre Hand um Bonnies Arm lockerte sich, doch sie ließ ihre Tochter nicht los. Ausdruckslos starrte sie auf den hageren Jungen vor dem Kamin, der plötzlich selbstbewußter zu werden schien, dann in das verkniffene Gesicht ihrer Tochter, die die Lippen zusammengepreßt hatte.

»Es stimmt«, flüsterte Bonnie. »Wir haben heute nachmittag in Elkton geheiratet.«

»Unmöglich, du bist noch nicht volljährig!«

»In Elkton schon, Mutter. Siebzehn genügt völlig. Davey und ich sind verheiratet. Du kannst uns also nicht so behandeln.« Ihr Widerstand gegenüber der Mutter schien sie selbst zu überraschen. »Mutter, bitte versuch uns zu verstehen.«

»Oh, ich verstehe euch durchaus!« Sie ließ den Arm des Mädchens los und ging auf den jungen Mann zu. »Zu meiner Zeit mußte ich ein Dutzend Daveys überstehen«, sagte sie eisig. »All die gutaussehenden Jünglinge, die mich für den besten Fisch an der Angel hielten, selbst als ich noch eine Zahnklammer trug und Pickel im Gesicht hatte.« Sie setzte sich erschöpft auf eine Sessellehne und berührte mit dem Handrücken ihre Wange. »O Bonnie«, sagte sie. »Meine arme Bonnie!«

Davey räusperte sich. »So ist das alles gar nicht«, sagte er. »Ich liebe Bonnie«.

Sie fuhr sich mit der Hand über die Augen. »Sie haben vermutlich kein Geld«, sagte sie.

»Aber Mutter!«

»Nein«, antwortete Davey. »Meine Familie ist eingewandert. Mein Vater war bis zu seinem Tode Frachtverwalter. Meine Mutter ist noch am Leben, aber ich weiß nicht einmal, wo.« Er richtete sich auf – eine Bewegung, die Würde und Mut ausdrückte. »Meine Familie gibt nicht viel her, Mrs. Daniels. Aber ich liebe Bonnie.«

»Warum?«

Das Mädchen wandte den Kopf ab.

»Sie haben meine Frage gehört, Mr. Snowden. *Warum?*«

Davey zögerte. »Ich weiß nicht, was Sie meinen. So etwas läßt sich nicht erklären.«

»Bonnie ist ein unansehnliches Mädchen!« sagte die Frau barsch. »Sind Sie denn blind? Sie ist unansehnlich. Warum heiratet ein gutaussehender Junge wie Sie ein unansehnliches Mädchen wie meine Tochter? Halten Sie mich für blöd?«

Bonnie verdeckte ihr unansehnliches Gesicht, und Davey begann zu schlucken.

»Ich liebe sie«, sagte er. »Und mehr ist dazu nicht zu sagen. Wir sind verheiratet, dagegen können Sie nichts mehr tun.«

Die Frau stand auf. »Sie sehen gut aus, Mr. Snowden, scheinen aber nicht viel im Köpfchen zu haben. Ich kann verdammt viel dagegen tun. Ich denke diese Ehe auf der Stelle annullieren zu lassen.«

»Das lassen wir aber nicht zu, Mrs. Daniels.«

Sie schnaubte durch die Nase. »Sie können mich nicht daran hindern, Mr. Snowden, nicht bis meine Tochter volljährig ist. Und dann – nun, wir sehen, was dann passiert.« Sie berührte Bonnie an der Schulter. »Ich fahre jetzt nach Hause und möchte, daß du mitkommst.«

»Nein!«

»Mach es nicht noch schlimmer, als es schon ist!«

»Nein, ich komme nicht mit«, sagte das Mädchen schluchzend. »Davey, sag ihr, daß ich nicht mitkomme...«

»Sie sehen doch, wie es ist, Mrs. Daniels.«

»Ja, das sehe ich.« Sie seufzte und ging zur Tür. »Aber du wirst das noch bedauern, Bonnie, merk dir meine Worte.«

»Mutter, ich kann ohne Davey nicht leben! Wenn du uns trennst, verzeihe ich dir das nie!«

»O doch, Bonnie.«

»Ich würde mich umbringen! Hörst du, Mutter? Wenn du das tust, bringe ich mich um!«

Mrs. Daniels zog ein schmerzlich berührtes Gesicht, ließ sich aber nicht erweichen. »Red keinen Unsinn! Ein Herz bricht nicht. Es verkümmert. Und ich möchte verhindern, daß du das am eigenen Leibe erfährst.«

»Ich meine es ernst!« schrie Bonnie sie an. »Ich bringe mich um! Ich tu's!«

Die Frau sah sie mitleidig an und öffnete die Haustür. Zwischen den verkohlten Holzresten im Kamin flackerten die letzten Flammen auf und erstarben.

Am nächsten Morgen um zehn Uhr verließen sie das alte Haus und fuhren in die Stadt. Beschämt führte Davey sie in seine Zweizimmerwohnung, die doch sehr von der heruntergekommenen Pracht des Daniels-Hauses abstach. Auch hier gab es Alter und Verfall, doch von einer anderen Art. Bonnie sah sich mit einem tapfer gleichgültigen Lächeln in den kleinen, schäbigen Zimmern um, doch ihre fröhlichen Vorschläge, wie man die Wohnung verschönern könnte, klangen wenig überzeugend. Erst in der Nacht vergaßen die beiden, wo sie waren, und fühlten sich wieder sicher und zufrieden.

»Davey«, sagte Bonnie leise. »Was wird aus uns? Kann sie wirklich tun, was sie gesagt hat?«

»Ich weiß es nicht. Wir müssen mit einem Anwalt sprechen.«

»Aber wenn sie wirklich eine Handhabe hat? Ich könnte es nicht ertragen, Davey!«

»Mach dir keine Sorgen. Eins spricht für dich, kleines Kätzchen, und das ist wirklich der entscheidende Faktor. Deine Mutter liebt dich. Sie würde dir um keinen Preis der Welt weh tun.«

Nach kurzem Schweigen sagte Bonnie: »Davey, sag mir die Wahrheit. Hältst du mich für unansehnlich?«

»Ich finde, du bist schön«, sagte er.

Sie schlief vor ihm ein, und er zündete sich eine Zigarette an und rauchte sie nachdenklich, wobei sein Blick zur Decke gerichtet war.

Am nächsten Tag suchte Davey die Rechtsanwaltskanzlei Hellinger und Dowes auf, in der der Vater eines alten Studentenfreundes arbeitete. Es dauerte den ganzen Vormittag, und als er zurückkehrte, war Bonnie schon ziemlich nervös.

Er hatte keine guten Nachrichten.

»Sieht nicht besonders rosig aus«, meldete er. »Der Anwalt meint, deine Mutter kann uns tatsächlich durch die Mangel drehen. Wenn sie mit uns fertig ist, komme ich wahrscheinlich hinter Gitter, weil ich dich über die Staatsgrenze entführt habe. Sieht ziemlich hoffnungslos aus, mein Kätzchen!«

»Unmöglich, Davey! Vielleicht kannst du noch einmal mit ihr reden...«

»Dazu gibt sie mir keine Chance. Sie hat nun mal beschlossen, daß ich es einzig und allein auf dein verdammtes Geld abgesehen habe ...«

»Und wenn es nun gar kein Geld gäbe? Wenn ich auf das Erbe verzichtete, das mein Vater mir hinterlassen hat? Das würde sie doch überzeugen, oder?«

Davey stand auf und ging in eine Ecke des Zimmers, ohne sein Gesicht zu zeigen. »Das wäre aber eine verflixt drastische Maßnahme, Bonnie. Ich meine, das Geld gehört dir, wenn du volljährig wirst; du hast ein Recht darauf.«

»Das Geld ist mir gleichgültig, Davey!«

»Ja, klar–« Er überlegte angestrengt, während er auf einem Knöchel herumbiß. »Es muß eine andere Möglichkeit geben. Es muß einfach!«

»Davey...«

»Ja, was?«

»Dir ist das Geld doch auch gleichgültig, oder?«

Er antwortete nicht. Dann drehte er sich um und kam mit blitzenden Augen auf sie zu.

»Hör mal, Bonnie. Ich habe eine Idee! Eine verrückte Idee. Ich würd's dir nicht übelnehmen, wenn du nicht mitmachtest.«

»Worum geht es denn?«

»Du weißt doch noch, was du gesagt hast, was du der alten ... was du deiner Mutter vorgestern im Haus gesagt hast? Daß du dich umbringen würdest?«

»Ja...« Sie schüttelte verwundert den Kopf. »Was meinst du, Davey?«

»Sie hat dir natürlich nicht geglaubt, niemand glaubt einem Menschen, wenn er so redet. Aber wenn irgend etwas sie überzeugen könnte, daß du mich wirklich liebst, ich meine, daß die Ehe dir wirklich etwas bedeutet...«

Bonnie wich zurück, und Davey lächelte beruhigend.

»Hör mal, du darfst mich nicht mißverstehen, kleines Kätzchen. Ich rede von einem Plan, einem Trick, mehr nicht. Ich meine, wenn deine Mutter ernsthaft annehmen müßte, du würdest dich umbringen, ließe sie sich da nicht schleunigst umstimmen?«

»Vermutlich wohl. Aber in einer solchen Sache könnten wir ihr nichts vormachen, Davey.«

»Wenn wir es schlau anfangen, schaffen wir es! Überleg doch mal, Bonnie. Wenn du wirklich versuchen würdest, Selbstmord zu begehen, nicht wirklich, ich meine nur, damit es echt aussieht...«

»Aber wie? Wie soll ich das anfangen?«

»Da gibt es mehrere Möglichkeiten. Mehrere.« Er stand auf und schlug die Fäuste zusammen. »Zum Beispiel Gas. Ich meine, wir könnten da eine kleine Schau abziehen, indem wir Gas ausströmen...« Er bemerkte, daß sie blaß geworden war, und hielt inne. »Kätzchen, sieh mich nicht so an! Wir lassen das Ganze.«

»Nein, sprich ruhig weiter, Davey. Ich höre zu.«

»Na, die einfachste Methode wäre wohl – Gift. Jod oder so. Die Methode ist vielleicht noch wirksamer, weil man dazu einen Arzt holen müßte, der würde dir den Magen auspumpen, und...«

»Davey, das brächte ich nicht fertig!«

»Muß ja nicht Gift sein – vielleicht geht auch etwas anderes. Zum Beispiel Schlaftabletten.« Er grinste. »Ich habe welche, Bonnie, die täten dir überhaupt nicht weh. Du brauchtest nur ein paar zu nehmen, völlig schadlos wäre das.«

Sie zitterte. Er umarmte sie, drückte sie beruhigend an sich und redete weiter auf sie ein.

»Vorher könntest du deiner Mutter einen Brief schreiben, Bonnie. Darin teilst du ihr mit, was du vorhast, aber daß ich nichts davon wüßte, verstehst du? Du schreibst ihr, du wolltest das ganze Röhrchen schlucken, in Wirklichkeit nimmst du aber nur ein paar. Wenn deine Mutter dann hier aufkreuzt...«

»Davey, die ganze Sache macht mir angst!«

»Mein großes Ehrenwort, es geschieht dir nichts. Nur erkennt deine Mutter dann endlich, daß du es ernst meinst. Mit deiner Liebe zu mir. Du *liebst* mich doch so sehr, oder?«

»O ja! O ja!« sagte sie leidenschaftlich und küßte ihn auf den hübschen Mund.

Am Nachmittag machte sie sich mit Daveys Hilfe daran, den Brief zu entwerfen. Er war kurz, gefühlvoll und endgültig. In den ersten Entwurf ließ Bonnie einen vorwurfsvollen Ton einfließen, den Daveys redaktionelle Korrekturen in einen Hauch melancholischen Verzeihens umwandelten. Er grinste, als er den Umschlag zuklebte und zum Briefkasten an der Ecke eilte.

Sie warteten bis zum nächsten Nachmittag, ehe sie den Plan in die Tat umsetzten. Um drei Uhr klingelte schrill das Telefon, aber Davey verhinderte, daß das Mädchen an den Apparat ging.

»Vielleicht ist sie es«, sagte er. »Wahrscheinlich hat sie den Brief erhalten und ruft dich jetzt an. Laß es lieber klingeln.«

Sie ließen den Apparat ein dutzendmal läuten. Dann nahm Bonnie mit zitternden Händen das Röhrchen Schlaftabletten aus dem Arzneischrank und brachte es ins Wohnzimmer. Er machte Anstalten, ihr die Tabletten abzunehmen, änderte dann aber seine Absicht. »Das machst du lieber allein«, sagte er: »Nimm drei – nein, lieber vier.«

»Davey, bist du sicher, daß alles gutgeht?«

»Natürlich. Wenn man wirklich Schaden anrichten will, muß man ein Dutzend oder mehr schlucken. Außerdem hole ich so schnell wie möglich einen Arzt. Du kannst mir vertrauen, Kätzchen.«

»Ich vertraue dir, Davey.«

Sie schüttelte sich vier Tabletten in die Hand. Dann ließ sie ein Glas Wasser einlaufen und kehrte zum Sofa zurück.

»Davey«, sagte sie.

»Ja, mein Kätzchen?«

»Küß mich, Davey.«

Er küßte sie. Dann schluckte sie die Pillen, eine um die andere.

Es dauerte fast eine halbe Stunde, bis sie sich schläfrig zu fühlen begann. Er schlug vor, sie solle sich im Schlafzimmer hinlegen. Sie war einverstanden, nahm das fast leere Röhrchen und verschwand nach nebenan. Zehn Minuten später war sie eingeschlafen. Er rief ihren Namen, doch sie rührte sich nicht mehr. Nun zog er den Mantel an und ging nach unten. Im Laden an der Ecke kaufte er Zigaretten, Milch und ein Brot. Durch das Schaufenster beobachtete er den Vordereingang des Mietshauses, in der Hoffnung, Bonnies Mutter eintreffen zu sehen. Sie blieb aus.

Schließlich kehrte er in die Wohnung zurück und rief laut nach Bonnie. Sie schlief fest. Er fragte sich, ob er den Plan ändern, Mrs. Daniels anrufen und seine Sorge zum Ausdruck bringen sollte, verbunden mit dem dringlichen Wunsch, sie solle herüberkommen und selbst sehen, wohin ihre Sturheit geführt habe. Wenn sie den Brief nun nicht erhalten hatte? Oder den Inhalt nicht glaubte?

Er war schon drauf und dran, den Hörer von der Gabel zu nehmen, als er auf der Treppe Schritte hörte, gefolgt von hastigem Klopfen.

Er machte auf und mußte ein triumphierendes Lächeln unterdrücken. Es war Bonnies Mutter, erregt, durcheinander, von Angst zerfressen – so wie er sie brauchte.

»Wo ist sie?« fragte sie. »Wo ist meine Tochter?«

»Bonnie?« fragte er unschuldig. »Ich glaube, sie hat sich hingelegt. Sie dürfte schlafen. Ich bin erst vor ein paar Minuten nach Hause gekommen.«

Sie ging auf das Schlafzimmer zu, doch er hielt sie am Arm fest. »Was ist los?« fragte er. »Was geht hier eigentlich vor?«

Sie starrte ihn aufgeregt an und begann schließlich in ihrer Manteltasche herumzuwühlen. Wortlos warf sie ihm den Brief zu und verschwand im Schlafzimmer.

Eine Sekunde später schrie sie auf. Es war ein qualvoller Laut, schrecklich anzuhören und so langgezogen, daß Davey überrascht zusammenzuckte, obgleich er darauf gefaßt gewesen war. Er rannte zur Schlafzimmertür und sah Bonnie in den Armen ihrer Mutter liegen.

»Sie ist tot!« rief die Frau, »Bonnie ist tot, sie ist tot, sie ist tot!«

»Unmöglich«, brüllte er zurück. »Sie kann nicht tot sein!« Er nahm das Röhrchen, das auf dem Nachttisch lag, blickte überzeugend schockiert auf das Etikett und sagte: »Ein Arzt! Ich hole einen Arzt!«

Die Frau drückte den Kopf an Bonnies Brust; sie hatte einen kummervollen Singsang angestimmt. Davey eilte zum Telefon. Seine Finger waren steif, seine Stimme klang brüchig, als er den Notarztwagen bestellte. Innerlich bewunderte er seine Schauspielkunst. Als er den Hörer wieder auflegte, erblickte er die Frau an der Tür.

»Zu spät«, sagte sie tonlos. »Alles zu spät...«

»Sie haben sie dazu gebracht!« sagte er in echtem Zorn. »Sie haben sie in den Tod getrieben! Wenn Sie sie in Ruhe gelassen hätten ...«

»Nicht ich war es – Sie. Sie hat es Ihretwegen getan.«

»Sie ist nicht tot, ich sag's Ihnen!« Er stürmte an ihr vorbei ins Schlafzimmer. Er hob Bonnie vom Bett und streichelte ihr die Handgelenke. »Wach auf, mein Kätzchen«, sagte er. »Wach auf! Es ist alles in Ordnung. Wach auf, mein Kätzchen!«

Schlaff und reglos lag sie in seinen Armen.

»Wach endlich auf, Bonnie!« forderte er. Ihr Kopf rollte haltlos herum und fiel gegen ihn. »Wach auf!« sagte er verzweifelt. »Um Himmels willen, es ist alles vorbei! Du mußt aufwachen!«

Er zog ein Augenlid nach oben, und die Pupille rollte darunter zurück. Der Anblick der blicklosen weißen Fläche entsetzte ihn, und er drückte den Mund auf den ihren. Aber er spürte nichts. Keine Bewegung des Fleisches, keine Wärme, keinen Atemhauch.

»Bonnie!« brüllte er. »Bonnie, wach doch bitte auf! *Wach doch bitte auf!*«

»Lassen Sie sie in Ruhe!« sagte die Frau. »Können Sie sie nicht mal jetzt in Ruhe lassen?«

»Sie kann nicht tot sein! Es waren nicht viele Tabletten im Röhrchen – sie kann nicht viele genommen haben...«

»Das war auch gar nicht nötig, so wie es um Bonnies Herz stand. Ein paar hätten ausgereicht!«

»Wovon reden Sie da?«

»Bonnie hatte mit vierzehn rheumatisches Fieber. Danach hatte sie ein schwaches Herz.«

Davey blickte auf den schlaffen Mund, die reglosen Arme, die Augen, die kein Flehen mehr öffnen konnte.

»Bitte«, sagte er. »Bitte, Bonnie, du mußt aufwachen ...«

Und eine Stunde später, als der Notarzt das unvermeidliche klare Urteil sprach, als das Laken bereits das Gesicht bedeckte, das im Tode noch unansehnlicher wirkte, murmelte Davey noch immer die Worte vor sich hin.

»Bonnie... Bonnie, wach doch endlich wieder auf!«

Einen Monat nach der Beerdigung traf der Brief ein, und David las den kurzen Text immer wieder, auf der Suche nach dem Sinn hinter der knappen Aufforderung:

Lieber Mr. Snowden,
Bitte seien Sie so nett, am 3. April um 10.30 Uhr im Büro meiner Anwälte Hallman und Wilcox an einer Besprechung teilzunehmen.

Im ersten Augenblick nahm er an, man wolle ihm Böses, man wolle ihm eine geheimnisvolle juristische Masche auftischen, gegen die er hilflos war. Aber was konnte die alte Dame unternehmen? Bonnie war unwiderruflich tot und konnte nicht mehr bestraft werden – und das gleiche galt für ihn. Sein zweiter Gedanke galt der Möglichkeit, daß man annahm, er würde Ansprüche auf Bonnies Erbe erheben – aber das erschien ihm nicht vernünftig. Diesen Aspekt hatte er längst mit Hellinger und Dowes besprochen, die ihm versichert hatten, daß er keinerlei Anrechte habe.

Am Mittwoch, dem 3. April, zog er seine besten Sachen an und fuhr mit dem Taxi zur Anwaltsfirma. Es handelte sich wie erwartet um eine große Praxis, die allerdings eher bescheiden eingerichtet war. Der Mann, der ihn begrüßte, hieß Walter Hallman, ein kahlköpfiger, rundlicher Mann von aufdringlicher Höflichkeit.

»Bitte hier entlang, Mr. Snowden«, sagte er. »Mrs. Daniels wartet bereits in meinem Büro.«

»Was soll denn das alles?« fragte er nervös. »Will man mich verklagen?«

»Sie verklagen?« Hallman lachte leise. »Natürlich nicht.«

Der Anwalt führte ihn in sein Privatbüro. In einem Ledersessel saß Bonnies Mutter. Sie trug noch immer Schwarz.

»Treten Sie ein, Mr. Snowden«, sagte sie mit müder Stimme. »Es dauert bestimmt nicht lange.«

Der Rechtsanwalt nahm hinter dem Tisch Platz, und Davey setzte sich auf das Sofa, wobei er die Hände zwischen die Knie klemmte.

»Ich weiß nicht, ob Sie Näheres über das Erbe meiner Tochter wissen möchten«, sagte Mrs. Daniels. »Falls Sie es nicht wußten – das Vermögen, das ihr von meinem verstorbenen Mann zugefallen ist, sollte ihr erst mit einundzwanzig überschrieben werden. Mit ihrem Tod fällt es automatisch an mich. Ihnen dürfte klar sein, daß Sie in dieser Beziehung keine Erwartungen hegen können.«

»Ich habe überhaupt keine Erwartungen!« sagte er herausfordernd.

»Sehr freundlich, Mr. Snowden. Dessen ungeachtet erlegt mir die Tatsache, daß Sie Bonnie geheiratet haben, eine gewisse – Verpflichtung auf. Sie sind mein Schwiegersohn, ob mir diese Tatsache gefällt oder nicht. Wie die Dinge nun mal stehen, gefällt sie mir nicht. Trotzdem halte ich es für erforderlich, eine Art Regelung zu Ihren Gunsten zu treffen.«

Daveys Herz machte einen Sprung. »Ich verstehe nicht, was Sie meinen.«

»Sie brauchen sich keine Sorgen zu machen«, sagte die Frau nüchtern. »Ich gedenke Sie für das, was Sie mir und meiner Tochter angetan haben, nicht auch noch zu belohnen. Ich spreche lediglich ein kleines Legat aus. Zu Bonnies Andenken.«

Der Anwalt lächelte. »Mrs. Daniels ist zweifellos sehr großzügig...«

»Bitte schweigen Sie, Walter, ich sag's ihm selbst.« Sie ließ sich dazu herab, Davey anzusehen. »Mr. Snowden, Sie schienen unser altes Haus zu mögen. Wissen Sie, welches Gebäude ich meine?«

»Natürlich.«

»Früher einmal hatte es einen großen Wert, doch ich weiß nicht, ob es heute mehr als ein paar tausend bringen würde. Aber es soll Ihnen gehören, Mr. Snowden.«

Davey lehnte sich langsam zurück. »Wirklich? Sie wollen mir das Haus schenken?«

»In einigen Jahren hätte es ohnehin Bonnie gehört. Ich kann nichts mehr damit anfangen. Ihnen soll Grundstück und Haus gehören und alles, was darin ist.«

»Alles? Sie meinen wirklich: alles?«

»Natürlich. Mr. Hallman wird die nötigen Formalitäten mit Ihnen erledigen. Ich wollte Ihnen das nur bekanntgeben.«

»Also wirklich, Mrs. Daniels ...«

»Danken Sie mir nicht, bitte. Ich kann alles von Ihnen ertragen, nur Dankbarkeit nicht.« Sie stand auf. »Und ich hoffe wirklich, Mr. Snowden, daß wir uns nicht wieder über den Weg laufen.«

Sie rauschte zum Ausgang. Der Anwalt sprang um sie herum und öffnete ihr die Tür.

»Also«, sagte Hallman, hinter seinen Tisch zurückkehrend. »Jetzt wollen wir uns um die Einzelheiten kümmern.«

»Mr. Hallman, dürfte ich Ihnen eine Frage stellen?«

»Aber ja.«

»Mrs. Daniels hat gesagt, mir soll alles gehören – nun, es gibt da gewisse Stellen im Hause – ich meine, verschlossene Zimmer und so. Habe ich ein Recht darauf?«

»Sie haben ein Recht auf jeden Holzspan im Haus, Mr. Snowden. Ich sorge dafür, daß Sie für jedes Schloß einen Schlüssel erhalten. Wollen wir uns jetzt an die Arbeit machen?«

Die Sonne stand wie ein roter Ball am Horizont, als Davey zu seinem neuen Besitz hinausfuhr. Sie spiegelte sich wie eine Willkommensbeflaggung in jedem Fenster des alten Hauses.

Er stellte den Wagen in der Auffahrt ab und nahm aus dem Handschuhfach den Umschlag, der prall gefüllt war mit beschilderten Schlüsseln. Er suchte zwei Schlüssel heraus und steckte sie in die Tasche. Dann trug er den Umschlag zur Haustür und schloß auf.

Nichts hatte sich seit seinem letzten Besuch verändert: Er betrachtete den alten Kamin, das Sofa, das den längst erloschenen Flammen zugewendet war, und spürte keine traurigen Erinnerungen in sich aufsteigen. Nur wenige Sekunden starrte er in das vordere Zimmer, ehe er sich auf den Weg zu einem interessanteren Ziel machte.

Als er das dritte Stockwerk erreichte, war er außer Atem. Obwohl es dunkel war, hatte er keine Mühe, die verschlossene Tür am Ende des Korridors zu finden. Da er aber kein Licht hatte, dauerte es etwas, bis er mit dem Schlüssel zurechtkam.

Schließlich hörte er das befriedigende Klicken, und die verschlossene Tür war kein Hindernis mehr.

Er atmete schwer. Er zögerte einen Augenblick und versuchte einen Vernunftgrund für seine Erregung zu finden. Schließlich mochte das Zimmer absolut nichts Wertvolles enthalten, kein Geld, kein Schmuckversteck, keinen Schatz.

Es gab nur einen Weg, das Geheimnis hinter der Tür zu lüften. Er öffnete sie und trat ein.

Das Haus war eine Sphinx, und schweigsam wie eine Sphinx. In diesem Augenblick jedoch wurde die Stille zwischen seinen Wänden gestört, sie zerbarst von dem heiseren, verzweifelten Schrei, der dem gewaltsamen Tod vorausging.

Walter Hallman war während des Gesprächs mit dem Lieutenant von der Polizei ruhig auf seinem Platz geblieben, doch kaum hatte sich die Tür hinter dem Beamten geschlossen, da stand er auf und konfrontierte seine Klientin mit verschränkten Armen und gerunzelter Stirn.

»Sie haben ihn belogen«, sagte er zu Mrs. Daniels. »Sie wußten ganz genau, was Sie taten, als Sie Snowden das Haus überließen.«

»Ich wußte es«, sagte sie. »Wollen Sie mich etwa verraten, Walter?«

»Natürlich nicht. Aber schließlich gibt es so etwas wie ... nun, Moral.«

Die Frau lächelte verkniffen.

»Ich wußte es,« sagte sie. »Ich wußte, daß hinter der Tür kein Schatz lag, sondern nur die verfaulten Bodenbretter, die uns vor fünfzehn Jahren veranlaßten, das Zimmer dichtzumachen. Ich habe mit meinem Mann oft darüber gestritten. Ich war dafür, den Boden zu reparieren, weil mal jemand durch den schrecklichen Vorbau brechen und auf der Einfahrt in den Tod stürzen könnte. Er aber war manchmal seltsam knauserig; wir machten das Zimmer zu und vergaßen es.«

Sie hob die Teetasse.

»Es ist ein altes, düsteres, zugiges Haus, Walter. Aber manchmal kommt es mir gar nicht so übel vor.«

Fehlschuß

Die Stimmung in einem Polizeirevier läßt sich meistens schon an der Tür ausmachen – heute abend standen die Zeichen auf Sturm. Captain Warner, der immer wieder aus seinem Büro geeilt kam, wirkte wie ein Mann, der schlechte Nachrichten erwartet. Diese schlechten Nachrichten trugen den Namen Tim Brennan, eines Streifenbeamten, der, als er das Revier endlich betrat, geradewegs zum Büro des Captains marschierte, ohne seine Kollegen auch nur eines Blickes zu würdigen.

Bei Brennans Eintreten beherrschte Warner mühsam seine Gesichtsmuskeln. Angestrengt verzog er den breiten Mund zu einem Lächeln und deutete auf einen Stuhl. »Bleiben Sie ganz ruhig«, sagte er mit aller Freundlichkeit, die er aufbringen konnte. »So etwas ist heute nicht zum erstenmal passiert und wird auch nicht das letztemal bleiben.«

Brennan senkte den Blick.

»Tim, sehen Sie mich an«, forderte Warner. »Ich weiß, daß die Dinge in letzter Zeit für Sie nicht so richtig gelaufen sind. Die verpaßte Beförderung im letzten Monat, die Probleme zu Hause. Und jetzt das ...« Er kam um den Tisch herum. »Tim, Sie wissen, daß ich mich für meine Männer interessiere. Ich möchte wissen, wie sie fühlen, was sie denken ...«

»Sie wissen, was ich jetzt gerade denke«, sagte Brennan.

»Ja, das weiß ich. Aber Sie irren sich. Niemand macht Ihnen Vorwürfe, mein Sohn. Mein Wort darauf. Sie haben nur Ihre Pflicht getan.«

»Haben Sie schon etwas erfahren? Aus dem Krankenhaus?«

»Noch nicht«, antwortete Warner und bot Brennan eine

Zigarette an. Als Brennan ablehnte, zündete er sich selbst eine an. »Also«, sagte er schließlich. »Erzählen Sie mir, wie's gewesen ist. Lassen Sie nichts aus.«

Brennan hob den Kopf und begann.

»Sie kennen ja mein Revier, Captain. Nicht die übelste Gegend der Stadt, aber trotzdem gibt's Probleme. Hinter so mancher hübscher Sandsteinfassade ist die Welt nicht in Ordnung.

Ich machte gerade meine Acht-Uhr-Runde. Es war ruhig, wie fast immer am Montagabend. Ich hatte die letzten Ladentüren an der South Street überprüft und ging gerade zur Vincent Avenue hinüber. Einige junge Burschen lungerten dort an der Ecke herum, sahen aber nicht so aus, als wollten sie Ärger machen. In einem Halteverbot parkte ein Lkw, und ich hielt mich in der Nähe auf, bis der Eigentümer herauskam, und ließ ihn mit einer Verwarnung davonkommen.

Gegen elf Uhr dreißig kam ich dann an der Hughes Street vorbei, am großen Lagerhaus. Ich glaubte jemanden in den Schatten verschwinden zu sehen und ging der Sache nach. Kaum war ich in Sicht, steckte der Kerl etwas in die Tasche und rannte los. Ich lief ihm nach und erwischte ihn an der Ecke.

Wie erwartet – ein Junkie. Er hatte die Nadel in der Tasche und genug Stoff im Hemd, um das ganze Viertel auf einen Trip zu schicken. Ich hielt es nicht für ausgeschlossen, daß er sogar ein Pusher war. Ein kleiner Typ, Anfang Vierzig, der harmlos wirkte. Er kam friedlich mit.

Aber als wir die Ecke Hughes Street erreichen, wo die Sandsteinhäuser beginnen, bohrt er mir plötzlich einen Ellenbogen in den Magen und rennt los. Eindeutig mein Fehler: ich hätte ihm sofort Handschellen anlegen müssen, aber er kam mir so verschreckt vor.

Jedenfalls rennt er die Straße runter, ich ihm nach. Es muß etwa Viertel vor zwölf gewesen sein, da ist nicht mehr viel los in dem Viertel. Ich brülle, er soll anhalten, und ziehe meine Waffe. Er bleibt aber nicht stehen, und ich rufe ihn noch einmal an. Dann gebe ich zwei Schüsse über seinen Kopf ab. Das bringt ihn auch nicht zum Stehen, und nun ziele ich auf seine Beine.

Ehrlich, ich weiß nicht, woher der Bursche plötzlich kam. Er muß um die Ecke gesaust sein. Vielleicht haben ihn die Schüsse angelockt – ein ganz Neugieriger. Ich weiß es wirklich nicht, Captain.

Jedenfalls kommt mein Schuß nicht ins Ziel, sondern trifft ihn. Im ersten Augenblick kriege ich gar nicht mit, was geschehen ist. Dann sehe ich, wie ein Bursche auf dem Bürgersteig zusammensackt und mein Junkie um die Ecke entwischt. Jetzt habe ich die Wahl. Soll ich hinter ihm her oder mich um den Verwundeten kümmern?

Sie wissen, was ich getan habe. Ich ließ den Junkie sausen und. ging zu dem Verwundeten, um zu sehen, was ich für ihn tun konnte. Das Geschoß steckte in seiner Brust, er war ziemlich übel dran. Daraufhin rief ich den Krankenwagen und machte Meldung bei Ihnen.

So ist es passiert, Captain.«

Warner legte Brennan die Hand auf die Schulter.

»So etwas passiert nun mal, Tim«, sagte er leise. »Niemand macht Ihnen Vorwürfe, denken Sie daran. Sie sind ein guter Polizist. Sie sind mutig. Sie wissen, was Ihre Pflicht ist, und handeln danach. Eines Tages werden Sie bei uns eine wichtige Rolle spielen. Nichts hat sich geändert. Nicht das geringste.«

Das Telefon klingelte. Warner nahm den Hörer ab, hörte zu und versuchte ein starres Gesicht zu bewahren. Als er aufgelegt hatte, sagte er:

»Der Mann ist gestorben. Er hieß Arthur Grant.«

Streifenpolizist Tim Brennan kam um zwei Uhr früh nach Hause. Seine Frau, eine attraktive Blonde Anfang Dreißig, wartete in der Küche über einer Tasse lauwarmen Tee.

»Du weißt es schon?« fragte er leise.

»Ja.«

Seufzend stand sie auf und stellte Teetasse und Untertasse in den Abwasch. Ihrem Mann bot sie keinen Tee an, sondern kehrte zum Tisch zurück und faltete die Hände auf dem Wachstuch.

»Er ist tot, nicht wahr?«

»Ja«, sagte Brennan.

»Wie hast du nur das geschafft, Tim?« fragte sie bitter. »Das muß man dir lassen. Du bist schlauer, als ich dachte.«

»Laß mich in Ruhe, Sue!«

»Wer war der Junkie, mit dem du die Sache arrangiert hast? Was bekommt er für die kleine Vorstellung? Ein bißchen Protektion?«

»Ich möchte nicht darüber sprechen.«

»Du hast es wirklich schlau angestellt. Du hast herausgefunden, wo Arthur wohnte und wann er abends nach Hause kam. Und dann hast du die falsche Jagd organisiert. Du hast ihn getötet, Tim. Ermordet!«

»Ich habe dich gewarnt«, sagte Brennan leise. »Ich habe euch beide gewarnt. Niemand setzt mir Hörner auf!« Schwerfällig ließ er sich am Tisch nieder. »Jetzt will ich eine Tasse Tee«, sagte er barsch.

Sie wollte sich weigern, überlegte es sich aber anders. »Ja, Tim«, sagte sie unterwürfig und ging zum Herd.

Das Haus des Colonels

Colonel Aldrich und sein Haus lieferten sich einen Wettlauf im Verfall. Der Colonel war vierundsiebzig Jahre alt, das Haus noch ein Jahrhundert älter, doch an feuchten Februarvormittagen, wenn die Balken rheumatisch quietschten, hörte es sich an, als würde das Haus als erstes dran glauben müssen. An solchen Tagen zog der Colonel seinen besten warmen Hausmantel an, den mit den wenigsten Flicken, und schritt die Treppe hinab, die sich wie eine verkrümmte Wirbelsäule durch die drei Etagen des Gebäudes zog. Anschließend begrüßte er Holloway, seinen einzigen Dienstboten, mit einer aufgekratzt-knurrigen Bemerkung über das scheußliche Wetter, woraufhin Holloway, der ebenso viele Lenze zählte, klaglos seufzte. Zuletzt setzte sich der Colonel zum Frühstück – an Tagen, da ein Ei im Hause war.

Eines Morgens erwachte der Colonel mit einer kalten Vorahnung im Herzen, obwohl die Sonne ins Zimmer strahlte. Seine Tochter Bonny und sein Sohn Howard hatten am Vorabend ihren Besuch angekündigt. Der Colonel hatte seinen Rang nicht ehrenhalber verliehen bekommen; er hatte ihn sich 1917 an der Marne verdient und galt als mutiger Mann. Vor seinen Kindern aber hatte er Angst.

Sie trafen kurz nach dem Mittagessen ein. Es war eine karge und wenig geschmackvolle Mahlzeit gewesen, und seine Verdauung wurde durch die lauten Stimmen im Flur nicht gerade gefördert. Als Holloway die beiden hereinführte, hatte er ein mürrisches Gesicht aufgesetzt.

»Na, Paps«, sagte Howard mit gezwungenem Lächeln und rieb die Handflächen gegeneinander, »du siehst munter aus wie eh und je. Habe ich nicht recht, Bonny?« Er war ein beleibter Mann mit der Freundlichkeit des geborenen Verkäufers. Bonny war eine knochige Frau um die Vierzig mit betontem Makeup.

»Ja, er sieht ausgezeichnet aus. Ein Wunder, bei dieser Feuchtigkeit!«

»Ich habe dir gestern abend angekündigt, ich hätte eine gute Nachricht für dich«, sagte Howard. »Du weißt ja selbst, wie lange Makler Marden dieses Haus im Angebot gehabt hat. Offen gestanden hatte ich alle Hoffnung aufgegeben, aber gestern kam der Anruf. Man teilte uns mit, daß ein Käufer gefunden worden ist.«

Der Colonel setzte sich langsam.

»Ein Käufer? Für dieses Haus?«

»Schau uns nicht so überrascht an!« sagte Bonny lachend. »Du weißt doch, daß das Haus zum Verkauf steht, Paps, seit einem Jahr schon. Ein Haus dieser Größe nützt dir gar nichts. Wir können uns kaum die Heizkosten leisten.«

»Es ist wie ein Wunder«, warf Howard ein. »Wir dachten schon, wir müßten den alten Schuppen als Feuerholz verkaufen, da kommt Marden plötzlich mit dieser Offerte. Nun, da müssen wir jetzt natürlich über deine Zukunft sprechen. Ich habe Dr. Greeley angerufen und ihm gesagt, wir würden das Geld nun wohl doch bald zusammen haben. Ganz zufällig ist auf der, äh, Farm ein Platz frei, da einer der, äh, Bewohner gestorben ist. Natürlich wollten wir zunächst deine Einwilligung einholen ...«

»Moment mal!« Der Colonel versuchte aufzustehen, wollte dem Problem stehend ins Auge blicken, aber die Beine versagten ihm den Dienst. »Wirfst du mich raus, Howard? Ist das deine gute Nachricht?«

Bonny schnalzte mit der Zunge. »Was redest du denn da? Du wußtest doch ganz genau, daß wir das Haus angeboten haben, daß wir es verkaufen *mußten*. Außerdem hast du einmal gesagt, dir *gefiele* Dr. Greeleys Farm. Willst du denn nicht mit anderen Leuten deines Alters zusammenleben?«

»Ich habe nie behauptet, daß mir Dr. Greeley oder seine Farm gefällt.« Die Wangen des Colonels waren zornrot geworden. »Du kannst mir das Haus unter dem Hintern wegverkaufen, Howard, das ist dein Recht, aber du kannst mich nicht in diese verdammte Schaukelstuhlfabrik verbannen!«

»Na schön, na schön! Wenn du so über Greeley denkst! Es gibt noch andere Orte ...«

»Orte? Ich brauche keinen ›Ort‹, Howard, sondern ein Zuhause. Ich habe mein ganzes Leben in diesem Haus zugebracht. Bedeutet das denn gar nichts mehr?«

Howards Augen wurden glasig. »Paps, nur wer reich ist, kann es sich leisten, sentimental zu sein«, sagte er erschöpft. »Wenn meine Praxis besser ginge, könnten wir uns schon irgendwie durchmogeln. Aber wie die Dinge nun einmal liegen ...«

Holloway erschien an der Tür. Mit unsicherer Hand balancierte er ein Silbertablett.

»Tee, Colonel Aldrich«, verkündete er gemessen.

Er verbrachte den Rest des Nachmittags damit, im trockenen Laub seines Grundstücks herumzugehen. Als er um sechs Uhr zurückkehrte, wartete Holloway mit einem zerfransten Schal an der Tür. Er brüllte den Diener an, als dieser ihm den Stoff um die Schultern legen wollte; dann entschuldigte er sich und ging ins Arbeitszimmer. Im Holzkasten lag eine Handvoll Scheite; er stapelte sie im Kamin auf und entzündete ein kleines, tristes Feuer.

Nachdem er eine Stunde lang gedöst und meditiert hatte, griff er nach dem Glöckchen auf dem Tisch und klingelte nach Holloway.

»Ja, Sir?«

»Holloway, erinnern Sie sich an das Gebräu, das mir Dr. Carver letztes Jahr verschrieben hat? Als ich nicht schlafen konnte?«

»Ja, Colonel, ich erinnere mich.«

»Ich habe das Fläschchen im Arzneischrank letzthin nicht mehr gesehen.«

»Nein, Sir. Ich bewahre es im Vorratsraum auf.«

»Holen Sie es mir.« Als Holloway zögerte, fügte er hinzu: »Habe wieder Kummer damit. Sie wissen schon.«

»Jawohl, Sir«, antwortete Holloway und machte sich auf den Weg.

Es war dunkel, als der Colonel den Stuhl verließ; aus Gewohnheit sah er davon ab, eine Lampe anzuzünden, und begnügte sich mit dem schwachen Licht der Flammen. Er ging zu einer Kommode und nahm die einzige Kristallkaraffe zur Hand. Er goß zwei Fingerbreit Brandy in ein rundes Glas und fügte den Rest von Dr. Carvers Arznei hinzu. Dann klingelte er.

»Holloway, auf der Kommode steht eine Karaffe«, sagte er. »Machen Sie sich einen Drink und kommen Sie her.«

»Ich, Sir?«

»Seien Sie nicht schüchtern, Mann, machen Sie sich einen Drink, setzen Sie sich zu mir.«

Holloway gehorchte zögernd. Er trug sein Glas zum Sessel des Colonels und blieb daneben stehen, bis der Colonel ihm befahl, Platz zu nehmen.

»Haben Sie das Gespräch von vorhin mitgehört, Holloway?«

»Leider war das unumgänglich, Sir.«

Der Colonel brummte etwas vor sich hin. »Sieht so aus, als hätte es irgend so ein Dummkopf tatsächlich auf dieses alte Gemäuer abgesehen. Aus diesem Grunde bleibt uns beiden keine andere Wahl, als umzuziehen. Wenn wir uns schon trennen müssen, dann sollte das wenigstens über einem Brandy geschehen.«

»Wollen Sie – wollen Sie das Refugium aufsuchen, das Mr. Aldrich Ihnen empfohlen hat?«

»Nein.« Der Colonel lächelte traurig. »Dieses Refugium nicht, Holloway.« Er hob das Glas.

Holloway war womöglich noch älter als der Colonel und mehr von den Jahren mitgenommen. In diesem Augenblick aber bewegte er sich mit der Schnelligkeit eines Sportlers. Er sprang vom Stuhl, holte aus, fegte dem Colonel das Glas aus den Fingern und ließ es durch das Zimmer wirbeln. Es zerschellte an der gegenüberliegenden Wand.

Verblüfft starrte der Colonel auf seine leere Hand.

»Tut mir leid«, flüsterte Holloway. »Es tut mir schrecklich leid.«

Der alte Mann hob den Kopf und blies die Wangen auf. »Das ist krasseste Insubordination, Holloway! Wenn Sie noch meine Ordonnanz wären ...«

»Bitte verzeihen Sie, Colonel!« Holloway preßte flehend die Handflächen zusammen; in seinen alten Augen standen Tränen. »Ich weiß, was Sie vorhatten. Ich durfte es nicht zulassen!«

»Glauben Sie, Sie haben mir damit einen Gefallen getan?«

Holloway setzte sich unaufgefordert und zog den Stuhl heran. »Hören Sie, Colonel, ich muß Ihnen etwas Wichtiges mitteilen ...«

»Etwas Wichtiges?«

»Wir sind jetzt vierundvierzig Jahre zusammen, einschließlich der Armee. Ich möchte Ihnen helfen, Colonel ...«

»Sie können mir nicht helfen.«

»O doch!« Holloways Hände zitterten. »Wissen Sie, ich habe im Leben nicht viel Geld ausgegeben, Colonel. Sie haben mich gut bezahlt, meine Bedürfnisse aber sind stets gering gewesen. Ich habe Kleidung, Unterkunft und Essen gestellt bekommen. Ich habe mein Einkommen gespart, fast mein ganzes Einkommen ...«

»Vielen Dank«, sagte der Colonel ernst. »Vielen Dank, Holloway. Aber das kann ich natürlich nicht annehmen.«

»Aber Sie *müssen* es annehmen, Sir! Dann kann das Leben weitergehen wie bisher ...«

»Das ist leider unmöglich.«

»Wir würden bestimmt ein Arrangement finden. Wollen wir nicht wenigstens darüber sprechen?«

Der Colonel antwortete nicht. Holloway seufzte und stand taumelig auf. Er drehte dem alten Mann den Rücken zu und unterdrückte das Beben seiner Hände, indem er sie vor der Brust verschränkte.

»Colonel, es gibt da etwas, das ich Ihnen noch nicht gesagt habe«, fuhr er fort. »Ich bin der Käufer des Hauses.«

»Sie?«

»Ich habe das Haus gekauft, Colonel«, sagte Holloway unterwürfig, »mit dem Geld, das Sie mir im Laufe der Jahre bezahlt haben. Ich wußte, daß es irgendwann verkauft werden würde, daß wir eines Tages unser Zuhause verlieren konnten. Anders wußte ich mir nicht zu helfen.« Er machte einen tiefen Atemzug. »Colonel – wollen Sie jetzt mit mir darüber sprechen?«

Bei dem Auto, das mit durchdrehenden Reifen die Kiesauffahrt heraufkam, handelte es sich offenbar um Howards neueste Erwerbung; auf dem Nummernschild standen die Buchstaben MD. Er nahm sich nicht die Zeit, Bonny aus dem Fahrzeug zu helfen, sondern sprintete zur Haustür und klopfte dröhnend. Colonel Aldrich, der ihn vom Fenster des Vorderzimmers aus beobachtete, ließ sich Zeit. Als er die Tür endlich erreichte, hatte Bonny ihren Bruder eingeholt, und ihre Gesichter zeigten einen identischen Ausdruck der Besorgnis und Erregung.

»Wir haben gerade etwas erfahren«, sagte Howard und schloß die Tür hinter sich. »Eben hat Marden angerufen und den Hausverkauf bestätigt. Faß dich, vielleicht steht dir ein Schock bevor.«

Er senkte die Stimme.

»Paps, weißt du, wer den alten Schuppen gekauft hat? Das unglaublichste Ding, das ich je gehört habe: dein Diener Holloway!«

»Stell dir vor!« sagte Bonny. »Daß er dir so etwas antut! Woher er nur das Geld hat...«

Der Colonel nickte. »Ja«, sagte er. »Holloway hat mich informiert.«

»Er hat dich informiert?«

»Ja, gestern. Ich finde nichts Verkehrtes daran. Der Mann hat sein Geld gespart; in diesem Punkt war er klüger als die meisten von uns, meint ihr nicht auch? Und da wir gerade davon sprechen, ich gedenke bis auf weiteres hier mit ihm zu wohnen. Bereitet euren Dr. Greeley auf diese herbe Enttäuschung vor.«

»Ihr bleibt hier? Du und Holloway?«

»Natürlich. Wir haben alles geregelt.«

Eine Glocke läutete. Der Colonel drehte leicht den Kopf und verneigte sich.

»Wenn ihr mich bitte entschuldigt«, sagte er. Dann nahm er das Silbertablett, das er im Vorderzimmer abgestellt hatte, und trug es zur Tür des Arbeitsraumes.

»Ihr Tee, Sir«, sagte er.

Traumstadt

Die Frau in der Tür sah aus wie das Urbild aller Mütter in gemäßigten politischen Karikaturen. Sie war füllig, hatte rosige Wangen und weißes Haar. Sie trug ein altmodisch-rüschenbesetztes Nachthemd und hielt mit nervösen Händen den abgetragenen Morgenmantel zusammen. Sie registrierte blinzelnd das regenfeuchte Haar und den bedrückten Gesichtsausdruck Sol Beckers und fragte: »Was ist? Was wollen Sie?«

»Es tut mir leid ...« Sols Stimme klang unterwürfig. »Der Mann im Lokal sagte, Sie könnten mich vielleicht unterbringen. Man hat mir das Auto gestohlen; ein Anhalter, der nach Salinas wollte ...« Er atmete schwer.

»Ein Anhalter? Ich verstehe nicht, was Sie wollen.« Sie schnalzte mit der Zunge, als sie die Pfütze sah, die er auf ihrer Schwelle erzeugte. »Um Himmels willen, kommen Sie herein! Sie sind ja durch und durch naß!«

»Vielen Dank«, sagte Sol dankbar.

Als die Tür hinter ihm zufiel, umgab ihn das warme Innere des kleinen Hauses wie eine Decke. Er schauderte zusammen und ließ sich von der Wärme durchdringen. »Es tut mir schrecklich leid. Ich weiß, wie spät es ist.« Er blickte auf die Uhr, die aber beschlagen war.

»Muß fast drei sein«, sagte die Frau. »Sie hätten sich keine ungünstigere Zeit aussuchen können. Ich war gerade auf dem Sprung zum Gericht ...«

Er achtete nicht auf die Worte. »Wenn ich wenigstens über Nacht bleiben könnte. Bis morgen früh. Ich könnte dann Freunde in San Fernando anrufen. Ich bekomme schnell Kopfgrippe«, fügte er zusammenhanglos hinzu.

»Na, dann ziehen Sie mal als erstes die Schuhe aus«, sagte die Frau mürrisch. »Sie können im Wohnzimmer ablegen, solange Sie vom Teppich wegbleiben. Sie nehmen mit dem Sofa vorlieb?«

»Ja, ja, natürlich. Ich zahle gern für alles ...«

»Ach was, wir reden hier nicht von Geld. Dies ist kein Hotel. Haben Sie etwas dagegen, wenn ich wieder nach oben gehe? Man wird mich im Palast vermissen.«

»Nein, natürlich nicht«, antwortete Sol und folgte ihr in das dunkle Wohnzimmer. Er sah zu, wie sie den Schalter einer alten Lampe drehte, die ihr gelbes Licht über eine blumenbespannte Couch und einen mit Deckchen geschützten Sessel warf. »Gehen Sie ruhig hinauf. Ich richte mich hier schon ein.«

»Ein Handtuch können Sie aber gebrauchen. Ich besorge Ihnen eins, dann gehe ich. Wir stehen hier ziemlich früh auf. Frühstück um sieben Uhr; wenn Sie etwas wollen, müssen Sie sich darauf einstellen.«

»Ich weiß gar nicht, wie ich Ihnen danken soll ...«

»Ach was«, machte die Frau, eilte aus dem Zimmer und kehrte gleich darauf mit einem dicken Badelaken zurück. »Leider habe ich kein Bettzeug für Sie. Aber es ist ja angenehm warm hier.« Sie starrte mit zusammengekniffenen Augen auf eine Uhr in einem kleinen Schiffssteuerrad auf dem Kaminsims und schnalzte wieder mit der Zunge. »Halb drei!« rief sie. »Ich verpasse noch die Hinrichtung ...«

»Die *was?«*

»Gute Nacht, junger Mann«, sagte Mama entschlossen.

Sie tapste aus dem Zimmer. Das Badetuch in der Hand, starrte Sol ihr nach. Er trocknete sich das Gesicht, rubbelte anschließend die nassen braunen Haare durch. Dem Teppich ausweichend, trat er auf die Steinfläche vor dem Kamin. Er legte den durchnäßten Mantel und das feuchte Jackett ab und wrang sie über der Kaminasche aus.

Dann zog er sich bis auf das Unterzeug aus, wobei er sich fragte, ob es am Morgen eine peinliche Szene geben würde, und beschloß das feuchte Badetuch als Decke zu verwenden. Das Sofa war angenehm weich. Er rollte sich fröstelnd unter dem Tuch zusammen und schloß die Augen.

Er war sehr schläfrig, so daß sich der gewohnte abendliche Rückblick auf einige vage Gedanken über die Hochzeit beschränkte, zu der er an diesem Wochenende in Salinas eingeladen war … er dachte an den Gauner, der seine Gutmütigkeit honoriert hatte, indem er ihn aus dem eigenen Wagen warf … an den feuchten Marsch ins Dorf … an die kleine dicke Frau, die wie das Weiße Kaninchen aus Alice im Wunderland zu einer geheimnisvollen Verabredung ins Obergeschoß eilte.

Dann schlief er ein.

Eine schrill-fragende Stimme weckte ihn: »Sind Sie etwa *nackt*?«

Er riß die Augen auf, zog das Badetuch schützend um sich und starrte auf das kleine Mädchen mit den rostroten Zöpfen.

»Na, Mister?« fragte sie und legte einen Finger an die sommersprossige Nase. »Sind Sie's?«

»Nein!« sagte er zornig. »Ich bin nicht nackt! Verschwindest du bitte wieder?«

»Sally!« Mama erschien kurz an der Tür zum Wohnzimmer. »Laß den Herrn in Ruhe.«

»Ja«, sagte Sol. »Ich möchte mich jetzt anziehen – wenn du nichts dagegen hast.« Das Mädchen rührte sich nicht vom Fleck. »Wie spät ist es?«

»Keine Ahnung«, antwortete Sally achselzuckend. »Ich mag Spiegeleier am liebsten auf der Welt.«

»Schön«, sagte Sol verzweifelt. »Nun sei aber ein braves Mädchen und iß deine Spiegeleier. Und zwar in der Küche.«

»Sind noch nicht fertig. Sie bleiben zum Frühstück?«

»Ich tue gar nichts, solange du hier nicht abhaust.«

Sie nahm ein Ende eines Zopfes in den Mund und setzte sich auf den Sessel. »Ich war gestern abend im Palast. Es gab eine Exelution.«

»Bitte«, ächzte Sol. »Sei ein liebes Mädchen! Wenn du mich einen Moment allein läßt, zeige ich dir auch, wie du dir den Daumen abschrauben kannst.«

»Ach, das ist doch ein alter Hut! Haben Sie schon mal eine Exelution gesehen?«

»Nein. Aber hast du schon einmal ein kleines Mädchen gesehen, dem das Fell gegerbt wurde?«

»Was?«

»Sally!« Mamas Stimme, strenger. »Aus dem Wohnzimmer mit dir, sonst... du weißt schon!«

»Na schön«, sagte das Mädchen gelassen. »Ich gehe wieder in den Palast. Aber nur wenn ich mir die Zähne putze. Wollen Sie denn überhaupt nicht aufstehen?« Sie hüpfte aus dem Zimmer, und Sol richtete sich hastig auf und griff nach seinen Hosen.

Als er die Sachen angezogen hatte, die noch immer feucht waren und sich unangenehm anfühlten, verließ er das Wohnzimmer und fand die Küche. Mama machte sich am Herd zu schaffen. »Guten Morgen«, sagte er.

»Frühstück in zehn Minuten«, antwortete sie fröhlich. »Mögen Sie Spiegeleier?«

»Ja. Haben Sie ein Telefon?«

»Im Flur. Gemeinschaftsanschluß – vielleicht müssen Sie warten.«

Fünfzehn Minuten lang versuchte er durchzukommen, doch die Leitung war von einer Frau besetzt, die sich über ein Baumwollkleid ereiferte, das sie beim Versandhaus Sears bestellt hatte; anscheinend mußte der ganze Ort davon erfahren.

Endlich aber konnte er mit Salinas telefonieren. Fred, sein Armeekumpel, hörte sich die Leidensgeschichte verschlafen-gleichgültig an. »Vielleicht kann ich nicht zur Hochzeit kommen«, sagte Sol bedrückt. »Tut mir schrecklich leid!« Fred schien es nicht halb so leid zu tun wie Sol. Als er schließlich auflegte, fühlte er sich niedergeschlagener als vorher.

Ein großer, kraftvoll wirkender Mann mit faltigem Gesicht und hüpfendem Adamsapfel erschien im Flur. »Hallo«, sagte er. »Sie sind der Mann, dem der Wagen gestohlen wurde?«

»Ja.«

Der Mann kratzte sich am Ohr. »Nach dem Frühstück bring ich Sie zu Sheriff Coogan. Der gibt der Staatspolizei Bescheid. Ich heiße Dawes.«

Sol schüttelte dem anderen vorsichtig die Hand.

»Sehen nicht viele Fremde in der Stadt«, fuhr Dawes fort und musterte ihn seltsam. »Mir ist seit Jahren kein Fremder mehr untergekommen. Sie sehen gar nicht anders aus als wir.« Er lachte leise.

»Frühstück!« rief Mama aus der Küche.

Am Tisch fragte Dawes ihn nach seinem Ziel.

»Ich wollte zu einer Hochzeit in Salinas«, erklärte Sol. »Ein alter Freund aus der Armee. Etwa zwei Meilen vor der Stadt nahm ich einen Anhalter mit. Sah ganz ordentlich aus – aber das war ja nun eine Täuschung.«

»So etwas weiß man nie«, sagte Dawes gelassen kauend. »Ma, bist du deshalb so spät zum Gericht gekommen?«

»Ja, Pa«. Sie schenkte den schwärzesten Kaffee aus, den Sol je gesehen hatte. »Viel verpaßt hab ich aber nicht.«

»Was für ein Gericht ist denn das?« fragte Sol höflich. Er hatte den Mund voll.

»Amagum«, antwortete Sally, der ein Stück Toast aus dem Mund ragte. »Wissen Sie denn gar nichts?«

»*Armagon*«, berichtigte Dawes und sah den Fremden verständnisheischend an. »Ich nehme nicht an, daß Mister...« er hob eine Augenbraue. »Wie hießen Sie doch gleich?«

»Becker.«

»Ich glaube nicht, daß Mr. Becker von Armagon weiß. Das Ganze ist nur ein Traum, wissen Sie.« Er lächelte entschuldigend.

»Ein Traum? Soll das heißen, dieses – Armagon ist ein Ort, von dem Sie träumen?«

»Ja«, sagte Dawes und hob die Tasse an die Lippen. »Großartiger Kaffee, Ma.« Er lehnte sich zufrieden seufzend zurück. »Wir träumen jede Nacht davon. Hab mich schon so daran gewöhnt, daß ich tagsüber manchmal ganz durcheinander bin.«

»Ich auch«, warf Mama ein.

»Sie meinen...« Sol legte die Serviette in den Schoß. »Soll das heißen, *Sie* träumen von demselben Ort?«

»Aber klar!« rief Sally. »Nachts sind wir da alle. Ich gehe nachher gleich wieder in den Palast.«

»Aber nur, wenn du dir vorher die Zähne putzt!« sagte Mama ernst.

»Ja, wenn ich mir die Zähne putze. Mann – Sie hätten die Exelution sehen sollen!«

»Exekution«, sagte der Vater.

»Ach je!« Mama sprang hastig auf. »Da fällt mir ein, ich muß die arme Mrs. Brundage anrufen. Das ist das mindeste, was ich für sie tun kann.«

»Gute Idee«, sagte Dawes nickend. »Ich muß ein paar Leute auftreiben und den alten Brundage fortschaffen lassen.«

Sol starrte in die Runde. Er öffnete den Mund, doch ihm fiel keine passende Frage ein. Dann platzte er heraus: »Was für eine Hinrichtung?«

»Das geht Sie nichts an«, sagte der Mann kühl. »Essen

Sie Ihren Teller leer, junger Mann, wenn Sie wollen, daß Sheriff Coogan nach Ihrem Wagen sucht.«

Der Rest der Mahlzeit verlief schweigend, bis auf Sally, die darauf bestand, zwischen den Bissen ihr Schullied zu singen. Als Dawes fertig war, schob er den Teller fort und befahl Sol, sich fertigzumachen.

Sol griff nach seinem Mantel und folgte dem Mann ins Freie.

»Muß vorher noch einen Besuch machen«, sagte Dawes. »Aber wir holen den Sheriff dann ab. Einverstanden?«

»Ja«, sagte Sol unbehaglich.

Obwohl es zu regnen aufgehört hatte, hielten sich die Wolken über der kleinen Stadt, als wollten sie sich ungern auflösen. Windböen fegten durch die Straßen, und Sol Becker schlug den Mantelkragen hoch, während er mit Dawes Schritt zu halten versuchte.

Sie gingen schräg über die Straße und betraten ein doppelstöckiges Holzgebäude. Dawes stieg energisch die Treppe hinauf und öffnete die Tür des Obergeschosses. Ein dicker Mann saß hinter einem Tisch und hob den Kopf.

»He, Charlie, wollte fragen, ob du mir hilfst, Brundage wegzuschaffen.«

Der Mann blinzelte. »Ach, Brundage!« sagte er. »Weißt du, den hatte ich glatt vergessen!« Er lachte. »Stell dir vor! So etwas zu vergessen!«

»Ja.« Dawes lächelte nicht. »Dabei bist du der Prinzregent.«

»Ich bitte dich, Willi...«

»Na, komm schon. Heb deinen dicken Hintern. Muß noch zu Sheriff Coogan. Der hier muß ihn wegen einer andern Sache sprechen.«

Der Dicke musterte Sol mißtrauisch. »Habe Sie noch nie gesehen. Nacht oder Tag, Fremder?«

»Nun laß schon!« sagte Dawes.

Der Dicke brummte etwas und stemmte sich aus dem Drehstuhl hoch. Mit unbeholfenen Schritten folgte er den beiden Männern aus dem Haus.

Draußen wurden sie von einer Frau begrüßt, die einen leeren Korb über dem Arm trug. »Morgen, Leute. Das war prima gestern nacht. Ich fand Ihre Rede richtig gut, Mr. Dawes.«

»Danke«, antwortete Dawes barsch, aber doch offenbar geschmeichelt. »Wir wollten eben zu Brundage rüber, um den Toten abzuholen. Ma wird gegen zehn Uhr bei Mrs. Brundage vorsprechen. Wollen Sie mit?«

»Also, das ist nun wirklich nett«, sagte die Frau. »Ja, ich komme.« Sie lächelte den Dicken an. »Guten Morgen, Prinz.«

Um Sol drehte sich alles. Als sie die Frau stehenließen und den energischen Marsch durch die ruhige Straße fortsetzten, versuchte er das Geheimnis zu ergründen.

»Hören Sie, Mr. Dawes.« Er atmete heftig; der Mann ging sehr schnell. »Träumt sie auch von diesem – Armagon? Die Frau da hinten?«

»Aber ja!«

Charlie lachte heiser. »He, der ist ja wirklich fremd hier!«

»Und Sie, Mr. ...« Sol wandte sich an den dicken Mann. »Sie wissen auch von dem Palast und so weiter?«

»Ich hab's Ihnen doch gesagt«, meinte Dawes mürrisch. »Charlie ist Prinzregent. Lassen Sie sich aber von dem schmucken Titel nicht täuschen. Er hat nicht mehr Macht als jeder andere Reichsritter. Er ist einfach zu verdammt dick, um mehr zu tun, als auf einem Thron zu sitzen und Weintrauben zu essen. Stimmt's, Charlie?«

Der dicke Mann kicherte.

»Hier ist der Sheriff«, verkündete Dawes.

Der Sheriff, ein schläfrig wirkender Mann mit einem langen traurigen Gesicht, saß in einem Schaukelstuhl auf einer Veranda und versuchte eine schlecht ziehende Pfeife anzuzünden. Er winkte den näherkommenden Männern apathisch zu.

»Hallo, Cookie«, sagte Dawes grinsend. »Ich dachte, du, ich und Charlie holen Brundages Leiche ab. Das hier ist Mr. Becker; er hat ein anderes Problem. Mr. Becker, das ist Cookie Coogan.«

Der Sheriff schloß sich der Prozession an, nachdem er sich kurz nach Sols Begehr erkundigt hatte.

Sol schilderte den Zwischenfall mit dem Anhalter, der Coogan nicht weiter aus der Ruhe brachte. Er murmelte etwas von der Staatspolizei und schlurfte neben dem schnaufenden dicken Mann her.

Sol erkannte bald, daß der Frisiersalon ihr Ziel war.

Dawes legte die Hände auf das beschriebene Glas und starrte hinein. Goldbuchstaben verkündeten: HAARSCHNITT RASUR & MASSAGE. Er meldete: »Im Laden ist niemand. Muß sich oben aufhalten.«

Der dicke Mann läutete. Dann tat sich eine Weile gar nichts.

Endlich erschien eine dürre Frau im Morgenmantel. Sie trug das Haar in Lockenwicklern und hatte verweinte Augen.

»Na, na«, sagte Dawes besänftigend. »Nun nehmen Sie es nicht so schwer, Mrs. Brundage. Sie haben die Anklage ja selbst gehört. Es ging nicht anders.«

»Mein armer Vincent!« schluchzte sie.

»Lassen Sie uns man nach oben«, sagte der Sheriff freundlich. »Es hat keinen Sinn, ihn da einfach liegen zu lassen.«

»Er hat es nicht böse gemeint«, schniefte die Frau. »Er war einfach stur, weiter nichts.«

»Gesetz ist Gesetz«, sagte der dicke Mann seufzend.

Sol konnte nicht länger an sich halten.

»Was für ein Gesetz? Wer ist tot? Wie ist es passiert?«

Dawes musterte ihn ablehnend. »Geht Sie das was an? Wie?«

»Ich weiß nicht«, sagte Sol eingeschüchtert.

»Sie halten sich da lieber raus«, sagte der Sheriff warnend. »Das Ganze ist eine Sache unter uns, junger Mann. Sie bleiben am besten hier im Salon, während wir oben sind.«

Die drei Männer gingen an ihm und der weinenden Mrs. Brundage vorbei.

Als sie verschwunden waren, wandte sich Sol flehend an sie.

»Was ist nur passiert? Wie ist Ihr Mann gestorben?«

»Bitte ...«

»Sie müssen es mir sagen! Hängt es mit Armagon zusammen? Träumen Sie ebenfalls von diesem Ort?«

Die Frage schockierte sie. »Aber natürlich!«

»Und Ihr Mann? Hatte er denselben Traum?«

Neue Tränen quollen ihr aus den Augen. »Können Sie mich nicht in Ruhe lassen?« Sie wandte sich ab. »Ich habe zu tun. Sie können es sich ja bequem machen ...« Sie deutete auf die Frisiersessel und verschwand durch die Hintertür.

Sol blickte ihr nach, schlenderte zum ersten Stuhl und ließ sich in den hohen Sitz sinken. Sein Spiegelbild, das im Zwielicht seltsam grau wirkte, ließ ihn zusammenfahren. Seine Kleidung war völlig zerdrückt, und er brauchte dringend eine Rasur. Wenn Brundage noch gelebt hätte ...

Stimmen erklangen hinter der Tür, und er sprang aus dem Sessel. Dawes trat sie mit dem Fuß auf, die Arme um zwei ziemlich große Füße gelegt, die noch in Pantoffeln steckten. Charlie mühte sich am anderen Ende der Last, bei der es sich um einen nicht mehr ganz jungen Mann in Pyjamas handelte. Der Sheriff folgte dem Trio mit dem traurigen Gesicht eines Beerdigungsunternehmers. Als letzte kam Mrs. Brundage, weinend, wie es der Situation angemessen war.

»Wir bringen ihn zum Aufbahren«, ächzte Dawes. »Ein schwerer Brocken, das sage ich euch!«

»Woran ist er denn gestorben?« fragte Sol.

»Herzanfall.«

Der dicke Mann kicherte.

Die Szene hatte etwas Gespenstisches. Sol wandte den Blick ab, um in dem einigermaßen alltäglich aussehenden Frisiersalon Halt zu finden. Aber in diesem Augenblick hatten selbst die dickgepolsterten Stühle, die Flaschen in den Regalen und die sauberen Reihen der Schneideinstrumente etwas Groteskes und Morbides.

»Hören Sie«, sagte Sol, als die anderen nach draußen verschwanden. »Die Sache mit meinem Wagen ...«

Der Sheriff wandte sich um und blickte ihn bekümmert an. »Ihr *Wagen*? Junger Mann, haben Sie denn gar keinen *Respekt*?«

Sol schluckte und sagte nichts mehr. Er folgte der Gruppe ins Freie, und die Frau knallte die Ladentür hinter ihm zu. Er wartete vor dem Gebäude, während die Männer die Leiche fortschafften.

Dann ging er spazieren.

Die Stadt erwachte allmählich. Menschen schlenderten aus ihren Häusern, machten eine Bemerkung über das Wetter, unterhielten sich leise lachend über die Affären des kleinen Orts. Kinder auf Fahrrädern erschienen und klingelten oder hupten sich gegenseitig an. Eine Frau, die in einem Hinterhof Wäsche aufhing, rief ihn an, weil sie ihn mit jemandem verwechselte.

Er fand einen kleinen Park, kaum zwanzig Meter durchmessend, in dessen Mitte sich ein vom Wetter arg mitgenommenes Denkmal erhob: es zeigte eine militärisch straffe Gestalt. Drei alte Männer saßen auf der Bank, die den General umringte, und stützten sich auf ihre Spazierstöcke.

Sol war Beamter. Aber in diesem Moment trat er auf, als wäre er Journalist.

»Verzeihen Sie, Sir.« Der alte Mann, der eine ledrige Haut und einen gepflegten gelben Schnurrbart hatte, blickte verständnislos zu ihm auf. »Haben Sie schon mal von Armagon gehört?«

»Sind Sie fremd hier?«

»Ja.«

»Dacht ich's mir doch!«

Sol wiederholte die Frage.

»Natürlich. Die Sache läuft schon seit meiner Kindheit. In der Nacht, meine ich.«

»Wie – ich meine, was für ein Ort ist denn das?«

»Sie sind fremd hier, nicht wahr?«

»Ja.«

»Dann geht Sie das nichts an.«

Damit war das Gespräch beendet.

Sol verließ den Park und betrat einen Schnellimbiß, in dem lebhafter Betrieb herrschte. Er versuchte den Mann hinter dem Tresen zu befragen, der nur leise kicherte und ihm antwortete: »Sie wohnen bei den Dawes, wie? Dann fragen Sie lieber Willie. Er kennt den Ort besser als jeder andere.«

Sol erkundigte sich nach der Hinrichtung, und der Mann erstarrte.

»Ich glaube nicht, daß ich Ihnen das erzählen darf. Da hat eben einer das Gesetz übertreten, weiter nichts. Wüßte nicht, was Sie damit zu schaffen haben.«

Gegen elf Uhr kehrte er zu den Dawes zurück und fand Mama in der Küche vor, umgeben von dem warmen und nostalgischen Duft nach selbstgebackenem Brot. Sie richtete Sol von ihrem Mann aus, daß die Staatspolizei sich melden würde, um seine Aussage aufzunehmen.

Er wartete im Haus, blätterte niedergeschlagen die Lokalzeitung durch und suchte Hinweise auf Armagon. Er fand nichts.

Um halb zwölf Uhr erschien ein sonnengebräunter Staatspolizist, dem Sol seine Geschichte erzählte. Der Beamte versprach ihm nichts. Er sollte in der Stadt bleiben, bis sich die Behörden wieder mit ihm in Verbindung setzten.

Mama machte ihm ein leichtes Mittagessen zurecht, dessen bester Teil einige ofenwarme Kekse waren. Nun fühlte er sich beinahe wieder normal.

Später machte er noch einen Spaziergang durch die Stadt und versuchte mit den Einheimischen ins Gespräch zu kommen.

Doch er erfuhr nur wenig.

Um halb sechs Uhr kehrte er zu den Dawes zurück und wurde schon im Vorgarten von der kleinen Sally mit Beschlag belegt.

»Hallo! Hallo!« sagte sie, umklammerte sein rechtes Bein und brachte ihn beinahe zu Fall. »Wir hatten in der Schule eine Party. Ich hab Schokoladenkuchen gegessen. Sie bleiben bei uns?«

»Nur noch eine Nacht«, sagte Sol und versuchte sich aus dem Griff des Mädchens zu lösen. »Wenn es deinen Eltern recht ist. Man hat den Wagen noch nicht gefunden.«

»Sally!« Mama steckte den Kopf aus der Haustür. »Laß Mr. Becker in Ruhe und wasch dich. Pa kommt bald nach Hause.«

»Ach was!« sagte das Mädchen mit wirbelnden Zöpfen. »Mister, haben Sie eine Freundin?«

»Nein.« Sol marschierte weiter auf das Haus zu, beschwert von dem Mädchen an seinem Bein. »Würdest du bitte loslassen? Ich kann nicht mehr gehen.«

»Möchten Sie mein Freund sein?«

»Also, darüber unterhalten wir uns, wenn du mich losgelassen hast.«

Im Haus sagte sie: »Mama macht Braten. Essen Sie mit?«

»Natürlich ißt Mr. Becker mit«, sagte Mama. »Er ist unser Gast.«

»Sehr freundlich«, sagte Sol. »Mir wäre wohler, wenn ich für alles bezahlen...«

»Kein Wort mehr von Geld!«

Eine Stunde später kam Mr. Dawes nach Hause. Er wirkte erschöpft. Mama gab ihm einen Kuß auf die Stirn. Er blickte in die Abendzeitung und wandte sich schließlich an Sol.

»Wie man hört, haben Sie sich umgehorcht, Mr. Becker.«

Sol nickte verlegen. »Ja, das habe ich. Ich bin schrecklich neugierig wegen dieses Armagon. Von so etwas hatte ich noch nie gehört.«

Dawes brummte etwas vor sich hin. »Sie sind doch nicht etwa Reporter?«

»O nein, ich bin Beamter. Ich wollte nur meinen Wissensdurst stillen.«

»Ah – hm.« Dawes blickte nachdenklich in die Ferne. »Sie haben hoffentlich nicht die Absicht, über uns zu schreiben oder so? Ich meine, die Sache ist sehr privat.«

»Darüber schreiben?« Sol sah den anderen blinzelnd an. »Daran habe ich noch gar nicht gedacht. Aber Sie müssen zugeben – interessant ist es schon.«

»Ja«, sagte Dawes tonlos. »Das ist es wohl.«

»Abendessen!« rief Mama.

Nach der Mahlzeit verbrachte man einen ruhigen Abend im Wohnzimmer. Um halb neun ließ sich Sally widerstrebend zu Bett schicken. Mama döste in dem großen Sessel am Kamin und ging um neun Uhr nach oben. Um

Viertel vor zehn gähnte auch Dawes, stand auf und wünschte dem Gast eine gute Nacht.

In der Tür blieb er noch einen Augenblick stehen.

»Ich würde mir das noch überlegen«, sagte er. »Ich meine, ob Sie über uns berichten wollen. Man würde Sie doch nur für verrückt halten.«

Sol lachte leise. »Das ist wohl richtig.«

»Gute Nacht«, sagte Dawes.

»Gute Nacht.«

Noch etwa eine halbe Stunde lang las Sol in Sallys Exemplar der *Schatzinsel*. Dann zog er sich aus, machte es sich auf dem Sofa bequem, kuschelte sich unter die weiche Decke, die Mama ihm überlassen hatte, und schloß die Augen.

In Gedanken ging er noch einmal die Ereignisse des Tages durch. Die aufdringliche Sally. Die seltsame Traumwelt Armagon. Der Besuch im Frisiersalon. Der Abtransport der Leiche. Die Gespräche mit den Einheimischen. Dawes' mißtrauisches Benehmen …

Dann kam der Schlaf.

Marmorsäulen erhoben sich auf beiden Seiten; sie stützten eine hochgewölbte Decke. Der Saal erstreckte sich endlos in allen Richtungen. Purpurne Teppiche mit herrlichen Darstellungen verdeckten die Wände.

Schritte hallten laut auf dem Steinboden. Er fuhr herum. Jemand lief auf ihn zu.

Es war Sally. Die Zöpfe wehten hinter ihr, der kleine Körper steckte in einer weiten Toga. Laut kreischend schlidderte sie an ihm vorbei, in den Armen einen schimmernden Goldhelm.

Er rief ihr etwas zu, aber sie war viel zu sehr damit beschäftigt, ihrem Verfolger zu entwischen. Es war Sheriff Coogan, der ziemlich laut schnaufte. Die golddurchwirkte

Stoffuniform wirkte an seinem schmalen Körper ziemlich lächerlich.

»Verflixte Göre!« ächzte er. »Her mit meinem Hut!«

Hinter ihm her trottete Mama, deren stämmiger Körper in einer hochherrschaftlichen Robe steckte. »Sally! Gib Sir Coogan seinen Helm! Hörst du?«

»Mrs. Dawes!« sagte Sol.

»Ach, Mr. Becker! Wie schön, Sie wiederzusehen, Pa! *Pa!* Schau doch, wer hier ist!«

Willie Dawes erschien. *Nein!* dachte Sol. Er war *König* Dawes – eine andere Erklärung für sein prunkvolles Gewand gab es nicht.

»Ja«, sagte Dawes vieldeutig. »Ich sehe es. Willkommen in Armagon, Mr. Becker.«

»Armagon?« Sol riß die Augen auf. »Dies ist also der Ort, von dem Sie immer geträumt haben?«

»Ja«, sagte der König. »Und jetzt gehören Sie auch dazu.«

»Dann träume ich also nur!«

Charlie, der dicke Mann, der in seinem Staatsgewand nicht minder unbeholfen wirkte wie bei Tage, sagte: »*Das* ist also der Schnüffler, wie?«

»Ja«, antwortete Dawes und lachte leise. »Du solltest die Ritter rufen.«

»Die Ritter?« fragte Sol.

»Exelution! Exelution!« rief Sally.

»Moment mal…«

Charlie brüllte einen Befehl.

Laufschritte, das Klappern von Rüstungen. Sol preßte sich mit dem Rücken an eine Säule. »Jetzt hören Sie mal! Sie sind weit genug gegangen…«

»Nicht ganz«, sagte der König.

Die Ritter traten vor.

»Wartet!« schrie Sol.

Vertraute Gesichter unter schimmernden Helmen; sie rückten näher, die scharfen Speerspitzen funkelten, und Sol Becker fragte sich, ob er je erwachen würde.

Das Geheimnis des Mr. Budo

Der eng geschnittene graue Mantel mit dem hübschen schwarzen Samtkragen gehörte zu den besten Investitionen, die Mr. Budo je gemacht hatte. Er verlieh ihm eine seriöse Aura und wirkte der unangenehmen Feuchtigkeit seiner Augen und den nervösen Zuckungen entgegen, von denen sein Mund ergriffen wurde, sobald er sich aufregte. In dem Mantel sah er aus wie ein Bankier oder Rechtsanwalt – nicht wie ein Mann, der junge Frauen überfiel und ermordete.

Er stand vor dem hohen Spiegel in der Pension und rückte die Mantelaufschläge zurecht. Zufrieden mit seinem Aussehen schürzte er die Lippen zu einem trockenen, unmelodischen Pfeifen, schaltete das Licht aus und ging.

Er schritt die Straße entlang, die um elf Uhr nachts dunkel und verlassen dalag, und verspürte Bedauern, daß er eine so nette Gegend verlassen mußte. Er hatte ergiebige zwei Monate in diesem Stadtteil verbracht; die Vernunft predigte ihm aber, daß ein Ortswechsel angebracht war. Mr. Budo hatte sich bereits drei Opfer gesucht, und das reichte aus, um die Polizeistreifen zu verdoppeln und eine Atmosphäre stummen Entsetzens zu schaffen, die seinen Zielen nicht förderlich war. Die letzten vier Nächte hindurch hatte er in Vorkellern gewartet, in seinem neuen Mantel zitternd, und hatte nichts weiter zu sehen bekommen als uniformierte Polizisten und Paare, die über das dunkle Pflaster huschten, als ahnten sie seine bedrohliche Nähe.

Er seufzte bedrückt. Mr. Budo mißfiel es, daß er durch die Umstände gezwungen war, ständig auf Achse zu sein.

Er hatte sich allmählich an das Essen in der Pension gewöhnt und zu mehreren anderen Gästen einen angenehmen Kontakt gefunden. Ganz in der Nähe befand sich ein hübscher Park; hier verbrachte er viele friedliche Stunden an einem plätschernden Brunnen und sah Kindern beim Spielen zu. Die Sonne schien warm, und die Bäume zeigten die ersten Herbstfarben. Einer der angenehmsten Stadtteile, die er je kennengelernt hatte – und jetzt mußte er weiterziehen.

Er räumte ein, daß er selbst daran Schuld hatte; er sparte durchaus nicht mit Selbstkritik. Er war gierig geworden, unstillbar. Es gab einfach zu viele attraktive Frauen, junge frische Dinger, die von den niedrigen Mieten in den Sandsteingebäuden an der oberen East Side angezogen wurden. Blonde Mädchen aus dem Mittleren Westen, dralle kleine Dunkelhaarige aus Neuengland und Kalifornien – Schauspielschülerinnen, Fotomodelle, Sekretärinnen, unzählige junge Frauen, die wie die Motten ans brennende Licht der großen Stadt gelockt wurden. So viele! Und so jung! Wie konnte er da widerstehen?

Mr. Budo lächelte nachsichtig über sein Ungestüm und blieb vor dem viertletzten Haus in der Straße stehen. Es handelte sich um ein zwölfstöckiges Mietsgebäude mit hochliegendem Erdgeschoß. Eine kleine Treppe führte in einen kurzen Gang hinab, am Ende befand sich eine Kellertür, die einem kräftigen Stoß nicht widerstehen konnte. Er blickte sich auf der verlassenen Straße um, dann schritt er gelassen die Steintreppe hinab, verschwand im Schatten des schmalen Ganges und lehnte sich zufrieden lächelnd an die Mauer.

Es mochte Stunden dauern, überlegte er, aber sein Vorhaben war diese Zeit wert. Erstaunlich, wie schnell die Zeit verflog, wenn Mr. Budo seinen Gedanken nachhing. Er dachte über viele seltsame und wunderbare Dinge nach, und manchmal teilte er sie der Dunkelheit ringsum sogar in lauten Worten mit.

Vorwiegend dachte er an seine seelische Verfassung. Er wußte um sein Problem und verstand es sogar. Einmal hatte er in der Städtischen Bibliothek schwere, eng bedruckte Bücher gewälzt über Männer wie sich, er hatte ausdauernd gelesen, bis ihm die Buchstaben vor den Augen verschwammen und blutigrot über die Seiten und auf seine Kleidung tropften. Da er keine Druckfarbe auf seinen Sachen haben mochte, war Mr. Budo danach nie wieder in die Bibliothek gegangen.

Nun steckte Mr. Budo die Hand in die Tasche. Es war angenehm, die frische Kante des Taschentuchs zu betasten. Er knüllte es zu einer Kugel zusammen und preßte es energisch mit der Faust. Das Taschentuch war rot. Ein entzückendes kleines Stoffquadrat, rauh wie eine Katzenzunge. Dieses Tuch war Mr. Budos Erkennungszeichen; er war stolz darauf.

Das rote Taschentuch war rein zufällig in sein Leben getreten. Das erste Mädchen in dieser Gegend hatte er an einem Sonntagabend überfallen, keine drei Querstraßen von der Pension entfernt. Sie war ein drahtiges junges Ding mit strubbeligem Haar, zuviel Makeup und zuwenig Fleisch auf den Knochen. Überraschenderweise hatte sie nicht aufgeschrien, sondern mit der schweren Handtasche nach ihm geschlagen.

Mr. Budo hatte über ihre stumme Entschlossenheit gelacht, aber er war ebenso entschlossen, und das machte das Spiel viel interessanter. Als er sie die Kellertreppe hinabschleppte, fand sie endlich ihre Stimme. Ihre Schreie waren besorgniserregend laut, und Mr. Budos zupackende Hände fanden ihren Hals nicht. Statt dessen stopfte er ihr etwas in den Mund, etwas, das er ihr während des Kampfes aus der Hand gerissen hatte. Sie begann zu würgen und gab ihm auf diese Weise Gelegenheit, ihren heftigen Widerstand zu brechen, indem er ihr die Luft abdrückte.

Anschließend hatte er die Leiche ins Mondlicht gezerrt, das durch das Kellerfenster schien, und hatte gesehen, daß ein kleines rotes Taschentuch in ihrem Mund steckte – ein Mund, der nun wie ein Blutfleck aussah. Ein scheußlicher Anblick, der Mr. Budo erschreckte.

Als er eine Stunde später in die Pension zurückkehrte, konnte er das Bild des kleinen roten Taschentuchs nicht loswerden. Nach einer Weile kam ihm das Detail gar nicht mehr so schrecklich vor. Es schien eher zu passen – und wurde zu seinem Markenzeichen.

Die beiden nächsten Opfer wurden ebenfalls mit rotem Stoff im Mund gefunden – eine großartige Hilfe für die Journalisten. Die unheimliche Note gefiel ihnen. Mr. Budo preßte das Tuch in der Tasche zusammen und lächelte.

Es wurde wieder kälter, zu kalt für den Frühherbst. Der Mantel war zwar vornehm geschnitten, der Stoff aber war nicht besonders dick. Mr. Budo erschauderte und stellte den Samtkragen hoch. Er blickte die Straße hinauf und hinab und sah niemanden näherkommen. Er beschloß die Wärme des Kellers auszunutzen, ging zu der großen Metalltür und stieß sie auf.

Der niedrige Raum war leer. Am anderen Ende brannte eine Lampe, die sich auf dem schwarz-weiß karierten Kachelboden spiegelte. Ein makellos sauberer Keller, der Mr. Budo gefiel. Er trat vorsichtig ein und blickte zu der Reihe von Zählern empor, die an der rechten Mauer schimmerten. Die Glasdeckel funkelten, die kleinen Zeiger drehten sich. Die Wand war ebenfalls sauber und frisch gestrichen in einem hellgelben Ton. Mr. Budo mochte saubere Dinge, denn sie forderten zum Beschmutzen heraus. Er grinste sabbernd und betrachtete seine verschwommene

Spiegelung auf den blanken Kacheln. Dann spuckte er auf den sauberen Boden.

Wieder öffnete er die Kellertür, zufrieden, daß die Nacht sich gut entwickelte. Plötzlich hörte er das Geräusch.

Er kannte dieses Geräusch. Hohe Absätze auf dem Bürgersteig. Schweratmend ließ er sich in den Schatten gleiten. Als die Schritte näherkamen, linste er ins Freie. Eine junge Frau, schlank, mit gut geformten Brüsten und strohblondem Haar in einer kurzen Seidenjacke. Sie war allein.

Im ersten Augenblick reagierte er mißtrauisch. Es war zuviel über die Taschentuchmorde geschrieben worden, man hatte die Öffentlichkeit zu sehr vor den Gefahren gewarnt. Früher einmal, in einer anderen Stadt, hatte die Polizei eine solche Frau in seine Gegend geschickt. Er hatte die Falle gewittert und sie unbehelligt vorbeigehen lassen. Wollte man ihn hier auf die gleiche Weise hereinlegen?

Sie kam näher, und die Straßenlaterne ließ einen kurzen Moment ihr Gesicht hervortreten, ein schmollendes junges Gesicht, kampfbereit verzogen, sexy, liederlich. Er blickte hastig in beide Richtungen und sah nur die leere Straße. Natürlich konnte er sich irren. Sie konnte eine Fremde sein, ahnungslos, arglos ...

Er mußte das Risiko eingehen!

Mr. Budo stellte einen Fuß auf die Steintreppe, die zu ihr hinaufführte. Im nächsten Augenblick hörte er über sich die Vordertür des Hauses aufgehen und ging wieder in Deckung.

»Lucy, um Himmels willen...«

Eine Männerstimme. Das Klicken der Absätze verstummte.

»Hallo, Carl.« Die Stimme war wie das Gesicht, jung und mürrisch, unausgeprägt und doch wissend. »Du solltest in dem Aufzug nicht nach unten kommen. Es wird kalt.«

»Ach was! Ich hab dich vom Fenster aus gesehen. Was tust du hier? Ich habe dir gesagt, du sollst hier nicht allein herumwandern. Der Verrückte kann überall lauern...«

»Zieh lieber einen Mantel an, Carl. Du erkältest dich sonst.«

»Ich dachte, du wolltest bei deiner Mutter bleiben? Du hast gesagt, du würdest dort übernachten.«

»Ich hab's mir anders überlegt. Darf ich das nicht?«

»Aber ja. Wenn du unbedingt willst.«

»Vielleicht bist du jetzt ein bißchen überrascht, oder?« Ihre Stimme klang bitter. »Vielleicht hast du sogar fest damit gerechnet, daß ich bei meiner Mutter bleibe, was, Carl?«

»Was soll das heißen, zum Teufel?«

»Vielleicht hast du oben Gesellschaft. Vielleicht bist du mir deshalb so hastig entgegengestürmt. Wer ist es denn diesmal, Carl? Maria? Oder die Dicke – wie heißt sie doch gleich?«

»Halt den Mund!«

»Tut weh, nicht wahr? Es tut weh, endlich einmal die Wahrheit zu hören...«

»Bist du deshalb zurückgekommen? Um mich reinzulegen?«

»Geh lieber nach oben«, sagte das Mädchen fürsorglich. »Du weißt selbst, wie schnell du dich erkältest. Gehen wir nach oben, Carl.«

»Ja, ja«, murmelte er.

Die hohen Absätze klickten. Die Tür ging auf, fiel wieder zu.

Mr. Budo lachte leise vor sich hin. Eine Kabbelei unter Liebenden. Arme Lucy! Armer Carl! Arme Maria! Und die Dicke, wie hieß sie doch gleich...? Er lachte laut und vergaß dabei, wie kalt er sich fühlte. Andere Leute hatten auch Probleme; er kam sich plötzlich nicht mehr so einsam vor. Er lehnte sich wieder in die Dunkelheit und wartete mit geschlossenen Augen.

Dabei mußte er ein wenig eingedöst sein, denn seine Gedanken glitten plötzlich ins Reich der Träume ab. Hochfahrend kehrte er in die Wirklichkeit zurück und wußte nicht, wieviel Zeit vergangen war. Jedenfalls hatte er im Keller ein Geräusch gehört, es klang wie das Jaulen eines Motors.

Er ging zur Tür, öffnete sie ein Stück und blickte hinein. Der Fahrstuhl war heruntergekommen. Jemand stand in der Kabine. Er linste durch den Türspalt und sah, wie sich die Gestalt im Fahrstuhl eine Last auf die Schulter hievte und ächzend in den Keller brachte.

Die Last war eine junge Frau, und der Fahrstuhlpassagier war ein Mann in Hemdsärmeln. Der Kopf des Mädchens rollte seltsam schlaff hin und her, die Arme baumelten haltlos – Mr. Budo erkannte, daß sie tot war.

Er riß die Augen auf und beobachtete die Szene mit professionellem Interesse. Der Mann bewegte sich unentschlossen. Er taumelte unter dem Gewicht, und seine Augen blitzten wild in der schwachen Kellerbeleuchtung. Er konnte die Leiche kaum noch halten.

Achtlos ließ er sie schließlich zu Boden fallen. Sie landete in grotesker Stellung, die Seidenjacke aufklaffend, die Beine unmöglich angewinkelt. Das strohblonde Haar wirkte auf den sauberen Kacheln extrem schmutzig.

Der Mann blieb einen Augenblick lang über ihr stehen, die Hände vor den Mund gepreßt, die Zähne in seine Knöchel vergraben, als wollte er verhindern, daß sich ein angstvolles Schluchzen Bahn brach. Endlich strich er sich das Haar zurück und straffte betont die Schultern. Er wühlte in der Tasche herum und holte etwas hervor.

Trotz der schlechten Beleuchtung sah Mr. Budo, was es war – ein rotes Taschentuch.

Die Erklärung traf ihn mit der Wucht eines Geschosses. Das war natürlich Carl – und das arme tote Geschöpf auf dem Boden war Lucy. Carl hatte sich vorgenommen, sie für immer loszuwerden und ungestraft davonzukommen. Einfach und raffiniert! Der Verrückte mit dem roten Taschentuch hatte ein neues Opfer gefordert. Ein neues Opfer für Mr. Budo – doch ohne die Befriedigung der Tat. Das war unfair! Undenkbar! So etwas kam nicht in Frage!

Mr. Budo stieß die Tür auf. »Halt!« rief er.

Der Mann fuhr zusammen und starrte ihn entsetzt an.

»Weg von ihr«, sagte Mr. Budo ruhig. »Weg von dem Mädchen!« rief er entrüstet.

Carl steckte das Taschentuch fort. »Hören Sie!« sagte er. »Hören Sie! Das ist ein schrecklicher Irrtum ...«

»Ach was! Ich brauche mir nichts anzuhören. Ich habe gesehen, was Sie getan haben! Ich habe alles gesehen!«

»Nein, Sie irren sich!«

Mr. Budo fuhr herum und legte die Hände trichterförmig vor den Mund. »Polizei!« schrie er. »Polizei!«

Der Mann in Hemdsärmeln erbebte. Zögernd trat er auf Mr. Budo zu und schwenkte dabei hilflos die Arme. Dann blickte er auf die Tote hinab und legte die Hände vor das Gesicht.

»Polizei!« brüllte Mr. Budo in die stille Nacht hinaus. Immer lauter rief er und genoß das herrliche, verrückte Gefühl.

»Polizei!«

Schließlich kamen sie: zwei Beamte eilten mit dröhnenden Stiefeln herbei, ganz blitzendes Metall und Autorität, mit grimmigen Gesichtern, bereit, ihre Pflicht zu tun.

»Nein!« schrie Carl, als sie mit gezogenen Waffen näherkamen.

Der Kriminalbeamte war großgewachsen und hatte ein rotes Gesicht. »Wir sind Ihnen wirklich sehr verbunden, Sir«, sagte er entgegenkommend. »Was für ein glücklicher Zufall, daß Sie gerade den Tatort passierten!«

»Ja, ich mache gewöhnlich um diese Zeit noch einen Spaziergang; danach kann ich besser schlafen. Nach all den Zeitungsmeldungen war ich allerdings ein bißchen nervös. Als ich aber den Lärm aus dem Keller hörte...«

»Nicht jeder hätte sich darum gekümmert. Sie haben völlig richtig gehandelt.«

»Haben Sie – haben Sie das Taschentuch gefunden?«

»O ja. In seiner Hosentasche. Nachdem sich die Bevölkerung über die bisherigen Taten sehr aufgeregt hat, war unser Freund wohl knapp an Opfern. Da nahm er sich schließlich die eigene Frau vor...«

»Scheußlich, scheußlich«, sagte Mr. Budo, schloß die Augen und stellte den schwarzen Samtkragen hoch.

»Wir brauchen Sie vielleicht noch zur Identifizierung des Mannes«, fuhr der Kriminalbeamte leise fort. »An der Anschrift, die Sie uns nannten, sind Sie ständig zu erreichen?«

»O ja«, antwortete Mr. Budo freundlich. »Eigentlich wollte ich ja wegziehen. Aber jetzt bleibe ich noch in der Gegend. Mindestens noch einen Monat.«

Die Entdecker

19. März. Tip für Touristen: Beim nächsten Aufenthalt in Pakistan in Deans Hotel in Peschaur absteigen. Ich traf gestern nachmittag auf Einladung Dr. Marston Baylors hier ein und wurde prompt in einer Zimmerflucht mit zwei Bädern und einem riesigen Kamin untergebracht – typisch. Nach vier Monaten in der Wüste war mir ein wenig Luxus nicht unwillkommen, ebensowenig wie ein guter Tropfen Brandy. Dieser wurde von einem riesigen Pathan unten an der Bar ausgeschenkt. Da die Afghanen Moslems sind, rühren sie das gemeine Zeug natürlich nicht an, aber sie boten es fröhlich feil. Als Dr. Baylor den vornehmen alten Klub des Hotels betrat, war ich selbst schon ganz schön fröhlich.

Sein Aussehen entsprach genau meiner Erinnerung; er hatte denselben federnden und leicht o-beinigen Gang, das alte runde, lustige Gesicht. In seiner Gesellschaft war ein Fremder, ein hagerer, muskulöser Mann mit heller Haut und blondem Haar. Dr. Baylor stellte ihn mir als Warner Cooke-Yarborough vor, ebenfalls Archäologe. Der Mann schüttelte mir kurz die Hand, eine abrupte britische Begrüßung, dann machten wir es uns in einer Ecke des Klubs gemütlich und kamen zum Thema. »Wie man hört, haben Sie im Pandschab gearbeitet«, sagte Dr. Baylor, »mit der Gruppe MacMorris.« Seine Augen funkelten vor Neugier, die ich zufriedenstellte, indem ich die Ergebnislosigkeit der Suche schilderte. Diese Nachricht machte ihm keine Freude; Neid kennt der gute Doktor nicht. »Was würden Sie zu einer neuen Aufgabe sagen? Eine ganz anders gelagerte Sache?«

Unwillkürlich mußte ich lachen. »Jede Expedition ist anders, aber ich höre mir gern an, was Sie vorzuschlagen haben.«

»Haben Sie schon einmal von der Kashar-Höhle gehört?«

»Nur entfernt.«

»In erster Linie handelt es sich wohl um eine Legende«, sagte Cooke-Yarborough sachlich. »Angeblich liegt sie irgendwo in den Vorbergen des Hindukusch-Gebirges. Afghanische Geschichtenerzähler haben die Höhle mit allerlei Fabelwesen ausgestattet.«

»Ich kenne Kara Kamar«, sagte ich. »Der *Schwarze Bauch*. Ein paar schöne Entdeckungen wurden dort gemacht.«

»Kara Kamar liegt nicht in derselben Klasse«, sagte Dr. Baylor leise lachend. »Nicht wenn unsere Informationen stimmen. Anfang des Jahres hat Dr. Samish eine Probegrabung vorgenommen, aber seine Gruppe konnte nicht ins Innere vordringen. Wir haben die Stelle untersucht und nehmen an, daß es einen anderen Eingang gibt. Wir glauben, die Kashar-Höhle ist keine gewöhnliche Höhle, sondern ein Höhlensystem.«

»Eine riesige Anlage«, sagte der blonde Mann mit einem Anflug von Begeisterung. »Etwa in der Größenordnung von Carlsbad, ein unterirdisches Höhlensystem von unglaublicher Größe.«

»Moment mal«, sagte ich. »Auf unterirdische Sachen lasse ich mich ungern ein. Sie kennen mich, Doktor. Ich ziehe die frische Luft vor.«

Dr. Baylor lächelte gewinnend. »Ich auch. Aber wenn es um eine einzigartige Entdeckung geht, sollte das kein Hindernisgrund sein, Ted, nicht wahr?«

»Was für eine tolle Entdeckung erhoffen Sie sich denn?«

Der Doktor blickte den Engländer an, dessen Gesicht sich rötete. »Wir glauben, daß sich in den Kalksteinformationen Höhlen gebildet haben, in denen schon die Jäger des Pleistozäns gelebt haben. Findet sich wirklich ein Höhlensystem, haben dort vielleicht Tausende zusammengelebt und ein richtiges Gemeinschaftsleben entwickelt.«

»Kohleproben haben Carbon-14-Werte ergeben«, sagte der Doktor. »Sehr ermutigend. Und unberührtes Gebiet, Ted, eine archäologische Schatzkammer. Fünf Mann haben wir bereits zusammen. Wir brauchen noch einen guten Vormann. Das ist doch Ihre Spezialität, nicht wahr?«

Ich bestellte mir einen frischen Brandy. Eine halbe Stunde später gaben wir uns die Hände, und ich gehörte zur Kashar-Expedition.

26. März. Seit der Bildung unserer Gruppe ist noch keine Woche vergangen, und schon wird gestritten. Das ist die Kehrseite einer ansonsten reibungslos anlaufenden Expedition: ein paar Probleme hätten uns vielleicht geeint. Wir verließen Peschaur am Morgen des 21. mit einem Lkw und zwei Jeeps in Richtung Kabul. Nach wenigen Stunden erreichten wir den Khyber-Paß. Die pakistanischen Grenzwächter ließen uns durch, ohne sich unser Gepäck auch nur von außen anzusehen. Nun kam die Bergstrecke, ein Aufstieg von achtzehnhundert Metern in eine atemberaubende Landschaft. Schnee auf dem Hindukusch, die Täler ein smaragdgrünes Schachbrettmuster. Kurz vor Dunkelwerden trafen wir in Kabul ein. Dr. Baylor hatte mit bürokratischen Hindernissen gerechnet, doch wir wurden in der amerikanischen Botschaft herzlich begrüßt und erhielten sogar einen Tip, wo wir kostbares Benzin kaufen konnten. Alles in allem fing die Expedition verdammt zu gut an; so konnte es nicht weitergehen.

Und das erwies sich als richtig. Am zweiten Tag in Kabul erfuhr ich, daß zwei Männer, die Dr. Baylor angeworben hatte, Angehörige des Durrani-Klans, Todfeinde waren, obwohl sie sich nie zuvor gesehen hatten; ihre Familienvendetta reichte ein Jahrhundert zurück. Ein anderer Afghane schied aus der Mannschaft aus, nachdem er sich wegen fehlender Ausrüstungsstücke mit Cooke-Yarborough gestritten hatte. Um die Sache abzurunden, gerieten sich auch Dr. Baylor und der Engländer in die Haare, mitten in einer ruhigen Diskussion über ihr Lieblingsthema. Ich hatte den Streit nicht verfolgt; Dr. Baylor beschrieb ihn uns hinterher. »Diese Amateurausgraber!« sagte er spöttisch. »Für sie ist das alles ein Abenteuer, mehr nicht. Sie wollen als ein Columbus in die Geschichte eingehen. Der Dienst an der Wissenschaft ist ihnen völlig gleichgültig, sie wollen die Arche Noah finden oder das fehlende Bindeglied in der menschlichen Entwicklungsgeschichte – und damit reich und berühmt werden.«

Ich rieb mir das Kinn und schwieg. Wenn das Cooke-Yarboroughs Einstellung war, konnte ich nichts dagegen sagen. So ähnlich dachte ich nämlich auch. Als kleiner Junge hatte ich davon geträumt, Pharaos Grab und Atlantis zu finden, Schatzhöhlen und die Überreste biblischer Städte. Wäre ich in eine frühere Generation hineingeboren worden, hätte ich Forscher werden wollen; in einer späteren Zeit wäre es mir sicher darum gegangen, an der Erkundung des Weltalls teilzunehmen. Da ich nun einmal im Heute lebte, hatte ich mich darauf verlegt, die Vergangenheit aufzuhellen – nicht um der Wissenschaft willen, sondern als Dienst am eigenen Ich. Während mir Dr. Baylor das Gespräch schilderte, freute ich mich insgeheim darüber, in dem dünnlippigen britischen Kollegen einen Seelenverwandten gefunden zu haben.

Später: Dr. Baylor und Cooke-Yarborough haben sich wieder versöhnt, allerdings widerstrebend. Nur gut; wir haben etliche Tage harte Arbeit vor uns, ehe wir die Fahrt ins Kalksteingebiet im Norden antreten können.

7. April. Endlich haben wir unsere Höhle gefunden und werden bald wissen, ob sich die Mühe gelohnt hat. Vor zwei Tagen blieb der Lkw am Shibar-Paß liegen und mußte zusammen mit einem Fahrer zurückbleiben. Ich traf die kluge Entscheidung, einen der verfeindeten Durranis beim Wagen zu lassen, um mögliche blutige Auseinandersetzungen zu verhindern. Aber nun zählte unsere Gruppe nur noch sechs Köpfe, während die vor uns liegende Arbeit ein Dutzend Arbeiter erfordern mag. Der Eingang zur Kashar-Höhle liegt in ziemlicher Höhe, eine große Vertiefung in der Front des steilen weißen Gesteins; wir ließen die Jeeps unten stehen und stiegen im Gänsemarsch empor. Aus der Ferne hatte der Höhleneingang riesig gewirkt, doch als wir näherkamen, stellten wir fest, daß die Höhlendecke eingebrochen war und mehrere Tonnen Kalkstein den Weg versperrten, Geröll, das wir zur Seite schaffen mußten, ehe wir in die eigentliche Höhle eindringen konnten. Diese Arbeit hat bis heute früh gedauert, und nach dem Frühstück werden Dr. Baylor, Cooke-Yarborough und ich den ersten Schritt ins Dunkle tun.

Später: Die erste Stichgrabung hat nichts gebracht. Wir haben daraufhin einen zweiten Vorstoß begonnen, obwohl schwer zu glauben ist, daß dieses uralte Gestein Zugang zu einer riesigen Höhle bietet. Dr. Baylor aber hofft weiter.

15. April: Durchbruch um 11.40 Uhr, und selbst wenn die weitere Erforschung Kashars ohne Ergebnis bleibt, reicht dies aus, unserer Expedition einen Platz in der geologischen Geschichte zu sichern. Die Kashar-Höhle hat uns ihre Pforten geöffnet, hat uns die Schwelle einer mächtigen Höhle enthüllt, deren Geheimnisse endlos zu sein scheinen. Wir stießen bei der vierten Grabung auf ein mit Kalkstaub gefülltes Loch, in dem wir viel husteten und fluchten, dicht davor, die Suche überhaupt aufzugeben. Cooke-Yarborough stellte schließlich fest, wie hohl sich die innere Felswand anhörte; er bearbeitete sie wild mit der Spitzhacke und bewies dabei überraschende Körperkräfte. Ich befahl den Eingeborenen, ihm zu helfen, und als sich nach zwei Stunden der weiße Staub verzogen hatte, konnten wir eine Steinkammer betreten, in der unser aufgeregtes Triumphgeschrei in immer neuen Echos zurückgeworfen wurde. Cooke-Yarborough, von der Anstrengung gezeichnet, wurde sofort wieder an die frische Luft geschickt, während der Doktor und ich die ersten zögernden Schritte ins Innere machten. Unsere Laternen konnten nur einen schwachen Eindruck von der Leere vor uns vermitteln – es wird Tage und Wochen dauern, die Höhle voll zu erkunden. Morgen gehen wir wirklich hinein.

Später: Heute abend gefeiert, ich habe die Höhle *Sesam* getauft.

16. April: Ich schreibe dies tief unten in *Sesam*, eine Laterne am Ellenbogen. Der Ort, an dem ich mich befinde, erinnert an einen riesigen Palastraum mit hohem Kuppeldach, riesige Stalaktiten hängen wie Kristallkandelaber herab. Dr. Baylor und Cooke-Yarborough schlafen bereits in ihren Decken auf dem harten, schmutzigen Boden. Der seltsam süße Staubgeruch umgibt uns noch immer, wie seit dem ersten Augenblick, da wir diesen Teil der Höhle betraten.

Wir stiegen um sieben Uhr früh ins Dunkle und ließen die drei restlichen Mitglieder unserer Gruppe zur Bewachung der Jeeps und der Ausrüstung auf dem Bergpfad zurück. Eigentlich sollte es nur ein Wächter sein, die beiden anderen sollten mitkommen, doch sie weigerten sich entschieden. Ich führte mit ihnen ein bitteres Streitgespräch, doch ihre Sturheit fußte auf Aberglauben wie auch unmittelbarer Angst. Ich kann ihnen das wohl nicht verübeln: woher soll man wissen, daß die Höhle nicht einbricht, während wir sie erkunden, oder daß sie nicht ein tödliches Giftgas enthält? Der muffige Geruch in manchen Höhlenkammern ließ tatsächlich Zweifel in uns aufkommen, ob wir nicht gefährdet waren. Wir wagten uns erst weiter, nachdem Dr. Baylor die Luft chemisch analysiert hatte.

Inzwischen haben wir gut anderthalb Kilometer zurückgelegt und sind dabei durch eine Vielzahl sich kreuzender Gänge gekommen, die an den Straßenplan einer uralten Steinstadt erinnern. Zeit zum Fossilsuchen hatten wir bisher nicht; die reine Erkundung beansprucht zuviel Zeit. Nach der vierten Stunde im Höhleninneren berieten wir, ob wir zum Eingang zurückkehren und die Suche am nächsten Tag fortsetzen sollten; zuletzt schlug Dr. Baylor vor, wir sollten die Nacht hier verbringen und am Morgen weitermachen. Das »Schlafzimmer«, das wir uns dann aussuchten, könnte einem Herrscher aus der Steinzeit Ehre machen, doch mir fällt das Einschlafen schwer. Welche weiteren Rätsel werden wir nach dem Erwachen enthüllen?

17. April. Ich muß dies festhalten, an diesem Ort, zu dieser Stunde. Der Gegenstand, den wir gefunden haben, ist so alltäglich und zugleich so schrecklich, daß ich befürchte, Dr. Baylor wird deswegen den Verstand verlieren. Wir haben keine Erklärung, keine Theorie, keine Lösung, doch wenn ich mir das Objekt in Cooke-Yarboroughs Hand ansehe und sein leises, freudloses Lachen höre und das totenblasse Gesicht des Doktors sehe, wird mir klar, daß das Entsetzen in ganz normaler Gestalt zu uns kommen kann.

Zu der Entdeckung kam es nur eine Stunde, nachdem wir in dem hohen »Zimmer« der Höhle aus tiefem Schlaf erwacht waren. Unmittelbar vor dem Schlafengehen hatten wir noch eine dünne Kalksteinwand durchbrochen, die

Knochenstücke zu enthalten schien. Nach dem Aufwachen kehrten wir zu dieser Wand zurück und krochen durch die Öffnung, die wir erzeugt hatten – und befanden uns in einer großartig ausgestatteten Höhlenkammer, deren Dach sich zu unglaublicher Höhe emporschwang, während die Stalaktiten wie herabtropfende Diamanten über uns schimmerten. Dieser fesselnde Anblick war aber bei weitem nicht so zwingend wie das halb verdeckte Objekt, das auf dem staubigen Boden vor uns lag. Es war ein menschliches Skelett.

Bei dem Anblick stieß der Doktor einen aufgeregten Schrei aus, und Cooke-Yarborough half ihm dabei, die versteinerten Knochen freizulegen. Am Alter konnte kein Zweifel bestehen; ich hatte genug menschliche Überreste gesehen, um auch ohne archäologische Vorkenntnisse zu erkennen, daß dieses Skelett viele tausend Jahre alt war. Jahrhundertlang hatte es in diesem herrlichen Mausoleum gelegen und auf seine Entdecker gewartet.

»Ein menschliches Skelett«, flüsterte der Doktor. »Und herrlich erhalten ...«

»Das liegt an der trockenen Luft und dem trockenen Boden«, meinte Cooke-Yarborough. »Auf wie alt würden Sie es schätzen, Doktor?«

Der versteinerte Schädel grinste uns an.

»Hier ist noch etwas«, sagte Cooke-Yarborough und hob neben dem Skelett einen Gegenstand auf, der wie ein brauner Stein aussah. »Eine seltsame Form, nicht wahr?« Der Doktor nahm ihm den Fund aus der Hand. »Was halten Sie davon?«

Ich stellte mich neben Dr. Baylor. Er zuckte die Achseln und nahm einen Meißel aus seinem Leinenbeutel. Er kniete nieder und begann vorsichtig zu hämmern, bis sich die verkrusteten Erde- und Rostschichten lösten. Es dauerte einige Sekunden, ehe wir begriffen, was das für ein Gegenstand war, und weitere Sekunden, ehe wir erkannten, daß wir keiner Sinnestäuschung erlagen.

Es war ein Feuerzeug.

19. April. Dies ist meine letzte Eintragung. Ich hoffe, daß diese Aufzeichnungen eines Tages gefunden und die Finder unsere Überreste anständig bestatten werden.

Wir verließen *Sesam* sechs Stunden nach der Entdeckung des Feuerzeugs und seines versteinerten Besitzers. Als wir den Höhleneingang erreicht hatten, sprachen wir nicht mehr miteinander. Niemand hatte eine Erklärung für die Entdeckung: so ein Fund war einfach unmöglich. Plötzlich stürzte sich Dr. Baylor laut kreischend auf Cooke-Yarborough und beschuldigte den Mann, ihm einen grausamen Streich zu spielen. Schließlich hatte der Engländer den Gegenstand aufgehoben; der Doktor, der sich das Vorhandensein des Feuerzeugs nicht erklären konnte, war zu dem Schluß gekommen, daß Cooke-Yarborough ein hinterlistiges Spiel trieb. Ich trennte die beiden, ehe es zu Gewalttätigkeiten kommen konnte, war aber schließlich auch so weit, dem Engländer Vorwürfe zu machen. Er bestritt das energisch, und seine lebhaften Einwände überzeugten mich schließlich. Das Ganze war kein Scherz. Wir hatten ein Feuerzeug gefunden, das viele tausend Jahre lang in einer unerforschten Höhle gelegen hatte – das war die schlichte, unerklärliche Wahrheit.

Es dämmerte, als wir die Höhlenmündung fanden und ins Freie traten. Die Welt kam uns unnatürlich still vor, die Luft war kühler, als wir sie von den letzten Abenden her in Erinnerung hatten. Langsam arbeiteten wir uns den Berghang hinab zu dem Weg, wo unsere Jeeps und die drei Wächter warteten.

Der Weg war leer.

Zuerst schien die Erklärung einfach zu sein: entweder

waren wir von den Afghanen verraten und beraubt worden, oder sie waren, besorgt wegen unseres Ausbleibens über Nacht, ins nächste Dorf gefahren, um Hilfe zu holen. Ich glaubte an die Ehrlichkeit unserer Begleiter und entschied mich für die zweite Möglichkeit. Der Doktor aber rechnete mit dem Schlimmsten und begann zu fluchen.

»Hat doch keinen Sinn, sich Gedanken darüber zu machen«, sagte Cooke-Yarborough kurzangebunden. »Wir müssen unseren Verstand zu Hilfe nehmen und uns durchschlagen. Wenn wir nicht bald ein Dorf finden, verdursten oder verhungern wir.«

»Es sind knapp fünfundzwanzig Kilometer bis zur nächsten Siedlung«, warf ich ein. »Eine ziemliche Wanderung. Ich finde, wir sollten ein Weilchen warten...«

»Nein«, sagte der Doktor. »Cooke-Yarborough hat recht. Die Burschen sind ausgerückt, das ist die einzige Erklärung. Wir müssen zu Fuß gehen.«

Wir wanderten bergab, der tiefer liegenden Ebene zu. Die Nacht brach schnell herein, die ersten Sterne begannen am dunkler werdenden Himmel zu funkeln. Wir brauchten gut eine Stunde, bis wir ebenen Grund erreichten, und in der Dunkelheit wirkte der primitive Weg, der uns zu größeren Straßen führen sollte, seltsam und fremd. Ein erster Anflug von Panik machte sich bemerkbar, doch niemand war gewillt, sich etwas anmerken zu lassen. Wir begannen auszuschreiten.

»Jeden Augenblick können Autos auftauchen«, sagte Cooke-Yarborough. »Autos oder Pferdewagen oder so. Es ist alles in Ordnung.«

»Die Wege sind aber so leer«, brummte Dr. Baylor. »So leer hab ich das noch nie erlebt. Kilometerweit nichts.«

»Wir müssen die Richtung genau bestimmen«, sagte ich. »Schade, daß wir keinen Kompaß haben...«

»Im Jeep ist einer«, stellte der Engländer fest. »Aber wir können's ja anhand der Sterne versuchen.«

Ich suchte den Himmel ab, bis ich den hellen Punkt des Nordsterns gefunden hatte. Dr. Baylor blickte ebenfalls zum Himmel und blieb plötzlich stehen.

»Was ist?« fragte Cooke-Yarborough barsch. »Zum Sternengucken haben wir keine Zeit.«

Aber der andere verharrte wie angewurzelt und starrte in die Höhe, lautlos öffnete sich sein Mund, die Lippen gerieten in Bewegung. Wir beobachteten ihn eine Zeitlang, dann legte ich ihm die Hand auf den Arm. »Doktor«, sagte ich leise, doch er schien mich nicht zu hören. Cooke-Yarborough fluchte und drohte ohne uns weiterzugehen, blieb aber dann ebenfalls stehen, um zu erfahren, was den Doktor so bannte. Wieder zupfte ich an dem dünnen Arm, und Dr. Baylor senkte langsam den Kopf und begegnete meinem Blick. Sein Gesichtsausdruck schockierte mich; seine Augen waren leer und weit geöffnet, sein Mund schlaff wie der eines Geisteskranken.

»Was ist?« fragte ich. »Was stimmt da nicht, Doktor?«

»Die Sterne ...«

Ich blickte empor.

»Die Sterne sind anders«, sagte er heiser. »Die Konstellationen!«

Cooke-Yarborough schnaubte verächtlich durch die Nase. »Was ist das für ein Unsinn?«

»Anders«, sagte der Arzt. »Alle anders.«

»Wie denn?« fragte ich. »Wie denn anders?«

»Sie haben sich verändert. Die Sternenbilder stehen nicht mehr am richtigen Platz. Sie sind verschoben.« In seinem Blick stand nun wieder etwas mehr Intelligenz, doch sein Mund hatte sich zu einem törichten Lächeln verzogen. »Da hätten wir also die Lösung«, sagte er leise. »Das ist natürlich der Grund!«

»Was denn?«

»Die Zeit«, sagte er. »Die Zeit hat sie verändert. Begreifen Sie das nicht?« Noch immer lächelnd wandte er sich an den Engländer. »Das erklärt alles, begreifen Sie doch! Wir leben nicht mehr im Jahre 1960. 1960 ist tot. 1960 ist vorbei.«

»Wovon reden Sie da?«

»Es dauert viele tausend Jahre, die Sterne so zu verändern. Viele zehntausend Jahre. Wir haben der Höhle einen falschen Namen gegeben, Ted, verstehen Sie das nicht? Wir hätten sie *Rip Van Winkle* nennen sollen...« Er lachte. Er lachte so heftig, daß er zu taumeln begann und beinahe gestürzt wäre, die Tränen rannen ihm schimmernd über die Wangen. Ich hielt ihn rechtzeitig fest und war so vernünftig, ihm eine Ohrfeige zu geben, ehe er völlig hysterisch wurde. Dann war er still. Jetzt wissen wir es also. Der seltsam süße Staubgeruch in unserem Höhlen-»Schlafzimmer« ging auf ein unterirdisches Gas zurück, auf einen unvorstellbaren Dampf, der uns nicht vernichtete, sondern konservierte. Die Nacht, die wir schlafend verbrachten, war zehntausend Jahre lang, eine Nacht, in der unser Leben unterbrochen worden war, bis der seltsame Nebel sich durch die Öffnungen verflüchtigt hatte, die wir geschaffen hatten. Am »Morgen« waren wir erwacht und hatten nicht etwa die Überreste eines prähistorischen Menschen gefunden, sondern das Skelett eines Mannes aus unserer eigenen Zeit, vielleicht ein Retter, der unsere Leichen gesucht hatte, ein Helfer, der von Kräften vernichtet worden war, über die wir Näheres nie erfahren würden (ein herabfallender Felsbrocken? ein Herzanfall?), und in seinem Sturz hatte er einen Gegenstand seiner Zeit verloren – das Feuerzeug.

Wir befinden uns in der Welt der Zukunft, hilflos und allein auf einer Straße, die endlos durch das Ödland führt.

Unsere Füße sind müde geworden, unsere Hälse sind rauh von dem Staub ringsum, unsere Arme wollen sich nicht mehr bewegen. Irgendwo da draußen liegen die Städte und Menschen der Zukunft, doch wir können sie nicht erreichen. Die größte aller Entdeckungen, unentdeckt.

Die Ratten des Dr. Picard

Der Wissenschaftler schien nicht recht zu wissen, wie er beginnen sollte. Er blickte den Polizeilieutenant hilfesuchend an, der seine Bedrängnis spürte.

»Warum fangen Sie nicht mit den Ratten an?« fragte er.

»Ach ja, die Ratten«, sagte Dr. Picard.

Die Ratten waren natürlich Versuchstiere. Es hätte sich genausogut um Hamster, Mäuse, Meerschweinchen oder Kaninchen handeln können. Für meine Arbeit im Fierstmyer-Institut waren nun mal Ratten am besten geeignet. Also Ratten.

Mal sehen, etwa vor drei oder vier Monaten begann ich sie mit nach Hause zu nehmen, nachdem ich meinen Keller für Forschungszwecke umgebaut hatte. Ich weiß, das hört sich unsinnig an, aber für einen Forscher wie ich ist die Arbeit oft nicht nur Berufung, sondern auch Hobby. Die Ernährungsversuche, die wir im Fierstmyer-Institut durchführten, waren ja ganz interessant, doch ich hatte gewisse andere Theorien über die Nahrungsaufnahme, Theorien, die private Experimente erforderlich machten. Das ist keine Kritik, verstehen Sie. Wir bilden im Institut ein vorzügliches Team; trotzdem fehlt mir etwas die Freiheit, allein herumzumurksen. Ja, das ist wohl etwas altmodisch, aber ich bin nun mal ein altmodischer Mensch.

Jedenfalls begann ich die Ratten für Privatstudien mit nach Hause zu nehmen, jeweils eine oder zwei. Diebstahl kann man das eigentlich nicht nennen, da die Geburtenrate der kleinen Geschöpfe sehr hoch ist, so daß wir im Fierstmyer-Institut immer noch mehr als genug Tiere hatten.

Haben Sie noch nie Bleistifte oder Büroklammern aus dem Büro mit nach Hause genommen? Nein? Oder alte Geschosse oder Revolver? Auch nicht? Na, dann bilden Sie eine Ausnahme.

Die kleinen Ungeheuer im Keller waren eigentlich nicht abstoßend. Es handelte sich vorwiegend um weiße Ratten, auf ihre Art eher niedlich. Die Einwände meiner Frau gingen nicht auf Ekel zurück, sondern auf etwas ganz anderes. Wissen Sie, Violet war eine nervöse Frau und neigte dazu, sich einem Hobby nach dem anderen zuzuwenden – Wohlfahrt oder so. Zufällig begann ich meine Experimente in einer Zeit, da sich Violet für humanistische Bestrebungen interessierte, wie sie es nannte. Darin liegt eine Art Dichotomie. Sie sprach sich aus Gründen, die sie »human« nannte, gegen die Rattenversuche aus, während ich sie aus Gründen studierte, die als gleichermaßen »human« gelten konnten. Es kommt eben auf den Standpunkt an.

Ich will das etwas näher erläutern. Violet war der Meinung, meine Ernährungsversuche verursachten den kleinen Geschöpfen überflüssige Schmerzen. Über die Arbeit im Fierstmyer-Institut hatte sie sich nie aufgeregt, obwohl meine Experimente dort in mancher Hinsicht ähnlich gelagert waren. Der Gedanke, daß kleine Pelzwesen in ihrem Keller leiden mußten, war zuviel für Violet. Andererseits versuchte ich ihr zu erklären, daß die kleinen Tiere lediglich ein Mittel waren, lebenswichtige Tatsachen über die Ernährung und ihre Auswirkungen auf den Organismus zu ermitteln, und daß diese Tatsachen von unschätzbarem Wert für die Gesundheit und das Wohlergehen der ganzen Menschheit sein konnten. Ob denn das nicht »human« sei? Sie verstehen meinen Gedankengang, Lieutenant? Violet sah das leider nicht ein. Manchmal glaube ich, hinter ihrem Handeln steht die Enttäuschung darüber, daß ich den Keller nicht zu einem Spielzimmer umgebaut habe – das war ihr ursprünglicher Plan. Alle anderen Häuser in der Siedlung haben so ein Zimmer. Aber ich bitte Sie, Lieutenant, ein *Spielzimmer*! In unserem Alter?

Nun, je länger die Versuche andauerten und je mehr Ratten ich in den Käfigen im Keller unterbrachte, desto unruhiger wurde Violet. Unsere Ehe war bisher eigentlich ganz friedlich verlaufen – hauptsächlich wegen meiner Geduld oder allenfalls wegen meiner leichten Schwerhörigkeit. Doch wegen der Ratten gerieten wir nun schwer aneinander – ich würde sagen, ungefähr fünfundvierzigmal. Das ist nämlich die Zahl der Tiere, die ich mit nach Hause brachte.

Die Situation hätte sich vielleicht nicht zugespitzt, wäre meine Frau nicht mit Mrs. Springer bekannt gewesen. Die Damen lernten sich bei der Versammlung einer Gruppe kennen, die sich dem Schutz von Kleintieren verschrieben hat. Meines Wissens war und ist Mrs. Springer Vorsitzende dieser Organisation. Sie begann nun auf Violet großen Einfluß auszuüben.

Ich lernte Mrs. Springer kennen, als Violet die Dame eines Tages überraschend zum Abendessen einlud. Ich will ja nicht persönlich werden, doch ich fand Mrs. Springer beängstigend. Sie gehört zu dem Typ Frau, der seine Umgebung einschüchtert, von immensem Körperbau und herrschsüchtiger Art. Bemerkenswert, sie von Kleintieren sprechen zu hören, in liebevollen Worten, die sie mit einer Kleinmädchenstimme äußerte. Sie besaß sechs Hunde und prahlte damit, alle sechs hätten auf ihren beiden Handflächen Platz. Wir unterhielten uns ausführlich über die Tierwelt, doch schließlich kam Mrs. Springer zum eigentlichen Zweck ihres Besuches. Sie setzte sich für die Wünsche meiner Frau ein.

Natürlich überraschte mich diese Entwicklung und

brachte mich in eine peinliche Lage. Zuerst versuchte sie es mit einer Art Logik, dann deckte sie mich mit Anschuldigungen ein, die bei schlichter Herzlosigkeit begannen und mir schließlich das Naturell eines Ungeheuers unterstellten. Zuletzt brüllte sie mich förmlich an, nannte mich ein Scheusal, das in seinem Keller süße Ratten quäle, und verlangte, daß ich die Kreaturen sofort freiließe.

Natürlich tat ich nichts dergleichen; ich gab mir auch keine Mühe, sie vom wissenschaftlichen Wert meiner Experimente zu überzeugen. Statt dessen warf ich sie hinaus. Oh, angefaßt habe ich sie nicht! Sehen Sie mich doch an, die Frau war mir durchaus überlegen. Aber ich konnte meinen Zorn nicht länger unterdrücken und wies sie aus dem Haus.

Violet trug mir diesen Zwischenfall sehr nach. Allerdings hatte ich nicht damit gerechnet, daß Mrs. Springers Einfluß sie zu einer solch krassen Tat treiben würde. Vermutlich trug sie sich schon eine Weile mit dem Gedanken; ich bin sogar sicher, daß Mrs. Springer eingeweiht war. Gemeinsam faßten die Frauen den einseitigen Entschluß, daß mit meiner grausamen Arbeit Schluß sein müsse, daß die Ratten ihre Freiheit zurückerhalten sollten.

Ich weiß bis jetzt nicht genau, wie Violet ihr Ziel erreichte. Ich schließe meine Labortür immer gut ab und verstecke den Schlüssel. Leider bin ich wohl ein Opfer meiner Gewohnheiten: die schwache Stelle lag in dem Umstand, daß ich beide Tätigkeiten jeden Abend in gleicher Weise verrichtete. Ich verschloß die Tür und legte den Schlüssel auf den Rahmen darüber. Violet muß mich eines Abends ohne mein Wissen beobachtet haben. Der nächste Schritt war unvermeidlich.

Gestern abend kam ich etwa zwanzig Minuten früher als sonst nach Hause, nicht weil ich einen Verdacht hatte, sondern weil ich an einer Versammlung außerhalb des

Instituts teilgenommen hatte, die früher zu Ende ging. Als ich das Haus betrat, sah ich Mrs. Springer im Wohnzimmer sitzen – in einem ähnlichen Schockzustand wie jetzt auch.

Natürlich war ich erstaunt, sie nach dem energischen Rausschmiß wieder in meinem Haus anzutreffen, und über ihre bleiche, zitternde Erscheinung. Es dauerte einige Minuten, bis sie mir stammelnd andeuten konnte, was im Keller geschehen war. Ich bekam langsam mit, daß Violet um 17.30 Uhr in den Keller hinuntergegangen war mit der Absicht, meine sämtlichen Versuchstiere freizulassen. Mrs. Springer war oben geblieben und sollte vermutlich nach mir Ausschau halten. Sie sagte, Violet habe den Kellerraum betreten und die Tür hinter sich geschlossen, und sie habe in den nächsten drei oder vier Minuten nichts von meiner Frau gehört.

Aber dann waren die schrecklichen Schreie aufgegellt. Diese Laute hatten die arme Mrs. Springer völlig entnervt; nur gut, daß sie nicht gesehen hat, was der Raum enthielt.

»Nun habe ich noch eine letzte Frage«, sagte der Lieutenant.

»Ja?«

»Was für Versuche haben Sie mit den Ratten durchgeführt?«

Dr. Picard blickte zu ihm auf. »Nun ja, ich machte gerade einen Hungertest.«

Sündenbock

»Mrs. Gibbons!« sagte Hackley mit der scharfen Stimme, die er ernsten geschäftlichen Problemen vorbehielt. Mrs. Gibbons, eine junge Frau von attraktiver Figur und zartem Blick, raffte Stenoblock, Bleistift und Nerven zusammen und betrat sein Büro. Die Leute von der Agentur waren bereits zur Stelle, vier totenblasse Gesichter über vier extrem weißen Hemden. Obwohl sie starr nach vorn blickte, hatte sie das Gefühl, daß der Zorn der Herren schwarze Wolken erzeugt hatte, die sich unter der Decke zusammenballten.

»Verdammt, nun machen Sie schon!« sagte Hackley. Sein Blick war auf das blasseste Gesicht von allen gerichtet. »Erzählen Sie's uns langsam, und von Anfang an, Fanshaw, damit mein Mädchen alles mitbekommt. Mrs. Gibbons! Sind Sie bereit?«

Sie nickte, öffnete ihren Block und setzte die Bleistiftspitze auf. Der Mann namens Fanshaw (hieß die Agentur nicht Fanshaw?) begann mit monotoner Stimme zu sprechen – und sie schrieb mit.

»... keine Ahnung, wann das Mädchen engagiert wurde ... schien ein anständiges, nüchternes Modell zu sein ... Mr. Hackley, Sie müssen mir glauben, wenn ...«

»Halt! *Halt!*« Hackley schlug mit der flachen Hand auf den Tisch, eine Hand, die sich von derselben Bewegung schon Schwielen geholt hatte. »Das Mädchen hat Sie also getäuscht. Sie sah aus wie Annie das Waisenkind, war in Wirklichkeit aber eine unflätig schimpfende Säuferin ...? Halten Sie *das* für eine Erklärung?«

»Sehen Sie, Mr. Hackley ...«

»Halten Sie *das* für einen ausreichenden Grund, ein freches Straßenmädchen in einer Werbesendung der Hackley Company auftreten zu lassen? Mit *meinen* Deodorant-Packungen, während sie übers Fernsehen solche unflätigen Wörter sagt?«

»Wenn Sie mich doch nur erklären ließen ...«

»Ich gebe im Jahr drei Millionen Dollar aus, Fanshaw – kann sich Ihre Agentur den Verlust meines Umsatzes leisten?«

»Mr. Hackley, Sie wissen, wie wichtig uns die Zusammenarbeit mit Ihrer Firma ist, und wenn ich nun erst einmal...«

»Sie können mir nur eins sagen!« brüllte Hackley. »Warum ist der Spot *live* über den Sender gegangen? Warum wurde kein Band davon angefertigt? Damit hätten Sie den ganzen Ärger vermeiden können!«

»Das ist es ja!« sagte der Leiter der Agentur verzweifelt. »Wissen Sie, da die Hauptsendung live erfolgte, dachte Mr. Chisolm...«

»Wer?«

»Mr. Chisolm«, wiederholte Fanshaw und blickte bedrückt auf den vierten Stuhl. »Unser Stellvertretender Fernsehdirektor.«

Zum erstenmal fiel Mrs. Gibbons auf, daß sich eines der bleichen Gesichter von den anderen unterschied. Es war jünger, ein wenig glatter im Ausdruck, ein wenig gefaßter im Blick. Dieser Blick richtete sich nun auf Mr. Fanshaw und wanderte dann ziemlich kühl über den Tisch zu Hackley.

»Richtig«, sagte der Mann. »Das Ganze war meine Idee. Ich dachte, wir bekämen einen besseren Spannungsbogen von der Live-Sendung, wenn wir ein Mädchen direkt im Studio hätten. Ich habe das mit niemandem abgestimmt, sondern einfach gehandelt.«

Hackley schwoll an, als wäre unter seinem Tisch eine Fahrradpumpe in Aktion getreten.

»Sie?« fragte er. »*Sie* haben das getan? Ohne zu fragen?«

»Jawohl, Sir«, sagte der junge Mann.

»Und was soll ich jetzt tun?« fragte Hackley, der über und über rot angelaufen war. »Soll ich mich über Ihre Ehrlichkeit freuen? Soll ich Ihre Offenheit bewundern? Fanshaw! Haben Sie das erwartet?«

»Nein, Sir«, sagte Fanshaw. »Ich dachte nur...«

»Sie dachten was? Daß ich die Sache vergebe und vergesse? Wäre dieser Mann –« Der Finger, der auf Chisolm deutete, schien ebenfalls vor Wut angeschwollen zu sein. »Wäre dieser Idiot mein Angestellter, wissen Sie, was ich tun würde? Ich würde ihn rauswerfen! Auf der Stelle!«

Fanshaw schluckte, und Mrs. Gibbons Herz begann heftig zu schlagen, während sie in das ausdruckslose Gesicht des Fernsehdirektors blickte. Dann sagte Fanshaw: »Tut mir leid, Bill. Mr. Hackley hat absolut recht. Es gibt keine Entschuldigung für Ihr Verhalten. Nicht die geringste. Tut mir leid, damit wäre Schluß für Sie.«

»Soll das heißen, ich bin entlassen?«

»Tut mir leid.«

Chisolm stand auf. Seltsamerweise wandte er sich an Mrs. Gibbons und blinzelte ihr gefaßt zu. Dann straffte er die Schultern und verließ wortlos das Zimmer. Traurig blickte Mrs. Gibbons auf ihre Kurzschriftzeichen.

»Also dann«, sagte Hackley mit weniger scharfer Stimme. »Was haben wir sonst noch zu besprechen, meine Herren?«

Zur Mittagsstunde begab sich Mrs. Gibbons in eine gemütliche kleine Kaffeestube an der nächsten Ecke. An einem kleinen Tisch im Hintergrund saß der junge Chisolm und aß eine Suppe. Allein, seinem Appetit hingegeben, schien ihn der ganze Mut verlassen zu haben. Impulsiv setzte sie sich zu ihm.

»Hallo«, sagte sie.

Er starrte sie an, zuerst ausdruckslos, dann mit einem Lächeln, in dem Erkennen oder Bewunderung zum Ausdruck kam.

»Ich bin Frances Gibbons«, sagte sie. »Mr. Hackleys Sekretärin.«

»Ach ja«, antwortete Chisolm. »Ich habe Sie bei der Hinrichtung gesehen. Sie haben da einen ziemlich energischen Chef, Miss Gibbons.«

»Mrs.«, berichtigte sie.

»Ein richtiger Feuerschlucker. Wie werden Sie nur mit ihm fertig?«

»Ich arbeite erst seit zwei Wochen für ihn. Er behandelt mich nicht übel.«

Sie sah zu, wie er den Teller auslöffelte.

»Sind Sie verheiratet?« fragte sie leise. »Haben Sie Kinder?«

»Nein.«

»Ehrlich, die Szene vorhin war mir peinlich. Ich habe noch nie gesehen, wie jemand entlassen wurde.«

»Machen Sie sich deswegen keine Sorgen.«

»Aber es ist mir nahegegangen! Ich hielt das nicht für – fair. Wenn Sie mich fragen, Ihr Chef ist auch nicht viel besser als Mr. Hackley.«

»Vergessen Sie das Ganze«, sagte Chisolm.

»Ich habe den ganzen Morgen darüber nachgedacht«, blieb Mrs. Gibbons beim Thema. »Mir war richtig mies zumute.«

Sein Blick verließ den Teller und ruhte lange und prüfend auf ihr. Ihr Gesicht begann sich zu verfärben. Die Rötung verstärkte den hübschen Schwung ihrer Lippen und die Wirkung der meergrünen Augen.

»Wissen Sie was?« fragte er. »Ich glaube, ich kann Ihnen vertrauen. Ich glaube, ich kann Ihnen die Wahrheit sagen.«

»Die Wahrheit?«

Er lächelte. »Ich bin erst letzte Woche entlassen worden, und noch diese Woche steht eine weitere Entlassung an. Diesen Monat verliere ich schon den siebenten Job.«

Mrs. Gibbons schnappte nach Luft. »*Sieben?* In einem Monat?«

»Hört sich schlimm an, nicht wahr?«

»*Schrecklich!* Wie können Sie nur so viele Fehler machen?«

»Sie verstehen das nicht richtig«, sagte Chisolm. »Ich wurde für den Rausschmiß *engagiert*. Das ist mein Job. Ich bin ein berufsmäßiger Sündenbock.«

»Ein *was*?«

»Firmen engagieren mich, wenn sie in aller Öffentlichkeit jemanden auf die Straße setzen müssen, um irgendeinen Irrtum zu vertuschen. Oder um dem verdrehten Gerechtigkeitssinn eines Kunden entgegenzukommen. Es gibt keine Dummheit auf der Welt, für die ich nicht schon geradegestanden hätte.«

»Das kann doch nicht Ihr Ernst sein! So etwas ist Ihr *Beruf*?«

»Unter anderem«, sagte Chisolm im Plauderton. »Gelegentlich arbeite ich auch als Dressman – für Regenmäntel und solche Sachen. Manchmal mache ich Radioansagen, wenn es sich ergibt. Dieser Nebenjob liefert die kleinen Extras im Leben. Fünfzig Dollar am Tag und Spesen, nicht schlecht, wie?«

Mrs. Gibbons hätte am liebsten gelacht, aber sie war viel zu neugierig auf weitere Einzelheiten. »Sie arbeiten also gar nicht für die Werbeagentur?«

»Hab ich nie getan. Nun fragen Sie bloß nicht, wer die Besoffene für den Werbespot organisiert hat. Vielleicht war es Fanshaw selbst.«

»Sie sind also ein – Ersatzmann?«

»Richtig. Ich bekomme viele Aufträge von Werbeagenturen, auch von Abteilungen großer Firmen. Wenn man sich in der Zentrale wegen irgendeiner Schweinerei verantworten muß, bin ich der Sündenbock. Niemand macht sich die Mühe zu überprüfen, ob ich wirklich auf der Gehaltsliste stehe. Man gibt sich mit dem frohen Gedanken zufrieden, daß die Sache jemanden den Kopf gekostet hat.« Er lachte leise. »Bei einer Stahlfirma ist es beinahe mal schiefgegangen. Nach meiner Entlassung hielt mich der Gewerkschaftsvertreter an und sagte, er wollte einen Streik ausrufen, wenn man mich nicht wieder einstellte. Da mußte ich wirklich mit Engelszungen reden!«

»Also, so etwas ist ehrlich neu für mich«, sagte Mrs. Gibbons staunend. »Das ist ja wie ein Spiel – man tut, als wäre man jemand ganz anderer!«

»Ich erfülle damit eine wichtige Funktion«, sagte Chisolm und biß in ein Brötchen. »Überlegen Sie mal, wie wichtig Sündenböcke sind. Die Welt ist voller Sündenböcke. Ich biete das nur eben als Service.«

Mrs. Gibbons nickte nachdenklich. »Da haben Sie vielleicht recht.« Dann blickte sie in seine grauen Augen und lachte ein wenig ungezügelt. »Sie sind ein schlimmer Mann, Chisolm!«

»Nennen Sie mich doch Bill«, sagte er und bewunderte ihren hübschen Mund.

»Und was fangen Sie mit dem Rest des Tages an, Mr. Bill Chisolm? Lassen Sie sich noch einmal auf die Straße werfen?«

»Mrs. Gibbons«, antwortete er beschwingt. »Ich bin völlig frei!«

Sie trafen sich um halb sechs Uhr in einer Cocktailbar, die den Namen *Padro's* trug. Während des dritten Glases gestand Mrs. Gibbons, daß sie keine Eile habe. Ihr Mann sei viel unterwegs, und da er sich zur Zeit in St. Louis aufhalte, hätte sie nur ein einsames Abendessen geplant. Damit war Chisolm natürlich nicht einverstanden und spendierte ihr ein Steak. Das viele Protein bremste den aufmunternden Einfluß der Martinis, woraufhin Mrs. Gibbons vorschlug, sie sollten doch versuchen, bei ihr zu Hause wieder in Stimmung zu kommen.

Die gewünschte Wirkung trat nach einer halben Flasche Scotch ein – doch noch ehe der Whisky alle war, ging den beiden der Gesprächsstoff aus, und da gab es nur noch eine Möglichkeit. Sie zeigte ihm das Schlafzimmer, ein warmes, gut ausgestattetes Zimmer. Adjektive, die auch auf Mrs. Gibbons zutrafen.

Als er die Tür gehen hörte, öffnete Chisolm ein Auge und versuchte die verzerrte Silhouette an der Tür auszumachen. Nach ihrem Entsetzensschrei zu urteilen, wußte Mrs. Gibbons längst Bescheid.

»Maurice!« schrie sie. »Mein Gott, Maurice, sei doch kein Dummkopf! *Nein!*«

Plötzlich sah Chisolm, warum die Gestalt verzerrt wirkte. Der rechte Arm war länger – um eine Revolverlänge.

»Ich wußte, daß es da jemanden gab!« brüllte der Ehemann. »Ich wußte es die ganze Zeit!« Dann feuerte er die Waffe aus nächster Nähe ab. Er traf Chisolm in die Brust und tötete ihn sofort. Mrs. Gibbons schrie auf, konnte aber erleichtert feststellen, daß sich die Rache ihres Mannes ausgetobt hatte. Er ließ sich willenlos auf den Bettrand ziehen und erwartete wie ein Kind seine Strafe. Sie durfte die Polizei anrufen.

Am nächsten Abend traf sie sich am gewohnten Ort mit Eugene und verkündete ihm die guten Nachrichten.

»Mann, großartig!« sagte Eugene in dem knarrenden

Bariton, den sie so sehr liebte. »Bloß begreife ich nicht, was das mit Chisolm soll.«

Mrs. Gibbons lachte und sagte: »Dummkopf!« Dann erklärte sie ihm, daß es sich um eine rein professionelle Dienstleistung gehandelt habe, die der arme Ersatzmann aber mit dem Leben bezahlen mußte, ehe er entlohnt werden konnte.

Bücherliebe

Seit drei Tagen hatte Helen Samish, sobald sie im schmalen und unbequemen Bett ihres New Yorker Einzimmerapartments erwachte, einen Schatz vor Augen. Es war ein kostbarer wie auch völlig unerwarteter Schatz, dessen Anblick einen Hauch von Schönheit auf ihr ansonsten eher langweiliges Gesicht zauberte. Es handelte sich um ein Regal mit sechshundertundfünfzig Büchern, in einem köstlichen Augenblick der Kopflosigkeit bei einer Samstagmorgenauktion erstanden.

Es war wahrlich kein Vernunftkauf gewesen, schon gar nicht für eine Frau, die vom Gehalt einer Stenotypistin leben mußte. Doch wenn es um Bücher ging, setzte Helens Verstand aus. Sie sammelte Bücher, nicht mit der Begierde des Bibliophilen, sondern mit dem Eifer und der Ehrfurcht des hingebungsvollen Lesers, des Menschen, dem die Freude des Lesens über alles geht.

Am dritten Morgen nach der Auktion verließ sie ihr Zuhause mit einem Exemplar *Die Geschichte von der Liebe der Prudence Saru* unter dem Arm. Sie trug den Band den ganzen Tag liebevoll mit sich herum und eilte am Abend heimwärts, um den Text in einem bescheidenen Café weiter zu studieren.

Sie hatte eben ihren Kaffee ausgetrunken, als sie merkte, daß sich ein Mann zu ihr an den Tisch gesetzt hatte. Ihre Finger umklammerten das Buch. Sie machte sich klar, daß er sie schon eine Weile angestarrt hatte und sie womöglich jede Sekunde anreden würde. Entschlossen, ihn zu ignorieren, wendete sie die Seite um und tat, als ob sie läse.

»Mein Lieblingsbuch«, sagte er schließlich.

Sie hob hastig den Kopf, und ihre Augen erblickten ein junges, schmales Gesicht mit ernsten braunen Augen und einem etwas spöttisch verzogenen Mund.

»Sie schreibt wunderbar, nicht wahr?« fragte er. »Ich meine Mary Webb.«

Helens Herz begann zu pochen, doch nicht von Mary Webbs Prosa. Die einzigen jungen Männer ihrer Bekanntschaft waren Helden, die blondschöpfig und mutig über Romanseiten wanderten. Die echten jungen Männer, die Jünglinge, die vielsagend hinter Frauen hergrinsten und auf der Straße laut lachten – diese Männer waren ihr fremd.

»Ich will mich nicht aufdrängen oder so«, sagte er. »Aber Sie wissen sicher, wie das ist, wenn man jemanden ein Buch lesen sieht, das einem gefällt. Ich meine, wenn Sie überhaupt Bücher mögen. Tun Sie das?«

»Bücher mögen? Ja«, sagte Helen.

»Ich auch. Ich finde, es gibt auf der Welt nichts Schöneres. Obwohl das irgendwie seltsam klingt.«

»Ganz und gar nicht.« Sie räusperte sich. »Jedenfalls finde *ich* es nicht seltsam. Ich lese ständig. Ich bin überzeugt, die Welt läßt sich in Büchern wiederfinden, alles, was Menschen je widerfahren ist...«

»Richtig! Sie wissen ja wirklich Bescheid! Das ist nämlich auch meine Meinung, nur ist es schwer, sie anderen begreiflich zu machen.«

Er sprach mit einer solchen jungenhaften Begeisterung, daß Helen gar nicht anders konnte als lebhaft darauf zu reagieren.

Sie setzten das Gespräch fort. Sie sprachen von Mary Webb und Charles Dickens. Sie unterhielten sich über Hemingway und Milton und Shakespeare und Faulkner. Sie entdeckten einen Autor nach dem anderen, den beide bewunderten. Nach fast zwei Stunden Unterhaltung und Kaffeetrinken sagte er: »Ich heiße Bill. Bill Mallory.«

»Helen«, antwortete sie und senkte die Augen.

»Einer meiner Lieblingsnamen. Sie kennen doch den Vers: ›Dies ist das Gesicht, das tausend Schiffe in den Kampf geschickt und das die breiten Türme Iliums in Brand gesteckt! Süße Helena, mach mich unsterblich mit...‹«

Helens rotes Gesicht brachte ihn zur Besinnung. Sie war es nicht gewöhnt, daß junge Männer so zu ihr sprachen. Der Gedanke, daß er sich vielleicht über sie lustig machte, überfiel sie wie eine kalte Dusche. Sie stand auf und griff nach Buch und Tasche.

»Moment«, sagte Bill und legte ihr die Hand auf den Arm. »Hören Sie, wenn Sie nichts weiter vorhaben...«

»Das habe ich aber...«

»Können Sie das nicht absagen?«

»Tut mir leid.«

»Bitte.« Seine Hand drückte ihren Arm; die Berührung erfüllte sie mit einem ganz eigenartigen Gefühl und ließ sie erschaudern. »Sie dürfen hier nicht einfach verschwinden! Wir könnten uns einen Film ansehen. Oder spazierengehen...«

Sie sah ihn offen an. Sein Blick war noch immer ernst, doch um seinen hübschen Mund lag ein seltsamer Zug, der sich nicht deuten ließ.

»Na schön«, sagte Helen Samish mit einer Stimme, die ihr selbst fremd war.

Eine Stunde lang wanderten sie durch die Straßen der Stadt, während Helen mit der erregenden Mischung aus Mißtrauen und Freude rang, die der junge Mann in ihr auslöste. Schließlich gingen sie in ihre Wohnung, wo er zu ihrer Erleichterung von ihr abließ und seine Aufmerksamkeit sofort den gefüllten Bücherregalen zuwandte.

»Großartig!« begeisterte er sich, und seine Hände verschwanden aufgeregt zwischen den Bänden. »Müssen ja an die tausend Bücher sein...!«

»Über tausend. Gerade neulich habe ich bei einer Auktion gut sechshundert dazugekauft. Deshalb ist alles so durcheinander.«

Grinsend sah er sich im Zimmer um. Überall Bücher, an der Wand gehäuft, mit Schnur gebündelt, Kisten voller Bücher, über- und nebeneinander. Jeder Zentimeter Regal mit Bänden gefüllt. Eifrig ging er sie durch, öffnete Buchdeckel, blätterte Seiten um.

»Hier Ordnung zu schaffen wird sehr mühsam sein. Vielleicht kann ich Ihnen helfen.«

»Es ist schon spät …«

»Wie wär's morgen abend? Es sei denn, Sie haben etwas anderes …«

»O nein«, sagte Helen hastig.

»Dann also abgemacht«, sagte er grinsend.

Als Bill Mallory ging, lehnte Helen flach atmend an der Wohnungstür; sie konnte das Wunder, das in ihr Leben getreten war, noch gar nicht fassen.

Am nächsten Abend kehrte er zurück, voller Tatendrang, ihre neue Bibliothek zu sortieren und zu katalogisieren. Am dritten Abend legte er seine spöttischen Lippen zu einem Gutenachtkuß auf die ihren. Sie war vor Überraschung außer Atem und bekam die ganze Nacht kein Auge zu. Als er am nächsten Abend wieder vor der Tür stand, interessierte sich Helen gar nicht mehr so sehr für die Arbeit; plötzlich lag ihr mehr daran, Bill Mallory bei seiner Tätigkeit zuzuschauen. Es gefiel ihr, die Konzentration seines jungen Gesichts zu beobachten, den ironischen Schwung seiner Lippen, die schnellen Bewegungen seiner Finger, die die Buchseiten streichelten. Sie hätte es nicht für möglich gehalten, doch plötzlich gab es etwas Wichtigeres in ihrem Leben als die Freuden des Lesens.

Am nächsten Morgen trat sie leichten Herzens in eine

bewölkte Welt hinaus. Ehe sie aufbrach, verweilte sie noch einen Augenblick vor den Buchreihen, ließ den Blick an den Titeln entlanggleiten, suchte ihr Buch für den Tag.

Ihre Wahl fiel auf eine dicke Ausgabe *Ulysses*, die auf dem unteren Brett festgeklemmt war; als sie das Buch herauszerrte, öffneten sich die Deckel, und etwas fiel zwischen den Seiten hervor.

Neugierig hob sie den Gegenstand auf: einen adressierten Umschlag, dessen Marke abgestempelt war. Das Kuvert war geöffnet, der Brief steckte noch darin.

Die Anschrift lautete: *William Mallory, 11 Bleeker Street, New York City.* Als Absender war angegeben: *Jenny Isler, Zehnte Straße West 320, New York.*

Eifersucht schnürte ihr die Kehle zu. Sie zog den Brief heraus, und die Anrede ließ die Buchstaben vor ihren Augen verschwimmen.

Liebling,

ich versuche Dich schon die ganze Woche anzurufen, aber nie bist Du zu Hause. Meine Mutter hält mich schon für ganz verrückt, denn ich mußte immer so tun, als riefe ich die Zeitansage oder das Wetteramt an oder so. Mutter würde Dir gefallen. Du mußt sie bald einmal kennenlernen. Aber vor allem wollte ich Dir sagen, daß ich Dich möglichst bald wiedersehen möchte. Wir müssen alles besprechen. Du weißt ja, was ich Dir gesagt habe, über den Besuch bei Du-weißt-schon am Freitag. Ich war außer mir vor Angst und gab mich als eine Mrs. Carter aus. Bill, ich bin noch in den ersten Monaten, und es ist noch nichts zu sehen. Niemand würde etwas merken, wenn wir sofort heiraten, denn viele Kinder sind Frühgeburten. Ich weiß, Du wolltest nichts überstürzen, aber was bleibt uns anderes übrig? Und bitte red nicht mehr von der anderen Sache, ich hätte zuviel Angst, mir würde etwas zustoßen. Als Kind hatte ich rheumatisches Fieber, vielleicht wäre der Eingriff wirklich gefährlich. Ich könnte auch nach unserer Hochzeit weiterarbeiten und zu Euch ziehen, bis wir etwas Größeres finden. Ruf mich bitte unbedingt an, damit wir das alles besprechen können – nach der Arbeit, meine ich. Ich liebe Dich.

Jenny

In Helens Augen brannten die Tränen. Sie wollte nicht aufhören, Bill Mallory zu lieben; da war es schon leichter, die schlimmen Worte zu vergessen, die sie in der Hand hielt, und nur daran zu denken, daß sie ihn ja heute abend und morgen wiedersehen würde.

Aber wie kam der Brief hierher? Hatte Bill das Buch hiergelassen? Nein, er hatte nie Bücher mitgebracht. Außerdem waren sie mit der Bestandsaufnahme noch nicht bis zum *Ulysses* vorgedrungen.

Niemand hatte bei der Auktion gesagt, wem die Sammlung gehört hatte. Waren dies früher etwa seine Bücher gewesen? Bill schien sie gut zu kennen. Es gab keins, das er nicht gelesen hatte!

Inbrünstig hoffte sie, Brief und Bücher möchten nichts miteinander zu tun haben. Ein Fehler mit einer Frau, das war verzeihlich. Eine absichtliche Täuschung, und sie das Opfer dieser Täuschung – undenkbar!

Sie erkannte, daß sie sich näher mit Jenny Isler beschäftigen mußte – sie mußte vorsichtig feststellen, ob hier wirklich ein Problem bestand.

Im Telefonbuch fand sie an der Absenderanschrift die Nummer einer gewissen Hermine Isler. Sie wählte. Eine Frauenstimme meldete sich.

»Spreche ich mit Jenny Isler?« Helens Stimme bebte.

»Nein, hier ist das Hausmädchen. Wer ist da?«

»Ich... ich muß Miss Isler sprechen...«

»Miss Isler ist tot«, sagte die Dienstbotin tonlos.

Bei dieser überraschenden Antwort stockte Helen der Atem. Sie starrte ungläubig auf den Hörer, nahm sich zusammen und sagte: »Das wußte ich nicht. Ich bin – eine alte Freundin von Jenny ...«

»Miss Isler ist vor zwei Wochen gestorben.« Die Stimme des Hausmädchens klang ebenfalls zittrig. »Es stand doch überall in den Zeitungen. Sie ist getötet worden.«

»Getötet. O Gott ...«

»Sie wollen mit Mrs. Isler sprechen?«

»Nein, nein!« sagte Helen Samish und warf den Hörer auf die Gabel, als wäre er plötzlich brennend heiß geworden.

Jenny Isler war getötet worden! Aber wie? Bei einem Unfall – es mußte ein Unfall sein! Die andere Möglichkeit war einfach zu schrecklich. Wenn sie ermordet worden war, bildete der Brief im Buch einen niederschmetternden Beweis gegen ...

Das Zimmer verschwamm vor ihren Augen. Kühle Logik ließ sie an Dinge denken, mit denen sie sich gar nicht beschäftigen wollte. Mit purer Logik versuchte sie den plötzlichen Ausbruch romantischer Gefühle in ihrem Leben zu erklären. Logik verriet ihr, daß Bill Mallory nicht aus den erhofften Gründen zu ihr gekommen war.

Nein! Sie schüttelte energisch den Kopf. Es war bestimmt kein Mord!

Doch während der Arbeit kamen ihr immer wieder die fürchterlichsten Gedanken. Um drei Uhr nachmittags hielt sie es nicht länger aus. Sie rief bei einer Zeitung an und stellte ihre Frage.

»Jenny Isler?« antwortete die trockene Stimme am anderen Ende der Leitung. »Aber sicher! Wir hatten die Meldung am Donnerstag, dem Zwölften. Ein junges Mädden, im Central Park erdrosselt ...«

Bill kam um halb neun Uhr. Er gab Helen einen achtlosen Kuß auf die Wange und merkte aus diesem Grund nicht, wie kalt ihre Lippen waren. Dann marschierte er auf die Bücherregale zu und begann mit der Arbeit. Helen erkannte nun, daß es sich dabei nicht um eine liebevolle Betrachtung, sondern um eine gründliche Suche handelte.

Sie legte den *Ulysses* mitsamt dem Brief auf den hohen Tisch in der Nähe der Wand. Dann trat sie hinter ihn und fragte: »Bill, wer ist Jenny Isler?«

Sie sah ihn erstarren.

»Wer?«

»Jenny Isler. Das Mädchen, das dir den Brief geschrieben hat.«

Er fuhr herum, und sein Spottmund zuckte zwischen zorniger Verkniffenheit und einem erleichterten Grinsen – ein ganz seltsamer Ausdruck. »Du hast das verdammte Ding also gefunden. Gott sei Dank. Würdest du es mir bitte geben, Helen?«

»Du hast mir noch gar nichts von ihr erzählt.«

»Tut mir leid, Liebling.« Das Grinsen behielt schließlich die Oberhand, und er umfaßte zärtlich ihre Hände. »Hör mal, ich weiß schon, was du denkst. Du hältst mich für einen Schurken. Du weißt sicher, daß dies meine Bücher sind …«

»Ja.«

»Ich wollte dich nicht täuschen. Als ich vor einigen Wochen umzog, mußte ich sie verkaufen. Ich überließ alles dem Auktionshaus.«

»Hast du mich deshalb angesprochen? Damit du den Brief zurückholen konntest?«

»Glaubst du das wirklich?« Er warf den attraktiven Kopf in den Nacken und lachte. »Hör mal, du bist aber ein Dummchen! Himmel, nein! Ich wußte natürlich, daß du die Bücher gekauft hattest. Aber ich interessierte mich für dich, weil ich wußte, daß mir ein Mädchen liegen würde, das meine Bücher mag. Begreifst du das nicht, Helen? Kapierst du das wirklich nicht?« Er zog sie an sich, doch sein unsicheres Lächeln führte dazu, daß sie sich nervös und angespannt wehrte.

»Sie ist tot«, sagte Helen. »Jenny Isler ist tot. Sie wurde ermordet!«

»Das weiß ich doch. Um ganz ehrlich zu sein, begann ich mir Sorgen zu machen, als ich davon erfuhr. Ich dachte mir, die Polizei könnte den Brief mißverstehen. Ich wußte nicht einmal, daß er in einem Buch steckte – als es mir endlich aufging, waren die Bücher längst verkauft...«

»Und du mußtest den Brief finden!« Helens Stimme wurde schrill. »Du mußtest den Brief unbedingt finden.«

»Helen...«

Sie löste sich von ihm. »Warum hast du der Polizei nicht gesagt, daß du sie kanntest? Warum bist du nicht zur Polizei gegangen?«

»Was? Sollte ich mich in eine solche Sache verwickeln lassen? Vielen Dank!« Er lachte, doch es klang gezwungen. »Schließlich weiß man ja, wer es getan hat. Irgend so ein Tramp.«

»Wirklich, Bill?«

»Hör mal, du glaubst doch nicht etwa...«

Sie wich vor ihm zurück, die dünnen Arme um den Körper gelegt. »Ich möchte nicht, daß du mich noch einmal besuchst, Bill.«

Er verzog das Gesicht. »Na schön, wenn du unbedingt willst. Aber vorher gibst du mir den Brief...«

»Nein!« Sie richtete sich trotzig auf. »Du hast mich belogen. Du hast mir etwas vorgespielt. Den Brief gebe ich dir nicht...«

Sein Gesicht rötete sich. »Hör mal, mein Schatz. Wir wollen hier keine dummen Spielchen veranstalten. Gib mir den Brief, dann lassen wir es dabei bewenden. Ich kann schließlich alles selbst durchsuchen.«

»Dann schreie ich!« Hysterie ergriff von ihrer Stimme Besitz. »Ich schreie, Bill!«

»Sei doch kein Dummchen!« Er kicherte und trat an die Bücherwand, woraufhin sich Zorn und Schmerz in Helen Samish zu einem schrillen, ohrenbetäubenden Schrei vereinten. Erschrocken starrte er sie an, doch sie schrie weiter. Er machte einen Schritt auf sie zu, und sie wich bis zu dem hohen Schreibsekretär zurück, der an der Wand stand. Ehe sie von neuem aufschreien konnte, glitten seine langen Finger an ihrem Schlüsselbein entlang und krümmten sich um ihren dünnen Hals. Auf der verzweifelten Suche nach einer Verteidigungswaffe tastete ihre Hand nach hinten und fand den dicken *Ulysses*-Band. Sie schlug damit zu, wieder und wieder, hämmerte das Buch in sinnlosem Bemühen gegen seine Schläfe, bis der Einband brach. Längst hatten Bill Mallorys Hände die Härte von Stahl, der sich wie ein Ring um ihre Luftröhre schloß. Das Buch fiel auf einen unordentlichen Bücherstapel, und Helen Samish tat ihren letzten Atemzug.

Bill Mallory starrte auf das tote Mädchen hinab und horchte in die plötzliche Stille des Zimmers. Diese Stille sollte aber nicht lange andauern; das Schreien hatte andere Hausbewohner auf die Flure gelockt. Er eilte zur Tür und erreichte die Treppe, ehe die Neugierigen eintreffen und feststellen konnten, was die Schreie hatte aufklingen und ersterben lassen.

Der Abgesandte der Heilsarmee hieß Mr. Weedy, ein dicker, rundäugiger Mann, der leise und respektvoll im Zimmer des toten Mädchens herumging.

Er sah den Lieutenant an, der ihn begleitet hatte und sagte in angemessen bedauerndem Tonfall: »Wann ist denn das arme Mädchen gestorben?«

»Vor etwa zwei Wochen, Mr. Weedy. Und leider haben

wir auf der Suche nach dem Mörder nicht viel Glück gehabt.«

Mr. Weedy schnalzte mit der Zunge und richtete den Blick auf die beschädigte Wohnungstür. »Ist der Mörder –« er atmete tief – »eingebrochen?«

»Wir wissen nicht, wer das war«, antwortete der Lieutenant hilfsbereit. »Muß ein paar Nächte nach dem Mord geschehen sein. Jemand versuchte einzubrechen, wurde aber verscheucht. Seither haben wir die Wohnung bewacht.«

»Ah«, machte Mr. Weedy weise. »Der Mörder kehrt an den Schauplatz seiner Tat zurück ...«

»Kann sein«, sagte der Beamte grinsend. »Vielleicht war's auch nur ein Souvenirjäger. Bei solchen Fällen laufen einem alle möglichen Typen über den Weg. Der Mann hat zwar nichts aus der Wohnung holen können, ins Netz gegangen ist er uns aber auch nicht.«

»Schrecklich! Und das Mädchen hatte keine Verwandten?«

»Wir können jedenfalls keine finden. Alles, was sie besaß, waren diese wenigen Dinge – und natürlich die Bücher. Sie muß ein nettes Ding gewesen sein.« Der Lieutenant trat vor die Regale hin und betrachtete die Bände. »Wunderbare Bücher. Man kann viel über einen Menschen lernen, wenn man nur seine Bücher anschaut ...«

»Ja«, sagte Mr. Weedy und räusperte sich. »Na, dann wollen wir mal. Die Heilsarmee bedankt sich vielmals für die schönen Bände, Lieutenant.«

»Ich wüßte keinen besseren Empfänger dafür, Mr. Weedy. Die Bücher scheinen außerdem in gutem Zustand zu sein. Außer diesem hier.« Er bückte sich und nahm einen schweren Band von einem unordentlichen Stapel am Boden.

»Der Umschlag ist abgerissen.«

»Ach?«

»Und gelesen hab ich's auch noch nicht. Wollte immer ...«

»Warum nehmen Sie's nicht mit?«

»Lieber nicht. Diese Bibliothek gehört jetzt Ihrer Organisation, Mr. Weedy.«

»Ach, das geht sicher in Ordnung, da das Buch sowieso beschädigt ist. Nehmen Sie's mit, wenn Sie möchten.«

»Vielen Dank«, sagte der Lieutenant. »Ich werde sicher viel Freude daran haben.« Und er klemmte sich den *Ulysses* unter den Arm.

Mordgedanken

Wie spät ist es eigentlich?

Tick-tick-tick.

Erst zwei Uhr? Hätte schwören können, es wäre später. Habe ich denn überhaupt schon geschlafen? Mal sehen. Um elf Uhr ins Bett. Eine halbe Stunde gelesen. Eingeschlafen – wann? Sagen wir, nach fünfzehn Minuten. Schlafzeit insgesamt: zwei ein Viertel Stunden. Himmel!

Tick-tick.

Verdammt laute Uhr. Häßlich und groß.

Warum kann ich nie schlafen, wenn Jennifer nicht bei mir ist? Leeres Kissen, dick vor Unberührtheit. Sauberes Laken, glatte Decke. Komme mir nur noch halb lebendig vor, wenn Jennifers Bett leer ist. Ungleichgewicht im Schlafzimmer. Kalt. Still.

Sollte wieder zu schlafen versuchen.

Tick-tick-tick.

Sinnlos. Warme Milch? Zu mühsam. Nackte Füße auf kaltem Küchenfußboden. Hat mir Jennifer für meinen Geburtstag nächste Woche warme Pantoffeln gekauft? Was da in ihrem Schrank liegt, sieht wie ein geschenkverpackter Schuhkarton aus. Meine tüchtige Frau. Kauft das Geschenk schon vor einem Monat. Hat wahrscheinlich schon alle meine Weihnachtsgeschenke im Haus, eingepackt und aufgestapelt. Im August. Kluges Mädchen, meine Jennifer. Macht nie etwas auf die letzte Minute.

Vanderwalker im Büro. All die spöttischen Bemerkungen. Möchte *seine* Frau mal sehen. Bestimmt Eifersucht. Die beiden sitzen wahrscheinlich die ganze Zeit hinter ihrem Haus und reden über uns. Joe und seine Karrierefrau. Glauben wahrscheinlich, Jennifer verdient mehr als ich – was die schon wissen! Gegen eine arbeitende Frau ist nichts einzuwenden. Die Geschäftsreisen allerdings hasse ich. Hasse auch dieses halbleere Schlafzimmer.

Tick-tick.

Verdammt laute Uhr. Ob Jennifer schlafen kann? Selbstverständlich. Hat nie Schwierigkeiten damit. Ich kann dafür in Hotelzimmern gar nicht schlafen; ich hasse fremde Orte, fremde Betten. Jennifer hat nichts dagegen. Sie zieht gern los und unternimmt etwas. Morgen eine Zusammenkunft mit Kunden, wetten, daß sie ihre Geschäftspartner beeindruckt! Sieht ja auch gut aus und hat Verstand. Schlau ist sie. Und vorsichtig, sie weiß aber, wann sie ein Risiko eingehen muß. Guter Geschäftssinn. Eigentlich müßte ich stolz auf sie sein. Himmel, ich *bin* stolz auf sie. Gibt nicht viele Frauen wie Jennifer.

Hab ich das nicht schon mal irgendwo gehört? Wer hat mir das doch gesagt? Ach ja, Leland. Die Büroparty im letzten Monat. Blöde Party, mir gefiel nicht, wie man mich behandelte. Mann der Vizepräsidentin. Mr. Jennifer. Hätte denen einiges sagen können. Verdiene immerhin zweimal soviel wie Jennifer, trotz ihrer Fähigkeiten. Frauen kriegen nie, was sie wert sind, ist nun mal Firmeneinstellung. Frau zu sein ist ein hartes Brot. Jennifer manchmal verbittert. Kann ich ihr eigentlich nicht verdenken.

Tick-tick-tick.

Fast schon Viertel nach zwei. Muß früh raus, früher Termin bei Leland. Ich meine, bei Duffy. Was ist eigentlich mit mir los? Warum denke ich immer wieder an Leland? Netter Kerl. Als Jennifers Assistent schwer vorstellbar. Schrecklich jung, jünger noch als sie. Sieht wohl ganz gut aus. Wer sagte doch gleich, er wäre gar nicht attraktiv? Ach ja – Jennifer. Ich sagte, ich fände Leland gutaussehend, sie sagte nein. Komisch. Jennifers Augen sind doch sonst in Ordnung.

Wahrscheinlich ist Leland auch nach Chicago gefahren, wäre logisch. Große Konferenz mit Kunden, Assistent muß mit. Das sollte ich Vanderwalker gegenüber nicht erwähnen, höre förmlich seine spöttischen Bemerkungen. Jennifer und Leland. Leland und Jennifer. Ob Duffy wirklich an der Gleit-Police interessiert ist? Weiß man bei Leland nie. Ich meine Duffy.

Ich bin hellwach.

Tick-tick-tick.

Verdammte Uhr. Komisch, Jennifer hat manchmal einen so schlechten Geschmack. Zum Beispiel der Morgenmantel, den sie mir zum letzten Hochzeitstag gekauft hat. Und der Schlips mit den Enten drauf. Na ja, niemand ist vollkommen. Dagegen das Zigarettenetui, das sie ihrem Assistenten geschenkt hat. Herrliche Goldarbeit. Wirklich schönes Stück. Gefällt mir nicht, daß sie Leland Geschenke macht, keine gute Geschäftspolitik. Untergebene gehören an ihren Platz.

Ob es wohl kalt ist in Chicago? Friert Jenny in ihrem Hotelzimmer? Genug anzuziehen hat sie ja mitgenommen. Sogar verdammt viel für eine Zweitagereise. Pelzmantel, Nerzstola. Warum so viele Sachen? Drei Koffer. Ob die da wohl einen draufmachen? Wäre ja nur natürlich. Großes Abendessen beim Kunden, eine vornehme Abendveranstaltung. Der gesellschaftliche Aspekt des Geschäftslebens. Hatte ich Duffy nicht mal mit ins Theater mitgenommen?

Tick-tick.

Die verflixte Uhr kommt mir wie ein Niethammer vor. Hätten die alte Uhr behalten sollen, ein angenehmes leises Ticken, ist mir nie aufgefallen. Dieses Ding muß Jennifer bei einer Auktion ersteigert haben. Häßliches Gebilde. Wo mag sie es herhaben?

Fünf vor halb drei. Vielleicht sollte ich ein bißchen lesen. Meine Augen brennen. Wozu drei Koffer? Komisch, daß sie mich nicht aus dem Büro angerufen hat. Macht sie doch sonst immer, ehe sie auf Geschäftsreise geht. Fünf Reisen in den letzten beiden Monaten. Immer mit Leland, Leland. Was ist nur so toll an Leland! Machte auf mich nicht gerade einen klugen Eindruck, redete eher wie ein Idiot. Seine dünnen Handgelenke. Das blonde Haar. Allerdings wirklich gutaussehend. *Tick-tick*. Leland.

Meine Güte, was mache ich da? So kann es nicht weitergehen. Ich möchte ihm am liebsten eins in die Fresse hauen. Wofür hält sie mich – für einen Idioten? Leland. Mein Gott, das liegt doch sonnenklar auf der Hand! Wen glaubt sie zu täuschen? Geschäftsreisen! Müßte morgen gleich im Büro anrufen und nachprüfen. Diesem Leland ist nicht zu trauen. Niemandem kann man trauen. Hält sie mich für einen Dummkopf? Er ist fünf Jahre jünger als sie, um Himmels willen! Leland. *Tick-tick*. Du großmäulige Nervensäge von Uhr! Müßte das lärmende Ding aus dem Fenster werfen. Müßte ihm das Gesicht einschlagen. Die Uhr kaputtmachen. Her mit dir.

Tick-tick-tick-tick-tick. Größte Schlafzimmeruhr, die ich je gesehen habe. Wirklich häßlich. Jennifers mieser Geschmack. Mieser Geschmack in Uhren, mieser Geschmack in Männern. Leland. Hat sie denn noch den Verstand beieinander? Wofür hält sie mich?

Komische Uhr. Hab noch nie so eine Uhr gesehen. Genau halb drei. Warum summt sie jetzt? Woher hat Jennifer das verrückte Ding? Wo gibt's denn Uhren mit raushängenden Drähten?

Tick-tick-tick.

Tick-tick.

Tick.

. . . .

Der Antrag

Wie so viele unansehnliche Frauen hatte auch Elsa Gammon seit ihrem sechzehnten Lebensjahr an die Ideale der inneren Schönheit geglaubt. Mit siebenundvierzig Jahren dachte sie nun ein wenig realistischer und rechnete eigentlich nicht mehr damit, einen Mann zu finden, der durch die schmalen Fenster ihrer hellgrünen Augen jene inneren Reize auszumachen wußte, die sie zu bieten hatte.

Im Laufe der männerlosen Jahre umgab sie sich mit einer Barriere aus Metall. Eine stahlgefaßte Brille auf der dünnen, scharfen Nase. Eine massive runde Uhr am Handgelenk. Ein Stahlstangenkorsett um die Taille. Sie war wie ein verlassenes Landhaus, umgeben von einem Eisenzaun, der die Kinder am Steinewerfen hindern sollte.

Ein wenig Trost fand sie im Elend einer stillen alten Jungfer gleichen Alters mit Namen Gertrude Speller. Die beiden Frauen betrieben einen Schreibwarenladen mit Buchhandlung und bewegten sich dabei ständig in den roten Zahlen. Darüber hinaus teilten sie sich ein freudloses Zimmer in einer Pension auf der anderen Straßenseite. Manchmal blieben sie abends lange auf und sprachen von der Ehe.

Gertrude zeigte sich dabei oft schockiert von den realistischen Erkenntnissen, die Elsa gewonnen hatte. »Du würdest wirklich jemanden *bezahlen*, damit er dich heiratet?« fragte sie.

»Ach was«, erwiderte Elsa mit einer vogelähnlichen Pickbewegung des Kopfes. »So habe ich das nicht gemeint. Ich habe nur gesagt, daß ich nichts gegen eine Ehe hätte, deren Grundlage … naja, praktische Erwägungen wären, so kann man es wohl sagen.«

Gertrude schüttelte den Kopf, dem die Jahre bis auf die Haarfarbe praktisch alles genommen hatten. »Ich weiß nicht. Ich möchte lieber als alte Jungfer sterben, als mir einen Mann zu *kaufen*.«

»Unsinn!« Elsa schnalzte mißbilligend mit der Zunge. »Wenn ich mir nur ein kleines Bankkonto zulegen könnte...« Sie seufzte. »Aber so wie der Laden läuft, haben wir Glück, wenn wir unsere Rechnungen bezahlen können. Gertrude, meinst du, wir sollten eine Leihbücherei aufmachen?«

Nun sprachen sie über ihre Pläne zur Verbesserung der geschäftlichen Lage, ehe wieder vom Heiraten die Rede war. Doch eines Tages nahm das Gespräch eine neue Wende.

»Wissen Sie was?« fragte die alte Mrs. McCormack eines Abends. Sie wohnte ebenfalls in der Pension und widmete ihre Witwenjahre dem Canasta. »Mrs. Wilkins hat heute einen neuen Gast aufgenommen. Einen Mann. Und sie hat ihn neben Ihnen einquartiert.«

»Wirklich?« fragte Elsa tonlos.

»Wie sieht er denn aus?« erkundigte sich Gertrude. »Ist er ledig?«

»Ledig oder verwitwet«, sagte Mrs. McCormack eifrig. »Ich habe ihn mir nicht genau ansehen können. Jedenfalls ist er groß, das konnte ich sehen. Und seine *Kleidung*!« Sie verzog mißbilligend das Gesicht.

»Was ist damit?«

»Auffällig! Ich will Ihnen eins sagen, solche Sachen habe ich nicht mehr gesehen, seit mein seliger Charlie mich einmal mit zum Rennen mitnahm. Karos und Streifen und so. Ich wette, daß er außerdem trinkt.«

»Wie kommen Sie denn darauf?« Elsa putzte ihre Brille, bis die Gläser schimmerten.

»Er sieht einfach so aus. Sie wissen schon – rot im Gesicht. Und er lacht so: *Ho-ho-ho!* Wie ein Hafenarbeiter.«

»Ich bitte Sie, Mrs. McCormack!« sagte Gertrude besänftigend. »Woher wollen Sie wissen, wie ein Hafenarbeiter lacht?«

»Hören Sie, ich bin keine weltfremde Greisin, Miss Speller. Mein Mann war nicht gerade ein Engel, das kann ich Ihnen sagen.« Mrs. McCormack stimmte ihr übliches Lachen an, ein schrilles Kichern. »Ich kenne diesen Typ.«

»Und wie heißt der Gentleman?« fragte Elsa leichthin.

»Grober oder Gruber oder so ähnlich. Ich begreife nicht, wieso Mrs. Wilkins ihn genommen hat...«

»Das Zimmer steht seit fast zwei Monaten leer«, sagte Elsa. »Vielleicht braucht sie das Geld.«

Beim Abendessen (da Mittwoch war, servierte Mrs. Wilkins ihre üblichen grauen Fleischbrocken in mehliger Soße) glänzte der neue Gast durch Abwesenheit. Elsa zog sich früh zurück und ging zu ihrem Zimmer, das im Obergeschoß an der Treppe lag. Sie zögerte einen Augenblick vor der Tür nebenan und lauschte. Nur ein Geräusch war zu hören: Wasser lief ins Waschbecken. Sie suchte ihr Zimmer auf und legte sich auf das schmale Bett, das an der rechten Wand stand. Diese Wand war dünn, und sie hörte, wie im Nachbarzimmer quietschend der Wasserhahn geschlossen wurde.

Sie seufzte und griff nach dem Liebesroman, den sie gerade las; sie hatte sich den Band im Laden ausgeliehen. Nach einer Weile hörte sie nebenan das protestierende Knirschen der Bettfedern und erkannte, daß sich Mr. Grober oder Gruber nur wenige Zentimeter entfernt auf seinem Bett ausstreckte. Obwohl sie durch eine Schicht aus Holz und Putz getrennt waren, durchfuhr Elsa ein leiser, ungehöriger Schauder.

Etwa eine Stunde später kam Gertrude herauf und fand ihre Zimmergenossin dösend vor.

»Elsa?« fragte sie. »Du schläfst doch nicht etwa schon?«

»Nein«, antwortete Elsa wahrheitsgemäß. »Nein, ich schlafe nicht. Du hast sicher an Mrs. McCormack Geld verloren.«

»Nein, wir haben uns *unterhalten*.«

Die seltsame Betonung des letzten Wortes veranlaßte die Freundin, sich aufzurichten. »Worüber?«

»Über *sie*«, antwortete Gertrude mit brennenden Augen. »Die Frau da *drin*.« Sie deutete mit einem Finger auf die Wand. »Sie ist gegen halb acht hinaufgegangen, kühn wie nichts. Eine stämmige Frau. Schrecklich breite Hüften. Du weißt schon, blond.« Sie schürzte die Lippen.

Elsa ließ sich auf dem Bett herumrollen und drückte schamlos ein Ohr an die Wand.

»Elsa!«

»Still!« Ihre Bemühungen führten schnell zum Ziel. Ein kehliges Frauenlachen.

»Sie ist tatsächlich bei ihm.«

»Aber das habe ich dir doch eben ...«

»*Bist* du endlich still?« Elsa lauschte eine Zeitlang und sagte: »Hört sich an, als ob sie trinken. Ich höre Gläser klirren.«

»Ach du meine Güte! Wenn das Mrs. Wilkins wüßte!«

In den nächsten zehn Minuten veränderte sich das Bild nicht, dann verkündete Elsa: »Sie geht.« Die Information stimmte; beide hörten die Außentür gehen und schwere Schritte die steile Treppe hinab verhallen.

Elsa sprang überraschend beweglich vom Bett.

»Wohin willst du?«

»Bin gleich zurück«, sagte Elsa und fuhr sich über das straff gekämmte Haar. »Ich will nur mal eben unseren Nachbarn besuchen.«

»Elsa! Das wagst du nicht!«

»Ich wag es nicht?« Sie ging zur Tür und öffnete sie gelassen. Dann lächelte sie Gertrude verführerisch an und ging.

Vor Mr. Grobers oder Grubers Tür zögerte sie; dann klopfte sie energisch an. Die Tür wurde aufgerissen, als rechnete der Mann damit, daß die Frau zurückkomme. Sein breites, grobschlächtiges, schwitzendes Gesicht war zu einem Grinsen verzogen. Beim Anblick Elsas verlor sich der Ausdruck.

»Ja?« fragte er stirnrunzelnd.

»Mr. Grober?« Ihre Stimme klang hell.

»Gruber.«

»Ich bin Elsa Gammon und wohne nebenan.«

»Und?«

»Mrs. Wilkins – ich meine, Mrs. Wilkins hat mich gebeten, Sie über unsere Essenszeiten zu unterrichten. Sie waren heute abend nicht unten ...«

Er lächelte. »Ich esse nie regelmäßig, Mrs. Gammon.«

»Miss«, sagte Elsa offenherzig.

»Miss, ich esse nie regelmäßig. Sagen Sie Mrs. Wilkins, sie soll nicht auf mich warten. Ich besorge mir schon irgendwo einen Happen.«

»Ja«, sagte Elsa vage und blickte an ihm vorbei ins Zimmer, das sogar einigermaßen aufgeräumt wirkte. Aber da standen die Gläser und die braune Flasche; sie hatte sich nicht geirrt.

»Ich ... äh ... wie ich sehe, haben Sie eine Flasche Whiskey auf dem Zimmer. Wissen Sie, normalerweise ist Mrs. Wilkins sehr streng, was das Trinken angeht.«

Er wurde ärgerlich. »Das habe ich alles mit Mrs. Wilkins geregelt«, sagte er betont. »Wenn Sie sich beschweren wollen, Lady, reden Sie mit ihr.«

»Mich beschweren?« Sie lachte ein wenig schrill. »Meine Güte, ich wäre die letzte, die sich darüber beschweren würde! Ich bin schon immer gegen Mrs. Wilkins kleinliches Verbot gewesen. Alkohol mag ich sogar ganz gern. Bei besonderen Anlässen.«

Zuerst sah er sie noch etwas mißtrauisch an, aber dann lachte er. »Hm ja. Na, wenn Sie mal Lust haben, sich einen Rachenputzer zu borgen, Mrs. Gammon, kommen Sie ruhig.«

»Miss«, sagte Elsa betont.

»Ach ja.«

Er schloß die Tür.

In dem kleinen Laden, den Elsa und Gertrude *Das Idyll* getauft hatten (und den jedermann *Das Ideal* nannte), dachte Elsa am nächsten Tag intensiv über den stämmigen Mann mit dem schweißfeuchten roten Gesicht nach. In Gedanken sah sie allerdings ein anderes Bild als das, das gestern abend von der Türöffnung eingerahmt gewesen war. Sie sah einen größeren, schlankeren Mann mit entschlossenen Gesichtszügen und zuvorkommendem Benehmen. Elsas romantische Veranlagung war noch längst nicht gestorben; sie hatte lediglich geschlummert.

Geschäftlich war der Tag nicht sehr erfolgreich. Sie legte drei Dutzend Glückwunschkarten in die falschen Umschläge, was später eine verzweifelte Suche auslöste. Einem Jungen gab sie auf einen Fünfdollarschein heraus, obwohl er ihr nur einen Dollar gegeben hatte, was er voller Freude geschehen ließ. Und sie ließ sich von einem glattzüngigen jungen Mann ein Sortiment billigen Plastikspielzeugs andrehen – obwohl sich der Laden in einer Gegend befand, in der es kaum Kinder gab.

Am übernächsten Abend nahm sie Mr. Gruber beim Wort und bat um einen »Rachenputzer«, wie er es nannte. Er musterte sie mit seltsamem Blick, dann aber lachte er und goß ihr einen Schuß in die henkellose Tasse, die sie mitgebracht hatte. Sie dankte ihm kokett und trug den Drink in ihr Zimmer, da er sie nicht zum Eintreten aufforderte.

»Elsa!« sagte Gertrude entsetzt. »Was willst du damit tun?«

»Da ich es nicht trinken muß, schütte ich es in den Ausguß«, sagte Elsa munter. »Ich wollte nur nett sein. Ein Mann wie Mr. Gruber mag Frauen, die trinken. So ist er nun mal.«

»Elsa! Du machst dir doch nicht etwa Hoffnungen...«

»Sei kein Dummchen, Gertrude. Wer nichts wagt, der nichts gewinnt. Das habe ich dir schon tausendmal gesagt.«

»Aber ein Mann wie er...«

»Ein Mann wie wer? Du weißt doch überhaupt nichts über ihn!«

»Ich weiß genug. Er trinkt. Er spielt. Er – er hat unmögliche Frauen auf dem Zimmer. Wenn ich nur wüßte, was sich Mrs. Wilkins gedacht hat, als sie...«

»Ich weiß nicht, was sich Mrs. Wilkins gedacht hat«, lachte Elsa. »Dafür weiß ich, was ich will, meine liebe Gertrude.« Sie spielte mit dem Gedanken, die braune Flüssigkeit zu probieren, löste dann aber doch ihr Versprechen ein und schüttete den Alkohol in das Waschbecken, das eine Ecke des Zimmers einnahm. Der Geruch blieb, ein starkes Aroma. Schließlich kehrte sie zu ihrem Bett zurück, griff nach ihrem Roman und las, bis ihr die Augen zufielen.

Es ist nicht anzunehmen, daß Elsa Gammon ernsthaft vorhatte, um Mr. Gruber zu werben. Allenfalls regte sich in ihr eine winzige, vage Hoffnung – nicht mehr und nicht weniger zielstrebig wie so mancher andere Plan in ihrem Leben. Als schließlich das große Ereignis eintrat, nahm ihr, wie sie Gertrude später versicherte, das Schicksal die Entscheidung aus der Hand.

Etwa ein Monat war seit dem Tag vergangen, da Mrs. Wilkins ihren Prinzipien abgeschworen und »jenen Säufer«, wie Mrs. McCormack ihn nannte, in die Pension aufgenommen hatte. Es war Mitte Juli, und die alten Mauern des Hauses waren aufgeladen vor Hitze. Eines Nachts, als die Luft besonders schwül war, erwachte Elsa aus reinem Unbehagen.

Sie stieß die Bettdecke zurück und lag keuchend auf der schmalen Matratze. Gertrude hatte keine Probleme; sie atmete tief und regelmäßig.

Aber es war noch jemand wach: Mr. Gruber und seine blonde Freundin, die regelmäßig zu Besuch kam.

In der nächtlichen Stille hörte sie es deutlich durch die Wand – das vertraute kehlige Lachen, das Klirren von Flasche und Glas, Mr. Grubers tiefe Stimme.

Sie richtete sich auf und lauschte. Nach einer Weile wickelte sie sich geistesabwesend dicke Metall-Lockenwickler ins grauschwarze Haar; ihr fiel nichts Besseres ein.

Plötzlich änderte sich der Ton.

»Vierhunnert«, sagte die Frau nebenan schrill.

»Nein«, antwortete Mr. Gruber. »Du bist ja verrückt, Lottie. Glatte tausend!«

»Vierhunnert!« sagte die Frau lauter; der Alkohol beeinträchtigte ihre Aussprache. »Sag bloß nich, ich lüge, Maury! Hier sind die vierhunnert...«

»Du bist verrückt! Verrückt! Ich hab's selbst gezählt. Rechne doch mal nach! Das Pferd hat zwanzig zu eins gebracht! He, was für eine Tour willst du hier reiten...?«

»Wer, ich? *Ich?* Machst du Witze?«

Elsa Gammon spürte eine seltsame Spannung. Hier wurde ein Streit ausgetragen, ein Kampf um Geld. Zwischen der Blondine und Mr. Gruber bahnte sich ein Zerwürfnis an.

»Ich verschwinde!« sagte die Frau.

»Das könnt dir so passen. So passen könnt dir das!« sagte Gruber.

Es schien ein Gerangel zu geben.

Elsa stand auf und legte eine knochige Hand auf die bewegte Brust. Schritte und dumpfe Laute – die beiden kämpften! Sie blickte auf Gertrude, die unschuldig weiterschlief.

»Laß los, du Affe...«

Elsa zerrte ihren Morgenmantel von einer Stuhllehne und warf ihn sich um die Schultern. Dann ging sie zur Tür und machte auf. Im Flur war es dunkel.

Sie trat hinaus und schloß leise die Tür. Auf Zehenspitzen ging sie zu Mr. Grubers Zimmer und legte vorsichtig das rechte Ohr an die Türfüllung.

»Ich hab gesagt, laß los!«

Im gleichen Augenblick hörte sie das seltsame dumpfe Geräusch, und das entsetzliche Stöhnen einer Frau.

Zum Überlegen blieb keine Zeit. Der Augenblick des Handelns war gekommen. Elsa schnürte ihren Morgenmantel zu und hob die Hand, um anzuklopfen.

Die Tür wurde aufgerissen, als ihr Knöchel kaum das Holz berührt hatte. Mr. Gruber starrte heraus, und der Schweiß war eine schimmernde Maske auf seinem geröteten Gesicht. Bei ihrem Anblick stockte ihm hörbar der Atem, und er riß den Mund auf.

»Mr. Gruber...«

»Es war ein Unfall«, keuchte er.

»Ein *Unfall?*« fragte sie atemlos. »Was... wer...«

»Meine – meine Freundin.« Er zitterte. »Sie ist gestürzt. Und sie hat sich am Kopf aufgeschlagen. Mehr ist nicht passiert, Mrs. Gammon! Ehrlich. Sie ist gestürzt...«

Elsa blickte durch den Türspalt und sah den Absatz eines Frauenschuhs, der seltsam verdreht am rundlichen nackten Bein der Frau hing. Sie hob die Hand an den Hals.

»Mein Gott!« sagte sie.

»Sie war betrunken.« Abrupt schossen seine Hände vor

und legten sich auf Elsas zerbrechliche Schultern. »Wirklich und wahrhaftig, es war nicht meine Schuld, Mrs. Gammon!«

Aus unerfindlichem Grund beruhigte Elsa die Berührung seiner Hände.

»Natürlich. Es war sicher ein Unfall, Mr. Gruber«, sagte sie tröstend. »Wissen Sie, die Wände zwischen den Zimmern sind ziemlich dünn. Ohne es zu wollen, habe ich – mitgehört, was hier gesprochen wurde. Ja, ich bin überzeugt, daß es nur ein Unfall war.«

Erstaunen und Dankbarkeit malten sich auf seinem Gesicht. »Sie – Sie haben uns gehört?«

»Ja. Natürlich nicht absichtlich. Aber ich habe *alles* gehört.« Starr erwiderte sie seinen Blick. »Und ich bin sicher – ziemlich sicher –, daß es nur ein Unfall war.« Sie erschauderte. »Es ist kalt hier draußen. Komisch, nicht? Bei der Hitze ... Darf ich eintreten?«

Unsicher blickte er sich um.

»Schon gut«, sagte Elsa lächelnd, als wollte sie in ein Haus gebeten werden, das nicht richtig saubergemacht war. »Sie sehen ziemlich angeschlagen aus, Mr. Gruber. Ich sollte uns beiden Tee machen.«

»Ja«, sagte Mr. Gruber. »Ja, tun Sie das. Bitte. Das Ganze ist ein ziemlicher – Schock für mich.«

»Natürlich«, erwiderte Elsa und trat ein. »Wir trinken eine Tasse Tee, und dann müssen wir die Polizei anrufen...«

Eine Stunde später ging Mr. Gruber ans Telefon. Die Polizei kam sofort.

Elsa, die außerhalb ihrer Bücher kaum mit dem Gesetz zu tun gehabt hatte, war ein wenig enttäuscht. Sie hatte damit gerechnet, daß Mr. Gruber und sie sogleich tüchtig in die »Mangel« genommen wurden. Statt dessen waren die

Beamten durchaus bereit, eine formelle Aussage erst am nächsten Vormittag auf dem Revier entgegenzunehmen.

Für Elsa war das alles sehr aufregend, und sie hätte gern noch viele Stunden länger in dem kleinen Zimmer zugebracht, in dem das Verhör stattfand.

Als sie um halb elf in die Pension zurückkehrte, warteten Gertrude und Mrs. McCormack bereits mit offensichtlicher Spannung auf sie.

»Um Himmels willen, erzähl schon!« rief Gertrude atemlos. »War es schrecklich?«

»O nein. Die Beamten waren sehr zuvorkommend.« Sie setzte sich in den bestickten Lehnsessel, das Prunkstück in Mrs. Wilkins' Wohnzimmer.

»Wenn ich mir vorstelle, daß ich nicht das geringste gehört habe!« sagte Gertrude traurig. »Nichts! Dabei war die ganze Zeit ...«

»Hat er es getan?« wollte Mrs. McCormack wissen. »Hat er die Frau umgebracht?«

»Ich glaube nicht«, sagte Elsa lächelnd. »Nein, ich kann mir das nicht vorstellen. Wissen Sie, es ist kein Problem, aus dem Nebenzimmer Geräusche zu hören. Die Wand ist sehr dünn. Und soweit ich mitbekommen habe – nun, es *klang* nicht danach.«

»Erzähl!« flehte Gertrude. »Erzähl uns alles!«

Elsa gähnte. »Nicht jetzt, meine Liebe. Ich bin sehr müde. Vielleicht möchtest du ja mit hinaufkommen, wo ich mich hinlegen kann ...«

Gertrude erschauderte wohlig, ahnte sie doch, daß sie etwas Vertrauliches zu hören bekommen sollte. Mrs. McCormack zuckte ärgerlich die Achseln.

Im Zimmer fuhr Elsa zu ihrer Freundin herum und sagte: »Wir werden heiraten.«

Gertrude bekam weiche Knie.

»Was?«

»Wir werden heiraten, Mr. Gruber – Maurice – und ich. Wir haben das ausführlich besprochen, gestern nacht, ehe die Polizei kam. Uns ist plötzlich klar geworden, daß da eine – gewisse Anziehung besteht.«

»Elsa, du hast ja den Verstand verloren!«

»Im Gegenteil.« Mit wirbelndem Rock nahm sie Platz. »Ich sehe völlig klar, Gertrude. Mr. Gruber und ich heiraten, dann verschwinden wir von hier. Es tut mir wirklich leid, dich mit dem Laden sitzenzulassen, wo wir doch noch im Minus sind. Aber ich sorge dafür, daß du deswegen keine Nachteile hast, Gertrude. Meine liebe Gertrude!« fügte sie in einer plötzlichen Gefühlsaufwallung hinzu.

»Aber das ergibt doch keinen Sinn, Elsa! Du kennst den Mann überhaupt nicht. Du hast selbst gesehen, mit was für Leuten er sich abgibt.«

»Darauf kommt es nicht an, Gertrude. Glaub mir, in unserem Alter kommt es nicht mehr darauf an.«

Gertrude biß sich schweigend auf die Lippen. »Aber wie, Elsa?« flüsterte sie dann. »Wie hast du ihn dazu gebracht, dir einen Antrag zu machen?«

»Habe ich gar nicht.« Sie lachte. »Reiner Zufall, meine liebe Gertrude. Wenn du es genau wissen willst: ich habe Mr. Gruber die Heirat angetragen.«

»Du?«

»Ich konnte ihm Gründe nennen, die ihn davon überzeugt haben, daß es wirklich eine gute Idee ist. Vor allem die Sache mit der Polizei – falls die Beamten doch noch Zweifel am Tod der Blonden hätten ...«

Gertrude war sichtlich schockiert. »Elsa! Du hast ihm doch nicht etwa *gedroht* ...?«

»Aber wo denkst du hin? Ich habe ihn nur auf etwas hingewiesen. Daß es nämlich nicht das geringste ausmachen würde, sollte mir einfallen, meine Aussage über gestern nacht abzuändern. Aber nur wenn ich seine Frau wäre. Eine Ehefrau kann ihren Mann nicht belasten.«

Gertrude sagte nichts mehr. Sie starrte ihre Freundin nur an. Und in diesem Blick lagen Bewunderung und Respekt.

Maurice Gruber kehrte erst spät am Abend von der Polizei zurück. Er suchte auf direktem Weg sein Zimmer auf und schloß die Tür.

Elsa Gammon beeilte sich nicht mit ihrem nächsten Besuch. Zuerst entledigte sie sich ihres Metallkorsetts und ersetzte das beengende Kleidungsstück durch ein weiches Gebilde aus Plastik, das sie am Nachmittag gekauft hatte. Dann ließ sie sich am wenig gebrauchten Schminktisch nieder und begann ihr dichtes Haar auszubürsten. Die Stumpfheit der Strähnen ließ sich nicht so schnell beseitigen, doch sie kämpfte, bis das Haar in schlaffen grauschwarzen Wellen um ihre Schultern herabhing. Während sich Gertrude bettfertig machte, begann sie ihr hageres, trockenes Gesicht vorsichtig mit Lippenstift und Puder zu verschönen. Gegen halb zwölf klopfte sie an Mr. Grubers Tür. Als er aufmachte, wurde deutlich, daß er getrunken hatte.

»Maurice!« sagte Elsa in weinerlichem Ton. »Wo *bist* du nur gewesen? Ich habe dich schon vor *Stunden* zurückerwartet.«

Er knurrte etwas vor sich hin.

»Na? Willst du mich nicht hereinbitten?«

»Nein.«

Sie runzelte die Stirn. »Hör mal, Maurice! Immerhin sind wir verlobt, da ist absolut nichts dagegen ...«

»Nein!« sagte der Mann zornig. »Ich mache das nicht mit.«

»Ach?« Ihr Gesicht verhärtete sich. »Meinst du wirklich, ich habe nicht die Möglichkeit, meine Aussage zu ändern? Meinst du, die Polizei glaubt mir nicht, wenn ich sage, ich hätte mich hinsichtlich des – Unfalls geirrt?«

Er kam auf den Flur hinaus und knallte die Tür hinter sich zu. »Hör mal, du ...!«

»Maurice, bitte! Du weckst die Leute auf. Wir wollen hineingehen und alles in Ruhe besprechen.«

»Nein! Da gibt es nichts zu besprechen.« Er machte einen Schritt auf sie zu, und sie wich zurück.

»Du bist betrunken! Du weißt ja nicht mehr, was du sagst!«

Er machte einen weiteren Schritt.

»Maurice, hör mich an!«

Seine riesigen Hände kamen hoch, bewegten sich langsam und zielbewußt. Elsa Gammon hatte Zeit, die klobigen Umrisse wahrzunehmen, die schwarzen Haare auf den Fingern zu betrachten. Im nächsten Augenblick lagen die Hände auf ihren Schultern, und sie war bereit, sich einer romantischen Umarmung hinzugeben. Doch romantische Gedanken waren Maurice Gruber fern. Die Hände drängten sie rückwärts, am Geländer vorbei, zur Treppe.

»Maurice!« schrie sie und machte einen Schritt rückwärts, doch ihr Fuß zuckte ins Leere. Ohne einen Laut stürzte sie das Treppenhaus hinab und blieb auf der untersten Stufe liegen.

Hinter ihm ging eine Tür, und Gruber wirbelte herum. Gertrudes bleiches Gesicht starrte ihn an.

»Nein«, sagte er leise. »Nein ...«

»Elsa!« stöhnte Gertrude entsetzt.

»Nein! Es war ein Unfall! Sie ist rückwärts gegangen... und gestürzt ...«

Gertrude eilte zur Treppe und starrte in die Dunkelheit hinab.

Dann wandte sie sich um. »Ein Unfall?« fragte sie schwach.

»Ja! Ich kann es beschwören!«

»Sie armer, armer Mann...« Mitfühlend berührte ihn Gertrude am Arm. »Sie armer Mann! Sie zittern ja wie Espenlaub!«

Weitere Türen öffneten sich in Mrs. Wilkins' Pension.

»Kommen Sie herein«, sagte Gertrude wie in Trance und rieb seinen Arm. »Kommen Sie herein. Wir rufen die Polizei an, dann mache ich uns ein Täßchen Tee...«

Geheimnis aus der Truhe

Bei Irwin Goddard stimmte nur eins nicht: sein Geburtsdatum. Schon als Junge vertiefte er sich in erregende Geschichtsabenteuer und wußte seit dieser Zeit, daß er besser in ein romantischeres Jahrhundert gepaßt hätte. Kaum erwachsen, widersetzte er sich mit geradezu greisenhaftem Starrsinn allem »Modernen«. Im Alter von vierzig Jahren – er war eine lange, hagere, düster blickende Gestalt – beschäftigte er sich mehr mit der Vergangenheit als mit der Gegenwart. Dieses Interesse hatte jedoch auch eine praktische Seite; Irwin lebte von einem kleinen Antiquitätenladen an der unteren Zweiten Avenue.

Wer ihn näher kannte, hielt diesen Beruf für die vollkommene Lösung aller seiner Probleme. Allerdings war der Laden kein Erfolg. So alt die Ware auch sein mag, der erfolgreiche Kaufmann kennt das moderne Geschäftsleben. Irwins Einkaufsmethoden waren hoffnungslos veraltet, und das Geschäft war bald mehr ein Trödellager als eine Fundgrube für Antiquitätensammler. Irwin nahm an denselben Auktionen teil wie die anderen Händler, doch irgendwie schaffte er es immer wieder, zu früh mit dem Bieten aufzuhören oder zuviel zu zahlen, Biedermeiermöbel mit Möbeln des biederen Meyer zu verwechseln, oder sich in die Woolworth-Klasse zu verirren, anstatt Wedgeworth zu kaufen. Diese Fehlschläge schrieb er nicht etwa seinen mangelnden Kenntnissen, sondern fehlendem Glück zu. Andere Händler stolperten über Rembrandts und Chippendalemöbel; vielleicht kam das Glück eines Tages auch zu ihm.

Als es schließlich soweit war, stand vor Irwin kein Gemälde oder Sofa, sondern eine abgenutzte alte Seemannskiste, deren Inhalt unbekannt war. Als sie bei der Auktion der Hoover-Galerie aufgerufen wurde, hob Irwin, der im Hintergrund des großen staubigen Saals auf einer Ecke seines Kataloges herumkaute, zögernd die Hand und bot zehn Dollar. Der Auktionator schlug einen gekonnt-spöttischen Ton an.

»Ich bitte Sie!« sagte er in sein Mikrofon. »Diese Truhe gehört zum Nachlaß des seligen Montague Willigray, eines der berühmtesten Bankiers von New York, eines Mannes, der Reichtum und Geschmack zu vereinen wußte. Die Truhe enthält mehrere interessante und möglicherweise auch wertvolle Gegenstände, die wir nicht klassifiziert haben. Die Truhe birgt vielleicht *den* Überraschungsschatz dieser Auktion. Bietet jemand fünfzig Dollar?«

Vierzig wurden geboten, und Irwin kaute weiter auf dem Katalog herum. Er wußte, die Hoover-Galerie hätte die Truhe nicht in die Auktion gegeben, ohne eine ungefähre Vorstellung von ihrem Wert zu haben. Doch seine Neugier war geweckt. Er hob den zerfransten Katalog. Der Auktionator wollte daraufhin sechzig Dollar hören, doch die Anwesenden blieben still. Die Truhe gehörte Irwin Goddard.

Im Hinterzimmer seines Ladens brach Irwin noch am gleichen Abend den Deckel der Truhe auf, schloß die Augen und erflehte die Gnade der höheren Mächte. Als er die Lider hob, erblickte er eine unansehnliche Sammlung persönlicher Gegenstände, die nun wirklich keine fünfzig Dollar wert sein konnten. Er seufzte bedrückt und machte sich daran, den Inhalt gründlich zu untersuchen.

Ein Herrenhemd. Ein Paar braune Schuhe. Eine nicht verschlossene Brandyflasche, eine Pinte fassend, deren Etikett fast unleserlich war, (jedenfalls war das Getränk alt; Irwin liebte alten Brandy.) Ein Holzkasten mit Kragenknöpfen und einem Paar Manschettenknöpfen aus Elfenbein. Eine dicke Hausjacke, deren Samtkragen ziemlich gelitten hatte. Das war alles.

»Trödelkram«, sagte Irwin verbittert. »Trödelkram!« wiederholte er und sah sich anklagend in dem engen Raum um. Er stieß mit dem Fuß gegen die Truhe, und der Brandy blubberte in der Flasche. Er spielte mit dem Gedanken, sich zu betrinken, doch selbst dafür kam ihm der Laden zu deprimierend vor. Nacheinander warf er die alten Sachen wieder in die Truhe, als letztes die Hausjacke – und als er das Kleidungsstück in die Hand nahm, spürte er das Knistern mehr als daß er es hörte.

Seine Finger kneteten den abgewetzten Stoff durch, bis sie die Ursache des Phänomens ergründet hatten. Im Futter der Jacke steckte etwas Steifes; hoffnungsvoll dachte Irwin an Geld. Willigray war immerhin Bankier gewesen. Vielleicht hatte er ständig Geld bei sich gehabt. Er fand die Innentasche und den Riß im Futter, durch den das Papier gerutscht war. Er zog es heraus und empfand beim ersten Blick Enttäuschung. Nicht geldscheingrün. Gelbes Pergament.

Es handelte sich um einen zusammengefalteten Bogen – dickes Leinenpapier aus einer anderen Zeit. Der Anblick der schnörkeligen Schrift schenkte Irwin die einzige angenehme Sekunde dieses Tages. Es schien sich um einen Brief oder den Teil eines Briefes ohne Anrede zu handeln. Er hielt den Bogen ins Licht der Lampe und schnalzte mit der Zunge, als er das Datum erblickte. *24. November 1872.*

Der Brief war vermutlich der älteste Gegenstand in Irwin Goddards Kramladen, und er studierte den Text mit steigendem Interesse.

Ich, Montague Willigray, gestehe hiermit, meinen Geschäftspartner Jeremiah Fleetwood am 17. November 1872 ermordet zu haben. Ich mache dieses Geständnis, um mein Gewissen zu erleich-

tern. Gier und Furcht vor Entlarvung brachten mich auf das schreckliche Verbrechen. Ich hinterlasse dieses Dokument als eindrucksvolle Warnung an alle, die den qualvollen Weg der Sünde wählen wollen.

Der Text trug die verschnörkelte, wenn auch zittrige Unterschrift: *Montague Willigray.*

Als Irwin Goddard diese letzten Worte las, begannen ihm ebenfalls die Hände zu zittern. Ein Mordgeständnis, mehr als fünfundsiebzig Jahre nach der Tat! Das Romantische dieser Entdeckung war überwältigend, mehr noch als der mögliche Nutzen, den er daraus ziehen konnte. Er setzte sich auf die geschlossene Truhe und las das Geständnis ein zweitesmal. Es schien echt zu sein. Und hatte die Hoover-Galerie die Quelle nicht bestätigt? Willigrays Mordgeständnis! Er runzelte die Stirn. Aber wenn Willigray erst kürzlich gestorben war...

Dann fand er die Antwort. Der Willigray, dessen Truhe er erworben hatte, war der *Sohn* des Mörders, dessen Geständnis er in der Hand hielt. Es handelte sich um Willigray Junior, während das Blut an den Händen von Willigray Senior klebte. Irwin lachte leise auf. Es gab sicher hundert Sammler, die für diesen Pergamentfetzen gutes Geld zahlen würden. Er konnte seinen Einsatz verhundertfachen!

Frohgemut schloß Irwin den Laden und ging in das Obergeschoß, wo er zwei Zimmer bewohnte. Den Brief nahm er mit und gab ihm einen Ehrenplatz auf der Kommode. Morgen früh sollte sein erster Blick darauf fallen – wie ein goldener Sonnenstrahl, der den Tag begrüßte.

Doch am nächsten Tag war die Sonne durch Wolken verhängt. Irwin suchte das Zeitungsarchiv der Stadtbibliothek auf. Er fand tatsächlich eine Notiz über Jeremiah Fleetwood, die ihn als das arme Opfer eines Wagenunfalls darstellte. Aber das war alles. Das Geständnis war nicht gefunden worden!

Diese Erkenntnis lähmte Irwin zunächst. Wenn Willigrays Geständnis bis jetzt unentdeckt geblieben war, welchen Wert hatte dann der Brief für einen Sammler? Wer würde an die Echtheit glauben? Ja, wer?

Seltsamerweise dauerte es noch einige Stunden, bis Irwin auf die Antwort stieß. Er aß gerade im Automatenrestaurant zu Mittag, als ihm die Idee kam. Er starrte die suppenlöffelnde Frau an, die ihm gegenüber saß, und sagte: »Mrs. Willigray!!«

»Wie bitte?« fragte die Frau. »Aber nein, ich heiße Ernst!«

Irwin antwortete nicht. Er ließ Fleischpastete und Kaffee stehen und eilte auf die Straße hinaus.

Die Willigrays wohnten in einem großen Eckgebäude an der oberen Park Avenue, ein Haus, das Irwin bis jetzt für ein Museum gehalten hatte. Die Feststellung, daß hier statt dessen vier Katzen und zwei Frauen wohnten, interessierte ihn. Das Gebäude mußte zwanzig bis dreißig Zimmer enthalten, von denen die meisten offenbar nur von den Katzen beansprucht wurden. Den beiden Frauen, Sara und Sufferage Willigray, schien das Untergeschoß zu genügen. Irwin erfuhr diese Tatsachen – und die Tatsache, daß Montague Witwer gewesen war, und lediglich von seinen beiden unverheirateten Schwestern beerbt wurde –, indem er nichts weiter tat als an die Tür zu klopfen. Seine Visitenkarte war wie ein Paß.

»Sehr nett von Ihnen, daß Sie kommen«, sagte eine der Frauen (erst später vermochte er die beiden auseinanderzuhalten). »Wir waren mit der Hoover-Galerie ganz und gar nicht zufrieden, Mr. Goddard, und hoffen, daß ein privater Käufer...«

»Möchten Sie sich nicht setzen, Mr. Goddard?« fragte die andere und wies auf einen Holzstuhl, dessen Rückenlehne wie eine Harfe aussah. »Wir wollten gerade Tee trinken und würden uns freuen, wenn Sie auch eine Tasse ...«

»Vielen Dank«, sagte Irwin. »Wirklich vielen Dank. Aber Sie scheinen nicht zu verstehen ...«

»Oh, Sie brauchen nicht um den heißen Brei herumzureden«, sagte die erste. »Wir verstehen das durchaus, Mr. Goddard. Eigentlich war es ja noch Montagues Wunsch, seinen Nachlaß zu verkaufen. Das Geld fließt natürlich wohltätigen Zwecken zu; wir wollen für die Liberianer das Beste herausholen.«

»Liberianer?« fragte Irwin.

»Ja. Montague hat eine liberianische Mission unterstützt, und alle Erträge sind dafür bestimmt. Möchten Sie sich die noch verbleibenden Dinge ansehen?«

Irwin hustete. »Ich will ehrlich sein, Miss Willigray, ich wollte eigentlich nicht kaufen, sondern eher das Gegenteil.«

»Wie bitte?«

Wieder hüstelte Irwin. Die zweite Miss Willigray, die im Vergleich zu ihrer robusten, rotwangigen Schwester bleich und ausgezehrt wirkte, musterte den Besucher besorgt und bot ihm einen Schluck Wasser an. Er lehnte ab und sagte:

»Ich wollte Sie fragen, meine Damen, ob Sie schon einmal von einem gewissen Jeremiah Fleetwood gehört haben.«

»Selbstverständlich«, erwiderte die Rotwangige. »Er war Geschäftspartner unseres Großvaters. Fleetwood und Willigray – das war einmal eine bekannte Maklerfirma. In welchem Zusammenhang kommen Sie auf ihn?«

»Aus einem ganz bestimmten Grund, Miss Willigray. Soweit ich weiß, ist er eines gewaltsamen Todes gestorben, nicht wahr?«

»Ich weiß nicht viel darüber, da ich damals noch gar

nicht auf der Welt war. Bitte kommen Sie zur Sache, Mr. Goddard.«

»Sofort.« Irwin zog das Dokument aus der Tasche und reichte es ihr. »Mein Anliegen, Miss Willigray, ist in diesem Brief Ihres Großvaters enthalten. Wenn Sie ihn bitte lesen würden …«

Die rotwangige Frau nahm eine Brille vom Tisch und setzte sie auf. Sie las den Brief, wobei sie leicht die Lippen bewegte. Als sie die letzte Zeile erreicht hatte, waren ihre roten Wangen verschwunden.

»Was ist, Sara?« fragte die Schwester.

Sie hob den Kopf und zog die Augenbrauen zusammen. »Geh in dein Zimmer, Sufferage.«

»Was?«

»Geh in dein Zimmer!« dröhnte sie lautstark. »Der Herr und ich haben geschäftlich zu reden. Nimm Argus und Penelope mit und schneide Penelope die Krallen. Wenn du damit fertig bist, kannst du Argus Milch geben.«

»Aber Sara!« klagte die andere. »Ich habe meinen Tee noch gar nicht …«

»Nimm deine Tasse mit!« sagte Sara barsch. »Aber jetzt hinaus mit dir, Sufferage!«

Die Frau schien dem Weinen nahe zu sein. Doch es kamen keine Tränen. Statt dessen gehorchte sie der Schwester, die inzwischen wieder rotwangig genannt werden konnte. Sobald sie allein waren, starrte Sara den Besucher aufgebracht an, und Irwin zog ihr vorsorglich das Geständnis aus der Hand.

»So«, sagte sie. »Und was soll dieser Scherz, Mr. Goddard?«

»Scherz?« Irwin lächelte herablassend. »Ich halte das ebensowenig für einen Scherz wie Sie, Miss Willigray. Diesen Brief habe ich im Futter einer Hausjacke entdeckt.

Das Jackett befand sich in einer alten Truhe, die ich bei einer Auktion erstand. Sie erinnern sich doch an die Truhe?«

Wieder erbleichte sie, erholte sich aber schnell. Das Gesicht der Frau war wie ein Barometer.

»Nun gut, nehmen wir einmal an, der Brief sei echt – rein theoretisch. Was gedenken Sie damit zu tun?«

»Ihn zu verkaufen«, entgegnete Irwin.

»An wen?«

»An den, der am meisten bietet.«

»Und haben Sie schon Angebote?«

»Noch nicht. Ich warte eigentlich auf eins.«

»Von mir?«

Er lächelte.

»Wie kommen Sie nur auf den Gedanken, daß ich diesen Brief haben wollte? Als Erinnerung an Großvater? Ich kannte den Mann gar nicht. Und wenn Sie glauben, ihm damit schaden zu können, irren Sie sich sehr. Einen Haufen alter Knochen kann man nicht mehr auf den elektrischen Stuhl setzen, Mr. Goddard.«

»Es gibt viele Formen der Strafe, Miss Willigray.«

»Sie scheinen ja gründlich darüber nachgedacht zu haben, Mr. Goddard. Bitte sehr, Sie haben das Wort. Offen gestanden, regt mich ein Mord, der fünfundsiebzig Jahre her ist, nicht sonderlich auf. Weshalb setzen Sie so große Hoffnungen darauf?«

»Weil es um mehr gehen kann als einen Mord. Zum Beispiel schreibt Ihr Großvater in seinem Brief, er habe sich vor Entlarvung gefürchtet, Miss Willigray. Ich frage mich nun, was könnte da wohl entlarvt werden? Lassen Sie mich raten. Vielleicht ein Betrug oder Diebstahl. Möglicherweise ein Betrug oder Diebstahl, auf den sich das Vermögen der Willigrays gründet. Ist das ein interessanter Gedanke?«

Die Frau saß starr in ihrem Sessel. »Glauben Sie wirklich, Sie könnten so etwas beweisen?«

»Halten Sie es für wichtig, ob es bewiesen werden kann oder nicht? Stellen Sie sich nur einmal vor, was die Leute glauben würden, sollte dieser Brief veröffentlicht werden – und dazu käme es sicher, glauben Sie mir! Die Zeitungen würden darin eine phantastische Story für ihre Sonntagsbeilagen wittern. Dadurch wäre dem Ruf Ihrer Familie nicht gerade gedient, nicht wahr, Miss Willigray?«

»Sie sind eine Schlange!« sagte die Frau.

Irwin machte sich erschrocken klar, daß er in zischendem Tonfall gesprochen hatte. »Tut mir leid«, sagte er verwirrt. »Ehrlich, so wollte ich es nicht ausdrücken. Ich dachte mir nur, daß Sie den Brief haben wollten, Miss Willigray, als eine Art Erinnerungsstück. Wenn Sie allerdings kein Interesse haben …«

Er stand auf.

»Bleiben Sie sitzen«, sagte Sara Willigray und deutete auf den Stuhl. »Noch ist nicht über den Preis gesprochen worden.«

»Zehntausend Dollar.«

»Fünf.«

»Neuntausend.«

»Sechstausendfünfhundert – mein letztes Wort.«

»Siebeneinhalb.«

»Siebentausend – bar in ein paar Tagen.«

Irwin rieb sich die Hände. Es war sein erstes und bisher einziges wirklich gewinnbringendes Geschäft.

Donnerstag abend um sechs Uhr hielt der Rolls Royce vor dem Goddard-Antiquitätenladen. Irwins Herz machte einen Sprung, als er den schimmernden Kühlergrill erblickte. Er hatte dem Besuch entgegengefiebert und das Geld im Geiste bereits ausgegeben. Er verfolgte durch das staubige

Ladenfenster, wie Sara Willigray mit Hilfe ihres Chauffeurs aus dem Wagen stieg, angewidert die Ladenfront betrachtete und dann dem Mann bedeutete, auf sie zu warten. Irwin beglückwünschte sich zum wiederholten Male – nicht wegen der Vereinbarung mit der Frau, sondern weil er so klug gewesen war, das Geständnis Montague Willigrays zu fotokopieren.

Miss Willigray betrat den Laden, und Irwin schloß die Tür hinter ihr.

»Ich möchte gern die Truhe sehen«, sagte sie. »Nur um sicherzugehen.«

»Gewiß«, sagte Irwin strahlend. »Ich bringe sie nach vorn.« Er zerrte das schwere Gebilde in den Laden und öffnete triumphierend den Deckel. »Erkennen Sie das gute Stück wieder, Miss Willigray?«

Sie hielt den Atem an, bückte sich und betrachtete den Inhalt. Ihre knochigen Hände fuhren sanft über das abgestoßene Hemd, die Hausschuhe, die halbvolle Brandyflasche, die Schmuckschachtel. Die Geste hatte etwas Trauriges.

»Ja, die Sachen gehören Großvater«, sagte sie müde. »Wir hätten sie schon vor fünfzig Jahren wegwerfen sollen. Nun gut, Mr. Goddard. Ich sehe keine andere Möglichkeit, als unser Geschäft zum Abschluß zu bringen.«

Sie öffnete ihre große Brokattasche. Ein dicker blauer Umschlag lag darin.

»Der ganze Betrag«, sagte sie und gab ihm den Umschlag. Gleichzeitig legte sie die Hand an die Brust und blickte sich nach einem Stuhl um. Hastig sorgte Irwin für eine Sitzgelegenheit und begann das Geld zu zählen.

»Vielen Dank«, sagte er schließlich. »Möchten Sie sich vielleicht noch ein bißchen im Laden umsehen?«

»Ich glaube nicht«, antwortete die Frau leise.

»Bitte, Miss Willigray, ich bin sicher, Sie haben Interesse

an meinem Angebot; ich kann von mir sagen, etliche schöne und seltene Stücke zusammengetragen zu haben. Zum Beispiel diese Lampe... Sie ist mindestens tausend Dollar wert, doch Ihnen, Miss Willigray, würde ich sie für, sagen wir: fünfhundert Dollar überlassen.«

»Nein danke, Mr. Goddard.«

»Oder dieser Teppich, Miss Willigray. Ein sehr schöner orientalischer Teppich, ein Sonderangebot für nur eintausendvierhundert Dollar. Würde sich der bei Ihnen nicht herrlich machen?«

»Ich würde ihn nicht mal für meine Katzen kaufen«, sagte die Frau. »Wenn Sie mich jetzt bitte entschuldigen wollen, Mr. Goddard...«

»O nein, Miss Willigray.« Irwin umfaßte lächelnd ihren Arm. »Ich muß darauf bestehen. Wissen Sie, ich finde, wir beide können noch viele gute Geschäfte miteinander machen. Wir interessieren uns sehr für alte Dinge. Meinen Sie nicht auch?«

Sie blickte ihn mit geweiteten Augen an.

»Was soll das heißen, Mr. Goddard? Wenn Sie damit andeuten wollen...«

»Ich deute gar nichts an, Miss Willigray. Ich mache Ihnen einen geschäftlichen Vorschlag, weiter nichts.«

»Ich habe Sie für das Geständnis bezahlt...«

»Ah. Aber es gibt so etwas wie Fotokopien... Nicht wahr, Miss Willigray? Sie wissen doch, was Fotokopien sind?«

Sie musterte ihn.

»Ja«, sagte sie kühl. »Ich kenne diese Technik.« Dann ließ sie sich in den Stuhl sinken und preßte die Hand gegen die Rüschen ihres Kleides. »Verzeihung«, sagte sie atemlos. »Ich bekomme plötzlich keine Luft mehr.«

»Ach?« machte Irwin.

»Nichts – nichts Ernstes. Es geht bestimmt gleich vorbei.«

»Möchten Sie einen Schluck Wasser?«

»Nein danke – kein Wasser.« Sie hüstelte. »Etwas Alkoholisches würde mir dagegen guttun. Mein Arzt empfiehlt einen guten Tropfen gegen meine – Anfälle. Haben Sie vielleicht einen Schluck Brandy?«

»Brandy?« Er folgte ihrem Blick, der auf die Truhe gerichtet war. »Ach, natürlich! Brandy!« Er grinste breit. »Wie gut das paßt, Miss Willigray! Wir können mit dem guten Brandy Ihres Großvaters auf unsere neue Geschäftsbeziehung anstoßen. Einen Augenblick, ich hole Gläser...«

Hastig stellte er zwei langstielige Gläser auf den Tisch und schenkte aus der alten Flasche ein. Er reichte ihr ein Glas und hob das andere.

»Auf Montague Willigray Senior«, sagte er leise lachend. »Ein toller alter Knabe!«

»Ja«, sagte die Frau tonlos. Sie sah zu, wie er seinen Drink herunterstürzte, rührte ihr Glas jedoch nicht an.

»Sie trinken ja gar nicht!« sagte er vorwurfsvoll. »Trinken Sie, es wird Ihnen guttun.«

»Das glaube ich nicht«, antwortete sie. »Sagen Sie, Mr. Goddard, haben Sie eigentlich gewußt, was aus meinem Großvater geworden ist? Ich muß Sie leider informieren, daß er Selbstmord beging. Den wahren Grund dafür erfuhr ich erst, als Sie mir gestern den Brief zeigten. Traurig, nicht wahr?«

»Sehr traurig«, sagte Irwin, dem das Sprechen plötzlich schwerfiel. »Mann, ist das ein starker Tropfen!«

»Zum Zeitpunkt seines Todes«, fuhr Miss Willigray fort, »kannte niemand den wirklichen Grund, auch nicht meine Großmutter. Sie wußte nicht einmal, woher er das Gift hatte oder wie er es zu sich nahm.« Sie seufzte. »Arme Großmutter! Sie war ein gutmütiges und einigermaßen naives Geschöpf. Natürlich fand sie den Gedanken an einen Skandal unerträglich. Und so gab ein uns verbundener

Arzt als Todesursache Herzschlag an. Anschließend packte sie seine Sachen zusammen und versteckte sie, brachte sie auf den Boden oder in den Keller – die Sachen, die er an jenem Abend trug, auch den Brandy, den er getrunken hatte. Den Brandy, den *Sie* jetzt trinken.«

Aus irgendeinem Grund konnte Irwin nicht mehr antworten.

»Leben Sie wohl, Mr. Goddard«, sagte Miss Willigray. »Ich hoffe, es wirkt schnell.«

Der Chauffeur, ein perfekt ausgebildeter Mann, hatte die Tür der Limousine bereits aufgerissen, als sie auf die Straße hinauseilte.

Schabernack mit einer alten Dame

In Flame Castles Briefkasten lag ein Umschlag; auf der Rückseite stand in Gravurschrift die Adresse von Mrs. Diane Wetherby Castle aus der Vierundsechzigsten Straße Ost. Flame kaute die letzten Überreste ihres grellrosa Lippenstifts ab, während sie erschöpft die drei Treppen zu ihrer Wohnung emporstieg. Ehe sie den Schlüssel ins Schloß steckte, riß sie den Brief auf. Das Blatt enthielt keine Anrede. Die alte Dame konnte sich noch immer nicht dazu überwinden, Flame als »Mrs. Castle« anzusprechen.

Würden Sie mich bitte heute abend um 18 Uhr zu Hause aufsuchen? Bitte bringen Sie Alice mit.

(Mrs.) Diane W. Castle

Flame brummte vor sich hin. Warum wollte die alte Dame sie sprechen? Dann dachte sie daran, daß ihr Anwalt versprochen hatte, Leonards Mutter einige drohende Briefe zu schicken, in der Hoffnung, sie dazu zu bringen, der Witwe ihres Sohnes eine Art Apanage auszusetzen. Das mußte es sein. Die alte Dame war sauer. Sie suchte Streit. Na, das war Flame nur recht.

Sie drehte den Schlüssel im Schloß und ließ die Tür aufschwingen.

Alice schlief auf dem Sofa. Mit dem schmutzigblonden Haar und dem winzigen Gesicht sah das Kind wie eine verlassene Stoffpuppe aus. Wie so oft atmete sie durch den Mund; Flame schüttelte sie zornig.

»Alice! Meine Güte, wach auf!«

Das Kind erwachte und begann zu weinen. Flame war nicht in der Stimmung, das Mädchen zu trösten.

»Wenn du endlich still bist, habe ich eine Überraschung für dich«, sagte sie. »Wir gehen heute abend aus, ganz toll aus!«

»W-wohin?« fragte Alice schluchzend.

»Wir besuchen jemanden, eine reiche Dame in der Nähe der Park Avenue. Weißt du, wo die Park Avenue liegt?«

»Nein.«

»Da wohnen die reichen Leute. Vielleicht kriegst du was Hübsches zu essen. Also wasch dich und zieh dein gutes Kleid an. Und nimm die hübsche blaue Tasche mit. Zack-zack!«

»Na gut«, sagte Alice.

Im Schlafzimmer dachte Flame über den Brief und die alte Frau nach und hätte in ihrer Erregung fast das Kleid zerrissen, das sie sich über den Kopf streifte. Diese alte Schlange! Seit dem Augenblick, da Leonard mit Flame zu Hause erschienen war, hatte seine Mutter sie gehaßt. Flame hatte nicht angenommen, daß sie ihren Sohn enterben würde, nur weil er ein Mädchen vom Ballett geheiratet hatte – doch sie hatte es getan, total und unversöhnlich. Nicht einmal Alices Geburt hatte ihre Entschlossenheit ins Wanken bringen können; die alte Dame war wirklich ein harter Brocken. Flame bewunderte ihre Härte, haßte sie aber trotzdem. Die Frau war stur, selbstgefällig, juwelenbehängt. Warum hatte *sie* nicht bei dem Eisenbahnunglück ums Leben kommen können, anstelle von Leonard?

Als Flame ihren Schmuck anlegte, kam ihr die große Idee. Sie besaß natürlich nur Modeschmuck, ganz im Gegensatz zu den Stücken von Mrs. Castle, die antike Broschen, dicke Ringe und juwelenbesetzte Armbänder ihr eigen nannte. Ein einziges Stück aus der Sammlung der Schwiegermutter konnte sie und Alice ein Jahr lang über Wasser halten...

Flame dachte an die Wohnung abseits der Park Avenue.

Sie schloß die Augen und stellte sich den Ankleideraum der alten Dame neben dem Wohnzimmer vor; sie sah den Tisch mit dem geschnitzten Schmuckkasten, hier und dort achtlos hingeworfene Schmuckstücke...

Ein Stück, dachte Flame. *Ein einziges Stück von dem Zeug.*

»Alice!« rief sie. »Alice, komm doch mal her!«

Das Kind trat scheu ins Zimmer, es hatte einen Daumen in den Mund gesteckt. Flame schlug ihr die Hand zur Seite, doch als sich das kleine Gesicht weinerlich verzog, lachte sie. »Ich will dir doch nur ein Spiel erklären.«

»Spiel?«

»Weißt du was, Alice? Wir spielen der alten Dame einen kleinen Streich. Würde dir das Spaß machen?«

Alice schien es nicht genau zu wissen, und Flame drückte sie an sich und flüsterte: »Das wird ein Spaß! Ein toller Spaß! Wenn wir bei der alten Dame sind, werde ich mit ihr sprechen, verstehst du? Du findest es ja immer langweilig, den Erwachsenen zuzuhören. Also machst du einen kleinen Spaziergang, klar? Du wanderst ein bißchen durch den Flur, verstanden?«

Das kleine Mädchen nickte.

»Am Ende des Flurs siehst du einen kleinen Raum. Darin steht ein großer Tisch mit einem Spiegel, so wie Mamis Tisch hier, und mit vielen hübschen Dingen darauf. Und weißt du, was du dann tust?« Sie lachte leise. »Ich sag's dir. Du nimmst dir irgendein Stück, etwas Hübsches, Glitzerndes. Ich meine, ein Armband, einen Ring oder Ohrringe, irgend etwas, das hübsch aussieht? Verstanden?«

Alice stimmte ein leises, vergnügtes Lachen an.

»Das ist das Spiel, mein Schatz«, sagte Flame und drückte sie an sich. »Du tust das gute Stück in deine hübsche blaue Tasche und kommst zu Mami und der alten Dame zurück, klar? *Du darfst aber kein Wort sagen.* Das ist das Wichtigste, Alice. Verstehst du deine Mami? Kein Wort!«

»Ja, ja«, machte Alice.

»Ach, was bist du doch schon für ein großes Mädchen«, summte sie in Alices Ohr. »Ein *kluges* großes Mädchen...«

Gefühlvoll umarmte Alice ihre Mutter.

Als Flame die Wohnung an der Vierundsechzigsten Straße betrat, erkannte sie, daß sich seit ihrem letzten Besuch nichts verändert hatte. Doch als Mrs. Castle in einem langen, nachschleppenden Rock eintrat, bemerkte sie ein neues Beben in den Händen der alten Frau, die sich mit unsicheren Bewegungen auf das Sofa setzte.

»Bitte nehmen Sie Platz«, sagte die alte Dame. »Ich habe von Ihrem Anwalt mehrere Briefe erhalten. Ein sinnloses Unterfangen, Sie sollten den Auftrag zurückziehen. Mein Anwalt hat mich wissen lassen, daß Sie keinen irgendwie gearteten rechtlichen Anspruch haben.«

»Hören Sie!« warf Flame ein. »Wenn Sie glauben...«

»Bitte. Deshalb habe ich Sie nicht hergebeten.« Sie blickte auf das Kind, das sich an Flames Schulter kauerte. »Das ist also Alice. Ist sie immer so schüchtern?«

»Kann sie ein bißchen herumwandern?« fragte Flame. »Sie ist nervös, und solches Gerede ist sowieso nichts für ihre Ohren.«

Die alte Frau runzelte die Stirn und nickte. »Du kannst tun, was dir gefällt, Alice. Es gibt nichts, was du zerbrechen könntest – jedenfalls nichts, was mir noch wichtig wäre. Geh ruhig, Kind.«

Alice warf ihrer Mutter einen kurzen Blick zu und ging dann zur Tür, die blaue Tasche unter den Arm geklemmt.

Als sie allein waren, sagte Mrs. Castle: »Das Kind sieht Leonard sehr ähnlich.«

»Was hatten Sie erwartet?«

Die alte Frau seufzte. »Ich hatte gehofft, daß wir uns in

aller Ruhe unterhalten können. Ich habe Sie nicht hergebeten, um die alte Diskussion fortzusetzen. Das ist alles vorbei und ausgestanden. Die Lage ist nun völlig anders.«

»Was soll das heißen?«

»Wenn Sie es genau wissen wollen, ich habe meine Einstellung geändert.« Sie lächelte matt. »Das ist alles in allem recht komisch. Kurz nach Leonards Tod hatte ich einen Herzanfall. Einen milden, hieß es.« Sie schnaubte verächtlich durch die Nase. »Aber ich weiß das besser.«

»Es tut mir leid«, sagte Flame.

»Wirklich? Na, egal. Jedenfalls hatte ich plötzlich Zeit zum Nachdenken. Für Leonard konnte ich nichts mehr tun, außer ihm vielleicht zu verzeihen – aber das hatte ich schon vor langer Zeit getan. Als einziges blieb mir, etwas für seine Frau und sein Kind zu tun.«

»Ich verstehe nicht...«

»Sie wissen doch bestimmt über mein Testament Bescheid. Ehe Sie in Leonards Leben traten, war er mein Alleinerbe. Danach stand er ohne einen Cent da. Doch nun möchte ich keine Verbitterung zurücklassen. Leonards Kind soll versorgt sein. Aus diesem Grund empfange ich nachher noch meinen Anwalt und diktiere ihm eine Änderung des Testaments.«

Flames Finger schlossen sich um die Armlehnen des Stuhls. Die alte Frau sah die Knöchel weiß werden, und lächelte geheimnisvoll.

»Der Hauptteil meines Nachlasses fällt danach an Sie und Alice. Wenn ich sterbe, werden Sie eine reiche Frau sein. Vielleicht stehen Sie dann eines Tages ebenfalls vor einem interessanten Problem. Vielleicht tritt ein Mann in Alices Leben, ein bezaubernder Taugenichts, gutaussehend, offensichtlich ein Glücksjäger, den Sie verabscheuen, der Ihre Tochter aber trotzdem heiratet. Dann denken Sie bitte an mich, ja?«

Sie stand auf. »Jetzt muß ich mich ausruhen. Bitte rufen Sie Ihre Tochter ...«

»Alice! Alice!« rief Flame und ging in den Flur hinaus. »Alice, wo bist du?«

Das Kind erschien, einen leicht erschrockenen Ausdruck in den Augen, die blaue Tasche an die Brust gedrückt.

»Da bist du ja!« sagte Flame zärtlich. »Komm, mein Kleines, es wird Zeit, daß wir gehen. Verabschiede dich von Mrs. Castle.«

Alice murmelte etwas, und die alte Frau nickte. Dann nahm ihre Mutter sie an der Hand und führte sie zum Ausgang.

Sie fuhren mit dem Taxi zurück; die Fahrt kostete zwei Dollar, was Flame aber egal war. Den ganzen Weg hielt sie das Kind im Arm, und Alice, erstaunt und verwirrt wegen der plötzlich zur Schau gestellten Zuneigung, trällerte und kicherte mit einer Fröhlichkeit, die sie selbst nicht ganz begriff. In der Wohnung zog Flame das schwarze Seidenkleid aus, stellte in einer Aufwallung guter Laune das Radio an und tanzte einen ironischen Striptease vor ihrer Tochter, die die ungewöhnlich lustige Mutter begeistert belachte.

Eine halbe Stunde später klingelte das Telefon.

»Spreche ich mit Mrs. Leonard Castle?«

»Ja. Wer ist denn da?«

»Mein Name ist Pierce, Dr. Pierce, Mrs. Castle. Sie kennen mich nicht, doch ich habe Ihre Schwiegermutter behandelt. Meines Wissens waren Sie die einzige lebende Verwandte, da hielt ich es für richtig, Sie anzurufen.«

»Stimmt etwas nicht? Ist ihr etwas passiert?«

»Leider ja. Ich wurde kurz nach Ihrem Besuch vom Hausmädchen angerufen. Sie waren offenbar erst zwei Minuten fort, als Mrs. Castle einen Anfall bekam; als ich ankam, war es schon zu spät.«

»Soll das heißen – sie ist tot? Mrs. Castle ist tot?«

»Ich hatte ihr Nitroglycerinpillen dagelassen, doch sie nahm keine davon. Ich weiß nicht, warum; vielleicht geschah alles zu plötzlich. Es tut mir sehr leid, Mrs. Castle...«

Flame knallte den Hörer auf die Gabel.

»Alice!« kreischte sie. »Alice!«

Als dieser Schrei durch die Wohnung gellte, verlor das Kindergesicht den neuen strahlenden Ausdruck.

»Die Tasche!« kreischte Flame. »Die Tasche!«

»Was?«

»Wo ist deine Tasche?«

Dann erblickte sie den hellblauen Beutel auf dem Sofa. Sie packte ihn, zerrte wild an dem kleinen Schloß. Zuletzt stellte sie die Tasche auf den Kopf, und ein hellschimmernder Gegenstand fiel auf die Kissen. Ein grellroter Edelstein funkelte auf dem Deckel; eindeutig ein sehr teures Pillendöschen.

Übertriebene Neugier

Als Erfinder gehörte Fred Winterhof nicht zu den Menschen, die sich durch Traditionen einengen ließen. Als seine Frau Candace einem anderen Mann Gehör schenkte, widersetzte er sich der Tradition, wonach der Mann »es« stets zuletzt erfährt. Genau genommen war er sogar der erste, der davon Kenntnis erhielt. Noch ehe die beste Freundin Trudy Bescheid wußte, ehe die Köchin etwas ahnte, ehe die Nachbarn die Brauen hoben, kannte Fred Winterhof Namen, Anschrift und Absichten des jungen Mannes.

Dabei war Candace durchaus um Heimlichkeit bemüht. Mit weiblicher Raffinesse erfand sie eine Reihe von Frauenversammlungen, Garten-Klub-Festen und mehrtägigen Ausflügen mit den Jung-Pfadfinderinnen des Ortes. Auch versäumte sie es nicht, den Briefträger auf seiner täglichen Runde abzufangen, und viele Briefe und kleine Päckchen, die der Mann brachte, verschwanden in der untersten Schublade ihrer Schlafzimmerkommode. Sie kümmerte sich mehr denn je um ihren Mann und zeigte ein gesteigertes Interesse an dem verwirrenden elektronischen Dschungel, den er im Keller des Maisonettenhäuschens gezüchtet hatte. Aber Fred ließ sich nicht täuschen. Fred wußte Bescheid.

Doch nicht Schlauheit führte zu der Entdeckung (obwohl Fred als brillant galt, konnte er doch immerhin siebenundvierzig elektronische Patente vorweisen). In Wirklichkeit ging alles auf einen Zufall zurück. Er hatte gerade bei einer Firma in der Stadt Bauteile gekauft, als er durch das Schaufenster ein Gesicht und eine Gestalt erblickte, die zu bekannt waren, als daß er sie übersehen konnte. Candace, kein Zweifel; es gab nicht viele Frauen, die ihren breiten Mund, ihre grünen Augen und ihren katzengleichen Gang auf sich vereinten. Sie betrat in Begleitung eines großen, fuchsgesichtigen Mannes ein Restaurant. Fred legte die Transistorteile aus der Hand, die er betrachtet hatte, und machte sich hastig an die Verfolgung der beiden – wobei er nichts weiter als eine freundliche Begrüßung im Sinn und ein fröhliches Lächeln auf den Lippen hatte. Man konnte Fred als fröhlichen Typ bezeichnen.

Er wäre rücksichtslos in die Zweisamkeit gefahren, hätte sich ihm nicht ein Kellner in den Weg gestellt. Diese Störung verschaffte ihm die Zeit, die beiden nebeneinander an einem Ecktisch sitzen zu sehen. Wange an Pausbacke, händchenhaltend, sich mit feuchten Augen anstarrend, die Symptome aufblühender Liebe verbreitend. Da schlug er sich die Begrüßung aus dem Kopf und ging.

Nach Hause zurückgekehrt, begann er die Besitztümer seiner Frau systematisch zu durchsuchen. So vorsichtig war seine Suche, daß er kein einziges Spitzentüchlein von seinem angestammten Platz verrückte. Und so gründlich ging er vor, daß er Candaces raffinierteste Verstecke knackte. Dabei fand er erstens ein Paket Liebesbriefe, unterzeichnet mit *Charlie*, zweitens mehrere Schmuckstücke, die er noch nie gesehen hatte, drittens eine flachgedrückte Blume in einem Buch mit indischer Liebeslyrik und viertens Streichholzhefte aus mehreren vornehmen Restaurants. In einem dieser Streichholzbriefe stand eine hastig hingekritzelte Telefonnummer.

Fred wählte die Nummer.

»Hallo«, sagte er zu der Frau, die sich meldete. »Ist Charlie zu Hause?«

»Nein«, antwortete die Frau.

»Mit wem spreche ich?«

»Mit *Mrs.* Duncan. Wer ist da?«

»Äh … hier ist der Hooper-Fernsehtest-Service. Welches Programm haben Sie gerade eingeschaltet?«

»Wie bitte?«

Fred legte auf.

Das Telefonbuch brachte weitere Informationen. Es gab fünf Charles Duncans, doch nur einer konnte die Nummer vorweisen, die er eben angerufen hatte. Die Anschrift lautete Westliche Achtundsiebzigste Straße Nr. 43. Darunter befand sich eine Geschäftseintragung, die Mr. Duncan als Facharzt für Fußleiden auswies.

»Ein Fußdoktor«, murmelte Fred und begann sich noch mehr aufzuregen.

Jetzt hatte er alles. Den Namen des Mannes: Charles Duncan. Ehestand: verheiratet. Anschrift: Achtundsiebzigste Straße. Beruf: Fußarzt. Absichten (er betrachtete das Päckchen mit Briefen und überflog einige schmalzige Absätze): unehrenhaft.

Und Fred hatte noch etwas – ihn erfüllte ein Zorn, der seiner ruhigen Natur eigentlich fremd war, ein Zorn, der immer mehr anwuchs und niemals völlig gestillt werden konnte.

Einem anderen Mann wären verschiedene Möglichkeiten in den Sinn gekommen. Denunziation, Nasenstüber, Scheidung. Für Fred Winterhof aber gab es nur einen Weg. Er würde Candace umbringen.

Die beiden nächsten Abende verbrachte er in seinem Kellerlabor; er saß lässig in einem Drehstuhl inmitten von Rheostaten und Vakuumröhren und saugte am häßlichen Stiel einer Pfeife, die er immer nur dann rauchte, wenn er Ideen produzierte. Er war damit beschäftigt, etwas zu erfinden, etwas, das er allerdings nie patentieren lassen würde. Einen narrensicheren Mordplan.

Die Welt wußte, Fred Winterhof war ein brillanter Mann.

Er kam schließlich auf seinen Plan, indem er nichts weiter tat, als die besonderen Charaktermerkmale seiner Frau wissenschaftlich zu analysieren und auf Papier festzuhalten.

Positiv
Gepflegtes Äußeres
Gut lesbare Handschrift
Ausgezeichnete Blumengärtnerin
Kann einen geraden Saum nähen

Negativ
Mangel an Organisation
Große Eitelkeit
Leichtsinn
Unfähigkeit zu kochen
Regt sich leicht auf
Übertriebene Neugier

Geistesabwesend ergänzte er die Liste der negativen Dinge um »Untreue« und machte sich daran, den Zettel zu durchdenken. Er strich »Mangel an Organisation« aus und stellte dafür »Übertriebene Neugier« an die Spitze der Liste. Wenn er sich auf eine Eigenschaft konzentrieren mußte, dann kam nur diese in Frage.

Eine Stunde später war der Mordplan perfekt.

Im Laufe der nächsten Woche baute Fred Winterhof ein Gebilde, das kaum Ähnlichkeit hatte mit seinen bisher patentierten Geräten. Es handelte sich um einen quadratischen Metallkasten, der oben mit einem Deckel abschloß. Fred malte den Kasten grellrot an und installierte eine raffinierte elektrische Anlage, die bei der geringsten Bewegung des Deckels einen so starken Stromschlag austeilte, daß mehrere ungetreue Ehefrauen daran sterben konnten. Zuletzt betrachtete er stolz das einfache Gerät und arbeitete sogar eine Reihe von Notizen aus, die darauf hindeuten sollten, daß er das Gerät für eine eher konventionelle Verwendung vorgesehen hatte. Dabei verfolgte er damit nur ein Ziel. Er wollte Candace beseitigen.

An dem Abend, da er den Apparat fertigstellte, ging er nach oben und fand Candace vor dem Fernsehschirm vor. »Was bringt dich so früh herauf?« fragte sie und blickte ihm mit gerümpfter Nase entgegen.

»Ich bin fertig«, sagte Fred.

»Womit?«

»Das kann ich dir nicht sagen.«

Sie hob die Augenbrauen. »Du kannst es mir nicht sagen? Warum denn nicht? Du hast es mir bisher doch *immer* gesagt.«

»Diesmal nicht. Es handelt sich um ein Geheimnis, ein großes Geheimnis.«

»Aber Fred …«

»Kein Wort mehr«, sagte Fred Winterhof und wandte sich den Cowboys zu.

Am nächsten Morgen beim Frühstück wollte Candace wissen: »Arbeitest du heute weiter an deiner – Erfindung?«

»Welche Erfindung?« fragte Fred heiter.

»Du weißt schon. Wir haben gestern abend darüber gesprochen. Willst du mir denn gar nichts darüber erzählen?«

»Tut mir leid«, sagte Fred und steckte sich einen Pfeifenstiel zwischen die Zähne. »Ich kann nicht darüber sprechen, Candace. Und ich möchte nicht, daß du heute ins Labor runtergehst.«

»Warum denn nicht?«

»Tut mir leid, Candace. Mehr darf ich dir nicht verraten. Könnte ich bitte noch einen Toast haben?«

»Natürlich«, sagte Candace gedankenverloren und reichte ihm eine verkohlte Scheibe. »Ach, übrigens, Fred, ich gehe heute abend gegen acht Uhr fort. Zu einem Frauentreffen des Wohlfahrtskomitees.«

»Ich dachte, deine Freundin Trudy will uns besuchen.«

»Die kommt schon um sieben; sie muß bald wieder fort.«

»Das ist gut«, sagte Fred, der über den Besuch froh war. Trudy spielte in seinem Plan eine wichtige Rolle.

Trudy kam pünktlich um sieben – ein breit gewachsenes, knochiges Mädchen, das unverheiratet geblieben war; sie und Candace waren schon seit der Schule befreundet. Sie ließ sich von Fred zu einem Drink einladen und lieferte ihm das perfekte Stichwort, indem sie fragte:

»Na, woran arbeitest du denn gerade, Fred?«

»Vielleicht kannst *du* das ergründen«, sagte Candace mit geschürzten Lippen. »Fred stellt sich diesmal ausgesprochen geheimnisvoll an.«

»Na schön, na schön«, brummte Fred. »Ich erzähle euch ein bißchen, aber nicht viel. Es handelt sich um einen Kasten.«

»Einen Kasten?«

»Ja. Und was immer du auch denken magst, Candace. Ich möchte nicht, daß du ihn aufmachst. Verstanden?«

»Aber was ist denn in dem Kasten?« wollte Trudy wissen.

»Das kann ich dir nicht verraten. Und denk daran, was ich dir sage – du darfst nicht hineinschauen!«

»Wollen wir wetten, daß er eine Blondine darin versteckt hat?« fragte Trudy und kicherte albern.

»Was auch immer. Du mußt mir versprechen, nicht hineinzuschauen. Trudy, du bist meine Zeugin.«

»Na schön«, sagte Candace ergeben. »Wenn du dich so kleinkrämerisch anstellen willst. Ich fasse das verdammte Ding nicht mal an.« Sie warf Trudy einen Seitenblick zu. Fred schien sich damit zufriedenzugeben.

Am übernächsten Tag waren sie bei einem Nachbarn zum Abendessen eingeladen; dort brachte Candace das Gespräch von selbst auf das Thema.

»Mein Mann entwickelt sich zu einem verrückten Wissenschaftler, wie er im Buche steht«, sagte sie leichthin. »Er hat in seinem Labor ein Gerät stehen, über das er sich wie ein Blaubart ausschweigt.«

»Unsinn!« sagte Fred und rutschte in überzeugend wirkendem Unbehagen auf seinem Stuhl herum. »So ist das gar nicht. Ich möchte nur nicht, daß Candace in meinem Labor herumwühlt.«

»Was ist es denn diesmal?« fragte der Gastgeber.

»Ein Kasten«, sagte Candace boshaft. »Ein hellroter Kasten, etwa so groß wie eine Kosmetiktasche.«

»Woher weißt du, wie groß das Ding ist?« fragte Winterhof heftig.

Candace ließ die Lider flattern. »Aber ich hab's mir doch nur *angesehen*, Fred! Das schadet doch nun wirklich nichts, oder? Ich hab das Ding nur angesehen.« Sie kicherte. »Es ist irgendwie sogar ganz hübsch, weißt du?«

»Nun, die Außenseite kannst du dir ansehen«, sagte Fred so laut, daß die ganze Abendgesellschaft zuhörte. »Aber ansonsten läßt du die Hände davon, ja? ICH MÖCHTE NICHT, DASS DU DAS DING AUFMACHST!«

Zwei Wochen vergingen, und Fred Winterhof verfolgte, wie seine Frau langsam von Neugier verzehrt wurde. Candace zeigte sich streitsüchtig, die frauliche Fürsorge, die sich seit der Affäre mit Charlie Duncan bemerkbar gemacht hatte, ließ spürbar nach. Sie begann Fred wieder mit derselben Verachtung zu behandeln, die sie stets zur Schau getragen hatte, und auf den ersten Blick sah es so aus, als sei der Ehealltag zurückgekehrt. Sie stellte die regelmäßigen Besuche im Gartenklub, beim Wohltätigkeitskomitee und bei den Pfadfinderinnen ein, und er begann sich zu fragen, was eigentlich los war.

Dann hörte er das Telefongespräch mit.

Seines Wissens hatte Candace Charlie Duncan niemals von zu Hause angerufen; da es zahlreiche Nebenapparate gab, so auch einen in der Werkstatt, war das Risiko einfach zu groß. Doch als er an diesem Vormittag das Klicken der Wählscheibe hörte, folgte er einem inneren Drang und hob den Hörer vorsichtig ans Ohr.

»Charlie? Hier Candace«, hörte er seine Frau sagen.

»Candace!« Die Stimme am anderen Ende war ein heiseres kaum erkennbares Flüstern. »Um Himmels willen, hast du den *Verstand* verloren?«

»Ich mußte dich einfach anrufen, Charlie! Ich halte es nicht mehr aus...«

»Du *mußt* es aber aushalten!« sagte Charlie Duncan in einem dermaßen energischen Ton, daß der heimliche Lauscher überrascht blinzelte. »Ich hab's dir schon tausendmal gesagt! Hör auf, mich anzurufen!«

»Charlie, bitte...«

»Komm mir nicht mit diesem leidenden Ton! Ich habe dir vor einer Woche gesagt, daß die Sache erledigt ist, aus und vorbei. Hör auf, mich alle zehn Minuten anzuklingeln. Und auf keinen Fall darfst du mich zu Hause anrufen. Irmaline ist schon mißtrauisch genug...«

»Aber so kannst du mich doch nicht behandeln! Du kannst mich nicht einfach wegwerfen wie ein gebrauchtes Papiertaschentuch...«

»Ich habe gesagt, du – sollst – mich – in – Ruhe – lassen!« sagte Charlie Duncan mit zusammengepreßten Zähnen. Dann begann er plötzlich zu lachen, als sei ihm etwas eingefallen. »Candace, es lohnt doch eigentlich die Aufregung nicht. Sei ein braves Mädchen und leg endlich auf.«

»Nein!« Ihre Stimme wurde zu einem hysterischen Kreischen. »Du kannst mich nicht...«

Ein lautes Klicken war zu hören, ein kurzes Schweigen, ein unterdrücktes Schluchzen, dann war die Leitung tot.

Fred Winterhof hängte den Hörer ein und setzte sich hin, um nachzudenken.

Der alte Charlie, der Fußdoktor, wollte Candace also gar nicht! Fred war ungemein erfreut. Candace wurde auf diese Weise nun doppelt bestraft; der Liebhaber wollte sie nicht mehr, und ihr Mann erst recht nicht. Das war köstlich! Geradezu poetisch!

Er betrachtete das hell angemalte Gerät auf der Werkbank und fragte sich, ob der Kasten nun nicht überflüssig war. Aber dann verschwand das Lächeln, und sein Gesicht wurde grimmig ernst.

Nein, die Strafe, von Charlie Duncan verstoßen zu werden, genügte bei weitem nicht. Nicht nach all dem, was er deswegen hatte durchmachen müssen. Der Tod war für Candaces Verbrechen die einzige angemessene Strafe, die einzige Rache, die Fred Winterhof zufriedenstellen konnte.

Er stand auf und ging nach oben.

Candace war im Schlafzimmer, die Tür war geschlossen. Entweder weinte sie sich nach dem Gespräch die Augen aus oder kämpfte mit jener höllischen Wut, die verschmähte Frauen ja zuweilen durchmachen sollen. Er klopfte an die Tür.

»Candace? Kann ich dich mal einen Augenblick sprechen?«

Nach fast einer Minute öffnete sie die Tür; ihr Gesicht war eine Maske mühsam gewahrter Beherrschung.

»Ich muß mal ein paar Stunden weg«, sagte er. »Ich wollte dir nur noch einmal sagen – bleib vom Labor weg. Ich würde es ja abschließen, kann aber den Schlüssel nicht finden.«

»Schon gut«, sagte sie zornig. »Deine dummen Apparate interessieren mich nicht.«

»Gut so«, sagte Fred und nickte. »Denn ausgerechnet heute liegt mir besonders daran, daß du den Kasten nicht aufmachst.«

Er senkte geheimnisvoll die Lider und machte kehrt. Im Flur nahm er Mantel und Hut von der Garderobe und schloß mit einem lauten und endgültigen Geräusch die Tür hinter sich.

Er blieb die versprochenen Stunden fort, doch was er zu erledigen hatte, war alles andere als dringend. Er ging ein Dutzend Querstraßen weit zu Fuß und kehrte schließlich in einer netten Taverne ein, die auf den zweiten Blick gar nicht so nett war. Nach dem ersten Bier brach er auf und ging in ein Aktualitätenkino. Die Nachrichten bedrückten ihn wie immer, und er kehrte vor Ende der Vorstellung nach Hause zurück.

»Candace?« fragte er im Flur. Er bekam keine Antwort und ging ins Schlafzimmer. Die Tür stand offen, doch Candace war nicht da. Dann fiel ihm etwas Seltsames auf. Die elektrische Uhr auf dem Nachttisch stand auf zehn Minuten nach elf, dabei war es schon nach ein Uhr.

Er knipste eine Bettlampe an, doch es blieb dunkel.

Da erschien ein Lächeln auf Fred Winterhofs Gesicht. Es gab nur eins, das dem Haus den Strom genommen haben konnte, nur einen Grund, warum die Sicherungen geschwärzt in ihren Fassungen steckten.

Hastig ging er in den Keller und betrat das Labor. In einem dünnen Gewand, das wie ein Haufen zerdrückter Stoff aussah, lag seine Frau ausgestreckt auf dem Boden, die toten Augen aufgerissen, eine geschwärzte Zunge zwischen unbemalten Lippen. Es war kein schöner Anblick.

Er kehrte nach oben zurück; mit bewundernswerter

Ruhe. Zuerst ging es darum, Charlies Briefe zu vernichten und damit jede Spur eines Mordmotivs zu beseitigen. Dann mußte er die Polizei anrufen und den schrecklichen Unfall in seinem Labor melden.

Aber die Briefe waren fort, das Schubfach war leer. Er durchsuchte gründlich das Schlafzimmer seiner Frau, doch es war nichts zu finden. Offenbar hatte Charlie Duncan sie sich klugerweise zurückgeben lassen, damit sie nach Abschluß der Affäre keine Probleme mehr machen konnten. Schlauer alter Fußdoktor, dachte Fred grinsend und vermochte für seinen ehemaligen Rivalen fast so etwas wie freundschaftliche Gefühle aufzubringen.

Er kehrte ins Wohnzimmer zurück und wollte eben zum Telefon greifen, als er draußen den Briefträger pfeifen hörte.

»Guten Tag, Mr. Winterhof«, sagte der Beamte, als Fred die Tür aufmachte. »Ein paar Briefe für Sie und ein Päckchen für Ihre Frau.«

»Vielen Dank«, sagte Fred und nahm die Sendungen entgegen.

Das Päckchen interessierte ihn mehr als die eigene Post; er wußte, wer Candace Päckchen schickte. Aber was sollte das Geschenk, wenn Charlie Duncan mit ihr fertig war? Neugierig riß Fred Winterhof das Papier auf. Die Bombe im Päckchen explodierte und tötete ihn auf der Stelle.

Tal der guten Nachrichten

Die Auswahl an Gesprächspartnern war im Allegheny Motel nicht gerade groß; die Tullys mußten sich mit den Moxins zufriedengeben, untersetzten konservativ-kleinkarierten Leuten aus Cincinatti. Der Vorschlag, zusammen zu Abend zu essen, kam von Lew Tully; seine Frau Eleanor hatte nichts gegen die rosigen Schweinsohren der Moxins, solange sie nur ihre Klagen loswerden konnte. Jammern und Klagen war Eleanors Hobby; daß Lew ihr längst nicht mehr zuhörte, wußte sie.

Die Gaststube war anheimelnd auf Pferdestall getrimmt – ein riesiges Gemälde sollte patriotische Gefühle für die Gegend wecken. Sally Moxin hielt Pferde für »toll«, und Fred Moxin strich sich über die Krawatte mit dem Sonnenuntergang und fragte Lew, ob er Sportsmann wäre. Eleanor prustete in ihren Martini. *»Der?«* fragte sie. »Wenn Sie mal was Athletisches sehen wollen, brauchen Sie nur zuzuschauen, wie Lew mit einer Zeitung umgeht oder mit den Knöpfen am Fernsehgerät. Aus dem Handgelenk ist er ganz stark.«

»Ich lese nie Zeitungen«, äußerte Fred und streichelte seinen Schlips. »Von den Sachen, die da so vorgehen, wird man ganz krank. Dafür sehen wir oft fern, Sally und ich, da vergeht die Zeit.«

»Die Zeit«, sagte Lew traurig.

»Mein Mann sammelt Sorgen«, bemerkte Eleanor. »Er hat schon ein paar hübsche Stücke zusammen. Erzähl ruhig, Lew, erzähl von Strontium und Feuerstürmen und solchen Sachen. Warum sollen die Moxins Appetit haben dürfen?«

»Jeder sollte sich dafür interessieren«, bemerkte Sally Moxin zögernd. »Nicht wahr?«

»Ich, ich fahre gern Auto«, stellte Fred fest. »Das ist mein Hobby. Ich steige in die Kiste und sause los. In den letzten Wochen bin ich praktisch durch ganz Kentucky gefahren.«

Lew horchte auf, und Eleanor knirschte mit den Zähnen. »Das hätten Sie nicht sagen sollen. Jetzt stellt Ihnen mein Mann garantiert seine Lieblingsfrage – davor ist niemand sicher.«

»Frage?«

Lew beugte sich vor, ein Mann mit völlig verwandeltem Gesicht. Höchste Konzentration vertiefte die Blässe und ließ die entrückten hellen Augen hervortreten. »Ich suche nach einem bestimmten Ort«, sagte er. »Deshalb machen meine Frau und ich diese Reise, wir wollen ihn finden. Vielleicht sind Sie auf Ihren Reisen durch den Ort gekommen.«

»Mag sein. Wie heißt er denn?«

»Das kann ich Ihnen nicht sagen.«

»Sparen Sie sich die Zeit«, sagte Eleanor heftig. »Er fragt seit zwanzig Jahren danach, niemand hat je davon gehört.« Sie wandte sich an Sally. »Wissen Sie, wie das ist, wenn man mit einem Monomanen verheiratet ist? Glauben Sie, *ich* wollte unzählige Kilometer zurücklegen und nach einem unbekannten Ort suchen? Wir könnten längst am Cape sein und in der Sonne liegen.« Sally setzte ein verständnisloses Grübchenlächeln auf.

»Meine Frau ist nicht sehr glücklich darüber«, sagte Lew. »Für sie ist das kein besonders schöner Urlaub. Aber ich habe mir geschworen, ich würde den Ort wiederfinden, und das schien mir eine gute Gelegenheit zu sein. Ich weiß nur noch, daß die Straße dorthin von der Route 79 abgeht, unweit eines verlassenen Kühlhauses. Acht oder zehn Kilometer weiter kommt eine neue Abzweigung, ein unbefestigter Weg in ein Tal. Am Taleingang gibt's einen Kramladen, der Capwert heißt oder so, und in der Senke stehen vierzig bis fünfzig kleine Häuser. Ist natürlich lange her, da kann sich manches verändert haben.«

»Wie lange denn?«

»1942«, sagte Lew, und sein Blick veränderte sich. Er blickte zu Eleanor, die nach ihrer Tasche griff und aufstand.

»Ich gehe mir mal die Nase pudern«, sagte sie. »Kommen Sie mit, Mrs. Moxin?«

Sie wußte, daß er wieder einmal die große Geschichte loswerden mußte.

»Ich erhielt meinen Einberufungsbefehl im Februar – zur Navy nach Norfolk. Von dort mußte ich nach San Francisco; ich wurde auf einen Flugzeugträger kommandiert, der das japanische Vorrücken im Fernen Osten bremsen sollte. An allen Fronten stand es schlecht. Der Feind besetzte Java, nachdem er uns in der Bandung-Straße besiegt hatte, und klopfte bereits in Burma und Neuguinea an. Großbritannien litt unter der deutschen Luftwaffe, Rommel hatte in Afrika freie Hand. Der hitzige Zorn, der uns nach Pearl Harbor gepackt hatte, wurde ein wenig durch Zweifel gekühlt; vielleicht waren wir doch auf der Verliererseite.

Jedenfalls hatte ich noch drei Wochen Zeit, ehe ich mich zum Dienst melden mußte. Ich beschloß mit dem Wagen einen Landausflug zu machen und mir die Gegend anzusehen, ehe sie sich zu sehr veränderte. Meine Frau hatte recht; ich mache mir über alles Sorgen, und das war damals nicht anders. Die Fahrt machte mir gar keinen Spaß: im Autoradio jagte eine schlechte Nachricht die andere: Verluste, Niederlagen, Bombenangriffe, ein ständiger Kommentar über das Auf und Ab des Krieges.

Ich wußte, daß ich mich in Kentucky aufhielt, aber die Gegend kannte ich nicht. Ein hübsches Land, geradezu friedlich, und es war ein herrlicher Tag. Man hätte mir einreden können, daß das Gras in Wirklichkeit blau war – ich hätte es geglaubt. Ich beschloß die Hauptstraße bei der ersten Abzweigung zu verlassen; die Gelegenheit ergab sich ein Stück hinter dem alten Kühlhaus, von dem ich vorhin sprach. Auf diese Weise kam ich vierzig oder fünfzig Kilometer vom Weg ab, aber das machte nichts, und als ich den Feldweg im Tal verschwinden sah, bog ich noch einmal ab.

In der Ferne sah ich die verschwommenen Hänge der Pine-Berge und den steilen Weg in die Senke, in der kleine Häuser ihre grauen Rauchwolken zum Himmel schickten. Im Autoradio wurde Glenn Miller oder Dorsey gespielt, und der Anblick des verschlafenen Taldorfes fesselte mich dermaßen, daß ich die ersten Meldungen der Drei-Uhr-Nachrichten gar nicht mitbekam. Erst dann wurde mir klar, was da gesagt wurde, und ich wäre beinahe in den Graben gefahren.

An die genauen Worte erinnere ich mich nicht mehr, aber es ging etwa so:

›In Java haben sich japanische Kräfte einer Pazifik-Flotte der USA ergeben. Es gibt Berichte über eine ähnliche Kapitulation bei den Marshall-Inseln. Präsident Roosevelt will heute abend um 18 Uhr eine Rede an die Nation halten. Informierte Kreise in Washington vermuten, daß er den Beginn von Waffenstillstandsverhandlungen zwischen Japan und den Vereinigten Staaten bekanntgeben wird. Unterdessen hat die sowjetische Nachrichtenagentur den totalen Sieg über den Angreifer vorausgesagt, da ein allgemeiner deutscher Rückzug eingesetzt hat. Nach der Niederlage von Rommels Afrika-Korps stoßen die Briten ...‹

Es war eine verblüffende Nachrichtensendung, die ersten guten Nachrichten seit langer, langer Zeit. Es wollte mir unmöglich erscheinen, daß es in so kurzer Zeit so viele Siege und Kapitulationen gegeben hatte, aber die Entwicklung war nun mal unberechenbar, und ich zweifelte nicht am Wahrheitsgehalt der Durchsagen.

Ich war glücklich. Ach was, glücklich! Ekstatisch! Ich begann zu schreien und zu jaulen und zu zappeln, und mein einziges Streben ging dahin, jemanden zu finden, egal wen, mit dem ich diesen Augenblick teilen konnte. Als ich das baufällige Gebäude vor mir erblickte, eine Art Schuppen aus verwittertem Holz mit dem schiefhängenden Schild CAPWERT oder so ähnlich, trat ich energisch auf die Bremse. Ein alter Knabe saß auf einer Kiste und zupfte seinem gelben Hund die Flöhe aus dem Fell. Er schüttelte verblüfft den Kopf, als ich wie ein Indianer schreiend aus dem Wagen hüpfte, und verschwand hastig in dem Gebäude.

Ich marschierte ihm nach und fand ihn in der Ecke des Kramladens, so ein richtig vollgestellter Laden, wie es ihn heute nicht mehr gibt. Der Besitzer hatte ein mürrisches Gesicht und schwarzes Haar mit Mittelscheitel, und er kam hinter dem Tresen hervor und stellte sich schützend vor den alten Knaben. Er fragte, was ich wollte, und ich sagte: Nichts, nichts. Ob er denn die guten Nachrichten noch nicht gehört hätte, die wunderbare, unglaubliche Neuigkeit. Die beiden sahen mich an, als wäre ich ein Verrückter, und ich begann mich zu fragen, ob sie da nicht vielleicht recht hatten. Vielleicht hatte ich das Ganze ja nur geträumt. ›Haben Sie ein Radio?‹ fragte ich. ›Ein Radio?‹

Dann sah ich den alten Philco am Ende des Tresens und schaltete das Gerät ein. Ich drehte den Einstellknopf, bis ich das Ende einer Nachrichtensendung drin hatte.

»Wir wiederholen unsere erste Durchsage. Das Weiße Haus hat die förmliche Beendigung der Feindseligkeiten gegenüber den Japanern bekanntgegeben. Außerdem soll die bedingungslose Kapitulation der Deutschen und der Italiener bevorstehen ...«

›Es stimmt also! Es stimmt!‹ brüllte ich und hüpfte auf und nieder. ›Sie haben's gehört, oder nicht?‹

›Ja‹, sagte der Ladenbesitzer ausdruckslos. ›Aber was ist denn am Schweinepreis so aufregend?‹

›Schweinepreis? Sind Sie verrückt?‹

Der Alte schien zu dem Schluß gekommen zu sein, daß ich harmlos war. Er setzte sich in seinen Schaukelstuhl und lachte. ›Die Viehpreise scheinen täglich zu steigen‹, sagte er. ›Vielleicht werden wir Bauern doch noch mal reich, Cap.‹

›Sind Sie denn beide von allen guten Geistern verlassen?‹ fragte ich. ›Haben Sie die Durchsage über die Kapitulation nicht gehört? Merken Sie denn nicht, daß der Krieg vorbei ist?‹

›Krieg?‹ fragte der Ladenbesitzer. ›Natürlich ist der Krieg vorbei, seit über zwanzig Jahren. Sie müssen sich mal anhören, was der alte Tommy erzählen kann – als hätte er das alles ganz allein geschafft, nicht wahr, Tommy?‹

Der alte Mann lachte und schlug sich auf das Knie. ›Richtig, ich und Blackjack, wir haben's dem Kaiser gegeben!‹

›*Den* Krieg meine ich doch gar nicht! Wissen Sie denn nichts von Pearl Harbor? Von Hitler?‹ Ich schwenkte hilflos die Arme. Mir war bekannt, daß es entlegene Landstriche gab, wo man noch in schönster Ahnungslosigkeit lebte, aber dies war doch ein bißchen happig. Inzwischen hatte sich der Ladenbesitzer von mir abgewandt und begann das Feuer in dem eisernen Ofen zu schüren, der in der Ecke stand. Ich hätte die beiden am liebsten aus ihrer Lethargie geschüttelt, aber ich war viel zu zappelig, um an etwas anderes zu denken als an meine plötzlich rosige Zukunft. Mein nächster Gedanke galt Rhonda – sie war damals meine Freundin. Eleanor kannte ich noch nicht. Aber ich konnte sie nicht anrufen, da es bei Capwert kein Telefon gab – wahrscheinlich im ganzen Tal nicht. Ich verließ den Laden, stieg wieder in den Wagen, wendete, verfuhr mich ein halbes dutzendmal, erreichte schließlich die Schnellstraße und hielt bei der ersten Gaststätte.

Es war bereits nach acht Uhr abends, und die Bar war voll und die einzige Telefonzelle besetzt. Ich klimperte ungeduldig mit meinem Kleingeld, und eine Zeitlang hörte ich nichts anderes als das hübsche Geräusch der Münzen, die mich mit zu Hause verbinden würden. Aber schließlich machte sich das Kofferradio auf der Bar bemerkbar, und ich hörte die Wahrheit, die schreckliche, unglaubliche Wahrheit.

›... die Eroberung der Andaman-Inseln durch die Japaner hat Australien von Westen und Osten isoliert. Ein Sprecher des Weißen Hauses bezeichnete die Lage als ernst. Unterdessen hat die Marine den Verlust zweier weiterer Flugzeugträger im Pazifik bekanntgegeben...‹

Wie ein Toter näherte ich mich dem Lautsprecher und hörte die düstere Stimme ihre Schreckensnachrichten verbreiten. Mir war, als hätte ich den Verstand verloren. Ich begann zu brüllen. Ich schnappte mir das Radio und schüttelte es, bis sich der Stecker aus der Wand löste. Ein Dutzend Hände zerrten mich zu Boden, und ich kreischte, das wäre doch alles Lüge, der Krieg wäre längst vorbei. Aber er war natürlich nicht vorbei; das stellte ich bald fest. Nur im Tal erzählten die Radios ihre Lügen – wunderbare, erfreuliche Lügen.

Ich fuhr schließlich nach San Francisco und trat meinen Dienst an. Ich überlebte zwei Torpedos und einen Kamikazeangriff. Und wenn ich später schlechte Nachrichten hörte oder las, fragte ich mich, was die Leute im Tal wohl erfuhren...«

Am nächsten Morgen war Eleanor nicht ansprechbar; außer dem Schrappen ihrer Zahnbürste war nichts zu hören. Um dem Streit aus dem Weg zu gehen, gab sich Lew ebenso schweigsam. Sie packten, bezahlten die Rechnung und verließen gegen zehn Uhr das Allegheny-Hotel. Die Moxins winkten ihnen von der vorderen Veranda nach. Als sie den Ort verlassen hatten, brach sie plötzlich das Schweigen.

»Ich will zurück«, sagte sie. »Ich habe genug. Ich möchte nach Hause und mich in die Badewanne legen. Wenn ich schon nicht ans Kap darf, kann ich mir wenigstens eine Höhensonne kaufen. Bitte – wir wollen nach Hause!«

»Noch ein paar Tage«, sagte Lew. »Mehr nicht. Eleanor, gib mir noch ein bißchen Zeit.«

»Ist dir nicht klar, daß du das Ganze nur geträumt hast? Es gibt kein Kühlhaus und auch keine Nebenstraße. Du hast nun wirklich genug Leute danach gefragt. Was ist mit all den Briefen an die Industrie- und Handelskammern? War das nicht genug?«

»Nein.«

»Ich will nach Hause, Lew! Und wenn ich laufen müßte, ich will nach Hause.«

»Bald«, sagte Lew.

Um zwei Uhr gab es einen Regenschauer, danach klarte es wieder auf. Die Sonne war so grell, daß Lew die Augen zusammenkneifen mußte. Eleanor war eingeschlafen.

Er weckte sie, als er die geschwärzten Grundmauern eines Gebäudes an der Straße entdeckte.

»Sieh doch mal«, sagte er. »Was ist das wohl mal gewesen?«

Sie blinzelte verschlafen und machte eine unfreundliche Bemerkung.

»Vielleicht ein Kühlhaus!« sagte Lew. »Meinst du nicht? Abgebrannt und nicht wieder aufgebaut. Vielleicht war das mein Fehler – ich habe nach dem Gebäude gesucht wie es früher war. Wenn dies das Kühlhaus ist, müßte es einen Kilometer weiter eine Abzweigung geben.«

»Hast du mich deswegen geweckt?«

Aber schließlich war es Eleanor, die die andere Straße entdeckte.

»Da drüben«, sagte sie. »Da ist eine Straße, aber ohne Schild. Erinnerst du dich an ein Schild?«

»Das weiß ich nicht mehr. Aber vielleicht ist das die Straße.«

»Nun verfahr dich bloß nicht wieder, Lew. Unser Tank ist nur noch knapp halb voll.«

»Sei unbesorgt«, sagte er. »Schlaf weiter.«

Als sie erwachte, stand die Sonne tief über den Berggipfeln, und der Wagen hüpfte in einem ausgefahrenen Feldweg dahin.

»Um Gottes willen, wo sind wir?«

Lew konzentrierte sich aufs Fahren und antwortete nicht.

»Du machst noch unsere Federung kaputt, Lew. Hast du den Verstand verloren?«

»Eleanor, dies könnte der richtige Weg sein! Ich weiß es nicht genau, aber möglich wär's. Vor uns liegt ein Tal! Ich weiß nur noch nicht, ob es das richtige ist...«

»Wenn du so weitermachst, haben wir bald kein Benzin mehr. Die Nadel steht schon auf Leer!«

»Es ist immer ein bißchen mehr im Tank, das weißt du doch. Wir finden bestimmt eine Tankstelle oder den Laden...«

Sie schnaubte verächtlich durch die Nase und zog ihren Jackenkragen hoch. »Na, dann stell doch das Radio an! Überzeug dich, ob wir im richtigen Tal sind!«

Da er zögerte, drehte sie den Knopf. Mit verächtlicher Bewegung stellte sie den Apparat laut.

»Ja«, sagte der Ansager, »der Frühling steht vor der

Tür, und Sie wissen, was das bedeutet, meine Herren, eine komplette neue Garderobe für die Dame des Hauses. Aber das braucht Ihnen keine Sorgen zu machen, wenn Sie bei Blaine einkaufen, wo die Preise niedrig sind und die Qualität hochgehalten wird. Und jetzt die Nachrichten um halb sechs Uhr.«

»Hör doch zu«, sagte Eleanor. »Es sieht nicht so aus, als hörst du zu!«

»Ich höre doch!« sagte Lew.

»Der Generalsekretär der Vereinten Nationen hat heute verkündet, fünf Atommächte hätten einen Vertrag über die totale Abrüstung abgeschlossen. Diese überraschende Ankündigung wurde später von Sprechern der Abrüstungskomitees Rußlands, Chinas, Englands, Frankreichs und der Vereinigten Staaten bestätigt. Eine Ratifizierung des Vertrages wird innerhalb von vierundzwanzig Stunden erwartet ...«

»Hast du das gehört?« fragte Lew. »Mein Gott, Eleanor, hast du das gehört?«

»Nur gut«, sagte seine Frau. »Wird Zeit, daß man ein Mittel dagegen findet, man hat schließlich lange genug danach gesucht. Ich muß Mutter gleich schreiben, vielleicht ist noch Zeit für Onkel Mike ...«

»Onkel Mike? Wovon redest du eigentlich?«

»Na, über die Heilung! Hast du denn nicht gehört, was im Radio gesagt wurde?«

»Heilung? Es hieß, die ganze Welt werde abgerüstet! Soll das heißen, du hast die Meldung nicht gehört?«

Er blickte sie verzweifelt an, und der Wagen ruckte in ein Schlagloch und wieder heraus und kam zum Stillstand. »Was ist denn mit dir los?« rief Eleanor. »Paß doch auf, wo du hinfährst!«

Fluchend stellte er den Ganghebel auf Leerlauf und versuchte den Motor wieder anzulassen. Die Zündung wimmerte, aber der Motor sprang nicht an. »Wir stecken fest«, stellte er fest und schlug zornig auf das Steuerrad. »Das Biest springt nicht an!«

»Na, da hast du ja wieder was Schönes angerichtet! Ich habe dir gleich gesagt, daß nicht genug Benzin im Tank ist. Was jetzt?«

»Weiß ich nicht!«

»Ich will nach Hause!« jammerte Eleanor. »Ich habe es satt, ohne Sinn und Verstand in der Gegend herumzufahren! Ich habe genug von deinem verdammten Tal!«

»Ich will sehen, ob ich Hilfe finde. Der Kramladen muß ganz in der Nähe sein; vielleicht verkauft man mir da einen Kanister Benzin.« Er öffnete die Wagentür.

»Du willst mich hier allein lassen?«

»Komm doch mit, wenn du durch den Dreck laufen willst.«

»Vielleicht ist es hier gefährlich. Du weißt ja, wie Hinterwäldler sind. Wenn die dich nun für einen Steuerbeamten halten!«

»Ich komme zurück, so schnell es geht«, antwortete Lew.

Er wanderte ins Tal hinab, und Eleanors klagende Stimme verhallte hinter ihm.

Es dauerte fast eine Stunde, dann sah er den gesuchten Ort vor sich. Ein baufälliges Gebäude aus verwittertem grauem Holz – genauso, wie er es in Erinnerung hatte! Das Schild war allerdings längst herabgefallen und lag auf einem Abfallhaufen. Die verblaßten Buchstaben lauteten: CAPS WERT-KAUF.

Er trat sich die schmutzigen Schuhe ab und ging hinein.

Der Mann hinter dem Tresen hatte graues Haar, trug aber noch immer einen Mittelscheitel. Außer ihm befand sich niemand im Laden; der quietschende alte Schaukelstuhl am runden Ofen war leer.

»Abend«, sagte der Mann. »Kann ich was für Sie tun?«

Lew trat vor. »Sie erinnern sich bestimmt nicht an mich«, sagte er. »Ich war vor langer Zeit mal hier, über zwanzig Jahre ist das jetzt her. Damals war hier ein alter Mann mit einem gelben Hund ...«

»Tommy«, sagte der Ladenbesitzer. »Ist vor über fünfzehn Jahren gestorben. Sie wollen zum guten alten Tommy?«

»Nein, ich will zu niemandem. Ich möchte nur etwas wissen – über Dinge, die ich so im Radio höre, Dinge, die nie passieren ...«

Der Ladenbesitzer starrte ihn mit zusammengekniffenen Augen an. »Ist Ihnen nicht gut, Mister? Warum sind Sie so schmutzig?«

»Ich mußte laufen. Das Benzin ist mir ausgegangen – ungefähr drei Kilometer von hier auf dem Weg.«

»Warum haben Sie das nicht gleich gesagt? Ich kann Ihnen einen Kanister verkaufen – für runde zwei Dollar.« Er verschwand in einem Hinterzimmer und kehrte mit einem Ersatzkanister zurück. Er stellte ihn ächzend auf den Tresen, und Lew bezahlte. »Sonst noch ein Wunsch?« fragte der Ladenbesitzer.

»Nein – außer der Antwort auf eine Frage. Welches Geheimnis verbirgt sich in diesem Tal?«

»Wovon reden Sie eigentlich, Mister?«

»Warum sind die Nachrichten hier so gut? Warum hört man hier nur positive Meldungen? Warum ist hier alles anders?«

Der Ladenbesitzer lachte leise. »Sie sind wirklich putzig. Ich begreife nicht, was Sie wollen, mein Freund.«

»Wissen Sie es denn nicht? Sind Sie je aus dem Tal herausgekommen?«

»Ich? Aus dem Tal heraus? Wozu?«

»Wissen Sie von Chruschtschow? Von der Wasserstoffbombe? Von den Interkontinentalraketen und Satelliten?«

»Sie sollten sich vielleicht ein bißchen hinsetzen...«

»Stellen Sie das Radio an! Bitte! Das Radio!«

Der Ladenbesitzer wich zurück und fummelte an dem Gerät hinter sich herum, ohne den Blick von Lews gerötetem Gesicht zu nehmen. Knisternd erwachte das Radio zum Leben; eine Gitarre spielte eine Country-Melodie.

»Stellen Sie Nachrichten ein!«

Der Mann verdrehte den Knopf.

»... totale Vernichtung aller Atomwaffen und Waffenfabrikationsanlagen«, meldete der Ansager. »Eine spezielle internationale Kommission soll die friedliche Nutzung der Atomenergie fördern und ein kombiniertes Weltprogramm zur Erforschung des Weltalls...«

»Haben Sie das gehört?« rief Lew. »Haben Sie gehört, was der Mann gesagt hat?«

»Ja, morgen regnet es wieder«, antwortete der Ladenbesitzer und starrte seinen Besucher an. »Und damit hat's doch seine Ordnung, oder? Regen können wir auf jeden Fall gebrauchen. War ja trocken wie in der Wüste hier...«

»Der Ansager hat doch nichts von Regen gesagt? Warum haben Sie nicht dasselbe gehört wie ich? Bin ich denn der einzige?«

Plötzlich erkannte er die Wahrheit.

»Nein«, sagte Lew. »Es liegt nicht an mir allein. Es ist das ganze Tal. Sie hören Ihre gute Nachricht, ich höre meine. Eleanor erfuhr von der Krebsheilung... Ich hörte von Abrüstung und Frieden...«

»Ich will Ihnen mal was sagen, Mister...«

»Wir alle hören, was wir hören *wollen*! Unsere ureigenste gute Nachricht! Das ist die Lösung!«

»Wie Sie wollen, mein Freund.«

Lew griff nach dem Benzinkanister und ging langsam zur Tür.

»Sie können von Glück sagen«, meinte er. »Sie können

sich wirklich glücklich schätzen. Vielleicht ist das Tal die einzige Zuflucht, die es auf der Welt noch gibt...«

Dann trat er den anstrengenden Marsch zum Wagen an.

Als sie ihn erblickte, schrie Eleanor auf. Sie schrie gellend weiter, bis er ihr eine Ohrfeige versetzte und sie damit aus der Hysterie riß.

Schluchzend erklärte sie ihre Reaktion.

»Ich saß im Wagen«, sagte sie. »Ich wartete auf dich, einsam, schlecht gelaunt. Da stellte ich das Radio an, um ein bißchen Gesellschaft zu haben. Es gab Nachrichten. Der Sprecher sagte, du wärst tot. Er sagte, ein Mann, den man als Lew Tully identifiziert hätte, wäre in einem Laden erschossen worden. Man hätte dich für einen Räuber gehalten...« Sie berührte ihre brennende Wange. »Ich hielt dich für ein Gespenst. Deshalb habe ich so geschrien. Ich hielt dich für tot...«

»Ich bin nicht tot«, sagte Lew tonlos. »Du hast dich geirrt.«

Er goß das Benzin in den Tank. Dann sagte er zu Eleanor. »Schön, du kannst jetzt fahren.«

»Fahren? Was ist mit dir? Warum steigst du nicht ein?«

»Leb wohl, Eleanor«, sagte er.

Er machte kehrt und folgte dem schmutzigen Weg. Sie schrie noch hinter ihm her, als er schon nicht mehr zu sehen war, als er bereits die nächste Senke hinabschritt auf dem Weg ins Tal der guten Nachrichten.

Verwirrung

Wallace Dodd Jr. vernahm die guten Nachrichten aus dem Munde Arthur Hagermans, des Freundes und Anwalts seiner Tante. Nach einem Jahr im teuersten Institut für Geisteskranke sollte Wallys Tante Louise nun mit voller Billigung der Psychiater entlassen werden; von ihren nervösen Zuständen war keine Spur zurückgeblieben. Ob Wally sich nicht freute?

Wally freute sich ganz und gar nicht. Er ging zwar fröhlich auf Hagermans Ankündigung ein, doch als der Hörer wieder sicher auf der Gabel lag, äußerte er schockierende Worte, von denen Tante Louise geschworen hätte, daß er sie nicht kannte. Seit dem Tod seiner Eltern vor fünf Jahren hatte sie ihn streng behütet großgezogen. Von ihrem Nervenzusammenbruch ereilt, als Wally gerade zwanzig geworden war, hatte sie dem Anwalt die letzte vernunftgeleitete Anweisung hinterlassen, Wally müsse »bestens versorgt« werden.

Und Wally war gut versorgt worden, darauf hatte er geachtet. Er hatte sich freizügig aus den finanziellen Reserven seiner Tante bedient, trotz der kopfschüttelnden Zurückhaltung des Anwalts. Er hatte sich einen Ausgleich geschaffen für fünf Jahre zu knapp bemessenen Taschengeldes; er hatte sich tüchtig amüsiert, zusammen mit Casey, seinem Busenfreund aus den Snackbars von Greenwich Village.

»Die große Party ist vorbei«, sagte er an diesem Abend über seinem Espresso. »Das verdammte Weib kommt zurück.«

Casey rieb sich den hellblonden Bart und blickte mitfühlend drein. »Hört sich ziemlich übel an«, murmelte er. »Hört sich an, als wären bald die Moneten knapp.«

Wally verzog das Gesicht. »Weißt du, was ich als Taschengeld bekommen habe, ehe sie den Verstand verlor? Zehn Piepen die Woche!«

»Wird sie dich an die Arbeit schicken, Mann?«

»Weißt du, woher all die Millionen kommen?« fragte Wally verbittert. »Aus irgendeiner Konservenfabrik im mittleren Westen. Sie redet ständig davon, mich da draußen mal richtig an die Arbeit zu schicken – aber das sollte sie lieber nicht versuchen!« Er schlug auf den winzigen Marmortisch. »Davon rate ich ihr ab!«

»Ruhig, ruhig«, sagte Casey. »Vielleicht hat sich dieser Hagerman ja geirrt. Vielleicht ist sie immer noch plemplem.«

»Mach dir keine Hoffnungen«, sagte Wally traurig. »In sechs Wochen kommt sie frei. Ich soll eine gemütliche Wohnung suchen – für uns beide. Den Laden an der Park Avenue hatten wir zugemacht; also müssen wir von vorn anfangen.«

»Dann ziehst du also bei mir aus?«

»Leider ja. Ich muß mit der Wohnungssuche sofort beginnen. Hagerman meint, Tante Louise möchte etwas auf der East Side, am Fluß. Kommst du mit?«

»Aber klar, Mann«, sagte Casey. »Macht bestimmt Spaß.«

»Ich wünschte, das Ganze wär ein Spaß«, knurrte Wallace Dodd Jr. durch die Zähne.

Mit hundertundfünfzig Dollar pro Zimmer waren die Griswold-Apartments an der Vierundsechzigsten Straße Ost nicht gerade große Renner – trotz der Vollklimatisierung, der winzigen Terrassen und des Ausblicks auf den Fluß. Als Wally und Casey im Vermietungsbüro vorsprachen, setzte der kahle Mann hinter dem Tisch ein zweifelndes Gesicht auf, beschloß aber sein Glück zu wagen.

»Habe genau das Richtige für Sie«, sagte er. »Gibt keine schönere Wohnung im Haus. Frederick«, wandte er sich an einen langfingrigen jungen Mann am gegenüberliegenden Tisch. »Zeigen Sie Mr. Dodd und seinem Freund 12A.«

Frederick knöpfte sich mit gelangweiltem Blick den blauweiß gestreiften Anzug zu und brachte die Besucher zum automatischen Fahrstuhl. Als sie auf den dicken Flurteppich hinaustraten, blickte Casey auf die Goldlettern an der Wand und sagte: »He, sieh mal, Wally. Zwölf A. Das ist wie die Dreizehn, nur für Feiglinge!«

»Stimmt das?« fragte Wally. »Ist hier das dreizehnte Stockwerk?«

Frederick gähnte. »Sie können sich vorstellen, wie sich manche Leute mit der Dreizehn haben. Jedenfalls ist das die Wohnung.«

Er schloß die Tür auf, und die drei Männer traten ein. Ein kühler Farbduft schlug ihnen entgegen, ihre Schritte klangen hohl durch die Leere. Die Wände waren grellweiß gestrichen. Eine Balkontür führte auf eine winzige Terrasse. Das Flußpanorama war nicht gerade sensationell, aber vorhanden – wie angekündigt.

»Scheint mir ganz in Ordnung zu sein«, sagte Wally. »Wie hoch ist die Miete?«

»Siebenhundertundfünfzig im Monat«, sagte Frederick trocken. »Wollen Sie sich's teilen?«

»Ich und meine Tante«, antwortete Wally. Der Gedanke war niederdrückend. Er wanderte durch die Wohnung, blickte in Wandschränke und fühlte bereits in jeder Ecke ihre beklemmende Gegenwart. »Die Sache mit der Dreizehn – da weiß ich nicht so recht«, brummte er. »Vielleicht hat sie etwas dagegen.«

Frederick rasselte mit den Türschlüsseln. »Das ist kein Problem. Wenn Sie wirklich Interesse haben, könnten wir Ihnen im Stockwerk darunter denselben Grundriß bieten. Wollen Sie sich's ansehen?«

»Warum nicht?«

Vom Flur ging eine Treppe ab, und sie stiegen in das zwölfte Stockwerk hinunter. Als Frederick die Tür der dortigen Wohnung aufschloß, fuhren Wally und sein Freund unwillkürlich zusammen. Zwischen den Wohnungen bestand nicht der geringste Unterschied; sogar der kalte Farbgeruch war der gleiche. Die Terrasse war ein Duplikat des Balkons darüber, und die minimale Verschiebung des Flußbildes fiel nicht weiter auf.

»Ein Ei wie das andere!« lachte Casey. »Derselbe Preis?«

»Alles identisch«, sagte Frederick. »Haben Sie Interesse?«

»Drängen Sie mich nicht«, sagte Wally, der in der Mitte des Wohnzimmers stand und die Hände in die Hüften gestemmt hatte. »Junge, das wär ein Spaß, wenn wir *beide* Wohnungen hätten, was, Casey? Du hier unten und ich oben. Wäre das nicht toll?«

»Toll«, sagte Casey mürrisch. »Wer zahlt aber die Miete?«

»Hören Sie«, sagte Frederick. »Ich muß leider zurück an die Arbeit. Wenn Sie über einen Mietvertrag sprechen wollen, kommen Sie ins Büro.«

»Aber klar, mein Freund«, sagte Casey und lächelte ihn töricht an.

Als er fort war, schlug sich Wally lachend mit der Faust in die Hand. »Was für ein Gag! Stell dir vor, Casey. Wir könnten beide Wohnungen so ausstatten, daß man sie nicht auseinanderhalten kann. Ich meine als genaues Duplikat – die gleichen Teppiche, die gleichen Lampen, Bilder, alles!«

»Verrückt!« sagte Casey nickend. »Aber wozu?«

»Zum Spaß natürlich! Verwirrung allerorten. Dem Jux

eine Gasse! Kannst du dir vorstellen, daß wir uns ein paar Bienchen hochholen und dann die Wohnungen wechseln?«

Casey überlegte und erkannte das Komische der Situation. »Begriffen, klar. Wir können die beiden im Fahrstuhl rauf- und runterschaffen, bis sie nicht mehr wissen, wo sie sind. Wir könnten sie in den Wahnsinn treiben.«

Er begann zu kichern und dann laut zu lachen und taumelte in köstlicher Agonie im leeren Zimmer herum. Casey lachte noch, als Wally bereits wieder ernst geworden war – doch Wally hatte plötzlich einen Grund für seinen Ernst.

»Wahnsinn«, murmelte er. »Mit einer Zwillingswohnung könnten wir tatsächlich jemanden ins Irrenhaus bringen.«

»Was?«

»Ich meine – da muß man sich doch für verrückt halten! Wenn man denkt, man wäre an einem Ort, befindet sich aber in Wirklichkeit ganz woanders!«

»Du scheinst es ja ernst zu meinen, Zorro.«

»Ich denke nach, ich denke nach!« rief Wally. »Hör mal, was ist, wenn wir's wirklich tun, im Ernst? Ich könnte beide Wohnungen mieten und alles so ausstatten, wie ich vorhin sagte. Identisch bis aufs letzte I-Tüpfelchen!«

»Aber weshalb denn?« fragte Casey und ließ verwundert das bärtige Kinn herabsacken. »Nur für ein Scherzchen?«

»Klar doch. Nur spielen wir *Tantchen* den Streich, begreifst du? Meiner lieben alten Tante Louise. Kapierst du's noch immer nicht?«

Casey kratzte sich die stoppelige Wange, dann fiel bei ihm der Groschen.

»Du meinst, so richtig über die Stränge – verrückt? Wie deine Tante Louise war?«

»Vielleicht können wir sie in die Anstalt zurückschicken. Vielleicht für immer...« Wally ballte die Fäuste in einer Erregung, die er fast nicht mehr zu zügeln vermochte. »Hagerman gibt mir bestimmt nicht genug Geld. Ich nehme also mein eigenes. Ich habe fünftausend auf der Bank, ein Geburtstagsgeschenk von Tante Louise, aber das ist es bestimmt wert.«

»Aber wie wollen wir das anstellen? Was für einen Plan haben wir?«

»Das«, sagte Wallace Dodd Jr., »müssen wir eben noch ausarbeiten.«

Sie verbrachten den Rest der Woche auf Rolltreppen in Warenhäusern, die ganze Städte für sich waren, im Kampf mit Scharen von sorgfältig abwägenden, wenig kaufenden Hausfrauen. Im Wechsel zwischen Macy, Gimbel und Sloane kauften sie komplette Einrichtungen für Wohn- und Schlafzimmer. Den Rest erjagten sie stückweise: Teppiche, Tische, Lampen, Spiegel, Drucke für die Wand, Aschenbecher, Vasen, Bücherregale, Bücher, Stühle, Gläser.

Alles in doppelter Anzahl.

Es dauerte fünf Wochen, bis auch das letzte Möbelstück geliefert war. Die beiden arbeiteten bis spät in die Nacht. Sie erstellten Checklisten und Diagramme und weitere Diagramme, bis sich jedes Holzstück, jeder Stoffstreifen, jede Messingstange an Ort und Stelle befand.

Jedes Möbelstück, jede Vase, jedes Gemälde, jeder Aschenbecher hatte sein identisches Gegenstück in der Wohnung darunter.

Als die Arbeit getan war, betranken sie sich, bis es nicht mehr ging, und führten sich dann gegenseitig mit verbundenen Augen in den Fahrstuhl, um die Übereinstimmung zwischen den Wohnungen zu testen. Jede falsche Antwort wurde mit lautem Gebrüll gefeiert. Wally entschlummerte schließlich auf dem Teppich von 12A, ohne genau zu wissen, wo er sich befand.

»Eine gute Nachricht«, sagte Wally am nächsten Abend und schlug die Wohnungstür hinter sich zu. »Morgen geht's los!«

»Ehrlich?«

»Morgen früh wird Tante Louise die Zwangsjacke los. Und Hagerman liefert das gute Stück persönlich hier ab, wie erwartet. Hast du dir alles genau eingeprägt?«

»Am besten gehen wir's noch einmal durch.«

Wally marschierte auf und ab.

»Ich gehe den beiden unten in der Vorhalle entgegen. Okay? Ich erzähle ihnen von der Wohnung in 12A und rede dabei groß von der 12A, damit sie sich auch wirklich daran erinnern. Dann führe ich sie in den Fahrstuhl, drücke den Knopf für 12, und sie merken beim Aussteigen nichts. Und warum merken sie nichts, Casey?«

Casey grinste breit. Er hielt den Goldbuchstaben »A« zwischen Daumen und Zeigefinger in die Höhe. »Weil dieser kleine Racker an der Wand hängt, richtig?«

»Richtig. Wir steigen also im zwölften Stockwerk aus und betreten die Wohnung. Wir sitzen rum und plaudern ein bißchen, bis Hagerman wieder verschwindet. Sobald er durch die Mitte ist...«

»Spielst du Jack the Ripper!«

»Richtig! Ich ziehe das Messer und fange an, wie wild auf die Möbel einzuhacken. Dann gehe ich auf Tantchen los. Sie schreit sich die Lunge aus dem Hals und läuft hinter Hagerman her. Der ist bereits in der Vorhalle und will verschwinden, aber da schaltest du dich ein.«

»Ich bitte ihn um Feuer.«

»Und hältst ihn ein bißchen auf, Casey. Laß ihn nicht weg. Du hältst ihn fest, bis Tantchen ihn erwischt hat.«

»Tue ich. In der Zwischenzeit läufst du über die Treppe nach 12A hinauf.«

»Begriffen!« sagte Wally fröhlich. »Na, wird Tantchen vielleicht Augen machen!«

Wally vergrub seine Zigarette im sauberen weißen Sand des Aluminiumaschenbechers in der Vorhalle, als seine Tante und der Anwalt das Gebäude betraten. Hagerman führte sie rücksichtsvoll am Ellenbogen; sie umklammerte ihre Handtasche, als handele es sich um eine Krücke. Doch ihre kleinen schwarzen Augen blickten falkenhaft scharf: sie war noch immer Tante Louise, eine Frau mit entschlossen gerecktem Kinn und unbeugsamer Art.

»Tantchen!« sagte Wally liebevoll und küßte sie.

»Wally, mein lieber Wally!« In einer ungewöhnlichen Demonstration von Sympathie umarmte sie ihn. »Wie geht es dir, Wally?«

»Bestens«, sagte er lächelnd. »Noch besser, wo du nun wieder zu Hause bist.«

Tante Louise blickte zu Hagerman auf, der sie anlächelte. »Gehen wir doch nach oben«, sagte sie. »Da können wir uns besser unterhalten.«

Wally führte sie zum Fahrstuhl. Als Hagerman sich zur Tür umwandte, drückte er den Knopf für das 12. Stockwerk, anschließend 12A und hielt den Finger darauf.

»Hast du gesehen?« rief er. »12A! Komisch, wie abergläubisch manche Leute sind, nicht wahr, Mr. Hagerman? Du hast doch hoffentlich nichts dagegen, im Stockwerk 12A zu wohnen, Tante Louise.«

»Nein, Wally«, sagte sie freundlich.

In der zwölften Etage verließen sie den Fahrstuhl. Der Goldbuchstabe war an Ort und Stelle. Eine nähere Untersuchung hätte die kleine Ecke offenbart, an der das doppelt klebende Band die Last nicht ganz hielt, doch weder Hagerman noch Wallys Tante hatten Grund, sich um den Buchstaben zu kümmern.

Wally öffnete mit großer Geste die Tür.

»Bitte schön, Tantchen!« sagte er strahlend. »Alles für dich.«

Die Wohnung war ein Erfolg. Lächelnd betrat sie das Zimmer, setzte sich auf eine Sofakante und betätschelte anerkennend die runden Kissen. Hagerman, der für Dekor kein Auge hatte, ließ sich in einen Sessel fallen und zündete sich eine Zigarre an.

»Wunderschön«, sagte Tante Louise mit mädchenhafter Begeisterung. »Um die Wahrheit zu sagen, Wally, ich dachte schon, du hättest mich völlig abgeschrieben. Jetzt weiß ich, daß das ein Irrtum war.« Sie hob den Finger. »Aber du hättest nicht soviel Geld ausgeben sollen, du ungezogener Junge!«

»Wie bitte?« fragte Wally verständnislos.

»Du brauchst dich nicht zu verstellen, ich weiß, daß du die Einrichtung aus eigener Tasche bezahlt hast. Ich habe deine Vermögenswerte im Auge, Wally, denk daran. Es war aber wirklich nett von dir, so an mich zu denken.«

»Dafür hat Ihre Tante auch an Sie gedacht«, warf Hagerman mit wissendem Lächeln ein. »Nicht wahr, Louise?«

»O ja.« Sie legte die Tasche auf den Couchtisch. »Wir kommen nämlich gerade aus Wallys Büro, und unser Gesprächsthema warst *du*. Wir können nun all die wundervollen Pläne fortsetzen, die wir hatten, ehe ich – krank wurde. Als erstes geht es natürlich darum, deine Bildung abzurunden. Mir ist da der Gedanke gekommen, daß eine *Militär*akademie...«

»Müssen wir denn gleich darüber sprechen, Tante Louise?«

»Natürlich!« Ein Anflug ihres früheren Temperaments flammte in den kleinen schwarzen Augen auf. »Und anschließend gute zwölf Monate in der Konservenfabrik, wo du das Geschäft von Grund auf lernen kannst...«

»Äh, ich glaube, Sie brauchen mich jetzt nicht mehr«, sagte Hagerman und stand auf. »Ich muß wieder ins Büro, Louise.«

»Selbstverständlich, Arthur. Und vielen Dank für alles.«

Anwalt und Mandantin gaben sich die Hand; Hagerman verabschiedete sich sogar von Wally. Dann ging er zur Tür.

Wally wartete, bis er das Summen des Fahrstuhls hörte. Seine Tante hatte weitergeredet; sie malte die widerlichen Pläne für seine Zukunft weiter aus, doch er hörte nicht zu. Er horchte auf das Klappen der Fahrstuhltür, auf das Summen der abwärts fahrenden Kabine.

Dann war es soweit. Er stand auf, als Tante Louise gerade bei den Wonnen der Tomatenkonservierung angelangt war.

Er zog ein Klappmesser mit Horngriff aus der Tasche.

»Was ist denn das für ein Ding?« fragte seine Tante.

Er lächelte böse. »Ein Messer, Tante Louise.«

»Ja, das sehe ich, aber was willst du damit?«

Er ließ die Klinge herausspringen. Sie riß die Augen auf und ließ sich auf der Couch zurückfallen.

»Dies ist mein ehrliches Willkommen, Tante Louise.«

Er stieß die Klinge in die Sofalehne. Das Polster blutete weißlich aus einem gezackten Schlitz. Tante Louise sprang auf, und ihre Lippen bewegten sich krampfhaft.

»*Das* halte ich von deiner Wohnung, Tantchen!« Er stieß die Klinge in das Kissen. »Und das von deiner blöden Militärakademie!« Ein schräger Hieb ließ den Sessel aufklaffen.

»Wally, um Himmels willen ...«

»*So* glücklich bin ich über deine Rückkehr!« brüllte er und warf den Couchtisch um. »Willkommen zu Hause, du verrückte alte Nudel!«

Er riß den Picassodruck von der Wand und hämmerte

die Faust hindurch, zerrte den Deckel von der Stereoanlage und ließ eine Vase auf dem Teppich zerschellen, den sogleich ein großer Wasserfleck verschandelte.

Auf unsicheren Beinen und mit zuckendem Gesicht taumelte Tante Louise rückwärts zur Wohnungstür.

»Wally, nimm dich doch zusammen!« sagte sie heiser. »Wally! Wally!« rief sie – ein Echo jahrelanger Ermahnungen.

»Warum hast du's denn so eilig, Tante Louise?« Mit erhobenem Messer ging er auf sie zu. »Du bist die nächste. Jetzt kommt deine Operation.«

»Arthur!« kreischte sie, und ihre Hand fand den Türknauf. Im nächsten Augenblick war sie draußen im Flur und hämmerte schluchzend auf den Fahrstuhlknopf ein. Wally lehnte lässig in der Wohnungstür und spielte mit dem Messer, während er die Lippen zu einem übertriebenen Lächeln verzog.

Im nächsten Augenblick kam der Lift, und sie war fort.

Hastig trat Wally in Aktion. Er prägte sich die Lage der Tasche seiner Tante ein und ergriff sie. Im Flur riß er das goldene »A« von der Wand und steckte es in die Tasche. Dann stieß er die Tür zum Treppenhaus auf.

Drei Stufen auf einmal nehmend, hastete er ins nächste Stockwerk. Oben befestigte er das »A« wieder an der Wand neben der 12. In der identischen Wohnung des dreizehnten Stockwerks, die friedlich und ordentlich vor ihm lag, legte er die Tasche auf den Tisch. Dann nahm er ein Exemplar *New Yorker* aus dem Zeitungsständer, zündete sich eine Zigarette an, setzte sich in den Sessel, schlug die Beine übereinander und wartete.

Es dauerte nicht lange.

Die Tür platzte auf, und vor ihm stand Tante Louise, einen Fuß größer, das Kinn eckiger denn je, das alte Feuer in den Augen.

»Da ist er!« rief sie. »Er ist verrückt geworden, Arthur!«

Hinter ihr betrat ein verwirrter Arthur Hagerman die Wohnung. Er sah Wally an, das Sofa, das hübsche Gemälde an der Wand, die unbeschädigten Möbel, den fleckenlosen Teppich. Dann wandte er sich an Tante Louise, die endlich dieselbe erstaunliche Entdeckung gemacht hatte.

»Das kann doch nicht sein«, flüsterte sie. »Arthur, helfen Sie mir doch...«

»Was ist denn, Louise? Was ist hier passiert?«

»Ich sage Ihnen, er ist *durchgedreht*! Er hat ein Messer gezogen und alles zerfetzt. Er hat alles umgeworfen.«

In Hagermans Augen, die zuerst Verblüffung gezeigt hatten, stand nun Mitleid. Sanft legte er ihr den Arm um die Schultern. »Ich bitte Sie, Louise...«

»Was soll das?« fragte Wally unschuldig. »Warum bist du eben aus der Wohnung gestürzt?« Er stand auf und ging auf sie zu.

»Lassen Sie ihn nicht in meine Nähe! Er will mich umbringen!«

Hagerman schnalzte mit der Zunge. »Wie können Sie so etwas sagen, Louise?« Er warf Wally einen vielsagenden, betrübten Blick zu. »Sie sehen doch selbst, daß hier alles in Ordnung ist, oder?«

»Aber sicher«, sagte Wally beruhigend und erwiderte Hagermans Blick. Er wußte bereits, daß sein Plan funktioniert hatte.

»Am besten ruhen Sie sich aus«, schlug der Rechtsanwalt vor. »Warum legen Sie sich nicht ein bißchen hin? Wir können uns morgen darüber unterhalten, wenn Sie ein wenig geschlafen haben.«

»Bitte, Arthur!« schluchzte sie. »Ich weiß nicht, was mit mir los ist!«

»Schon gut, schon gut, wir reden später darüber. Wally, wo ist das Schlafzimmer Ihrer Tante?«

»Hier entlang, Sir«, sagte Wally respektvoll.

Sie schluchzte noch immer, als Hagerman sie in das Zimmer führte. Wally zog persönlich die Gardinen vor, und sie schlossen die Tür leise hinter sich. Dann blickte Wally den Anwalt an und seufzte; Hagerman machte es ihm nach.

»Zu früh«, sagte Hagerman leise. »Es war wohl einfach zu früh. Ich rufe gleich Dr. Weeks an und erzähle ihm, was geschehen ist; vermutlich wird er sie dann aufsuchen. Und morgen – nun, morgen müssen wir alles weitere arrangieren. Es tut mir wirklich sehr leid, Wally.«

»Ich verstehe das schon«, sagte Wally gefaßt.

Hagerman verabschiedete sich.

Wally hätte am liebsten getanzt. Oder losgebrüllt. Oder seinen Jubel mit einer Arie hinausgeschmettert. Das Telefon klingelte, und er hob ab und begann zu lachen, als er Caseys Stimme erkannte.

»Wally, wie ist es gelaufen?«

»Ach, es war großartig, Casey! Die reinste Wonne! Du hättest ihr Gesicht sehen sollen! Und der alte Hagerman! Er hat mitgemacht, als gehörte er dazu! Wie sieht's unten in der Wohnung aus?«

»Katastrophal. Du hast ja schlimm gewütet.«

»Mußte doch gut aussehen, oder? Mit all dem Geld, das nun für uns abfällt, sobald Tantchen wieder auf Eis ist...«

»He, Mann, hör mit dem Klicken auf.«

»Wie bitte?« fragte Wally. »Ich habe nicht geklickt.«

»Irgend jemand hat da eben geklickt. Deine Leitung ist doch nicht etwa angezapft?«

Wally lachte. Dann hörte er das Klicken selbst und dachte daran, daß es im Schlafzimmer der Tante einen Nebenapparat gab. »Ich rufe gleich zurück«, sagte er hastig und legte auf.

Er öffnete die Schlafzimmertür. Seine Tante saß im Bett und hatte den Telefonhörer in der Hand. Ihre Augen waren groß und rund und wußten zuviel.

»Du hast mitgehört!« sagte er gekränkt.

»Raus hier!« fauchte sie. »Raus mit dir!«

»Du heimtückisches altes Ding!« sagte Wally dumpf. Von einem gepolsterten Schlafzimmerstuhl, den er günstig bei Sloane erstanden hatte, nahm er das Sitzkissen. Sein Zorn war so groß, daß ihm ein Kissen als Racheinstrument nicht gerade ausreichend erschien, doch etwas anderes hatte er nicht zur Hand. Er marschierte auf sie zu, und sie duckte sich am Kopfende des Bettes zusammen.

»Laß mich in Frieden!« rief sie. »Laß mich in Frieden, Wally!«

»Du hättest nicht mithören dürfen«, knurrte er.

»Wally, nicht!« schrie sie und versuchte zu Atem zu kommen. »Komm nicht näher! Nein!«

Er hob das Kissen, doch er senkte es nicht mehr.

Ein seltsames Gurgeln kam aus ihrer Kehle, dann sank sie nach vorn; das entschlossen wirkende Kinn war auf die eingesunkene Brust gepreßt. Sie rang nicht mehr nach Atem. Er ließ das Kissen fallen und sagte leise ihren Namen. Ihre Augen waren geschlossen. Er sollte sie nie wieder geöffnet sehen.

Hagerman und Wally trugen schwarze Trauerflore, als sie sich zwei Wochen später im Büro des Anwalts gegenübersaßen.

»Ich habe Sie wegen Ihrer Tante hergebeten«, sagte der Anwalt.

»Sie meinen wegen des Testaments?« fragte Wally lässig.

»Ich lese es Ihnen vor, wenn Sie wollen. Aber sicher wissen Sie bereits, was darin steht.«

»Klar«, sagte Wally. »Aber ich hätte gern die Einzelheiten gewußt.«

»Einzelheiten?«

»Na, wieviel meine Tante wirklich wert war. Ich muß das doch wissen, nicht wahr, wo mir jetzt alles gehört!«

Hagerman seufzte.

»Ich hatte mir fast gedacht, daß Sie diesem Irrtum erlegen sind. Ich muß Ihnen sagen, daß Ihnen gar nichts gehört, Wally, es tut mir leid.«

»Was soll das heißen?«

»Sie erinnern sich an den Tag, an dem Ihre Tante zurückkehrte? Sie war in meinem Büro, um ein neues Testament aufzusetzen, wonach das gesamte Vermögen Ihnen zufallen sollte. Das alte Testament, vor dem Tode Ihrer Eltern aufgesetzt, sprach alles wohltätigen Zwecken zu.«

»Weshalb kriege ich das Geld dann nicht?«

»Na, weil das neue Testament nicht gültig ist. Das alte bleibt weiter in Kraft.«

»Nicht gültig? Aber warum denn?«

»Weil sie offensichtlich nicht bei Verstand war«, erklärte Hagerman geduldig. »Die Halluzinationen, die sie an jenem Tag hatte, die Verwirrung – nun, kein Erbschaftsgericht würde ein solches Testament anerkennen. Aus diesem Grund bleibt das alte Testament bestehen, und darin vermacht sie alles einer Einrichtung, die ihr besonders am Herzen lag.«

»Am Herzen lag?« fragte Wally tonlos.

»Dem Hilfefonds für Geisteskranke«, sagte Arthur Hagerman.

Auffallende Ähnlichkeit

Karen wollte eben die Straße überqueren, als sie an ihrem Kostümärmel eine Hand spürte. Heftig fuhr sie herum und sah sich einem freundlichen, aber fremden Gesicht gegenüber. »Verzeihen Sie, Miss«, sagte der Mann. »Könnte ich Sie mal sprechen?«

Seine Augen blickten ernst und höflich und flehten sie an: *Es ist alles in Ordnung mit mir, ich werde nicht zudringlich, vertrauen Sie mir.* Karen trat vom Bordstein zurück.

»Ich weiß, daß das s-seltsam ist«, sagte er mit einem leichten und seltsam anziehenden Stottern. »Aber als ich sah, wie sehr Sie ihr gleichen – ich habe hier ein Bild. S-sieht ihr allerdings nicht besonders ähnlich...«

»Ein Bild von wem?«

Er sah sie intensiv an, und sie erwiderte seinen Blick. Er hatte ein ansprechendes rundes Gesicht, das beinahe hübsch genannt werden konnte.

»Meine Frau Irene«, sagte er ernsthaft. »Sie ist letztes Jahr gestorben. Sie sehen wirklich wie sie aus, vielleicht sind Sie sogar eine Verwandte. Irene Corbett, mit zwei t. Kommt Ihnen das bekannt vor?«

»Nein«, antwortete Karen. »Leider nicht.«

»Hier«, sagte der junge Mann. »Schauen Sie doch mal.«

Er reichte ihr den Schnappschuß, der an den Kanten abgegriffen war. Die Aufnahme war nicht besonders scharf. Das Bild zeigte eine Frau um Ufer eines Sees oder Flusses, sie winkte ins Sonnenlicht. Blond wie Karen, mit ähnlichen Sommersprossen auf der Nase und ähnlichen hohen Schultern.

»Derselbe Typ sind wir wohl«, sagte Karen. »Aber das gilt für – viele Frauen«, endete sie lahm.

»Es tut mir leid«, sagte er. »Ich wollte nicht ...«

»Ach schon gut«. Sie zögerte.

»Arbeiten Sie in der Gegend?«

»Drüben im Gebäude. Meine Mittagspause ist jetzt zu Ende.«

Ihre Blicke lösten sich nicht sofort voneinander, aber dann setzte sie sich doch in Bewegung. Als er sagte: »Moment noch«, war Karen erleichtert.

»Ich weiß, daß Ihnen das seltsam vorkommen muß – Sie kennen mich ja schließlich gar nicht –, aber könnten wir uns wiedersehen?«

»Nun ...«

»Sie sind nicht verheiratet, oder? Verlobt?«

»Nein.«

»Ich m-mache solche Sachen sonst nicht.« Er lächelte, in dem jämmerlichen Versuch, sich zu entschuldigen. »Ich heiße Harvey Wilkerson. Ich bin Zeichner bei Cowan und Blum im Seagram-Gebäude. Das ist keine b-besondere Visitenkarte, aber mehr kann ich im Augenblick nicht bieten. Darf ich Sie anrufen?«

Karen war achtundzwanzig. Sie sagte: »Warum nicht?«

Da sie keine Familie hatte, mit der sie darüber sprechen konnte, vertraute sie sich ihrer Zimmergefährtin an. Leila, eine untersetzte, stämmige alte Jungfer, fällte ein krasses Urteil.

»Ein Spinner«, diagnostizierte sie. »Redet dich auf der Straße an – was für ein Typ kann das schon sein?«

»Na ja, es ist sowieso akademisch«, meinte Karen leichthin. »Vielleicht ruft er ja gar nicht an.«

Aber schon am gleichen Abend meldete er sich, und Karen verabredete sich für nächsten Sonnabend mit ihm zum Essen.

Als ihnen in dem schlichten Restaurant der Kaffee serviert wurde, sprach Harvey von seiner Frau. »Wir haben beide in der Welt allein gestanden«, sagte er. »Irene und ich. Keine Eltern, keine sonstigen Verwandten, wir hatten nur den anderen. Als sie bei dem Unfall ums Leben kam, konnte ich es zuerst gar nicht fassen. Das Leben hatte seine Bedeutung verloren...« Er faßte plötzlich nach ihrer Hand, und bewegt erwiderte Karen den Druck seiner Finger.

Später vertraute sie ihm an: »Ich bin auch allein...«

Als sie Leila davon erzählte, sagte die Zimmergefährtin: »Na, vielleicht stimmt es ja. Aber vernünftig kann man das ja wohl kaum nennen. Ein Kerl, der seiner toten Frau nachheult!«

»Ich finde das traurig«, sagte Karen. Aber irgendwie war sie auch glücklich. Als Harvey sie Montag im Büro anrief, klang seine Stimme unbeschwert. Er wollte sich recht bald wieder mit ihr treffen.

Gegen Ende der zweiten Woche verabredete sie sich fast jeden Abend mit Harvey Wilkerson, und Leila begann sich zu beschweren.

»He, wird das etwa ernst mit dem Verrückten?«

»Nenn ihn nicht so«, sagte Karen. »Das ist nicht nett.« Daraufhin trat ein gekränktes Schweigen ein, bis Karen zu ihrer Verabredung mit Harvey aufbrach. Als sie gegen Mitternacht zurückkehrte, war der Streit vergessen. Sie weckte ihre Zimmergenossin.

»Leila! Stell dir vor! Harvey hat mir einen Heiratsantrag gemacht!«

Leila rieb sich den Schlaf aus den Augen. »Hast du ja gesagt?«

»Natürlich – warum nicht?«

»Irgend was stört mich an der Sache. Daß du angeblich wie seine Frau aussiehst. Beunruhigt dich das nicht auch?«

»Wieso? Sie ist tot. Ich bin ich. Wir heiraten in zwei Wochen.«

Leila seufzte und klopfte sich das Kissen zurecht. »Von mir kannst du keine kostspieligen Geschenke erwarten«, sagte sie.

Am Ersten des Monats wurden Karen und Harvey standesamtlich getraut. Sie verbrachten die Flitterwochen auf den Bermudas in einem kleinen Bungalow in der Nähe des Strandes.

Die ersten beiden Tage waren wunderbar, Tage voller Sonnenschein und Wärme.

Am dritten Tag schwammen sie zu einer verlassenen Bucht hinaus, wo es buntschillernde Fische und dunkelblaue Schatten gab. Karen streckte sich auf einem Felsen aus und schlief im Sonnenschein. Sie erwachte und sah, daß Harvey sie mit verkniffenem Gesicht beobachtete.

»Harvey, was ist los?«

Er knirschte hörbar mit den Zähnen. »Du weißt genau, was los ist«, sagte er. »Du weißt es genau!«

»Nein.« Sie lächelte. »Bist du böse auf mich?«

»Was dachtest du denn? Nach gestern abend?«

»Gestern abend?«

»Bei der Party. Deine alten Tricks, wie? Hast dich ihm praktisch an den Hals geworfen!«

»*Wem* denn? Wir waren doch bei keiner Party!« Sie sah, daß seine Augen in der Sonne wie Spiegel blitzten. »Harvey, was ist mit dir?«

»Mit mir ist gar nichts. Mit *dir* stimmt etwas nicht, Irene. Von Anfang an!«

»Irene?«

»Ich habe dir gesagt, was ich tun würde, wenn du noch einem einzigen Mann …«

Er packte ihr Handgelenk, und Karen rief: »Harvey, hör auf! Ich bin nicht Irene! Ich bin Karen!«

»Du *Tramp*! Wie oft muß ich dir das noch sagen!«

»Harvey!«

»Wie oft muß ich dich noch umbringen?« brüllte er. Im nächsten Augenblick zerrte er ihr den Arm vor den Hals. Seine Hände hielten sie fest, als sie in das blaugrüne Wasser fiel. Er hielt sie an sich gepreßt, bis das Wasser ihren Mund, ihren Hals, ihre Lungen gefüllt hatte.

Melanie bewunderte das Kleid im Fenster und ging weiter, nicht ohne noch einen Blick auf ihr Spiegelbild in der Schaufensterscheibe geworfen zu haben. Sie kam zu dem Schluß, daß ihr das Haar so am besten gefiel: schulterlang, frei fallend und sehr blond. So paßte es zu ihren blauen Augen und der kecken Nase. Am meisten machten ihr die Sommersprossen zu schaffen. Sie war beinahe dreißig; gingen die frechen Punkte denn nie weg?

Als sie sich umwandte, wäre sie beinahe mit dem Mann zusammengestoßen. Sie begann sich zu entschuldigen. Er aber kam ihr zuvor, mit einer leisen Stimme, die zu seinem freundlichen, runden Gesicht paßte. »V-verzeihung, Miss.«

Besser als Mord

»Sein verdammter Sanftmut ist mir am widerlichsten«, sagte Beverly.

Dr. Jory wich ihrem Blick aus. »Es heißt, die Sanftmütigen werden das Erdreich besitzen.«

»Das wird Arnold tun«, sagte die Frau und drückte im Aschenbecher des Arztes ihre Zigarette aus. »Und zwar ein Meter achtzig davon. Es ist die einzige Möglichkeit, Paul, das mußt du mir glauben.«

Der Arzt, ein hagerer, ernster Mann, der von einer zerbrechlichen europäischen Attraktivität war, löste die Arme der Frau von seinem Hals und verließ das Sofa. Er ging zum kalten Kamin seiner Wohnung und starrte gedankenverloren auf den Rost. Er bedurfte des hypnotischen Balletts der Flammen nicht, um in eine nachdenkliche Stimmung zu kommen. Er hatte genug Stoff zum Nachdenken, doch sein Gehirn war ein einziges Gewirr aus Ängsten und Hoffnungen und Sehnsüchten. Er drehte sich um und betrachtete Beverly Whitman, die schönste Frau, die ihn je berührt hatte und die je von ihm berührt worden war, eine Frau, die in sein geruhsames Junggesellenleben gefahren war wie ein Blitz in den trockenen Wald – ein Feuer zurücklassend, das sich kaum unter Kontrolle bringen ließ. Ein gefährliches Feuer; das hatte Dr. Paul Jory inzwischen erkannt. Sehr gefährlich.

»Unmöglich«, sagte er schließlich. »Das habe ich dir schon gesagt, Beverly. Wir müssen eine andere Methode finden.«

»Zum Beispiel?« fragte sie mit leiser Schärfe. »Zum Beispiel, Paul? Ich bin für jeden Vorschlag dankbar. Arnold mag zwar in jeder anderen Beziehung ein Feigling sein, doch für mich kämpfen würde er. Vielleicht ist das nur ein weiteres Indiz für seine Schwäche – er ist inzwischen dermaßen von mir abhängig, daß er lieber sterben als mich aufgeben würde. Na, dann muß er eben sterben.«

»Aber vielleicht könnten wir mit ihm reden...«

»Unmöglich. Das habe ich dir schon ein dutzendmal gesagt, Paul. Arnold hat mir das gleich bei der Heirat klar gemacht. Ich würde ihn nie ohne Kampf verlassen können. Und du weißt, was das bedeutet.«

Dr. Jory schnaubte durch die Nase. »Und das Geld ist dir so wichtig?«

Die Frau seufzte und räkelte sich geschmeidig.

»Sieh mich an, Paul, du weißt, was ich bin, und ich weiß es auch. Ich bin eine weiße Hauskatze mit einem schimmernden blauen Halsband. Etwas anderes könnte ich nie sein, auch wenn ich mir Mühe gäbe. Die Art Leben, die du mir aufzwingen willst, hielte ich nicht durch – die getreue kleine Arztfrau in einem gemütlichen kleinen Vororthaus... das ist nichts für mich, Paul. Seit meiner Kindheit bin ich es gewöhnt, Geld zu haben – und Geld ist ein sehr tröstliches Polster. Als Vater starb und wir Steuerprobleme bekamen, trieb ich mich eine Zeitlang herum – aber nicht lange. Ich lernte Arnold kennen.« Sie zündete sich eine neue Zigarette an. »Das Herumstreunen gefiel mir überhaupt nicht, Paul. Ich würde alles tun, damit es nicht wieder dazu kommt.«

Sein Gesicht zeigte einen schmerzlich berührten Ausdruck.

»Ich bin ein guter Arzt, Beverly...«

»Aber kein reicher...«

»Du bist so verdammt direkt! Manchmal glaube ich...«

Sie lachte. »Manchmal glaubst du, ohne mich besser dran zu sein? Du brauchst es nur zu sagen, Paul, dann verschwinde ich durch die Tür dort.«

Zornig nahm Dr. Jory eine kleine Statue vom Sims und schleuderte sie in den gemauerten Kamin. Dann fuhr er herum.

»Na gut, tu's!« rief er. »So fest liege ich noch nicht an der Kette. Ich würde manches für dich tun, Beverly, aber nicht das. Einen Menschen bringe ich nicht um!«

Sie zögerte eine Sekunde lang, er glaubte schon gesiegt zu haben. Dann erhob sie sich lächelnd und holte ihre Schuhe unter dem Couchtisch hervor. Sie legte sich gerade die weiße Nerzstola um die Schultern, als Dr. Jory zu ihr eilte und sie liebevoll umarmte.

»Nein, Beverly, einen Augenblick!«

»Wozu? Mein Preis war zu hoch, und da hast du nein gesagt. Das steht dir frei.«

»Können wir nicht noch einmal darüber reden …?«

»Willst du mir etwas abhandeln? Einen Kompromiß schließen? Kommt nicht in Frage, Paul.«

Seine Hände verschwanden in ihrem herabströmenden blonden Haar, als habe er dort plötzlich Gold gefunden.

»Ich kann ohne dich nicht leben, Beverly, längst nicht mehr! Aber ich bin Arzt, verstehst du? Schon der Gedanke, einem anderen Menschen das Leben zu nehmen, in voller Absicht …«

»Was ist denn, Paul?« Sie musterte ihn mit ruhigem Blick. »Arnold ist doch dein Patient, oder? Ist dir noch nie ein Patient gestorben?«

»Das ist doch etwas anderes …«

»Nein! Das versuchte ich dir schon den ganzen Abend klarzumachen, du hörst mir nicht zu. Ich habe mir einen Plan zurechtgelegt, einen guten Plan. Du brauchst Arnold gar nicht umzubringen. Ich habe etwas im Sinne, das besser ist als Mord.«

Besorgt und zugleich voller Hoffnung starrte er sie an.

»Was soll das heißen?«

»Ich habe gründlich darüber nachgedacht. Hast du etwa angenommen, du solltest losziehen und Arnold niederschießen? Hast du geglaubt, ich wollte uns beide an den Galgen bringen?« Ihre Augen begannen zu funkeln. »Nein, Paul«, flüsterte sie. »Du brauchst meinen Mann nicht umzubringen. Wenn du tust, was ich sage – begeht er Selbstmord.«

Es war eine schlimme Woche. Zum Glück kamen nicht allzu viele Patienten. Seit er Beverly Whitman kannte, gingen die Geschäfte immer schlechter; zu viele Patienten hatte er weitergeschickt, um Zeit zu haben für seine heimlichen Treffen mit der Frau des anderen.

Donnerstag früh verkündete seine Sprechstundenhilfe, Miss Bugler, energisch die Termine des Tages.

»Mrs. Macon kommt um zehn Uhr«, sagte sie. »Mr. Fine hat angerufen und gefragt, ob er seinen Termin auf Dienstag verschieben könnte; ich habe zugesagt. Ferner möchte Mr. Arnold Whitman einen Termin bei Ihnen haben. Ich habe ihn vorläufig für halb zwölf Uhr bestellt. Sind Sie damit einverstanden?«

»Ja«, sagte Dr. Jory und umklammerte die Armlehnen seines Stuhls. »Ja, das ist so in Ordnung, Miss Bugler.«

Die Patientin um zehn Uhr ging ihm auf die Nerven. Mrs. Macons eingebildete Herzbeschwerden veranlaßten ihn zu einer rüden Ermahnung. Die alte Dame reagierte schockiert auf den Ausbruch und stürmte aus der Praxis; er hatte das Gefühl, daß er sie nicht wiedersehen würde.

Er wartete nervös, bis Miss Bugler ankündigte: »Mr. Whitman ist da.«

Arnold Whitman trat ein; nervös fummelte er an den Knöpfen seines tadellos geschneiderten Anzugs herum.

Er war ein untersetzter Mann von zweiundfünfzig

Jahren. Äußerlich sah man ihm den Reichtum zwar an, doch verströmte er nichts von dem gelassenen Selbstvertrauen, das Alter und Vermögen hätten bringen müssen. Seine Augen waren die schnell zu erschreckenden Augen eines Kindes, sein Mund beständig auf der Lauer, sich angstvoll zu verzerren.

»Es ist nett, daß Sie mich wieder einmal besuchen, Mr. Whitman«, sagte Dr. Jory barsch. »Ist inzwischen einige Zeit her. Fühlen Sie sich gut?«

»Ich weiß nicht recht. Deshalb wollte ich Sie ja sprechen. Es geht um meinen Magen.«

»Ach? Verdauungsbeschwerden?«

»Möglich«, sagte Whitman und befeuchtete seine Lippen. »Ich weiß nicht, woran es liegt. In der letzten Zeit habe ich schreckliche Schmerzen, hier...«

Er drückte auf seinen rundlichen Bauch und zuckte in der Erinnerung zusammen.

Dr. Jory war über sich selbst erstaunt. Er reagierte ganz normal wie bei jedem Patienten, obwohl er wußte, daß die Probleme dieses Mannes trivialer Natur waren, daß seine Beschwerden nicht auf organische Mängel hindeuteten. Es handelte sich um einfache Krämpfe, ausgelöst durch eine harmlose, aber aufreizende Chemikalie, die Beverly ihrem Mann ins Essen tat.

Aber er ging ganz programmgemäß vor: das medizinische Frage-und-Antwort-Ritual, die gewohnten Untersuchungen und schließlich die ernste Diagnose.

»Es muß nichts Schlimmes sein, aber wir sollten kein Risiko eingehen. Ich schlage vor, wir führen eine Röntgenuntersuchung durch.«

»Röntgen?« Whitman riß die Augen auf.

»Ja. Und zwar morgen um zehn Uhr. Geht das?«

»Wenn Sie es für notwendig halten...«

Dr. Jory hielt es für notwendig; sich selbst bestätigte er,

daß ihm sein Verhalten schwerfiel, daß es aber dennoch notwendig war. Beverly hatte es notwendig gemacht, und so sehr sich sein Gewissen auflehnte, er wußte, er würde die Sache zu Ende führen.

Sie rief am gleichen Nachmittag an.

»Er ist grün um die Kiemen«, sagte sie verächtlich. »Grün vor Angst! Arnold ist ein alter Hypochonder, stets bereit zu glauben, er leide an einer schrecklichen Krankheit. Schon jetzt ist er so verängstigt, daß er kaum noch ein klares Wort herausbekommt.«

»Na gut«, sagte Dr. Jory.

»Wann sagst du es ihm?«

»Keine Ahnung. Vielleicht am Nachmittag. Vielleicht wenn die Bilder fertig sind.«

Am anderen Ende herrschte Stille. Dann ertönte ein Flüstern.

»Weißt du was, Doktor? Ich liebe dich.«

Whitman kam pünktlich um zehn Uhr; sein Körper war für die Röntgenuntersuchung bereit, sein Geist hatte sich noch nicht damit abgefunden.

Um zwölf Uhr war alles vorbei.

»Wann ist wohl... ich meine, wann können Sie mit einem Ergebnis rechnen?« fragte Whitman.

»Schwer zu sagen. Ich möchte mir natürlich die Bilder ansehen und meine Feststellungen von einem anderen Internisten überprüfen lassen. Vielleicht kann ich Ihnen heute nachmittag gegen vier Uhr schon mehr sagen. Wenn Sie dann vorbeikommen möchten?«

»Ja«, sagte Whitman.

Für den Nachmittag hatte sich lediglich ein Patient angemeldet; aber selbst das war Dr. Jory zuviel. Er ließ den Termin durch Miss Bugler verschieben und schickte sie dann nach Hause.

Um vier Uhr kam Whitman.

Der Arzt führte ihn ins Büro und schloß die Tür. Eine Zeitlang sagte er nichts, in dem Bewußtsein, daß ein betontes Schweigen schon sehr vielsagend sein konnte. Er ließ Whitman auf dem Stuhl hin und her rutschen, sagte aber immer noch nichts.

»Na, was ist?« fragte der Patient schließlich, einen Anflug von Panik in der Stimme. »Stimmt etwas nicht?«

Dr. Jory betrachtete die Bilder auf dem Tisch. Es waren keine besonders guten Röntgenaufnahmen, denn er hatte am Vormittag nicht gerade konzentriert gearbeitet. Doch sie reichten aus, um zu erkennen, daß Arnold Whitman innerlich völlig in Ordnung war.

»Dr. Jory«, fragte Whitman mit hohler Stimme. »Was stimmt mit mir nicht?«

»Mr. Whitman, es gibt zwei Sorten Ärzte – die eine Gruppe tritt dafür ein, die Patienten vor der Wahrheit zu schützen; die andere ist dafür, stets und immer die Wahrheit zu sagen. Ich gehöre der letzten Gruppe an und will daher nicht um den heißen Brei herumreden. Sie sind ein erwachsener, intelligenter Mann...« Er biß sich auf die Zunge. »Ich habe außerdem das Gefühl, Sie *wollen* die Wahrheit wissen. Ist das richtig?«

Whitmans Mund öffnete sich, doch kein Wort war zu hören.

»Es tut mir leid, Ihnen das sagen zu müssen«, sagte Dr. Jory langsam, »aber Sie sind ein sehr kranker Mann.«

Die Lippen begannen zu zucken, doch noch immer kam kein Ton. Arnold Whitmans Hals bewegte sich, brachte schließlich aber nur eine Art Blöken heraus.

»Die Röntgenaufnahmen lassen leider keinen anderen Schluß zu. Trotzdem fühlte ich mich verpflichtet, einen anderen Arzt hinzuzuziehen. Ich habe die Aufnahmen von Kollegen untersuchen lassen, die ausnahmslos dieselbe Meinung vertraten.«

Endlich brachte Arnold Whitman einige Worte zustande.

»Wie – wie schlimm steht es?« fragte er. »Was kann man dagegen tun?«

Dr. Jory schüttelte den Kopf.

»Das ist das Schlimmste. Es ist viel zu spät, um dagegen einzuschreiten, Mr. Whitman. Eine Operation kommt nicht mehr in Frage. Wir können nur hoffen, Ihnen das Leben so angenehm wie möglich zu machen, bis…«

»Angenehm?« fragte Whitman mit einer Stimme, die sich zu einem klagenden Jaulen emporschwang. »Was soll das heißen? Was bedeutet das?«

»Ich habe Ihnen gesagt, ich werde mich offen äußern, Mr. Whitman. Sie sollten Ihre Angelegenheiten sofort regeln. Sie haben leider nicht mehr viel Zeit…«

»Zeit? Zeit?« kreischte Whitman. »Wollen Sie damit sagen, daß ich sterbe? Daß ich bald sterben werde?«

Dr. Jory nickte traurig. »Ich kann nichts tun. In einem Monat, vielleicht schon in zwei Wochen…«

»*Nein!*« schrillte der Mann, sprang auf und sah sich verzweifelt im Behandlungszimmer um. »Nein, das kann doch nicht sein! Ich fühle mich gut – ich fühle mich schon besser…«

Der Arzt schwieg.

Whitman starrte ihn an, wartete darauf, daß sich sein Gesicht veränderte, wartete darauf, daß die kalten Augen Mitgefühl zeigten. Als nichts geschah, ließ er sich langsam wieder auf seinen Stuhl sinken und stemmte den Kopf in die Hände.

Dann begann er zu schluchzen.

Diese Minuten waren eine besondere Qual für Dr. Jory; am liebsten hätte er die Hand ausgestreckt, dem Mann auf die Schulter geklopft und ihm die Wahrheit gesagt. Doch er war schon zu tief verstrickt, er kam nicht mehr frei. Zugleich war er fasziniert, ein Gefangener seiner Macht über den anderen.

Es dauerte fünf Minuten, bis der Kopf wieder gehoben wurde. Das völlig veränderte Gesicht Arnold Whitmans blickte ihn an – schon weiß wie das Gesicht einer Leiche.

»Wird es weh tun?« fragte er heiser.

»Das läßt sich leider nicht völlig ausschließen.«

»Ich vertrage keine Schmerzen, Doktor. Das wissen Sie. Ich vertrage keine Schmerzen.«

»Ich werde Ihnen nach besten Kräften helfen. Aber schmerzstillende Mittel sind auch nicht das A und O...«

Der Mann warf sich nach vorn, umfaßte die Schultern des Arztes und hob das verstörte Gesicht.

»Sie müssen mir helfen!« rief er. »Sie müssen mir helfen, Dr. Jory. Bitte...«

»Ich werde tun, was ich kann, Mr. Whitman, das müssen Sie mir glauben. Aber Sie müssen sich auch selbst helfen. Zunächst müssen Sie Mut fassen...«

Am gleichen Abend, allein in seiner Wohnung, fragte sich Dr. Paul Jory, ob ein Mord nicht leichter gewesen wäre. Wenn Whitmans Tod schon die einzige Lösung darstellte, wäre eine saubere Kugel einfacher und weniger nervenaufreibend gewesen als Beverlys Plan.

Plötzlich fiel ihm etwas anderes ein. Was war, wenn sie sich irrte? Wenn sie sich in ihrem Mann getäuscht hatte?

Es drängte ihn, den Hörer abzunehmen und sie anzurufen. Ein Problem war das nicht; er konnte schließlich vorgeben, sich nach seinem Patienten zu erkundigen. Trotzdem starrte er auf das stumme Telefon und tat nichts.

Es war fast elf Uhr, als er es dann noch nicht mehr aushielt.

»Hallo?«

Beverlys Stimme.

»Hier Dr. Jory«, sagte er vorsichtig. »Ich ... ich wollte mich nach dem Befinden Ihres Mannes erkundigen, Mrs. Whitman.«

»Du kannst ruhig sprechen«, sagte sie liebevoll. »Er schläft.«

»Hat er es dir gesagt?«

»Ja.«

»Wie nimmt er es denn?«

Ihre Antwort war kühl, gelassen.

»Wie ich dir gesagt hatte.«

Er schluckte. »Ich muß dich sehen, Beverly! Ich drehe durch, wenn ich dich jetzt nicht hier habe!«

»Es geht nicht, Paul. Ich muß bei ihm bleiben. Ich muß die liebevolle Ehefrau spielen, das weißt du.«

»Allein halte ich es nicht mehr aus! Immer wieder sehe ich sein Gesicht vor mir in dem Augenblick, als ich es ihm sagte ...«

»Nun bemitleide dich nicht selbst! Ich habe ihn den ganzen Abend am Hals gehabt.«

»Beverly, bitte!«

Sie seufzte.

»Na schön, Paul. Er hat die Schlaftabletten genommen, die du ihm mitgegeben hast: da kann ich sicher ein Weilchen verschwinden. Aber denk daran, lange geht es nicht.«

Sie traf um Mitternacht ein. Sie war irgendwie verändert – auf eine Weise, die er nicht zu analysieren vermochte. Um die Augen wirkte sie älter, um den Mund ein wenig dünner. Zugleich war sie aber schöner denn je.

Verzweifelt klammerte er sich an ihr fest, bis sie sich von ihm löste und zum Sofa ging. Dort zündete sie sich eine Zigarette an und betrachtete ihn von oben bis unten.

»Du siehst genauso erschrocken aus wie er. Mach dir keine Sorgen, Paul. Ich kenne den lieben kleinen Arnold, ich weiß, daß alles klappt. Als seine Mutter starb, vor knapp einem Jahr, hat er es mir selbst noch gesagt. Sie hatte im letzten Monat arge Schmerzen, und er schwor, er wollte sich lieber umbringen, als so zu leiden. Und das tut er auch.«

»Aber wer garantiert dir das? Sich umzubringen erfordert einen gewissen Mut. Du klagst aber immer, er sei ein Feigling.«

»Er ist die richtige Sorte Feigling, sei unbesorgt. Du wirst sehen. Entweder nimmt er eine Überdosis von deinen Pillen, oder er macht noch etwas Drastischeres.«

»Was denn?«

Sie blies den Rauch zur Decke.

»Im Schlafzimmer liegt ein Revolver. Ich glaube, daß er den benutzt. Das ist schneller und sicherer.«

Dr. Jory wandte sich ab. »Das ist ja schrecklich, Beverly! Schlimmer als Mord.«

»Nein, Doktor. Besser. Auf diese Weise bleiben wir beide frei und unbehindert und sind ziemlich reich. Mit einem Mord ließe sich das nicht erreichen, oder?« Ihre Stimme wurde weich. »Setz dich zu mir, Paul.«

Er kam der Aufforderung nach, zuckte aber unter ihrer Berührung zusammen.

»Was ist denn?« fragte sie eisig.

»Nichts.« Dann sank er in ihre Arme und war eine Zeitlang nicht mehr ansprechbar.

»Ich muß gehen«, sagte Beverly eine halbe Stunde später. »Könnte ja sein, daß er aufwacht und auf dumme Gedanken kommt. Vielleicht will er einen Brief zurücklassen. Den sollte ich mir zunächst anschauen.«

»Wir müssen vorsichtig sein, Beverly.«

Sie küßte ihn.

»Du bist hier der Arzt.«

Das Telefon weckte ihn um vier Uhr früh. Das Klingeln regte

ihn nicht weiter auf; solche Anrufe waren in seinem Beruf alltäglich.

Er nahm den Hörer ab, und eine barsche Stimme fragte: »Dr. Paul Jory?«

»Ja.«

»Hier Lieutenant Klaus von der Polizei. Haben Sie einen Patienten namens Arnold Whitman?«

»Ja.«

»Es tut mir leid, Sie um diese nachtschlafende Zeit aus dem Bett zu klingeln, aber ich möchte Sie bitten, sofort zu Mr. Whitmans Wohnung zu kommen.«

»Was ist los? Was ist passiert?«

»Sie sollten lieber kommen, Doktor. Ich erkläre Ihnen alles, wenn Sie hier sind.«

Hastig kleidete er sich an und versuchte sich einzubilden, es sei ein ganz normaler nächtlicher Notruf. Da er im Dunkeln schlecht fuhr, ließ er ein Taxi kommen.

Die Entfernung zum Duplex-Apartment der Whitmans war nicht weit; als der Wagen am Bordstein hielt, sah er einen Krankenwagen und einen Streifenwagen vor dem Eingang stehen. Er nahm seine große schwarze Tasche vom Sitz und eilte in die Halle.

Ein uniformierter Beamter ließ ihn in die Wohnung der Whitmans.

In den Räumen drängten sich die Menschen. Er kannte die Leute nicht, ebensowenig die Rollen, die sie hier spielten. Er zählte zwei Ärzte, zwei Polizeibeamte, drei Männer in Zivil. Einer von ihnen, ein stämmiger Mann mit Bulldoggenkinn und hellgrauen Augen, kam auf ihn zu. »Sie sind Dr. Jory?« fragte er. »Ich bin Klaus.«

»Was ist passiert?« fragte der Arzt gelassen. »Weshalb wollten Sie mich sprechen?«

»Ihr Patient bat darum. Er sagte, er würde reden, sobald Sie hier wären. Kommen Sie bitte mit.«

Er folgte Klaus ins Schlafzimmer. Hier saß Arnold Whitman auf dem Bett, die dicken, rundlichen Hände in den Schoß gelegt. Er trug einen Schlafanzug und wirkte bemerkenswert gefaßt.

»Na schön«, sagte Klaus leichthin. »Hier ist der Arzt, Mr. Whitman. Jetzt sagen Sie uns bitte, warum Sie Ihre Frau umgebracht haben.«

Dr. Jorys Blick zuckte vom Gesicht Arnold Whitmans zu der zugedeckten Gestalt auf dem Boden des Schlafzimmers. Die Knie knickten ihm ein, und Klaus mußte ihn zu einem Stuhl führen.

Ein Kichern tönte vom Bett.

»Ich wußte, daß meine Frau mich haßte«, sagte Arnold Whitman mit glasigem Blick. »Wie ein Stück Dreck hat sie mich behandelt. Doch ich hatte nie den Mut, etwas zu unternehmen. Bis heute!«

»Sprechen Sie weiter«, sagte Klaus barsch.

Wieder kicherte der Mann im Schlafanzug.

»Heute hatte ich den Mut, Lieutenant, denn jetzt ist mir alles egal. Sie können mir nichts mehr tun. Niemand kann mir etwas tun. Der Doktor kennt den Grund.«

Klaus wandte sich mit eisigem Blick an Dr. Jory.

»Na, Doktor?« fragte er leise. »Was ist das für ein Grund?«

Bundesverbrechen

Phil Burns, ein wandelnder Katalog von Vorwürfen gegenüber seiner Frau, erfuhr von ihrer neuesten Missetat erst, als er dem Zorn Joe Clevelands ausgesetzt war. Cleveland war ein ernst dreinschauender Buchmacher, der seine Geschäfte in Rips Frisiersalon an der Superior Avenue abwickelte – natürlich in Cleveland, Ohio. Etwa zweimal im Monat mußte Phil geschäftlich nach Cleveland und arbeitete schon seit gut einem Jahr mit dem Buchmacher, ohne daß es irgendwelche Probleme gegeben hatte. Diesmal aber hatte er eine ungewöhnlich hohe Wette untergebracht, hatte verloren und nicht bezahlt. Cleveland schrieb Burns einen Brief.

»›Lieber Mr. Burns‹«, las Louise aufgebracht. »›Als Sie das letztemal hier waren, haben Sie die zweihundert nicht berappt. Bitte überweisen Sie.‹«

»Du hast meine Post aufgemacht?« fragte Phil zornig. »Der Brief war an mich gerichtet, und du hast ihn aufgemacht!«

»Na und?« fragte Louise.

»Was soll das heißen – na und? Du weißt, daß es ein Bundesverbrechen ist, die Post anderer Leute zu öffnen!«

»Na, dann zeig mich doch beim FBI an!«

»Wie lange machst du das schon? Wie lange liest du schon meine Briefe?«

»Hör mal«, sagte Louise wütend. »In diesem Haus muß man ständig auf der Hut sein. Hätte ich den Brief nicht gelesen, hättest du mir irgendeine Lüge aufgetischt über eine Autoreparatur oder so…«

Damit spielte sie auf Phils ersten und größten Kummer

an. Sie verfügte über eigenes Geld, über einen Vermögensfonds von ihrem Vater; Phil hatte seit dem ersten Tag der Ehe Geld daraus abgezogen.

»Mach dir keine Sorgen«, sagte er. »Mach dir keine Sorgen. Ich wollte keinen Penny von dir.«

Zornig lief er aus dem Haus und ging zu seinem Kumpel Mort.

»Gib mir mal auf ein paar Tage Kredit, ja.«

»Machst du Witze? Du schuldest mir schon fünfzig!«

In der Firma wandte er sich an den alten Sakolsky von der Buchhaltung.

»Tut mir leid, Phil, Sie kennen ja die Vorschriften. Sie haben schon drei Vorschüsse erhalten, das ist das Limit.«

Am gleichen Abend lehnte er sich vor Louises Schminktisch über die Schulter seiner Frau und sagte: »Ach, komm schon, Schätzchen, wir wollen uns wieder vertragen. Gib mir die zweihundert, zum letztenmal! Ich verspreche es dir!«

»Sicher, sicher«, sagte sie trocken und besprühte ihre Umgebung mit Haarspray. Phil hustete und ging zu Bett.

Im Zug nach Cleveland kam ihm eine Idee. Er suchte Rips Frisiersalon auf und ließ sich die Haare schneiden, während er auf Joe wartete.

Als der Buchmacher eintraf, sagte Phil: »Hören Sie, Joe, können Sie mir noch eine Woche Zeit lassen? Ich verspreche Ihnen, in einer Woche habe ich den Betrag.«

»Na schön«, sagte Joe ergeben.

Im Hotel setzte sich Phil mit einem unbeschriebenen Blatt Briefpapier an den Tisch und verfaßte in Blockbuchstaben einen Brief an sich selbst.

PHIL: WENN SIE NICHT IN ACHTUNDVIERZIG STUNDEN DIE ZWEIHUNDERT BERAPPEN, SIND SIE EIN TOTER MANN. LETZTE WARNUNG.

Er verzichtete auf eine Unterschrift. Dann adressierte

er das Schreiben an sich nach Hause und steckte den Brief ein.

Drei Tage später fuhr er in den Osten zurück und konnte sich vor guter Laune kaum halten, wenn er an den anonymen Brief dachte, wenn er sich Louises Reaktion beim Aufmachen und Lesen vorstellte. Vor seinem inneren Auge spielte sich eine tränenreiche, versöhnliche Szene ab, die auf jeden Fall im Glück endete und mit Geld in seiner Tasche. Vielleicht brauchte er Joe ja nicht gleich zu bezahlen. In Aqueduct lief ein Pferd, das ihm schon einmal vierundzwanzig zu zwei gebracht hatte...

Er betrat die Wohnung und rief: »Louise!«

Sie kam aus dem Schlafzimmer, eine Nagelfeile in der Hand.

»Ich bin wieder da.«

»Das sehe ich.«

»Post für mich?«

»Nichts Besonderes. Liegt alles auf dem Küchentisch.«

Er ging in die Küche und blätterte den Stapel durch. Eine Gasrechnung, eine Telefonrechnung, vier Werbesendungen und eine Postkarte von seiner Schwester.

»Ist das alles?« fragte er.

»Ja.«

»Unmöglich! Ich war vier Tage fort.«

»Das ist *alles*!« sagte Louise entschieden. »Sonst ist nichts gekommen, überhaupt nichts.«

Sie verschwand im Schlafzimmer und überließ es ihm, sich das Abendbrot zu machen. Eine Stunde später ging er zu Bett und wußte noch immer nicht, was aus seinem anonymen Brief geworden war.

Als er es endlich begriff, erwachte er schwitzend mitten in der Nacht...

Mehr als ein Alptraum

Daß er einen Zimmergenossen bekam, gefiel Harmon ganz und gar nicht, doch der Unterschied zwischen privater und halb privater Unterbringung war mehr, als er sich mit seinem Buchhaltergehalt leisten konnte. Er versuchte das Beste aus der Situation zu machen, indem er eine friedliche Koexistenz mit dem Kranken im Nachbarbett anstrebte – einem dünnen, hageren Mann Mitte Fünfzig, der auffallend schmale Augen hatte. Auf einem weißen Kärtchen an der Tür stand sein Name: T. Graffa.

»Hallo«, sagte Harmon beim Auskleiden freundlich. »Ich bin Jules Harmon. Wir werden wohl ein Weilchen zusammen liegen.«

Der Mann knurrte etwas und wandte den Kopf zur Seite. Als Miss Brewster, die brillentragende Stationsschwester, den Raum betrat, schwenkte sie die Hände in seine Richtung und sagte: »Kümmern Sie sich nicht um den, der ist ziemlich eingebildet. Ein Wunder, daß er sich von uns noch den Rücken einreiben läßt.« Sie lächelte mütterlich und reichte Harmon seine Krankenhauskleidung.

»Muß ich wirklich dieses – Ding anziehen?« fragte Harmon bekümmert.

»Ja. Jetzt aber ins Bett. In etwa einer Stunde kommt Ihr Arzt und bespricht alles mit Ihnen. Dr. Moses, nicht wahr?«

»Ja.«

»Sie werden sich an uns gewöhnen«, sagte Miss Brewster fröhlich. »Sie werden sich sogar an *den* gewöhnen.« Sie deutete mit dem Daumen auf den Mann im Nachbarbett, und eine Sekunde lang flackerte es in den schmalen Augen auf und erstarb wieder. »An Ihrem Bett ist ein Knopf.

Wenn Sie eine Krankenschwester brauchen, drücken Sie darauf, dann geht draußen das Licht an. Abendessen um sechs; die Diätikerin wird vorher noch mit Ihnen sprechen. Sie sind der Blinddarm, nicht wahr?«

»Richtig«, sagte Harmon lächelnd.

»Na, das kriegen wir schon hin«, sagte Miss Brewster; ihre gestärkte Uniform raschelte, als sie das Zimmer verließ.

Harmon blickte wieder zu T. Graffa hinüber und kam zu dem Schluß, daß die Schwester sich irrte. An den würde er sich nie gewöhnen, es sei denn, im Verhalten des anderen setzte ein gründliches Tauwetter ein. Doch als er in das hohe Bett gestiegen war, fragte sich Harmon, ob er nicht ein wenig hart urteilte. Schließlich war dies hier ein Krankenhaus und kein Studentenschlafsaal. Durchaus möglich, daß T. Graffa viel zu krank war, um sich freundlich zu geben, daß er zu starke Schmerzen hatte oder ein zu starkes Beruhigungsmittel bekommen hatte. Harmon nahm ein Magazin vom Nachttisch und beugte sich zum Mann im Nachbarbett hinüber.

»Möchten Sie das lesen?« fragte er.

Graffa wandte sich um und musterte ihn ausdruckslos. Dann preßte er die Lippen zusammen und schüttelte den Kopf.

Harmon zuckte die Achseln, öffnete das Magazin und begann zu lesen.

Für den Rest des Tages hatte er keine Zeit mehr, sich um Graffa Gedanken zu machen. Kurze Zeit später traf Moses ein und plauderte in seiner langsamen, scherzhaften Art über die bevorstehende Operation. Aus seinem Mund klang es so schlimm, als müßte er sich nur einen Zahn ziehen lassen. Harmon, der außer einem gelegentlichen leichten Zucken nichts spürte, ließ sich guten Glaubens beruhigen. Später kamen das Mädchen aus der Küche, zwei junge Internisten und eine Einladung, in einem Nachbarzimmer das Fernsehprogramm anzuschauen. Alles in allem war es ein angenehmer, entspannter Nachmittag, und am Abend war Harmon reif für einen gesunden Schlaf.

T. Graffa war es nicht so gut gegangen. Gegen 18.30 Uhr begann er vor Schmerzen zu stöhnen und ließ die Krankenschwester kommen. Es folgte ein geflüstertes Gespräch an seinem Bett, dann kam ein strengblickender Mann mit Stethoskop und verordnete seinem Patienten ein schmerzstillendes Mittel. Die Schwester nahm die Injektion vor, und Graffa fiel in einen tiefen, unnatürlichen Schlaf. Er lag still im Bett, als Harmon schließlich die Nachttischlampe ausschaltete und es sich in den fremden Kissen gemütlich machte.

Als Harmons Augen wieder aufgingen, herrschte ringsum Dunkelheit. Im ersten Augenblick glaubte er aus eigenem Antrieb erwacht zu sein, getrieben von seinem Unterbewußtsein, das die fremde Umgebung wahrnahm. Dann erkannte er, daß ihn ein Geräusch aus dem Nachbarbett geweckt hatte. T. Graffa litt an Schmerzen oder lag im Delirium. Harmon drehte den Kopf zur Seite und lauschte.

»Tu's! Bring's hinter dich!« stöhnte Graffa. »Nun tu's schon, Bruno, schnell!«

»Mr. Graffa!« flüsterte Harmon. »Alles in Ordnung?«

Ein leises Seufzen antwortete ihm. Als sich Harmons Augen an die Dunkelheit gewöhnten, erkannte er, daß Graffas Gesicht wie in einem Alptraum verzerrt war. Er überlegte, ob er die Schwester rufen sollte, entschied sich aber dagegen.

»Keine andere Möglichkeit«, brummte Graffa heiser. »Keine andere Möglichkeit, Bruno. Bring sie um, bring es hinter dich! Wenn wir es nicht tun, kriegt sie uns beide ran. Bring sie um, Bruno ...«

Von den erregten Worten aufgestört, stemmte sich Harmon auf die Ellenbogen hoch. Graffa sprach weiter, doch seine Stimme war zu einem unverständlichen Murmeln abgesunken. Leise schob Harmon die Decke zur Seite und schwenkte die Beine aus dem Bett. Er starrte in Graffas gequältes Gesicht und empfand dabei eine Faszination, die größer war als seine Angst.

»Messer kommt nicht in Frage«, sagte Graffa laut. »Das gibt zuviel Blut! Um Himmels willen, Bruno, sei doch vernünftig!«

Im warmen Zimmer spürte Harmon einen kalten Schauder über seinen Rücken laufen. Wieder wurden die Worte unverständlich. Harmon stieg aus dem Bett und bewegte sich vorsichtig noch näher an die murmelnde Gestalt heran. Er war nur noch knapp dreißig Zentimeter entfernt, als er wieder einzelne Sätze ausmachen konnte. Die Worte wurden jetzt geflüstert, doch dieses Flüstern war noch entsetzlicher als das Geschrei.

»Halt sie fest, Bruno, halt sie fest ... laß sie nicht los ... fester, Bruno ... geh kein Risiko ein ... sie hat es verdient, denk daran ... wenn du es nicht tust, kriegt sie uns beide ran ... bring sie um, bring sie um, *bring sie um*!«

Graffa zuckte vor Schmerzen zusammen; ob es sich um eine Folge seiner Krankheit oder seiner Erinnerungen handelte, vermochte Harmon nicht zu sagen. Schließlich lag der andere reglos und stumm da, seine Lippen waren so fest zusammengepreßt, daß der Mund nur noch ein schmaler Strich war.

Harmon beobachtete ihn und hielt abwartend den Atem an.

In diesem Augenblick öffnete Graffa die Augen.

Die Bewegung kam so überraschend, daß Harmon keuchend den Atem anhielt. Graffas Augen waren rund und leuchtend, weit entfernt von den dunklen schmalen Schlitzen, die Harmon am Tag bemerkt hatte. Sie starrten ihn mit einer solchen Wut an, daß Harmon einige Schritte zurückwich.

»*Was habe ich gesagt?*« flüsterte Graffa rauh. »Was haben Sie eben gehört?«

Harmon stammelte eine Antwort. »Nichts! Sie – Sie haben nur gestöhnt. Ich wollte eben nachschauen, ob Sie Hilfe brauchen.«

»Was habe ich gesagt?« fragte Graffa erregt. »Lügen Sie mich nicht an! Ich weiß, daß ich geredet habe.«

»Nein, ehrlich, Sie haben nichts gesagt. Sie haben nur gestöhnt. Soll ich die Schwester rufen?« Er trat noch einen Schritt zurück und tastete nach der Sicherheit seines Bettes.

Graffa beobachtete ihn, sein Mund war verzerrt, in seinen Augen brannten Unglauben und Zorn.

»Nein!« fauchte er. »Ich brauche die Schwester nicht.«

»Es ist sicher das Mittel«, bemerkte Harmon und stieg ins Bett. »So etwas hat manchmal eine komische Wirkung. Mehr war es bestimmt nicht.«

Graffa antwortete nicht, und Harmon konnte sein Gesicht nicht mehr sehen. Doch nach kurzem Schweigen ergriff der Mann im Nachbarbett doch noch einmal das Wort.

»Sie«, sagte er.

»Ja?«

»Wie heißen Sie doch gleich?«

»Harmon, Jules Harmon.«

»Ja«, sagte T. Graffa und ließ sich mit einem leisen, angestrengten Seufzen zurücksinken.

Harmon hörte das Bett quietschen, und das war das letzte Geräusch, das er in dieser Nacht von seinem Zimmergenossen wahrnahm.

Am nächsten Morgen vertrieb das ins Zimmer strömende Sonnenlicht Harmons Ängste. Bei Licht erschienen die knochigen Gesichtszüge des Mannes nebenan bei weitem nicht so unheimlich wie noch in der Nacht. Er war nichts weiter als ein zerbrechlich gebauter Mann in den mittleren Jahren, von Krankheit geschwächt; die Angst, die er Harmon eingeflößt hatte, kam ihm jetzt geradezu lächerlich vor. Seine Augen waren geschlossen, als Harmon erwachte, und er blickte in das verkrampfte, trockene Gesicht und fragte sich, warum selbst Unschuldige solche Alpträume hatten. Oder hatte er sich doch etwas vorzuwerfen? Entsprangen T. Graffas Worte womöglich nicht nur den Fieberphantasien eines Alptraums? Steckte ein Körnchen Wahrheit darin?

Kurze Zeit später erschien Miss Brewster als Vorbotin des Frühstücks, und Harmon schüttelte seine Zweifel ab und bereitete sich auf den zweiten Tag vor. Er hatte ein reichhaltiges Programm vor sich: zahlreiche Tests, Röntgenaufnahmen, Untersuchungen und dergleichen; irgendwie war Harmon dankbar für die vielen Dinge, die zu erledigen waren.

T. Graffa ließ das alles kommentarlos geschehen. Doch ab und zu blickte Harmon auf und sah die schmalen Augen zu runden, wachsamen Lichtpunkten erweitert, die ihn ablehnend musterten.

Als es wieder Nacht wurde, waren Harmons Zweifel zurückgekehrt.

Diesmal hatte er Mühe mit dem Einschlafen. Es war nach Mitternacht, als er das Magazin aus der Hand legte und das Licht ausschaltete. Noch eine weitere Stunde verging, ehe er endlich den Schlaf kommen spürte.

Als er erwachte, war es wieder völlig dunkel.

Er lag still im Bett und rührte keinen Muskel, er hatte sogar zu atmen aufgehört. Er lauschte, doch aus dem Nachbarbett war kein Laut zu hören, kein Flüstern, kein Stöhnen. Die Stille war zuerst tröstend, dann aber besorgniserregend. Es war zu still. T. Graffa schien nicht einmal zu atmen.

Langsam und mühsam schloß er die Augen, um Schlaf vorzutäuschen, und wandte den Kopf.

Ein Schatten zuckte über seine Lider. Er öffnete die Augen und sah, daß Graffa sich im Bett aufrichtete.

Die kleine, spindeldürre Gestalt zeichnete sich als undeutliche Silhouette ab. In dem Krankenhausnachthemd wirkte sie wie ein schattenhafter, dürrer indischer Fakir.

Dann entdeckte Harmon das Kissen in T. Graffas Händen und sah, wie der Mann sich herumdrehte.

Er schrie los. Der Laut kam gepreßt und ohne Resonanz aus seiner Kehle. Die schwachen Hände T. Graffas ließen das Kissen fallen. Die dürre Gestalt hob es auf und legte es wieder an Ort und Stelle. Dann ließ sie sich laut stöhnend auf das Bett sinken. Harmon fuhr hoch, ertastete den Lichtschalter am Ende der Schnur und betätigte ihn. Er sah Graffa auf dem Bett liegen, vor Anstrengung keuchend, die Augen zur Decke gerichtet, das Kissen schief unter dem knochigen Schädel. Eine Sekunde später stand die Nachtschwester an der Tür und leuchtete die beiden Patienten mit der Taschenlampe an.

»Was ist los?« fragte sie.

Harmon wollte es ihr sagen, doch seine Zunge versagte. Als er auf Graffas jämmerlichen entkräfteten Körper blickte, war er sich seiner Sache gar nicht mehr sicher. Schließlich schnaubte Graffa durch die Nase.

»Mein Freund muß einen schlimmen Traum gehabt haben«, sagte er.

»Alles in Ordnung, Mr. Harmon? Brauchen Sie einen Arzt?«

»Nein«, antwortete Harmon. »Mir geht es gut.« Er blickte zu Graffa hinüber und fügte hinzu: »Ich glaube, er hat recht. Es war wohl nur ein Traum.«

»Na, versuchen Sie wieder einzuschlafen«, sagte die

Schwester und schaltete das Licht aus. »An Ihrer Stelle würde ich dem Arzt von den Träumen erzählen.«

»Tue ich«, versprach Harmon. Als die Schwester gegangen war und er seine Nachttischlampe ausgeschaltet hatte, wiederholte er leise: »Ja, das tue ich.«

Wenige Sekunden später tönte ein heiseres Flüstern aus dem Nachbarbett.

»Sie, Jules Harmon.«

»Wollen Sie etwas?«

Eine kurze Pause trat ein. T. Graffa versuchte zu Atem zu kommen.

»Was fehlt Ihnen denn, Jules Harmon?«

»Blinddarmsache. Nichts Ernstes.«

T. Graffa lachte leise. »O doch, eine sehr ernste Sache. Glauben Sie mir. Bei einem Fall wie Ihnen ist das tödlich.« Dann stöhnte er und ließ sich auf die Seite rollen.

Den Rest der Nacht kämpfte Harmon gegen den Schlaf an, und seine Augen starrten in die Dunkelheit und warteten auf eine Bewegung von der anderen Zimmerseite. Er verlor den Kampf schließlich doch und erlag der Schlaftablette, die er vor Stunden genommen hatte.

Als Harmon am nächsten Morgen verspätet erwachte, war das Zimmer bereits voller Menschen. Zwei Ärzte standen an T. Graffas Bett und unterhielten sich angeregt über die Krankheit, die an seinen Muskeln, seinen Kräften und vermutlich auch an seinem Leben zehrte. Fast eine Stunde dauerte die Konferenz; in dieser Zeit wurde zwischen den beiden Betten ein weißer Schutzschirm errichtet. Harmon hörte sich das Gespräch eine Zeitlang an, fand es dann aber zu unverständlich.

Später am Tag kam ein anderer Besucher für seinen Zimmergenossen, ein weißbekittelter Mann mit einem Gesicht, das attraktiv hätte sein können, wäre es nicht durch dunkelblaue Wangen und eine Reihe winziger Narben auf der Stirn entstellt worden. Das leise Gespräch dauerte kaum fünfzehn Minuten, und Harmon glaubte einmal seinen eigenen Namen zu hören. Schließlich kam eine Schwester und gab Graffa eine Spritze, die ihn fast sofort einschlafen ließ.

Harmon war dankbar für Graffas Schlaf; dadurch wurde sein Gespräch mit Dr. Moses erleichtert, der ihn kurz nach dem Mittagessen aufsuchte.

»Hören Sie«, sagte Harmon. »Ich möchte in ein anderes Zimmer.«

»Anderes Zimmer?« Moses war überrascht. »Was stimmt mit diesem nicht?«

»Das kann ich Ihnen jetzt nicht erklären. Es ist wegen dem da ...« Er deutete mit dem Daumen auf den Schlafenden im nächsten Bett. »Ich erzähle Ihnen später davon. Könnten Sie es arrangieren?«

»Nun, so einfach ist das wohl nicht«, sagte Moses und rieb sich die Kopfhaut. »Sie wissen ja, wie knapp die Betten im Augenblick sind. Wollen Sie mir den Grund nicht sagen?«

»Nicht solange der hier ist«, sagte Harmon leise.

Moses lächelte. »Heute nachmittag ist er jedenfalls nicht da. Er kommt um drei Uhr auf den Tisch.«

»Er wird operiert?«

»Ja. Man weiß nicht genau, warum, aber er wird operiert. Es steht schlimm um ihn, den armen Kerl.« Er schlug auf Harmons Knie, das unter der Decke hochgereckt war. »Also schön. Ich komme um halb vier vorbei, dann sprechen wir darüber, ja?«

»Ja«, sagte Harmon.

T. Graffa wurde um vierzehn Uhr abgeholt. Harmon beobachtete den Vorgang mit mattem, mitleidslosem Blick. Er war zwar erleichtert, den Mann los zu sein, doch er wollte sich nichts anmerken lassen. Eine Schwester gab

Graffa eine Vorbereitungsspritze, und zwei grüngekleidete junge Männer hoben den zerbrechlichen Körper auf die Rollbahre. Als sie ihn hinausschoben, wandte sich der knochige Kopf gerade so weit, daß es für einen letzten Blick auf Harmon reichte. Die Augen, rund und feucht, starrten ihn an, bis T. Graffa außer Sicht war.

Anderthalb Stunden später setzte sich Moses auf den Stuhl neben Harmons Bett, lauschte auf seine Geschichte und zündete sich schließlich eine Zigarette an.

»Oh, ich kenne Mr. Graffa«, sagte er. »Er ist hier sehr bekannt.«

»Wer ist er denn?«

»Sie sollten lieber fragen, wer er *war*«, brummte Moses. »Heute ist er nicht mehr viel, ein Kranker, der Hilfe braucht. Vor fünfzehn, zwanzig Jahren aber war Graffa ein Mann, den jeder in unserem Berufsstand verabscheute – ein Quacksalber.«

»Ein falscher Arzt? Der?«

»Schlimmer als das! Er war ein Quacksalber mit grundlegenden medizinischen Kenntnissen, die für bestimmte ungesetzliche Operationen ausreichten. Dabei hat er gar nicht schlecht abgeschnitten; wie man hört, hatte er in den zwanziger Jahren einen der erfolgreichsten Schlachterladen östlich von Chicago – mit einem ganzen Haufen von Leuten, dem Abschaum der Medizin. Es wurde gemunkelt, er bekäme Geld von der Mafia, aber genau weiß ich das nicht.«

»Püü!« machte Harmon. »Und ein solcher Mann darf hier herein?«

»Ein Kranker ist ein Kranker. Außerdem hat Graffa seine Zeit abgesessen. Er wurde in den dreißiger Jahren verhaftet und war ungefähr fünfzehn Jahre lang im Gefängnis. Seither ist er wohl sauber geblieben.«

»Das würde ich nicht unbedingt unterschreiben«, sagte Harmon. »Nach den beiden letzten Nächten.«

»Na, das dürfen Sie nicht zu ernst nehmen. Vergessen Sie nicht, daß er starke Mittel bekommen hatte. Auf Drogen reagieren die Menschen komisch; Vergangenheit und Gegenwart vermengen sich in ihren Köpfen. Vermutlich hat er von den alten Zeiten geträumt.«

»Aber er sprach nicht von einer ungesetzlichen Operation, sondern von einem Mord! Ich schwör's!«

»Delirium«, sagte Moses. »Etwas anderes dürfen Sie dahinter nicht vermuten.«

»Aber was ist mit gestern abend? Ich habe ihn wirklich gesehen, ehrlich! Er versuchte aus dem Bett zu steigen. Er hatte ein Kissen in der Hand. Er wollte zu mir.«

»Sind Sie sicher?«

»Ich weiß nicht«, sagte Harmon niedergeschlagen. »Ich habe losgebrüllt, ehe er sehr weit war. Anschließend tat er, als sei nichts passiert.« Besorgt beugte er sich vor. »Hören Sie, Doc, ist es möglich, daß Graffa nach seiner Gefängniszeit wieder tätig war? Ist es denkbar, daß er seine Drecksarbeit noch immer tut?«

»Möglich wäre es schon. Ich bin Arzt, kein Polizist.«

»Das Mädchen, von dem er geredet hat, das Mädchen, das Bruno umbringen sollte – könnte das nicht eine Erpresserin sein, die gedroht hatte, die beiden zu verraten?«

»Sie raten nur herum! Sie können in das Gefasel doch keinen Sinn hineinlesen.«

»Aber was ist, wenn es stimmt? Wenn er wirklich ein Mörder ist?«

Moses stand auf. »Hören Sie, Jules, wenn Sie noch immer in ein anderes Zimmer wollen, sehe ich zu, was ich erreichen kann. Aber was das andere betrifft – nun, ich überlasse Mr. Graffa der Polizei.«

»Ich möchte in ein anderes Zimmer«, sagte Harmon gepreßt. »Ich habe Angst vor ihm, Doktor. Ob er nun krank ist oder gesund, ich habe Angst vor diesem Mann.«

»Ich will mal sehen, was ich tun kann«, versprach Moses.

Um achtzehn Uhr war T. Graffa noch nicht von der Operation zurück. Um halb sieben betrat Dr. Moses das Zimmer und wartete, bis Harmon sein Abendessen beendet hatte.

»Na?« fragte Harmon schließlich. »Komme ich in ein anderes Zimmer? Ja?«

»Nicht mehr nötig«, antwortete Moses ernst. »Graffa kommt nicht zurück. Er ist auf dem Operationstisch gestorben.«

Am nächsten Morgen war Harmon an der Reihe. Der Chirurg kam zu ihm und beruhigte ihn hinsichtlich der Einfachheit der Operation. Dann holten ihn die grüngekleideten Männer ab, und die Schwester gab ihm eine Spritze, die ihn in eine Art Euphorie versetzte.

Er sah die Decke über sich dahinrollen und zählte die vorbeiflitzenden Lampen. Dann befand er sich in dem geräumigen Fahrstuhl, der in die dritte Etage hinabfuhr, dort rollte er durch den Flur und lächelte die vorbeieilenden Schwestern fröhlich an. Als er in den Operationssaal geschoben wurde, fühlte er sich ausgesprochen glücklich. Die Anwesenden waren ausnahmslos maskiert – trotzdem erkannte er einen, den Mann mit den dunklen Wangen und den winzigen Narben auf der Stirn, den Mann, der gestern noch bei T. Graffa gewesen war. Schon wurde er unter das grelle Licht gelegt, und der Chirurg ragte wie ein weißer Berg über ihm auf und lächelte mit den Augen. »Alles bereit«, sagte eine der Krankenschwestern. Der Arzt nickte dem Mann mit der narbigen Stirn zu, der hinter Harmons Kopf irgendein Gerät einstellte und dann eine Gummimaske über Harmons Gesicht hob.

»Es kann losgehen, Bruno«, sagte der Chirurg. Als er diesen Namen hörte, versuchte Harmon aufzuschreien, doch das entsetzte Kreischen in seinem benebelten Geist erreichte die Außenwelt nicht mehr. Der Anästhesist, der mit seltsam leuchtenden Augen auf den Patienten hinabblickte, senkte die Maske über sein Gesicht.

Der Unbedarfte

Als die Ankunft der Zeitmaschine das Schachspiel störte, sprang Hubert Adams so hastig auf, daß das Brett umfiel und die Schachfiguren zu Boden polterten.

»Was für ein Glück!« rief er und ging zum Fenster, vor dem die glühende Kugel deutlich zu sehen war.

»Ja, wahrlich ein Glück«, brummte Dr. Peterson und hob seine umgestürzte Königin auf. »Noch ein Zug, dann wärst du schachmatt gewesen.«

»Nein, nein!« sagte sein Freund. »Ein Glück, daß er *hier* gelandet ist. Offenbar handelt es sich um einen Besucher aus dem Weltraum oder um einen Zeitreisenden. Der hätte doch überall niedergehen können!«

Der Arzt trat zu ihm ans Fenster und zog nachdenklich an seiner Pfeife. »Na und? Wenn man so ein Monster ist, kann einem doch jeder Platz recht sein.«

»Verstehst du, was ich meine?« fragte Hubert. »Du nimmst sofort an, es wäre ein Monster. Wäre er bei dir auf dem Grundstück gelandet, hättest du ihn mit Entsetzen, Abscheu und Panik begrüßt!«

»Eher wohl mit Schrot.«

»Er braucht *Verständnis*!« sagte Hubert. »Sympathie. Freundschaft.«

Das schimmernde Gebilde hatte es sich nun eindeutig für den Rest der Nacht auf Hubert Adams' gepflegtem Rasen gemütlich gemacht. Die Aura, die das Ding umgab, verblaßte etwas, und die beiden Männer konnten deutlich an den Geräten eine Gestalt ausmachen.

»Na, wenigstens ist er ein menschliches Monstrum«, sagte der Doktor. »Müssen wir jetzt telefonieren? Mit der Polizei? Mit der Zivilverteidigung?«

»Rede keinen Quatsch!«

»Na, irgendwen müssen wir doch verständigen. Vielleicht sollten wir im Telefonbuch nachschlagen...«

Hubert beachtete ihn nicht. »Es ist unsere Pflicht, ihn zu begrüßen«, sagte er förmlich. »Kommst du mit, oder muß ich allein gehen?«

Die Gestalt drinnen blickte heraus. Sie nickte Hubert kurz zu und schien vor sich hin zu fluchen. Endlich hatte sich der Fremde aus dem Gewirr befreit, das ihn gefangenhielt, und ging zur Tür. Es dauerte eine Weile, ehe er mit dem Öffnungsmechanismus klarkam, doch endlich gab die Kugel ihn frei.

»Verdammt kalt«, sagte er, sah sich um und rieb sich die Arme.

»Herzlich willkommen!« verkündete Hubert.

»Was?« Der Fremde blinzelte. »Ach ja, vielen Dank. Sie hätten wohl nicht zufällig ein Täßchen Tschuw?«

»Ein Täßchen *was*?«

»Moment mal.« Der Fremde schien nachzudenken. »Wir befinden uns hier in der Mitte der Neunzehnhunderter, nicht wahr? Da gab es Tschuw wohl noch nicht. Na, dann eben Kaffee.« Er wandte sich an Hubert. »Sie *haben* doch Kaffee getrunken?«

»O ja!« antwortete Hubert eifrig. »Wir *trinken* ihn noch immer. Dr. Peterson und ich wollten uns gerade eine Tasse machen.«

Der Besucher ging an Hubert vorbei zur Fliegengittertür. Er trug einen enganliegenden Anzug aus einem seidenartigen grauen Material und dazu braune Schuhe, die aus einer metallischen Substanz zu bestehen schienen.

»Dr. Peterson ist ein alter Freund von mir«, erklärte Hubert. »Aber treten Sie doch ein. Sie haben uns sicher viel zu erzählen.«

Der Besucher runzelte die Stirn. »Da bin ich mir nicht so sicher«, sagte er. »Offen gestanden hatte ich gehofft, die Maschine würde mich *vorwärts* tragen, nicht zurück. Der ganze historische Kram ist mir langweilig.«

Sie gingen ins Haus. Der Doktor war so höflich, beim Eintritt des Fremden aufzustehen, doch er reichte ihm nicht die Hand.

»Guten Abend«, sagte Dr. Peterson und nahm wieder Platz. »Aus welchem flotten Jahrhundert kommen Sie denn?«

»Aus dem Vierundzwanzigsten«, antwortete der Fremde und ließ sich in Huberts Lieblingssessel fallen. Er seufzte und schleuderte die metallischen Schuhe von den Füßen. »Ein gutes Jahrhundert, wirklich. Wenigstens leben wir nicht in kleinen kalten Holzkisten.« Sein Blick fiel auf das Schachbrett. »Ach! Zweidimensionales Schach! Wie putzig!«

Hubert zog ein Sitzkissen an den Tisch und nahm vor dem Fremden Platz. »Erzählen Sie!« sagte er. »Sie müssen mir alles erzählen! Ist es wunderbar?«

»Hatten Sie nicht etwas von einem Kaffee gesagt?«

»Ich mache ihn schon«, sagte Peterson. »Sahne und Zucker?«

»Sahne und ein Süßstück, bitte.«

»Tut mir leid«, sagte der Doktor. »Süßstücke haben wir im Augenblick nicht. Darf es Zucker sein?«

Der Fremde ächzte ergeben. »Na schön. Was starren Sie mich denn so an?« fragte er Hubert.

»Nichts, nichts!« Hubert stand hastig auf und ging zum Kamin. Dort zündete er sich mit verkrampften Bewegungen eine Zigarette an. Der Fremde schloß die Augen und schien einschlafen zu wollen.

»Ha-hm!« sagte Hubert.

Der Fremde riß die Augen auf. »Tut mir leid«, sagte er.

»Ich bin ehrlich müde. Vier Arbeitsstunden im Laboratorium, und jetzt *das*! Sie können sich vorstellen, wie einen das schlaucht.«

»Natürlich«, stimmte Hubert zu. »Äh – ich habe mich noch gar nicht vorgestellt. Ich heiße Hubert Adams. Ich bin kein Wissenschaftler, kenne mich aber mit solchen Sachen aus. Wissen Sie, ich lese ziemlich viel...«

»Ich weiß«, sagte der Fremde. »Ihr habt noch gelesen, nicht wahr? Seltsamer Haufen.«

Der Doktor brachte den Kaffee. Der Besucher verzog beim ersten Schluck das Gesicht, leerte dann aber doch die Tasse. Hubert setzte sich wieder auf das Kissen und rieb sich energisch die Hände.

»Also!« sagte er. »Jetzt erzählen Sie mal. Was ist in den letzten paar hundert Jahren so alles passiert?«

Der Besucher kicherte. »Verschonen Sie mich bitte! Ich war in Geschichte immer sehr schlecht. Für Daten und so habe ich überhaupt kein Gedächtnis.« Hubert blickte ihn so enttäuscht an, daß der Fremde hinzufügte: »Na, da war natürlich der Krieg.«

»Der Krieg?« Hubert schluckte trocken. »Was denn für ein Krieg?«

Der Fremde starrte ihn ausdruckslos an. »Soll das heißen, es hat zwei gegeben?«

»Wie steht es mit der Wissenschaft?« schaltete sich der Doktor ein. »Erzählen Sie uns doch von den großartigen neuen Erfindungen.«

»Nun ja«, sagte der Fremde angestrengt nachdenkend. »Da ist die Zeitpulsiermaschine. Eine ziemlich neue Sache. Das Ding ist sogar in meinem Laboratorium gebaut worden«, fügte er stolz hinzu.

»Aber wie funktioniert die Maschine?« wollte der Doktor wissen.

Der Fremde zuckte die Achseln. »Keine Ahnung.«

»Es muß doch noch andere großartige Erfindungen geben«, hakte Hubert ein. »Wie steht es mit dem Fernsehen? Ist es dreidimensional?«

»Vier. Wir können auf diese Weise jedes Programm empfangen. Damit hat der Kunde eine viel größere Auswahl.«

»Wissen Sie denn, wie *das* funktioniert?« fragte der Doktor.

»Aber gewiß doch.«

»Aha!« sagte Hubert.

»Sie drehen den Knopf, stellen das Bild und die Bildschärfe ein. Ganz einfach.«

»Ja, aber was geht unter der Abdeckung vor sich?«

»Na, Lichter und so. Ein Summen. Ein Riesengewirr von Transistoren und solchem Zeug. Sehr langweilig!«

Der Doktor schnaubte verächtlich durch die Nase und lehnte sich in seinem Sessel zurück. Hubert blickte zu ihm hinüber und hatte plötzlich einen Einfall.

»Die Medizin!« rief er. »Auf diesem Gebiet muß es *große* Fortschritte gegeben haben!«

»Sehr große«, sagte der Fremde. »Für alles gibt es heutzutage Pillen. Ich meine«, berichtigte er sich, »zu *meiner* Zeit.«

»Hat man denn alles geheilt?«

»Alles, was Ihnen Ärger machte«, sagte der Fremde angewidert. »Natürlich haben wir auch ein paar neue Krankheiten ...«

»Wie steht es mit der Atomenergie?«

»Ach das.« Der Fremde machte eine großartige Handbewegung. »Das haben wir längst aufgegeben. Das Nonplusultra ist heute die Sonnenenergie. Es gibt da ein Gerät, das Solarisator heißt; gut handgroß. Liefert soviel Strom, daß man eine große Stadt damit versorgen kann.«

»Verblüffend!« applaudierte Hubert. »Was für ein großartiges Zeitalter! Und wie funktioniert der Solarisator?«

»Hab so ein Ding noch nie von nahem gesehen«, antwortete der Fremde und gähnte. »Nur im Fernsehen. Sah nach nichts Besonderem aus, aber man macht ein großes Tamtam darum.«

Der Doktor wandte sich an Hubert. »Versuch es mal mit einem etwas einfacheren Thema.«

Hubert kratzte sich am Kopf. »Autos?« fragte er. »Haben Sie noch Autos?«

»Und ob!« fuhr der Fremde auf. »Sie sollten mal meinen kleinen Raketenschlitten sehen! Hellrot, mit zwei Rädern – auf der Geraden schafft er fünfhundert, nur zwei Millionen Dollar mit allen Extras...«

»Und womit wird es angetrieben?«

»Natürlich mit Petrolon! Das Zeug gibt's in kleinen Ampullen. Einfach nur durchbrechen und fertig.«

Entnervt stand Hubert auf.

»Um Himmels willen!« rief er. »Wissen Sie denn *gar* nicht, wie die Dinge funktionieren?«

»Sie brauchen mich nicht anzubrüllen.« Der Fremde blickte gekränkt drein. »Ich habe schon genug zu tun, ohne mich darum zu kümmern, wie alles funktioniert. Vier Stunden Arbeit am Tag, die ganze Zeit im Labor, kaum Zeit für die Freuden des Lebens...«

»Na, wenigstens hat er die Zeitmaschine bedient«, sagte der Doktor.

»Richtig!« antwortete Hubert freudig erregt. »Was ist mit der Zeitpulsierung? Davon müssen Sie doch eine Ahnung haben!«

»Ach, das.« Der Fremde hob die leere Tasse. »Sie haben nicht zufällig ein bißchen Liklum? Nein? Hatte ich mir fast gedacht.«

»Na?« fragte Hubert beinahe drohend. »Was ist mit der Zeitmaschine?«

»Da scheint eine Panne vorzuliegen«, antwortete der Fremde verständnislos. »Ich hätte wohl nicht noch nach der Arbeit an dem dummen Ding herumfummeln dürfen. Ich dachte doch tatsächlich, die Kontrollen wären auf *Vorwärts* gestellt. Das war zweifellos ein Irrtum.«

»Sie wissen also gar nicht, wie das Ding bedient wird?«

»Ach, ganz einfach. Anschnallen, Knopf drücken. Das scheint alles zu sein. Das Ding muß aber irgendwie Ladehemmung haben.«

»*Doktor!*« Hubert sah sich ernst um.

»Was ist?«

»Die Gelegenheit ist zu günstig! Wir dürfen sie uns wegen dieses ... dieses Dummkopfs nicht entgehen lassen!«

»Ich bitte Sie!« sagte der Fremde.

»Was hast du vor?«

Hubert straffte die Schultern.

»*Ich steige in die Zeitmaschine!*«

»Ich bitte Sie, alter Knabe!« rief der Fremde.

»Das solltest du dir noch einmal überlegen«, mahnte der Doktor. »Vielleicht kehrst du nie zurück!«

»Ich muß es tun!« Er ging zum Kamin und blickte zu dem gerahmten Bild eines knorrigen alten Mannes mit breitem Schnurrbart empor. »Vater hätte genauso gehandelt.«

»Aber Sie können nicht mit *meiner* Maschine...«

»Hubert, das ist doch Wahnsinn«, sagte Peterson. »Was ist mit deiner Arbeit? Deiner Zukunft?«

»Meine Zukunft liegt da draußen«, sagte Hubert und deutete auf das Fenster. »Ich springe ins vierundzwanzigste Jahrhundert und sammele Informationen über die großartigen Erfindungen. Von Leuten«, fügte er verächtlich hinzu, »die etwas von der Welt verstehen, in der sie leben.

Von Menschen, die nicht nur einfach aufs Knöpfchen drücken und Röhren einschalten und auf den Bildschirm starren.«

Mit energischen Schritten ging er zur Tür, riß sie auf und drehte sich noch einmal zu den beiden Männern im Zimmer um, die ihn mit aufgerissenem Mund anstarrten.

»Lebt wohl!« rief er.

Hubert eilte über den Rasen und wäre dabei fast gegen eine Wäscheleine gelaufen. Vorsichtig näherte er sich der Maschine, schob die Plastiktür auf und setzte sich hinein.

Er entwirrte das Durcheinander der Gurte auf dem Sitz und legte sie ungeschickt an. Dann betrachtete er das Kontrollbrett, das erfreulich einfach war. Ein Knopf trug das Schild »Vorwärts«, ein anderer war mit »Rückwärts« gekennzeichnet.

Er biß die Zähne zusammen und drückte den ersten Knopf. Dieser klemmte, und er drückte stärker, immer stärker.

Die Kugel begann allmählich zu phosphoreszieren.

Dann...

Zisch! KNISTER! *PENG!*

Schwärze! Ein Gefühl des Fallens, ein Pfeifen, ein Kreischen. Ihm war, als schwebe er...

Betäubt wand sich Hubert Adams zwischen den Trümmern der Zeitpulsiermaschine.

Verzweifelt fummelte er an den Gurten herum, befreite schließlich Arme und Beine. Er kroch aus den Überresten und betrachtete sie niedergeschlagen.

»Wahrscheinlich habe ich zu fest gedrückt«, sagte er traurig.

Dann sah er sich um. Eine riesige grelle Sonne färbte den Himmel beinahe weiß. Hohe ausgebleichte Berggipfel umgaben ihn auf allen Seiten. Ansonsten war nichts zu sehen.

»Wo bin ich?« fragte er laut.

Er sollte es bald erfahren.

In der Ferne erblickte er einige Gestalten. Er sprang auf einen Felsblock, um einen besseren Überblick zu haben. Es handelte sich um kleine, untersetzte Gestalten von affenähnlichem Wuchs. Über den haarigen Schultern trugen sie riesige knorrige Knüppel.

»Höhlenmenschen!« keuchte Hubert.

Er versteckte sich hinter dem Felsen, bis die Prozession vorüber war.

»Höhlenmenschen!« wiederholte er zitternd. »Der Fremde hatte recht. Die Maschine hat wirklich geklemmt. Sie hat mich in die Vergangenheit geschleudert!«

Verzweifelt drehte er sich im Kreis.

»*Ich bin in der Steinzeit!*« rief er.

Dann setzte er sich auf einen flachen heißen Stein, viel zu bestürzt, um über sein Pech Tränen zu vergießen. Sein Verstand begann zu arbeiten. Er mußte *nachdenken*, das redete er sich ein. Er mußte einen Ausweg finden.

Aber er wußte, daß es keine Lösung gab. Er wußte, daß er sein Leben hier und jetzt gestalten mußte, in der Welt des primitiven Menschen.

»O Gott!« sagte Hubert und steckte die Finger in den Mund. »Wie macht man ein Rad?«

Die Rückkehr der Moresbys

Ein Tropfen blaue Farbe auf vier Liter Wasser – das etwa war Moresbys Augenfarbe hinter den weißen Bandagen, eine Tönung, die im Verlauf der Krankenhausstunden noch mehr verblaßte, in unheimlichem Gleichklang mit dem Leben, das aus seinem Körper wich.

Drei Stunden vor Moresbys Ende flammte in dem Sterbenden ein trotziger Lebenswille auf, kam eine plötzliche Periode der Klarheit, verbunden mit dem Wunsch zu sprechen. Die Ärzte hätten ihn am liebsten wieder beruhigt, wäre da nicht ein ganz besonderes Wort gefallen – »Mord«.

Dieses Wort ließ Moresbys Schicksal zur Polizeisache werden, und ein Lieutenant namens Gardner wurde an das Krankenbett gerufen. Er war der letzte Mensch, mit dem Moresby vor seinem Tode sprechen sollte – er hätte es schlimmer treffen können. Lieutenant Gardner war ein guter Zuhörer...

Mir gefällt Südkalifornien (begann Moresby). Ich bin in Vermont geboren und konnte es nie warm genug haben. Mit zwanzig zog ich in den Westen und erkannte bald, daß das Faulenzen in der Sonne alles war, was ich mir vom Leben wünschte. Ich lebte am Strand. Ich bekam Muskeln und eine permanente Bräune, ich entwickelte mich zum hervorragenden Schwimmer und unsäglichen Nichtstuer.

An einem Strand in Südkalifornien lernte ich dann Una kennen, die weißhäutige, dünne, wunderschöne Frau, die meine Liebste werden sollte, meine Frau – und die Grundlage für meine faulen Sonnenstunden.

Unsere Flitterwochen dauerten ein ganzes Jahr – an den

Stränden der Karibik und an der französischen Riviera. Una bekam Sommersprossen. Schließlich kehrten wir in unser Haus in Los Angeles zurück und führten eine ruhige, freundliche Ehe. Unas finanzielle Möglichkeiten waren grenzenlos, ebenso wie ihre Arglosigkeit. Ich nutzte beides nicht aus – ich war kein Geldverschwender und auch kein untreuer Ehemann. Ich war zu intelligent, um mir mit einer unwichtigen Eskapade lebenslange Ferien zu verderben.

Nein, *Una* machte alles zunichte, Una auf ihrer Suche nach einem Halt im Leben. Für manche Leute wäre das Geld ein ausreichender Halt gewesen. Aber Una war in ihren Reichtum hineingeboren worden und hatte das Bedürfnis nach mehr. Eine Zeitlang reichte ihr die Ehe mit mir. Dann versuchte sie sich als Künstlerin – mit jämmerlichem Ergebnis. Es war lachhaft. Später versuchte sie eine Karriere aufzubauen, aber auch das klappte nicht. Schließlich probierte sie es mit der Religion – und fand es langweilig.

Zumindest im Anfang. Dann aber entdeckte sie die amüsante Vielfalt der Glaubensrichtungen, die in Südkalifornien herrschte. Sie lernte Dr. Archibald Sing kennen, den Hohepriester des Tempels der Metempsychose.

Una war keine übermäßig kluge Frau, aber ein Dummkopf war sie auch nicht. Es sprach einiges für Dr. Sing. Er war ein blendend aussehender Mann, groß wie ein Turm, mit breiten Schultern und einem geschickt gestutzten Bart, der ihm einen Anstrich von Klugheit und Jugend verlieh. Er mied die üblichen Ansprüche esoterischer Kulte; seine Begegnungsstätte war von beinahe mönchischer Schlichtheit. Er trug maßgeschneiderte Alltagskleider, hielt seine Predigten in verständlichem Englisch und ließ seine Gottesdienste ohne Weihrauch, Gottesbilder oder Theatereffekte ablaufen. Dafür predigte er aber eine Lehre, für die sich die arme Una sehr interessierte – die Lehre von ewigem Leben und von der Liebe zu den kleinen Tieren.

Unas erster Besuch im Tempel erfolgte in Begleitung eines Bekannten im Anschluß an eine Cocktailparty. Beim zweiten Besuch mußte ich sie begleiten, sie ließ nicht lokker. Ich stand der ganzen Sache natürlich ironisch und feindselig gegenüber; trotzdem erinnere ich mich an Dr. Sings kleinen Vortrag.

»Die Seele ist unsterblich«, sagte er. »Die Seele kann nicht untergehen. In dem Augenblick, da sie den Körper verläßt, muß sie sich ja irgendwohin begeben. Die Wissenschaft der Eschatologie – die Lehre von den letzten vier Dingen – Tod, Verdammnis, Himmel und Hölle – ist die älteste aller Wissenschaften, und aus ihren Erkenntnissen ergibt sich die unausweichliche Gewißheit der Seelenwanderung.

Wohin aber? Nach Auffassung der Weisen früherer Generationen entweicht die Seele durch den Mund des Sterbenden und ist aus diesem Grunde ein kleines Ding, das bestrebt ist, im Körper eines kleinen Wesens ein Zuhause zu finden. In einem Vogel, einer Schlange, einer Maus, in einer Taube oder einem Falken, in einem Hund, einer Katze oder einem Insekt. Diese kleinen Gottesgeschöpfe sind leere Gefäße, die nur aus einem einzigen Grund auf die Erde geschickt wurden: sie sollen die entweichenden Seelen der Menschheit aufnehmen, damit sie nicht in der Ewigkeit herumirren müssen.«

Das war natürlich der reinste Unsinn, und die Tatsache, daß Una das Gerede nicht sofort durchschaute, war die überraschendste Erkenntnis, die ich je über meine Frau gewann. Die zweite Überraschung war das Ausmaß der Andacht, die sie Dr. Sing und seiner Lehre entgegenbrachte. Die dritte Überraschung war das Geld.

Ich will ganz ehrlich sein – ich hatte nichts dagegen, daß sich Una einen Glauben zulegte. Schließlich hat die Seelenwanderung in der Geschichte der leichtgläubigen Menschheit so manchen Anhänger gehabt und ist keine dümmere Vorstellung als so manche mehr westlich ausgerichtete Religion. Wenn Una als Brieftaube und nicht als Engel fortbestehen wollte, so war das allein ihre Sache, und ich hatte damit nichts zu schaffen. Aber das Geld! Das war eine andere Sache. Verdammt – wie ihr das Geld durch die Finger rann!

Das meiste floß natürlich an den Tempel. Dr. Archibald Sing hatte den tiefsten Sammelteller im spirituellen Königreich, und Una schien entschlossen zu sein, ihn stets gefüllt zu halten. Tausende Dollars gingen darüber hinaus als Spenden an die verschiedensten Institute zur Pflege von Katzen, Hunden und Vögeln. Una hatte stets eine Vorliebe für pelzige und gefiederte Wesen gezeigt, diese Tierliebe fand nun eine neue Dimension: sie schützte nicht nur Tiere, sondern Seelen. Zum Glück gab es kein Institut für Unterprivilegierte Insekten; garantiert hätte sie dafür auch noch gespendet.

Dann kam der entscheidende Schlag. Ich erfuhr von Unas Entschluß, Dr. Sings Arbeit durch eine Geste zu unterstützen, die ihren absoluten Glauben an seine Mission belegen sollte. Sie wollte ihr Testament ändern, damit der größte Teil ihres Vermögens dem Tempel zufiel.

Als sie mir diese Absicht eines Freitags mitteilte, kam es zu unserem ersten wirklichen Streit. Ich sagte ihr ungeschminkt, was ich von Dr. Archibald Sing hielt. Ich machte einige freizügige Anmerkungen zu ihrem Glauben an die Seelenwanderung. Kurz, ich war ziemlich grob zu ihr.

Sie weinte bitterlich und traf am nächsten Morgen eine Verabredung mit ihrem Anwalt – für Montag. So hatte ich noch ein Wochenende. Erstaunlich, wie schnell man denken kann, wenn einem die Zeit im Nacken sitzt.

Samstagabend tat ich ihr eine Überdosis Schlafmittel in

die Milch und stellte dann einen Riesentopf Kaffee auf, mit dem ich den Versuch machen wollte, sie aufzuwecken. Der Kaffee kochte noch nicht, als die Polizei eintraf und sie tot vorfand. Die Beamten waren sehr mitfühlend.

Bei der Voruntersuchung wurde die Aussage über Unas Interesse für eine Religion des Todes für bedeutsam gehalten. Das Urteil lautete auf Selbstmord.

Aber ich sollte noch eine Kleinigkeit erwähnen, die sich an jenem schicksalhaften Abend abspielte. Una starb nicht sofort. Sie sank in einen Zustand zwischen Schlafen und Wachen, in dem sie genau wußte, was ich ihr angetan hatte – und warum. Mit einer schrecklichen Stimme, die ich so schnell nicht vergessen werde, schwor sie mir Rache. Natürlich nur Gestammel, aber Una hatte einen besonderen Grund, an die Rache aus dem Grabe zu glauben.

»Ich werde zurückkommen, Richard«, sagte sie. »Wart's nur ab! Ich komme zurück, wie es Dr. Sing gesagt hat...«

Nun, ich hatte Tiere noch nie gemocht. Hauer, Klauen, Flügel und Schwänze lockten mich nicht. Vor Hunden hatte ich sogar immer Angst, ein Umstand, der sich bei der Hundebevölkerung schnell herumsprach. Angeblich geht so etwas auf den Geruch zurück; mag ja sein. Jedenfalls nahm ich Unas Drohung nicht besonders ernst. Ich war nicht zu Dr. Sings metempsychotischen Ansichten bekehrt, und als der Gentleman mir pflichtschuldig einen Trauerbesuch abstattete und feierlich von Unas entwichener Seele sprach, konnte ich ein spöttisches Auflachen nicht unterdrücken.

Rein zufällig machte am Tag vor Unas Beerdigung ein Mischlingshund Jagd auf mich. Ich fuhr nach der Feier nach Hause, und der aufgebrachte Köter verbellte die Reifen meines Ferraris. Am liebsten hätte ich das Biest überfahren, aber ein verdreckter kleiner Junge eilte herbei und nahm das Tier in die Arme.

»Tut mir leid, Mister«, sagte er. »Ausländische bellt er immer an.«

»Ein patriotisches kleines Monster, wie?« schnaubte ich.

In der folgenden Nacht plagten mich fürchterliche Alpträume.

Zwei Tage später knallte ein Vogel mit schimmernden Flügeln, ein Riesentier, bei dem es sich um einen Fasan handeln mochte, aus dem Flug heraus gegen das große Fenster meines Wohnzimmers. Ich fuhr erschrocken aus dem Sessel hoch und verstreute Balkan-Sobranie-Tabak aus meiner Pfeife. Eigentlich nichts Neues – schon öfter waren Vögel gegen die Scheibe geflogen, die sie nicht wahrgenommen hatten; normalerweise fielen sie tot zu Boden und die Sache war ausgestanden. Dieser Vogel aber war nur betäubt.

Das Tier lag auf den Fliesen der Veranda und bewegte schwach die schimmernden Flügel. Ich mußte zugeben, ich war außer mir vor Entsetzen. Ich lief nach oben und rief den Wildhüter an, einen phantasielosen Mann, der über mein Unbehagen lachte und den Vogel schließlich fortschaffte. Er sagte etwas von Abendessen. Brr! Wenn es nun wirklich Una gewesen war! Kannibale!

Am gleichen Abend trieb sich in meiner Bibliothek eine Fliege herum, ein großer Brummer. Der Frühling hatte kaum begonnen, und das Tier war mit seinem Flugplan entschieden zu früh dran. Als es in meine Nähe geriet, hieb ich mit einem *Fortune*-Exemplar danach, woraufhin es meine Stirn streifte und weiterflog. Diese Berührung war so widerlich, daß ich tatsächlich den Namen meiner toten Frau hinausbrüllte.

Daran sehen Sie, in welcher Verfassung ich war. Schließlich erledigte ich das Ding mit Insektenspray.

Am nächsten Tag war mir ein wenig wohler. Ich ging zum Strand, legte mich in die warme Sonne und vergaß

Una und ihr letztes Versprechen. Ich lag da und lauschte auf das leise Plätschern der Flut, auf das angenehme Geräusch fernen Lachens, auf die schrillen Schreie der Möwen.

Möwen.

Scharfe Schnäbel. Herabzuckende Wesen, nach Beute tauchend. Zustoßend, zuschnappend, reißend ... Ich dachte an Prometheus und seine Leber.

Die Sonnenstrahlen wärmten mich plötzlich überhaupt nicht mehr. Hastig verließ ich den Strand und fuhr zum Abendessen in ein gemütliches Klublokal. Unterwegs entdeckte ich im Rückfenster einen Falter, groß wie eine Kinderfaust. Der Wagen war schon in Bewegung, als das Ding im Wageninneren herumzuflattern begann – und da hatte ich dann meinen Unfall.

Es war nur eine Kleinigkeit – ich geriet über den Bordstein und fuhr einen Verkaufsständer für Zeitungen um. Ich hatte Rippenprellungen und einen verbeulten Stoßdämpfer. Ein geringer Schaden – aber es reichte mir. Ich kam zu dem Schluß, daß es an der Zeit war, mit Dr. Archibald Sing ein kleines Gespräch zu führen. Natürlich war ich nicht bekehrt, verstehen Sie das richtig. Aber irgendwie war er ja auch Arzt, nicht wahr?

Als ich ihm von meinen Erlebnissen berichtete, besänftigte er mich mit klaren Worten.

»Ich bitte Sie«, sagte er lächelnd. »Schätzen Sie Ihre arme verstorbene Frau so gering ein, daß Sie ihr solche Bosheiten zutrauen? Warum sollte Una Sie plagen?«

»Nun, wir haben uns ab und zu gestritten«, antwortete ich.

»Und glauben Sie wirklich, daß Una sich in den erwähnten Gestalten manifestieren würde? Nein, nein, Mr. Moresby, der Vorgang der Seelenwanderung ist auf keinen Fall so willkürlich und so grausam.«

»Nein?« fragte ich.

»Bestimmt nicht. Ich bin fest davon überzeugt, daß unsere Seelen von höheren Mächten gewogen und beurteilt werden, ehe die Wandlung eintritt; jeder von uns erhält die Herberge zugeteilt, die der von ihm zurückgelassenen menschlichen Persönlichkeit am besten entspricht. Una ein Hund, der Autos verbellt? Unmöglich! Ein Vogel, das wäre schon eher denkbar – aber kein ungelenker Fasan. Und als Fliege, Möwe oder Falter? Nein, Mr. Moresby, Sie können mir glauben. Diese sanfte Frau würde in Ihrem Nachleben nicht so ungerecht belohnt werden. Bei den Erlebnissen muß es sich um Zufälle handeln.«

»Nun«, sagte ich seufzend, »das habe ich mir auch schon gedacht. Aber wenn Una nun wirklich auf die Welt zurückkehrte – in welcher Tiergestalt würde das Ihrer Meinung nach geschehen?«

»Sie müßten doch Ihre Frau am besten kennen«, sagte Dr. Sing lächelnd.

In der folgenden Nacht hörte ich das Geräusch im Keller.

Normalerweise achtete ich nicht auf die Laute im Haus. Das Klappern eines Fensterladens, das Klirren eines Rohrs, das Poltern im Kamin – diese Dinge drangen mir selten ins Bewußtsein. Auf dieses leise Geräusch aber, in einem Augenblick höchster nervlicher Anspannung vernommen, reagierte ich denkbar irritiert. Ich mußte ihm nachgehen.

Auf den Zehenspitzen schlich ich die Kellertreppe hinab. Die Beleuchtung – eine nackte Glühbirne – reichte für eine genaue Suche aber nicht aus. So beschaffte ich mir eine Taschenlampe und erkundete die Schatten. Zuerst fand ich nichts. Was immer das Geräusch erzeugt hatte – eine Maus? –, war durch meinen Auftritt verscheucht oder zur Vorsicht angehalten worden.

Ich schaltete das Licht aus, hielt den Atem an und wartete. Das führte zum Erfolg. Eine leere Öldose fiel um, und mein Lichtstrahl erfaßte den Übeltäter. Eine Maus? Nein, eine Katze!

Ich mag keine Katzen, seit frühester Jugend nicht. Katzen sind herumschleichende, zynische, boshafte Wesen. Dieses Gassengeschöpf hatte ein struppig-schmutziges weißes Fell. Es wirkte riesig und doch zugleich seltsam knochig und fleischlos. Seine Augen blitzten abwehrend im Licht. Die Pupillen schimmerten unheimlich, wie bei Katzen üblich; in ihnen spiegelte sich eine seltsame Mischung aus Angst, Feindseligkeit und Widerwillen.

»Raus!« sagte ich.

Aber das Tier verschwand nicht. Es miaute leise und kam auf mich zu. *Auf mich zu!*

»Una«, sagte ich.

Dann siegte die Feigheit und ich hastete zur Kellertür. Einen scheußlichen Augenblick lang klemmte sie – dann gab sie dem Druck nach.

Auf der anderen Seite der Tür angekommen, fiel mir das Jagdgewehr ein, das Una mir zu Weihnachten geschenkt hatte in der Annahme, daß es mich an unsere gemeinsamen Freuden in Vermont erinnern würde. Das Ding stand unbenutzt in einem Schrank im Obergeschoß. Ich fand die Waffe, lud sie und kehrte damit in den Keller zurück.

Ich hatte seit meiner Jugendzeit kein Gewehr mehr abgeschossen. Doch nun stand ich auf der obersten Stufe der Kellertreppe. Als meine Taschenlampe das gespenstische weiße Katzenwesen in einer Ecke aufspürte, legte ich das Licht fort, hob die Waffe, zielte blind und drückte ab.

Der Schuß hallte ohrenbetäubend durch den Keller, der Rückstoß war jedoch noch schlimmer. Ich verlor die Balance, taumelte rückwärts, krachte durch das schwache Geländer und stürzte drei Meter tief auf den Betonboden.

Als ich aufzustehen versuchte, spürte ich einen stechenden Schmerz im rechten Bein. Es war angeknackst oder gebrochen, ich konnte mich nicht bewegen. Der herausgeschossene Putz hatte eine dichte Staubwolke aufsteigen lassen; als sich der Nebel verzog, erkannte ich, wie schlecht ich gezielt hatte. Die Katze lebte noch, allerdings mit Putzresten bestäubt, und musterte mich aus dieser neuen Perspektive. In ihren Augen loderte der Haß.

Die scheußlichen Gedanken, die mir in diesem Augenblick durch den Kopf gingen, kann ich nicht beschreiben, ebensowenig die übertriebenen Horrorbilder, die meine Phantasie heraufbeschwor. Vor Schmerz keuchend kroch ich auf das Gewehr am Boden zu. Meine Finger berührten den Lauf. Ich blickte rückwärts auf meinen Gegner und sah ihn auf mich zukommen.

»Una!« schrie ich und versuchte an die Waffe zu kommen. Meine Finger schlossen sich um den Schaft der Waffe, und ich zog sie zu mir. In meiner Panik griff ich aber zu schnell zu.

Meine Finger lagen am Abzug, der nächste Schuß löste sich, die Kugel traf mich in die Brust...

Die blaßblauen Augen verloren weiter an Farbe. Die Lippen wurden bleich und schlossen sich. Die Hände, die auf der Bettdecke gezuckt hatten, rührten sich nicht mehr.

»Schluß jetzt«, sagte der Arzt.

Lieutenant Gardner nickte und stand auf.

»Hat sich etwas ergeben?«

»O ja«, sagte Gardner. »Er hat gestanden, seine Frau ermordet zu haben. Ob er wohl eine Aussage unterschreiben kann?«

»Ich glaube kaum«, sagte der junge Arzt.

Eine Stunde später starb Moresby.

Am nächsten Morgen fuhr Lieutenant Gardner zum Haus der Moresbys hinaus. Es war ein klarer Sonnentag – wunderbares Strandwetter. Er dachte an Moresby.

Er wechselte einige kurze Worte mit dem Streifenbeamten, der gestern abend am Ort der Tragödie postiert worden war. Der Beamte hatte keine besonderen Vorkommnisse zu melden.

»Ich will mir mal den Keller ansehen«, sagte der Lieutenant.

Hier war alles unberührt. Die Taschenlampe lag auf der obersten Stufe. In der Ecke hatte die Kugel ein klaffendes Loch in den Putz gerissen. Der Boden war mit weißem Staub bedeckt – bis auf die unheimliche Stelle, an der Moresby gelegen hatte.

Es gab ein Kellerfenster, eine kleine Öffnung oben in der Längswand, die einen schmalen Streifen Sonnenlicht hereinließ. Das Fenster stand offen, und ein schwacher Windhauch ließ Staub aufsteigen.

Lieutenant Gardner ging wieder nach oben, und der Streifenbeamte bot ihm eine Tasse Kaffee an.

»Traurige Sache«, sagte der Beamte. »Zwei Todesfälle in knapp einem Monat. Ja, so kommt es manchmal.«

»Ja«, sagte der Lieutenant. »Als Sie gestern abend hier eintrafen, haben Sie da im Keller eine Katze bemerkt?«

»Eine Katze? Nein, Sir.«

Eine Sekunde später stellte Lieutenant Gardner die Tasse ab.

»Haben Sie nicht etwas gehört?«

»Nein.«

»Ein Kratzen oder so?«

Er ging zur Kellertür und öffnete.

»Jetzt hör ich's auch«, sagte der Polizist. »Wollen wir mal nachsehen?«

Der Lieutenant stieg in den Keller hinab, gefolgt von dem Beamten.

»Grundgütiger Himmel«, sagte der Uniformierte und lachte leise. »Sehen Sie sich das an!«

In der Mitte des Kellers fauchte eine zottige weiße Katze und ließ das Gebilde fallen, das sich in ihrem Maul bewegte. Die Krallen hielten das Opfer am Boden fest, stopften es dann wieder ins Maul. Die Katze speiste.

Als die hastige Mahlzeit beendet war, sprang die Katze von einer Packkiste zur anderen, bis sie das offene Fenster erreichte. Dann war sie fort, nicht ohne noch einen schnellen Blick auf ihr Publikum geworfen zu haben, ein Blick, in dem Sattheit und Triumph zum Ausdruck kamen.

»Da haben Sie Ihre Katze«, sagte der Polizist. »Wir hätten sie beinahe beim Essen gestört.«

»Das ist auch nicht weiter wichtig«, sagte Lieutenant Gardner. »Aber haben Sie die Augen gesehen – die Augen der *Ratte*?«

»Augen?«

»Ja, die Augen!« rief der Lieutenant. »Vielleicht bin ich verrückt, aber sie waren blau. Ist Ihnen schon mal eine Ratte mit blaßblauen Augen untergekommen?«

Endzeit

Norm Herbert gehörte vier Klubs an: Buch des Monats, Platte des Monats, Frucht des Monats, Aqua Velva Aftershave. Mehr gab sein gesellschaftliches Leben nicht her. Seit acht Jahren arbeitete er als kleiner Angestellter in der Firma Bilpert, Rauss & Robertson. Am Ende jedes Tages kehrte er in seine Wohnung bei den Brooklyn Heights zurück, las sein Buch des Monats, hörte seine Platte des Monats, aß seine Frucht des Monats und legte sich schlafen. Am nächsten Morgen kehrte er nach einem aufmunternden Spritzer Aqua Velva gestärkt in die Räume von Bilpert, Rauss & Robertson zurück und wartete darauf, daß das Telefon klingelte.

Nicht daß Norm keine Freunde hatte. Da wäre Paris Porter zu nennen, eine aufregende Blondine, die in der Wohnung unter ihm wohnte. Genau genommen war sie nicht gerade mit ihm befreundet, aber sie war immerhin eine *Nachbarin*, und Norm genügte das völlig. In mancher Morgenstunde, wenn das Aftershave wieder einmal besonders anregend wirkte, beschäftigte sich Norm sogar mit der Möglichkeit, Paris Porter um einen Abend zu bitten. Gewöhnlich verflüchtigten sich die kosmetischen Düfte aber so schnell wieder, daß er rechtzeitig zur Besinnung kam; dann betrachtete er sein schmales, nichtssagendes Gesicht und fand allein den Gedanken unmöglich.

Norm Herbert hatte wenige positive Eigenschaften, doch ausgesprochen viele Schwächen. Dazu gehörte eine Leidenschaft für Auktionen. Das Pochen des Auktionshammers, die gemurmelten Gebote, die alten Steingutteller und Tischlampen und griechischen Urnen, die über die Auktionsplattform wanderten – das alles fand er unwiderstehlich. Eines Tages schlenderte er in eine Galerie in der Nähe des Büros und sah zu, wie der Nachlaß eines reichen Mannes aufgelöst wurde. Natürlich wollte er nichts kaufen, doch als Posten 1342, eine Schachtel seltener alter Bücher, unkatalogisiert, auf den Tisch gestellt wurde, hob er doch unwillkürlich einen Finger.

»Fünf Dollar, fünf Dollar sind geboten«, hauchte der Mann ins Mikrofon. »Höre ich siebeneinhalb, siebeneinhalb, siebeneinhalb?« Er hörte, und Norm räusperte sich. »Zehn Dollar sind geboten, zehn Dollar«, fiel der Auktionator ein, und Norm erkannte seinen Fehler und schüttelte den Kopf. »Zwölf Dollar sind geboten!« verkündete der Auktionator und lächelte Norm dankbar an, der den Kopf noch heftiger schüttelte zum Zeichen, daß er nicht mehr bieten wollte. »Fünfzehn, fünfzehn«, sagte der Mann. »Fünfzehn zum ersten, zum zweiten, *und* zum dritten an den Mann mit dem Strohhut.«

Und so kehrte Norm an diesem Abend mit einer Schachtel alter Bücher, unkatalogisiert, nach Hause zurück.

Norm sah die verstaubte Sammlung durch und seufzte. Er nahm das erste Buch vom Stapel und bewunderte den Einband. Offenbar eine sehr alte Ausgabe, möglicherweise fünfzehntes Jahrhundert. Holzdeckel, mit goldgepreßtem braunem Leder bespannt. Die kunstvoll gearbeiteten Verzierungen bestanden aus vier dicken messingartigen Schutzecken mit komplizierten Blumenmustern. Der Titel stand in gotischen Buchstaben auf einer Erhebung in der Mitte: DE PATRICUS.

Norm schlug die erste Seite auf. Ihm stockte der Atem, so schön war die Darstellung, ein Wappen, das im wesentlichen aus zwei bemerkenswert realistischen und stechend blickenden Augen bestand. Interessiert stellte er fest, daß das Manuskript auf englisch verfaßt war, und machte sich die Mühe, die ersten Seiten zu studieren. Der Text war ausgesprochen langweilig, und er wollte den Band schon fortlegen, als ihm aufging, wovon die langweiligen Sätze gehandelt hatten. De Patricus war eine Art Prophet. Sein Buch erhob den Anspruch, die Zukunft der Menschheit vorauszusagen.

Daraufhin beschäftigte sich Norm etwas zielstrebiger mit dem Band und fand De Patricus' erste Weissagung. Sie war in Versform gehalten, und im ersten Augenblick nahm Norm an, daß der Text so ungenau und vielfältig auslegbar sein würde wie die Verse des Nostradamus. Er las die Voraussage noch einmal und erkannte, daß es nur eine einzige Deutung gab:

In Jahren dreyßig wird der italiänsche Narr,
Mit spanisch Gold und Mannen zuhauf
In Holzgaleeren drey
Gottes vergessene Küst' ansegelen.

Aufgeregt blätterte Norm zur Titelseite zurück.

Dort stand das Datum deutlich in römischen Ziffern. Es kostete ihn Zeit, die Angaben in arabische Zahlen umzurechnen. 1462.

In Jahren dreyßig!

Es folgten fast fünfzig Seiten mit langweiligem und nahezu unverständlichem Text, bis er den nächsten Vers fand – aber die Suche lohnte sich.

Im Jahre fünfzehnhundertsiebenzehn
Am Oktobertag, dem Eynunddreyßigsten,
Stehn fünfundneunzig Fragen zur Antwort an,
Eh das Neue Königreych beginnen kann.

Norms Geschichtskenntnisse waren nicht besonders ausgeprägt, aber hier half nun der Monats-Buchklub. Vor kurzer Zeit hatte er einen Prämienband über Martin Luther bezogen und brav durchgelesen. De Patricus hatte nicht nur die fünfundneunzig Thesen Luthers vorhergesagt, sondern auch das Jahr und den *genauen Tag*, an dem sie an die Tür der Kirche zu Wittenberg geschlagen wurden!

Den genauen *Tag*!

Die nächsten Verse blieben Norm unverständlich, doch etliche Seiten weiter stieß er auf folgende Sätze:

Am vierten Tage des Julius
Im Jahre drey und sibene,
Wird des Löwen Schwanz gezupft
Des Gebrüll erschröckt die Welt hienydene.

Es gab keine andere Deutung, sagte sich Norm erregt. Damit konnte nur die amerikanische Revolution gemeint sein. Vorhergesagt auf den *Tag*, an dem die Unabhängigkeitserklärung unterschrieben werden sollte!

Überwältigt von dieser Entdeckung knallte Norm das schwere Buch zu. Er war zu müde, um weiterzulesen, der Text stieg ihm wie Alkohol zu Kopf.

Dennoch machte er die ganze Nacht kein Auge zu. Er las Verse, die die französische Revolution weissagten, den Aufstieg und Niedergang Bonapartes, die Monroe-Doktrin, die industrielle Revolution. Er las über »die *Anti-Bibel, durch welche sich die Menge ihres Hungers gewahr werde*«. Norm vermutete dahinter Marx' *Kapital*, ermittelte das Herausgabedatum und stellte fest, daß De Patricus wieder einmal genau richtig lag. Er studierte Voraussagen über Darwins Forschungen, über den Ausbruch des amerikanischen Bürgerkrieges (wieder einmal stimmte das Datum exakt), über die Erfindung des Flugzeugs, und sogar über…

Im Herzen von Atomen tief
Der mächt'ge Donner schlafend liegt;
Erwacht und schafft der Wolke kleyn,
Hüllt dann die ganze Erden eyn.

Norm Herbert zitterte so sehr, daß er es kaum fertigbrachte, die dicken Seiten am Ende des erstaunlichen Buches von De Patricus umzuwenden. Der Wahrsager hatte bisher sich kein einzigesmal geirrt, nicht einmal im Datum; kein kommendes Ereignis war seinen unglaublichen Fähigkeiten entgangen.

Endlich erreichte Norm die letzte Seite, auf der ein einziger Vers zu lesen stand:

In 1980, Ihr glaubet es nycht? –
Erlebt Ihr die Ankunft des Jüngsten Gerichts,
Der Dritte September hat's gebracht
Da wyrkt das Ende Himmels Macht,
Das End der Erden, das End Allen,
Trompetten Gabrielis schallen
In jählings zornig Feuerwehn,
Der Erdenball wird untergehn.

Der Rest der Seite war leer.

Norm schloß das Buch. Das Geräusch klang seltsam endgültig. Der Text ließ keine andere Interpretation zu. In 1980, ihr glaubet es nicht?… Er schloß die Augen und versuchte sich an das heutige Datum zu erinnern. Der 24. August.

Noch zehn Tage bis zum Weltuntergang!

Er stand auf, und das schwere Buch fiel so laut auf den kahlen Boden, daß die Fenster zu klirren begannen. Einige

Minuten später klopfte es an der Tür. Norm öffnete wie in Trance. Selbst der Anblick Paris Porters, die in ihrem Hausmantel strahlender und provokativer denn je wirkte, vermochte ihn nicht aus seinem Halb-Koma zu reißen.

»Was ist los?« fragte sie und stemmte die hübsche Faust in die schmale Hüfte. »Wann lassen Sie endlich auch den anderen Pantoffel fallen?«

»Hä?« machte Norm.

»Hören Sie, junger Mann, ich arbeite in einem Nachtklub und brauche meinen Schlaf. Ich dachte eben schon, das Haus würde zusammenbrechen. Sehen Sie sich den Putz in meinen Haaren an!«

Norm kam der Aufforderung nach. Das Haar schimmerte hellgolden und fiel in herrlichen Locken um ihr liebliches Gesicht. So nahe war er dem Mädchen noch nie gewesen, und einen Augenblick lang vergaß er die Enthüllungen De Patricus' und dachte an andere Dinge. Dann aber kehrte er in die Wirklichkeit zurück.

Zehn Tage!

Ohne nachzudenken, streckte er die Hände aus und umfaßte ihre Hüften. »Ich liebe Sie!« entfuhr es ihm. »Ich liebe Sie seit einem Jahr!«

»He!«

»Bitte! Wir haben ja so wenig Zeit! Es ist später, als Sie denken...«

»Das kann man wohl sagen«, rief sie und löste sich aus seinem Griff. »Wir haben vier Uhr früh! Lassen Sie mich los, oder ich schreie!«

»Sie verstehen nicht, was ich...«

»Ich verstehe Sie durchaus, Kumpel!« Sie wich vor ihm zurück und lächelte schief. »Sagen Sie mal, ich wußte gar nicht, daß Sie so schnell schalten! Sie kamen mir bisher wie ein graues Mäuschen vor.«

»Auch die Mäuse sind zum Untergang verdammt«, murmelte Norm.

»Wovon reden Sie? Sind Sie betrunken?«

»Nein. Aber vielleicht ist das gar keine so schlechte Idee.« Er lachte auf. »Möchten Sie einen Drink?«

Sie überlegte. »Was haben Sie denn?«

Norm runzelte die Stirn. Die einzige Flüssigkeit, die er in der Wohnung hatte, war sein Aftershave-Mittel. »Vielleicht könnten wir irgendwohin gehen ...«

»So spät? Sie sind ja verrückt!«

»Dann vielleicht morgen. Gehen Sie mit mir aus?«

Sie lächelte und betastete ihre Frisur. »Sie sind ja ganz nett. Aber in meinem Job muß man vorsichtig sein. Wegen meiner Karriere, wissen Sie. Ich achte darauf, daß ich nur mit Berühmtheiten und solchen Leuten gesehen werde. Sie verstehen?«

Norm blickte sie niedergeschlagen an. »Ich bin aber ein Niemand, bin immer ein Niemand gewesen. Und jetzt ist es zu spät, das zu ändern...«

»Rufen Sie mich in ein paar Jahren an«, sagte Paris Porter freundlich. »Wenn Sie Ihren großen Goldschatz gefunden haben.« Sie hob die Hand und tätschelte ihm die Wange. Dann zog sie die Tür zu und ging hinunter.

Norm lag bis fünf Uhr früh wach, doch seine Gedanken galten nicht der kurzen Zukunft, sondern seiner ereignislosen Vergangenheit. Endlich entschlummerte er im Sessel am Fenster und erwachte gegen zehn Uhr in einem Zimmer voller Sonnenschein. Als erstes überzeugte er sich, daß er den letzten Vers in De Patricus' Buch nicht nur geträumt hatte. Nein, der Text stand da.

Mr. Rauss, der einzige noch lebende Seniorchef der Firma Bilpert, Rauss & Robertson, rief ihn bei seiner Ankunft um viertel nach elf sofort zu sich. Mr. Rauss war zweiundsiebzig Jahre alt und sah aus wie eine bleiche Spinne. »Sie kommen zu spät«, sagte er energisch. »Zweieinviertel Stunden zu spät. In fünfzig Jahren bin ich insgesamt nicht soviel zu spät gekommen.«

»Jawohl, Sir«, sagte Norm hoffnungsvoll und dachte an das Trennungsgehalt.

»Aber ich gebe Ihnen noch eine Chance. Eine letzte Chance.«

»Jawohl, Sir«, wiederholte Norm bedrückt.

Unlustig ging Norm zu seinem Schreibtisch, einem von vierzehn Arbeitsplätzen im lauten Hauptraum des Maklerbüros. Rauss würde ihn nicht so ohne weiteres entlassen, das wußte er, nicht solange Mr. Fisk zu den Kunden der Firma zählte. Nathaniel Fisk, Erbe des Fisk-Keksimperiums, war eine schüchterne Seele, die sich von Norm Herberts introvertiertem Wesen angezogen fühlte. Sein Glaube an Norms Fähigkeiten als Anlageberater war der Hauptgrund, warum Norm überhaupt noch in der Firma bleiben durfte. Norm kannte Nathaniel Fisk nicht persönlich, dafür war ihm seine bebende Telefonstimme inzwischen so vertraut, daß er sie zuweilen im Schlaf hörte. Kaum hatte er sich gesetzt, da klingelte auch schon das Telefon, und Fisk meldete sich.

»Mr. Herbert, ich glaube, ich möchte dreihundert Aktien United Copper & Smelting kaufen. Was meinen Sie dazu?«

»Ich halte das nicht für klug, Mr. Fisk«, sagte Norm traurig. »Ich finde, es ist ein schlechter Zeitpunkt, überhaupt etwas zu kaufen. Vielmehr rate ich Ihnen sofort mit dem Verkaufen anzufangen.«

Mr. Fisk hielt den Atem an. »Soll das heißen, es steht ein Kurssturz bevor?«

»Noch schlimmer«, sagte Norm düster. »Ich habe Insiderinformationen. In zehn Tagen gibt's den schlimmsten Börsenkrach aller Zeiten.«

»Ach du meine Güte! Woher haben Sie das? Ich meine, ich habe noch nicht das geringste verlauten hören ...«

»Die Sache ist wirklich noch kaum herum, Mr. Fisk, aber Sie können sich auf mich verlassen. Sie sollten Ihr ganzes Vermögen sofort in Bargeld umwandeln. *Bar*geld, nicht einmal Schecks. Nimm das Bargeld fest und verzichte auf den Rest!« zitierte er mit einem leicht hysterischen Unterton in der Stimme.

»Wie bitte?«

»Omar Khayyam.«

»Wer ist denn das?«

»Eine Art Marktbeobachter«, antwortete Norm. »Aber ich spreche im Ernst, Mr. Fisk, Sie wissen, daß ich Sie nicht schlecht beraten würde.«

»Na schön«, sagte Fisk nervös. »Verkaufen Sie meinen gesamten Bestand.«

»Das ist vielleicht nicht ganz einfach. Wahrscheinlich müssen Sie ein wenig mit Verlust abschließen.«

»Aber Sie meinen, ich sollte es tun?«

»Auf jeden Fall, Mr. Fisk.«

Als Norm aufgelegt hatte, betrachtete er das Telefon und biß sich auf die Unterlippe, in der Überzeugung, daß er für seinen Kunden das Richtige getan hatte. Dann aber kam ihm ein neuer Gedanke! Was nützte es, wenn Fisk seine Wertpapiere in Bargeld umwandelte? Fisk hatte auch sonst genug Geld: in den zehn Tagen, die ihm noch bis zum Weltuntergang verblieben, konnte er nicht einmal jenen Teil seines Vermögens ausgeben. Dagegen konnte das Geld einem Menschen nützen, der ansonsten nichts besaß...

Zehn Minuten später saß er in Mr. Rauss' Büro. Der spinnenhafte alte Mann murrte wegen der Störung, aber Norm zwang ihn zum Zuhören. Er erzählte von Fisks Verkauforder gegen bar, selbst zu Kursen, die unter den

Tageswerten lagen. Das war doch eine Gelegenheit für die Firma, ein kleines Geschäft zu machen! Er bemerkte das gierige Funkeln in den Augen des alten Mannes; dann rief er Fisk an und bot für das Depot eine runde Summe von hunderttausend Dollar. Fisk erkundigte sich nach Norms Meinung, und Norm riet ihm zu.

Eine Stunde später drehte sein Chef mit zitternden Fingern am Knauf des Wandsafes und nahm säuberlich gebündelte Geldscheine heraus. Widerstrebend übergab er sie Norm.

»Sorgen Sie dafür, daß Mr. Fisk sein Geld sofort erhält«, sagte er eifrig. »Die Übertragungsurkunden müssen heute nachmittag in unseren Händen sein. Ist das klar?«

»Klar«, sagte Norm.

O ja, ihm war so einiges klar. Ihm war klar, wie sinnlos sein Leben bis jetzt gewesen war. Er war dem Wahrsager beinahe dankbar für seine Wahrheiten.

Norm steckte das Geld in einen Aktenkoffer, stieg vor dem Bürogebäude in ein Taxi und nannte seine Anschrift. Mit schweren Schritten erstieg er die Treppe zu seiner Wohnung; er wollte sich in aller Ruhe das Geld ansehen. Dann aber beschloß er vorher noch einen Besuch zu machen. Vor Paris Porters Wohnungstür gab es ein kurzes Zögern, dann klopfte er vorsichtig an. Daß eine Reaktion ausblieb, entmutigte ihn nicht; er wußte, daß Nachtfalter Paris Porter bestimmt noch im Bett lag. Er klopfte lauter und weckte sie schließlich.

»Sagen Sie mal, was soll das?« murmelte sie verschlafen.

»Miss Porter? Tut mir leid, wenn ich Sie wecke, aber ich möchte Sie etwas sehr Wichtiges fragen. Erinnern Sie sich noch an gestern nacht? Sie sagten, ich solle mich melden, wenn ich meinen Goldschatz gefunden hätte.« Er lächelte breit. »Nun, da bin ich.«

»Würden Sie das mal bitte langsam wiederholen?«

»Ich habe hunderttausend Dollar dabei und finde, wir sollten einen hübschen kleinen Urlaub zusammen verbringen. Südamerika, Europa, wohin Sie wollen. Ich möchte allerdings sofort abfahren, da wir nur zehn Tage Zeit haben.«

Sie beugte sich ein Stück vor. »Sagen Sie mal, gehören Sie zu den Typen, die schon am Tage bechern? Solche Leute kann ich nicht ausstehen.«

»Es ist mein voller Ernst, glauben Sie mir. In diesem Koffer sind hunderttausend Dollar, und die möchte ich so schnell wie möglich ausgeben. Sie wissen doch, was Omar Khayyam sagt…«

»Wer?«

»Hören Sie«, sagte Norm geduldig. »Darf ich mal einen Augenblick reinkommen und es Ihnen zeigen?« Sie war viel zu überrascht, um ihn aufzuhalten; er marschierte ins Zimmer und schleuderte seinen Aktenkoffer auf das zerwühlte Bett. Er ließ das Schloß klicken, und der Deckel öffnete sich. Er wandte sich um und lächelte triumphierend, stellte aber fest, daß ihr Blick gebannt auf die grünen Geldbündel gerichtet war. »Miss Porter?« fragte er leise. Als sie nicht antwortete, versuchte er es noch einmal: »Miss Porter? Geht es Ihnen nicht gut?«

»Was?«

»Ich habe wirklich nicht viel Zeit, Miss Porter. Ich meine, wir müssen doch noch packen und so, und wir haben noch gar nichts reserviert. Wohin wollen wir? Europa, Mexiko? Die Karibik?«

»Rio«, hauchte Paris Porter. »Buchen Sie Rio!«

»Also Rio«, sagte Norm strahlend. Er räusperte sich und faßte den Entschluß, die Abmachung zu besiegeln. Er beugte sich vor und gab ihr einen Kuß auf die Wange. Seine Lippen rissen sie aus der Erstarrung, und sie packte ihn und drückte ihn heftig an sich.

»Sie Schatz Sie!« sagte Paris Porter, begann wie ein Tiger zu knurren und schob ihn rückwärts.

Es dauerte fast eine Stunde, bis sich Norm daran machen konnte, beim Flughafen anzurufen und den Koffer zu packen. Die erste Luftlinie hatte erst am Wochenende wieder Plätze nach Südamerika. Norm aber wollte keine Sekunde verlieren. Er rief jede Fluggesellschaft an, die Rio anflog, und buchte schließlich bei einer südamerikanischen Fluglinie, die um sechs Uhr abends einen Düsenflug nach Rio angesetzt hatte.

Er hatte sich zwar am Morgen rasiert und geduscht, leistete sich diesen Luxus jetzt aber noch einmal. Schließlich packte er einen Anzug, ein Hemd, ein paar Socken und einmal Unterwäsche ein. Der Rest des Platzes im Koffer wurde durch US-Banknoten beansprucht. Als er fertig war, stand die Uhr auf kurz vor drei Uhr, und er stampfte mit dem Fuß auf den Boden, um Paris Porter ein Signal zu geben. Sie antwortete zweimal mit dem Ende eines Besenstiels und zeigte damit an, daß sie noch nicht ganz fertig war. Er nutzte die Gelegenheit, um die Wohnung zu verlassen und den nächstgelegenen Herrenausstatter aufzusuchen. Der Vorrat an Tropenanzügen war klein, da der Winter bevorstand, doch er fand schließlich einen auffallenden weißen Anzug, der ihm gut paßte. Er kaufte ihn, ohne auf Änderungen zu warten, und kehrte in die Wohnung zurück.

Als er mit der Schachtel unter dem Arm das Zimmer betrat, sah er Mr. Rauss in seinem Sessel sitzen. Die zahnlosen Gaumen benagten den Knauf des Spazierstocks. Der alte Mann erhob sich zittrig und schwenkte den Stock.

»Ach!« sagte er triumphierend. »Noch sind Sie nicht entwischt!«

»Mr. Rauss! Was machen Sie denn hier?«

»Ich hätte die Polizei anrufen sollen, das hätte ich machen sollen! Aber ich mußte sicher gehen …«

»Bitte, Mr. Rauss! Sie verstehen nicht …«

»Ach?« Der alte Mann lachte tonlos und deutete mit dem Stock auf den Koffer. »Und was ist das? Sie können mich nicht reinlegen, Herbert. Ich weiß, was hier vorgeht …«

»Hören Sie, Mr. Rauss, Sie müssen mich verstehen. Es ist unerheblich, ob ich das Geld nehme oder nicht. In zehn Tagen ist überhaupt alles egal.«

»Was reden Sie da?«

Norm erkannte, daß es sinnlos war, sich auf einen Streit einzulassen. Er seufzte und marschierte unter dem zornigen Blick seines Chefs ins Badezimmer. Als er zurückkehrte, lag in seiner Hand eine große Rolle Leukoplast.

»Was wollen Sie damit?« fragte Mr. Rauss.

»Würden Sie sich bitte setzen?« fragte Norm höflich.

»Wozu denn?«

»Bitte, Mr. Rauss!«

Mr. Rauss gehorchte. Norm nahm die zitternden alten Hände und wickelte das breite Band um die Gelenke.

»Was soll das?«

»Ich fessele Sie, Mr. Rauss. Ich habe nicht die Zeit, Ihnen alles zu erklären. Es tut mir wirklich sehr leid.«

Von unten knallte der Besenstiel gegen die Decke. Norm antwortete zweimal mit dem Absatz.

»Das geht doch nicht!« jammerte Mr. Rauss. »Sie kommen nicht damit durch, Norman!«

»Ist das zu fest?« erkundigte sich Norm besorgt. »Ihre Füße muß ich auch fesseln. Sie haben doch hoffentlich keine Kreislaufprobleme, Mr. Rauss.«

»Hilfe!« rief Mr. Rauss schwach, und Norm schüttelte bedauernd den Kopf und verschloß den Mund des alten Mannes mit einem Stück Klebestreifen. Als er fertig war, trat er einen Schritt zurück und betrachtete kritisch seine Arbeit. Für jeden normalen Mann wäre die Fesselung kein Problem gewesen, aber für Mr. Rauss genügte sie. Norm beugte sich vor und nahm den leichten, spinnenhaften Körper auf die Arme.

»Mmmmm«, sagte Mr. Rauss.

»Ganz ruhig«, antwortete Norm. »Ich tue Ihnen nichts.«

Er trug Mr. Rauss ins Badezimmer und legte ihn in die Wanne.

»Um tropfende Wasserhähne brauchen Sie sich keine Sorgen zu machen. Die Installationen sind bestens in Schuß. Ein Weilchen halten Sie es schon aus. Ich rufe später die Polizei an und gebe Bescheid, wo Sie sind. Okay?«

»Mmm, mmm«, sagte Mr. Rauss.

»Es war mir eine Freude, für Sie zu arbeiten«, sagte Norm. »Aber es ist noch schöner, nicht mehr für Sie zu arbeiten. Leben Sie wohl, Mr. Rauss.«

Er kehrte ins Wohnzimmer zurück und stampfte einmal auf den Boden. Dann ging er zum Schrank, holte Mantel und Hut und überprüfte noch einmal den Inhalt seines Koffers. Gleich darauf klopfte es, und Paris Porter trat ein. Sie trug einen engen Seidenanzug und eine Federboa um den Hals – ein atemberaubender Anblick.

»Fertig?« fragte sie und lachte aufgeregt.

»Fertig«, sagte Norm. Er ging zu ihr und küßte sie. »Du bist das wunderbarste Mädchen auf der Welt«, sagte er. »Eine Schande, daß wir nur zehn Tage Zeit haben.«

»Aber warum nur zehn Tage, Norman? Ich begreife das noch nicht.«

Er lächelte traurig. »Vielleicht sage ich es dir auch gar nicht. Vielleicht ist es besser, wenn du es nie erfährst – wenn es niemand erfährt.«

Er ging zu der Schachtel mit staubigen Büchern und wühlte darin herum, bis er den alten verzierten Band in der Hand hielt. Das Buch kam ihm irgendwie leichter und dünner vor, als er es in Erinnerung hatte. Er starrte darauf.

»Was ist?« fragte Paris Porter. »Was ist das für ein Buch, Norman?«

»Komisch«, antwortete er. »Sieht aus wie derselbe Band. Dabei ist es ein anderes Buch, das nur genauso aussieht.«

»Genauso?« fragte das Mädchen.

Er drehte das Buch herum und las den Titel:

DE PATRICUS: ZWEYTER BAND.

Henry Slesar
Mord in der Schnulzenklinik

Roman
Aus dem Amerikanischen
von Jobst-Christian Rojahn
Leinen

Der Polizist Troy Wayland hat im Großstadtdschungel von New York schon einige Narben davongetragen. Nun erhofft er sich als Mitglied der Sonderkommission »Film/Fernsehen« einen ruhigen Job als Helfer bei den Dreharbeiten zu *Die Schnulzenklinik.* Doch auch die Welt der Seifenopern gehorcht den Gesetzen des Dschungels, und Hals über Kopf sieht sich Troy Wayland in ein verwirrendes Szenario von Abhängigkeiten, Intrigen, Liebe und Mord verwickelt, in dem die Realität alle Drehbücher übertrifft.

»Eine amüsante Einführung in die Gesetze der Seifenoper mit viel Witz und Sarkasmus.« *Esquire, München*

»Slesar ist ein friedfertiger Mann mit ungewöhnlicher krimineller Begabung.« *Alfred Hitchcock*

»Hintersinniger, zum Teil schwarzer Humor – genau so wie er typisch ist für ergreifende Hitchcock-Krimis, durchzieht auch die Welt der Seifenopern in Slesars neuem Roman.« *Die Welt, Hamburg*

»Die Moral, die Slesar seinen Geschichten mitzugeben pflegt, ist diejenige von den Gruben, die man anderen gräbt, um dann selbst hineinzuplumpsen. Knapp, präzis, pikant-perfid und hintergründig-ironisch.«
Neue Zürcher Zeitung

»Spannung allein macht noch keinen guten Thriller. Slesar gelingt, was sehr schwierig ist, nämlich eine Verbindung von Karikatur und Thriller. Er versteht sein Handwerk. Jonathan Swift hätte seinen Spaß gehabt.«
Frankfurter Allgemeine Zeitung

Henry Slesar im Diogenes Verlag

Mord in der Schnulzenklinik
Roman. Aus dem Amerikanischen von Jobst-Christian Rojahn. Leinen

Coole Geschichten für clevere Leser
Deutsch von Thomas Schlück. detebe 21046

Fiese Geschichten für fixe Leser
Deutsch von Thomas Schlück. detebe 21125

Schlimme Geschichten für schlaue Leser
Deutsch von Thomas Schlück. detebe 21036

Das graue distinguierte Leichentuch
Roman. Deutsch von Paul Baudisch und Thomas Bodmer. detebe 20139

Vorhang auf, wir spielen Mord!
Roman. Deutsch von Thomas Schlück
detebe 20216

Erlesene Verbrechen und makellose Morde
Geschichten. Deutsch von Günter Eichel
Vorwort von Alfred Hitchcock. Zeichnungen von Tomi Ungerer. detebe 20225

Ein Bündel Geschichten für lüsterne Leser
Deutsch von Günter Eichel. Vorwort von Alfred Hitchcock. Zeichnungen von Tomi Ungerer. detebe 20275

Hinter der Tür
Roman. Deutsch von Thomas Schlück
detebe 20540

Aktion Löwenbrücke
Roman. Deutsch von Günter Eichel
detebe 20656

Ruby Martinson
Geschichten vom größten erfolglosen Verbrecher der Welt. Deutsch von Helmut Degner
detebe 20657

Böse Geschichten für brave Leser
Deutsch von Christa Hotz und Thomas Schlück. detebe 21248

Die siebte Maske
Roman. Deutsch von Gerhard und Alexandra Baumrucker. detebe 21518

Frisch gewagt ist halb gemordet
Geschichten. Deutsch von Barbara und Jobst-Christian Rojahn. detebe 21577

Das Morden ist des Mörders Lust
Sechzehn Kriminalgeschichten. Deutsch von Barbara Rojahn-Deyk und Jobst-Christian Rojahn. detebe 21602

Meistererzählungen
Deutsch von Thomas Schlück. detebe 21621

Rache ist süß
Geschichten. Deutsch von Ingrid Altrichter
detebe 21944

Das Phantom der Seifenoper
Erzählungen. Deutsch von Jobst-Christian Rojahn und Edith Nerke. detebe 22409

Teuflische Geschichten für tapfere Leser
Deutsch von Jürgen Bürger. detebe 22460

Margery Allingham im Diogenes Verlag

»Margery Allingham sticht ins Auge wie strahlend helles Licht. Alles, was sie schreibt, ist von vollendeter Form.« *Agatha Christie*

Die Handschuhe des Franzosen
Kriminalgeschichten. Aus dem Englischen von Peter Naujack. Zeichnungen von Georges Eckert. detebe 20929

Trau keiner Lady
Roman. Deutsch von Gerd van Bebber
detebe 21567

Gefährliches Landleben
Roman. Deutsch von Brigitte Mentz
detebe 21568

Süße Gefahr
Roman. Deutsch von Peter Fischer
detebe 21569

Judaslohn
Roman. Deutsch von Edith Walter
detebe 21570

Wenn Geister sterben
Roman. Deutsch von Brigitte Mentz
detebe 21616

Überstunden für den Totengräber
Roman. Deutsch von Theda Krohm-Linke
detebe 21630

Tänzer in Trauer
Roman. Deutsch von Irene Holicki
detebe 21691

Polizei am Grab
Roman. Deutsch von F.A. Hofschuster
detebe 21744

Blumen für den Richter
Roman. Deutsch von Marie Rieger
detebe 21821

Der Hüter des Kelchs
Roman. Deutsch von Edith Walter
detebe 21862

Der Geist der Gouvernante
Roman. Deutsch von Edith Walter
detebe 21900

Der Fall Pig
Roman. Deutsch von Karin Polz. detebe 21901

Ein böser Nachbar
Roman. Deutsch von Karin Polz. detebe 21962

Zur Hochzeit eine Leiche
Roman. Deutsch von Edith Walter
detebe 22432

Unschuldiger gesucht
Zwei Erzählungen. Deutsch von Monika Elwenspoek. detebe 22433

Gedankenschnüffler
Roman. Deutsch von Irene Holicki
detebe 22434

G. K. Chesterton
im Diogenes Verlag

Eine Trilogie der besten
Pater-Brown-Geschichten

Pater Brown und das blaue Kreuz
Erzählungen. Aus dem Englischen von Heinrich Fischer. detebe 20731

Pater Brown und der Fehler in der Maschine
Erzählungen. Deutsch von Norbert Miller, Alfons Rottmann und Dora Sophie Kellner. detebe 20732

Pater Brown und das schlimmste Verbrechen der Welt
Erzählungen. Deutsch von Alfred P. Zeller, Kamilla Demmer und Alexander Schmitz. detebe 20733